U0058785

病人在說話

盧和芳 著

Family Sky 天空數位圖書出版

目　錄

前　言

第二章　一般病人

第四章 病人和他們的家庭親友

第六章　來治病的醫生和心理醫生

前　言

以人爲主來治療疾病

自然醫學尤其是中醫，是我從醫時最常給病人治療的醫學方法。醫生的責任是解除病人的痛苦不適，治病救人是醫生的職責。

在診所遇到的都是病人，每一位病人除了他們的病外，都是人。生老病死，是每個人在人生旅途上都不能夠逃脫避免。

生是上天透過父母，給予我們的賦予，恩賜。這是多麼的得來不易。

我們的形成，成長，是多麼的奧妙，每人的人生際遇不同，緣來緣去，陪伴我們人生。

每一個人都有他的成長過程，生命的里程碑，疾病是在這個里程碑上出現的障礙。這正是對病人及醫生的考驗。當人們的身體健康不能夠維持時，就需要醫生的協助。這正是醫生要接受特別有嚴格的訓練，品德操行，耐心，來解除病人的苦痛，恢復他們康健的重要時機。

醫生對待病人，是跟通常人跟人的交往不同，醫生要了解病人，他們得病的原因，心理因素，家庭背景，生活環境，才能夠找到他們得病的原因，採取知識經驗中，最有效的治療方法，減少病人的痛苦，以期能達到病者恢復健康的身體。在我的診所內，有時要用言談，有時要用催眠，有時可用藥物草藥，大多數是用針灸療法給人治療，減輕他們的痛苦，或治癒他們的疾病。

言談是非常的重要，這正是病人在說話，通常說的全是他們心中想說，要說，或是必要說的話。聆聽病人的敘述，夢境，心聲，這是醫生和病人溝通很重要的一環。

在德國有一位女病人在診所內看到病人跟我融洽的相處，可能不大適意，就說：你不要以為德國人愛你，他們只是需要你。

我回答：這就夠了。這就是我當醫生的責任任務和目的。

從對人體好奇，到實踐應用自然醫學

小孩的好奇心都很重。小時候遇到看到的一些事情，通常多少會影響到一個人的興趣和後來發展。

記得母親說我小時候，有次手被燙到，她立即把我的手抹上雞蛋清，手就沒有起泡，沒有留下疤痕。這是三歲前的事，我記不得了。母親還說，有一次，在大陸，我生病，一位名西醫生給了藥，她看藥太重，就倒掉一大半，才拿給我吃，但是還是嫌重，我沈睡好久，才甦醒過來。後來上大學時，聽一位朋友說，他有一個哥哥，很是聰慧，他生來有四個乳頭，他小時候有次生病，他母親請一位名西醫生看病，可是開的藥太重，他哥哥因而過世。後來得知，原來那竟然是同一位醫生。當我聽到此話時，真是震驚。一位草菅人命的庸醫，多麼的可怕，慶幸我母親的直覺，和她的知識，不盲目信任醫生開的藥劑，把大部分的藥丟掉，才救了我一命。

小時候，每次喉嚨痛，母親拿筷子沾上食鹽，要我張開口，吐出「啊」音，將食鹽點在我的小舌頭上，然後閉口慢慢吞嚥帶鹹味的口水，喉痛很快就痊癒。這些母親告訴我的話，和她做的事，我到今天還記得清清楚楚。

母親喜歡讀書，她在嘉義女中教過我們三姊妹的英文。家中收集不少最新的知識雜誌，書籍，她一空下來，就讀書，吸取新的知識，那時母親不惜昂貴，購買大英百科全書。供大家翻閱參考。

小時候有一次，家中王婆婆手腳被熱水燙到，她來自農家，知道用麻油加上生石灰，來治療她的燙傷，很快就痊癒。

在家裡發現兩本薄薄的武俠小說《無敵春秋劍》。它寫的很動人，很精彩，我從此就對武俠小說著迷起來。那時還是在小學六年級，裡面描述此劍吸收日月精華，印象中的作者是還珠樓主。從此沈迷於武俠小說，小說中談到輕功，金鐘罩功，點穴。家中放置伯父訂購不少的雜誌，其中有談氣功的，中醫運氣，那時就讀了《因是子靜坐法》。對中醫無形中起了很大的興趣。

中學時，還跟一位老師學習舞劍，是用竹竿當劍，要做俠女。

初中時，《沈常福馬戲團》來嘉義演出，徵求空中飛人節目的小孩去應徵。我去應徵，但要得到父母的允許才准加入此馬戲班，可是母親不答應。

這看出小孩時要學習特別技巧本領的愛好。

雖然在德國我在診所只有二十年的行醫時間，可是在這之前，還有不少實習和治病的經驗：在美國房煜林老師的診所，在他帶我去紐約猶太人設立的針灸中心治病時的實習；在加州的周治華醫生那裡工作；在德國社區民間團體教點穴按摩；在德國醫生的診所內，教學指導他們如何以針灸治療和運針的方法。直到 1981 年我得到德國籍，准許加入報考自然醫學，得到行醫執照，就在當年設立自己的診所。

這段在德國行醫的經驗，是我一生最積極貢獻精力的時期，接觸到不少的病人，深入到他們身體，心靈的內部，這是一段難以忘懷和難得一有的經歷緣分。

離開德國，在馬爾他，在台灣南華大學，自然醫學研究所教學，在那義診。無論到哪裡，這些知識技能陪伴在身，隨時可幫助需要協助的人們。感激我有這些機緣機會奉獻一己之力。14.11.2020

六部德國公立巴伐利亞電視台的影片和醫學講座

在德國公立巴伐利亞電視台，共拍攝了六部 45 分鐘的健康節目的影片，請我作為來賓講述中國醫學，它在德國其它公立電台輪迴播放，幾乎德國關心健康的觀眾，都有可能看到這些影片。它為：

1. 雙人按摩：西方的按摩和東方中醫的點穴按摩
2. 針灸對抗上癮：減肥
3. 針灸對抗上癮：戒煙（戒酒）（一）
4. 針灸對抗上癮：戒菸（二）
5. 針灸或藥物對抗頭痛—中西醫對照治療痛證
6. 中西醫對照治療敏感症

這六部影片，每部都談及理論和由電視台派來自願治療的病人，記者紀錄他們的治療經過，邀請來賓和病人由主持醫生進行談論討論溝通。這是我在社區開課，才有進一步的結緣機會。這種機緣奠定我在德國行醫濟世立業的基礎。

醫生跟病人的接觸

在診所醫生跟病人的接觸不只是跟他們見面時，手握手，面對面坐下對談，從談話中，得知他們的一些生活，想法習慣，家庭情況，工作生涯，內心身體病況病痛，和深處的內心隱憂，精神狀態。進一步，按脈搏，看舌頭舌質，按壓他們身體幾個穴道，看哪裡有痛點異狀。

有些病人來幾次，有些來幾年。有些介紹他們的朋友，親戚，上司，同事也來看病，在二十年德國診所診病下來，接觸到不同職業，男女老幼的病人。這是我人生中最豐滿的一段二十年歲月，帶給我人生的意義，幫助病人，解決他們的痛苦。

每人都有他們的獨一無二的苦痛，病痛，遭遇，有些是本身，有些是親人的不幸，死亡的可怕可悲。

在診所內，看到不能戒菸戒酒的人，戒掉煙癮酒癮的喜悅，看到疼痛不適的病人，恢復健康，是一種喜樂。看到想要小孩的父母，來治療，得到小孩，這是多麼的可喜，一個新生命的誕生，給家庭帶來好多樂趣。這在《病人在說話》中不時一一流露出來。

此書共有六章，各章節如下：

第一章：〈一路上〉，這是我離開德國診所後，有一整個月的時間，去參加瑜伽教師訓練，在這訓練營中，我一方面當學生，另一方面，給參加教師營的成年人，當醫務人員。在這個來自世界各地的人們，記載在同樣一個瑜伽教師訓練營中的種種發生的事情，這應該是紛擾世界的一片淨土，但是在這片淨土中，看到各種傷害人生命的毒蛇，而做好事的不殺生只吃素的營地裡，對毒蛇放生，在營內的老師，成年學生之間的各種各樣相處來往生病痛苦等等情況，這是一個複雜世界的一小片「樂園」的縮寫。

第二章：〈一般病人〉，這些病人有位高如州長，部長的知名人士，有普通的一般人的生活影像，每個人是獨一無二，生病卻是有輕重，有類似，每人都有他們不同的遭遇。

第三章：〈不同病人按照他們的疾病分類講述〉，該章節從疾病、心理病、影響個人、家庭社會的情況去講述。其中有特殊要去家庭或病床訪問的病人。這些是最可憐的病人。他們不能夠行動來診所治病，有些有知覺，但是不能言語，有些是毫無知覺，一息尚存，每人有他們特殊的遭遇。

第四章：〈一家成員的病人〉，這更真確具體的看出一個家庭內，不同成員之間的微妙關係。家家有本難念的經。

第五章：〈萊考夫博士〉，跟這位萊考夫接觸最多，他是房東，又是病人，他和母親兄弟們的關係，他房客的命運，以不同的記載，回憶，看到他生龍活虎的生活，可是因為生病，卻逐漸改變他的性格，對人生的看法，最後走上死亡的可悲境況。

第六章：〈記述身為醫生和心理學醫生們的情況〉。即使每一個醫生，也都是會罹病，都有技窮的時候，這時本身沒法治癒，只有請教別的醫生，減輕他們疾病痛苦。

這本書有喜有淚，有生命的掙扎，有自毀生命的可悲病人，每篇在隱隱約約，在惺惺相惜，即使在互相競爭嫉妒中，還可以看見人和人之間的息息相關，持續互助，傳達生命生活的一些信息。這是病人在說話，說出什麼是人生。

第一章

在參加瑜伽教師訓練營中的經驗

前　言

這是在參加 Sivananda 國際瑜伽中心在美國教師訓練營中的一段經驗。

來自不同國家的人們，大家都學過幾年瑜伽，對它非常認同，並且想進一步得到教師資格的瑜伽實行者，具有同樣目標人們相處的一段多采多姿的經驗。

我在那裡分配到的義務工作是當所有有了疾病病痛不適人員第一線的醫務人員。

這段一個月的朝夕相處的日子和緣分相當的不易。下面是這一個月來的記載。

➢ 一路上

以前我就想能去參加瑜珈一個月的修身訓練班，還能取得瑜珈教師的資格，這正是一舉兩得。當然，上這修身訓練班，得要有一定的基礎，我練過十年的瑜珈，該不是個生手，不必從頭來起。

這次診所關了門，時間上不成問題，加上 S 要在搬到 Malta 前完成他的改革計劃，我離開他五個星期，正好他能專心一意的去實行，於是我毅然決然的在美國加州 Grass Valley 的 Sivananda Retreat Farm 報了名（2001 年）。並藉此機會先去拜訪哥哥。

哥哥送我到 San Jose 火車站，我得乘火車四個小時，再轉公車一小時，然後打電話給那 Farm 請人來接。

在車站遇到一位中國人，他先跟我講英語，問出我是中國人後開始用中文跟我交談，但每個句子中總要帶上一兩個英文字，他說從大陸淪陷時，他就由香港到了美國，他有位美國太太，但他還吃不慣美國菜，自己煮中國菜吃。他有七十歲左右，中等個子，不瘦不胖，人挺有風度，是位學者。他說話不卑不亢，問我從哪來，要去哪。

我告訴他，我在德為自然醫學執照的醫師，現在去參加瑜珈修身班，六月初還要趕回奧地利講氣功。

「我太太最喜歡而且相信氣功和風水這一套，它們真的有效？我這次剛好去 San Jose 開國際宗教研討會，我和一位回教學者，談他的宗教，很有意思，那麼這次遇見妳，妳去學瑜珈，真是太巧了。」那位先生說。

「氣功和風水有它的道理，中醫也能治療許多西醫不能治療束手無策的病。」

「我一年半前騎車在郊外，被一位美國年輕人撞倒在路邊，我昏倒了好幾小時，沒人發覺，後來被送進醫院治療，但眼部的外傷雖治好了，從此視覺受損，到現在，我看書必得拿到眼睛很近處。才能看得見，自此以後我就不能開車，得乘火車，我太太會到車站來接我。」

「既然西醫治不好你的眼睛，它一定有內傷，何不去試試中醫。我認識一位周大夫，我給你，他的電話號碼，你可以去跟他談談，視覺太重要了，說不定中醫能改善它，值得一試。」

我們又談了一些兒女的事，火車經過了一處，他說那火車沿水開行，那即是太平洋。我想，它是太平洋的內灣。

火車居然誤了點。他下車時，太太果然在車站接他。他很熱忱的告訴她，他認識了一位很有趣的中國人，並把我介紹給她。

我對她很和善的點頭微笑，她硬生生地看我，沒什麼表情。

或許她以為丈夫在 San Jose 開會時，搭上了個中國女人，心中不大適意。

我反正問心無愧，就逕自返回車上座位。跟對面的一位美國太太談轉車的事。

她也要在 Sarcremento 轉車，她說雖然火車遲到一個小時，但公車會等我們，公車就是為了銜接這輛火車而設。

經她這麼一說，我也就放下心來了。否則人生地不熟，錯過了這班銜接的車後，當天就沒車再赴 Grass Valley 了，一天只有兩班銜接的車。

果然，那輛銜接的車在等候，司機有些不耐煩，我給了他車票，請他在 Grun Lake 那站提醒我下車。

司機見有兩站沒人下車，就抄了小路近路開，他說反正天已晚了，這樣對大家都好，因這班銜接的車，只有下車的旅客，沒有每站登車的旅客。

在車上，我看到一個拿著好大一包行李的女孩，猜她可能也是去 Retreat Farm，就問她是否去 Grass Valley，她說不是。

到了 Grun Lake 我們兩人和另外兩人下了車，我看到公車上招牌寫的是去 Grass Valley，就猶疑起來，不知我是該再多搭一站到 Grass Valley 才下車，還是就在 Grun Lake 下車。因那 Retreat Farm 是位在 Grass Valley，但在說明廣告上卻寫在 Grun Lake 下車。是 Retreat Farm 不知此公車開到 Grass Valley，還是 Retreat Farm 離 Grun Lake 較近？我問司機知不知道 Retreat Farm 是應在 Grun Lake 下車還是在 Grass Valley 下車？若應在 Grass Valley 下車的話，我願補張票，到 Grass Valley 才下車。他說他開往 Grass Valley，但他不知道 Retreat Farm 在哪，我要自己快做決定，他不能在 Grun Lake 站多等我，他要立即開車前往 Grass Valley。

我還是決定在 Grun Lake 下車。

司機把我的行李從車箱中拿出。

我在車站看到一個公用電話，即去那要打電話給 Retreat Farm。

我問旁邊坐的那位我曾問過，她說不去 Grass Valley 的女孩，打電話要投多少銅幣，並問我手上的 25cents 的銅幣，它們一面不同的刻像，是否都有效，另外兩位在旁邊的女士都過來看，一位說，是每州印的銅幣不同，所以它的一面刻像不一樣，但它們都同樣有效。一位過來看我打電話的號碼後說，打此號碼，不必投銅幣。我打電話到 Retreat Farm，請人來 Grun Lake 接我，這是在資料小冊上的說明。對方說，已有人來電話，汽車正開在途中，約十分鐘左右即會到達。

原來那三位女士都是去 Retreat Farm 的。那位矮胖的女孩所以回我，她不到 Grass Valley 是因她在 Grun Lake 下車。我應問她是不是去 Sivanada Retreat Farm 的，而不該只問她是不是去 Grass Valley。

一些我心中要問的話，自以為對方知道，並懂得我的提問，但它沒抓住重點，雖然對方跟我去同一地點，只因我提的地方不夠準確，得到的卻是不正確的回答。這只能怪我自以為胸有成竹的錯誤判斷。

➢ 報到入營

過一會來了一輛汽車，把我們四人載去 Retreat Farm，其中一人，以前到過那，認識開車的 David，跟他擁抱一番後，坐在前邊，在司機右邊的座位處坐下來。

車子慢慢地開入荒僻的小道，沒多久進入 Farm 內的一座房子前停下。David 把我們的行李拿下了車，叫我們先去吃飯，那時已晚上七點，開伙的時間已過，他說希望還有剩菜。

我們過到不遠處，草地桌上擺放蔬菜等素食自助餐，每人拿了碗碟，盛了食品吃。

飯後，我們走回 Office，向門房的 Pyra 小姐報到，她們繳足了費用，我在慕尼黑已繳全學雜食宿費，P 小姐查看了報名簿，果然如此。我們即等待分發住處。

Pyra 小姐告訴一位，在哪可以搭蓋帳蓬，然後分派我們三位到對面的房間，兩位住樓下，Pyra 小姐叫我住樓上。我看著我那有二十五公斤的行李，如何將它提上樓。幸好 Pyra 小姐幫忙我提上了樓，她說：「妳就在這挑一空位住。」說完她即離開。

我打量了這間房間，它直通樓梯，沒有隔門，地上擺了九個床墊，可容九人睡，牆角的四處已有人佔住，還空下中間的四張床墊。樓梯左邊有兩個門，通另外兩間房，樓梯往前走過一張床墊，後邊又有一個門，它是開著的，我探身進去，那裡有五張床墊，我問：「這裡還有沒有空位？」

一位東方小姐回答：「還有兩個床墊空位。」我看了一下，左邊房間有三個床墊，靠牆的兩個已佔住了，而右邊那位東方小姐回答：「還有兩個床墊空位。」右邊兩個床墊，都靠牆，屋頂斜的只能蹲坐在床墊上，房子又小又斜，又熱，只有西邊一個小窗，沒有天窗，比起旁邊有天窗，又較高的大房，要熱上好幾度。

我很快的做了一個決定，寧可住小而熱但靠牆的房，不要住通艙通道人多的房，於是我把行李拿進這間烘爐似的房間「定居」了下來。

➢ 室　友

那裡已住的三人，兩個為來自倫敦的英國人。睡我對面的是 Clare，她瘦瘦地，說話聲音細細地，長長的臉，臉色蒼白，看起來很隨和的樣子。另一個叫 Marline，不胖不瘦，一副不滿意的神色。她跟我說的第一句話是：「我以為來此是度假的，這麼多人住一間房，那麼太貴了。」

「既來之，則安之，一個月很快就會過去了。」我安慰她。

第三個就是我先看見的菲律賓人 Lym，黑黑的臉，矮矮的個子。

她們問我從哪來的。

「德國。」

「妳在那做什麼？」

「我有個診所。」

Lym 馬上把她的頸和手伸給看。她解釋：「我有敏感症，頸上和手臂內都長了皰，我擦了葯，不但難看，還癢得難受。依妳的看法我該怎麼辦？」

「皮膚敏感跟肺有關，我們在這每天做瑜珈，又再多呼吸新鮮空氣，我想那麼妳的病情會好轉的。」

「以後有時間的話我能不能多請教妳？」

「沒問題，當然可以。」

沒一會打鈴了，我們下樓，參加樓下廳堂內晚上八點到十點的靜坐和唱梵文詩歌，還有一位音樂家，大概在美頗有名氣，來演唱，大家鼓掌歡迎。

在此節目結束後，有位剃光髮的越南瑜珈尼姑，她是我們的主要教師，名叫 Devi，對大家說：「從明天起，早上五點半打鈴起床，早上六點到八點靜坐和唱梵文詩歌，八點到十點做瑜珈外課，十點到十一點早餐，十一點到十二點，瑜珈義務工作，十二點到下午兩點，上不同的課，每天會交待你們上什麼，兩點到四點上主課。下午四點到六點，又是瑜珈外課，晚上六點晚餐，八點到十點又是靜坐和唱梵文詩歌，宗教儀式，音樂會，或半小時靜坐後，又有別的節目，每天會告訴你們是什麼節目，每天晚上十點半關燈。」

等散會已晚上十點半了。

當晚，我們還得漱口，上盥洗間，一共只有五個浴室連廁所，有六十多個來修身上瑜珈教師課程的學生，加上 Camp 的工作人員，可以想像得到，它是如何的排隊和擁擠了。

當晚關燈時已近十二點了。

➢ 瑜珈義工

第二天，當我去 Office 買電話卡時，進來三位新到的同學，兩男一女，他們怯生生的不知該做什麼，見了我，就請教我。我比他們只才早到一天，卻居然已成了過來人，告訴他們先要在那報到，要讀完兩個規條的單子，還要在上面簽名，其實這兩個規條，在慕尼黑報名時，已簽過了名，上面寫，在 Camp 內不准帶魚肉蛋等食品來吃，更不可帶咖啡茶葉酒來喝，抽煙吸毒全在禁列，所有學生必得住宿，不准在外過夜，更不可有曖昧行為。若有違反任何規則，會被 Camp 立即開除，且不退學雜食宿費用，簽完名後，才分發住處。他們是帶帳蓬來，那麼只能在後邊的草地上扎上帳蓬。其中一位男的叫 John。

那天要分發工作，由接我們的 David 來辦理。剛巧我上 Office，看到他，我給他一百美金，作為捐款給 Camp。

他跟我說：「我正要想建議妳，想交待妳的工作為，照顧生病或有不適的同學們，妳覺得如何？」

這正是我求之不得的事。在家時我曾跟 S 說，在那 Camp 每人每天都要瑜珈義務工作一小時，怎麼才能使我學有所用，對別人又有益，最好能派我做醫務方面，或講中醫方面知識的工作，讓 Camp 中的教職員也能有所獲益。我希望在慕尼黑的瑜珈中心代我建議並說幾句好話，以便此願能達成。

得到的回說：「每個瑜珈中心，有自己的原則，分配義務工作，妳不便去左右他們。」

我只好作罷。

當 David 這樣問我時，我自然喜出望外，立即答應。

那天中午，瑜珈義務工作一小時的時間 Pyra 小姐卻派我去打掃神座，我有些疑惑，心想 David 跟我說好了，我的工作是照顧生病的人，怎麼派我做別的事，David 在一旁聽到，沒說話，我心中雖嘀咕，但沒有問，我仍遵照她的指示，將供的鮮花花瓶拿下，一些花瓣落在神座布上，並把神座上的木刻神像，土塑重得很的神身，跟她一起抬到一邊，把祂們下面墊的布取下送洗，然後舖上一層新的紅澄色的墊布。我和Pyra 分別清理神像上的灰塵。

外邊整理花園和鋸切木板的人們，不時把電插頭從神座後邊半開的玻璃窗外，遞給我，叫我在屋內將它們插在電插頭上。等我們把神座上的神像放回原位，一個多小時就已過去了。

接著 David 來分配每人的瑜珈義務工作。

有洗碗，有掃廁，有洒水，有管電氣，有鋤草，有管開闢荒地，有管整修廟堂，有管打掃客廳，整理廚房，清理神堂等等，David 叫到我的名字，讓大家認識我，這時我自動的站起來，David 向他們說明，任何人有不適時可以來找我，因我是醫生。

到底他還是記住他跟我說的話。

此後每天人人都按部就班的做瑜珈義工。我們不必排隊洗自己用過的碗碟。

開闢砍伐叢生草木的人，工作相當辛苦。他們鋤地每舉起鋤子，往下鋤時，都異口同聲的喊：「enjoy」。

➢ 開學典禮

這是一個正式的開學典禮。不但舉行宗教儀式，還有拜師典禮。

宗教儀式相當的長，由一位印度的祭司主持。在祭台上燒檀香木，火勢炎炎。

然後 Devi 教師叫一個個的學生名字，每人走向前，先接受祭司在前額雙眉中處，印堂穴上，點的黑炭，之後跪在一位男教師前，向他叩頭，他在那眉中處，再塗上白色的灰油，和紅色的標記，然後交給那學生，兩件製服，和一本教學手冊。

接受了這包師禮後，即得換上製服，上身是黃色的，代表知識，下身為白色長褲，代表純潔。

我們這群日後的瑜珈教師，要以純潔之心來傳授瑜珈的知識。

我們每人經過這場拜師典禮，換好了制服後，每人都又正襟危坐的回到自己所盤坐的位子上，心裏受了這種莊重儀式禮儀的影響，像是回到了古印度傳統，鄭重的接受拜師儀式，每人心中都充滿任重道遠的莊重嚴肅心情。

接著是去上瑜珈健身兩小時的課。瑜珈認為每人內心深部的靈魂，是神聖的神靈，那麼身体等於是靈堂，它不但得保持清靜純潔，還得維持健康。這是瑜珈訓練身心的目的。這是內外兼修。

中午一點到四點，兩堂課都由 Devi 教師來上，她告訴我們，我們都得穿上制服，來上所有在這間聖堂的課。此即言，每天至少要有八小時穿制服。她將我們六十多人，按照順序，由一到六十三，點了名，每人給一個號碼，要我們一一記住自己的號碼，在寫課業時，都得註明。

我們這六十三人，分成兩組，第一組，一到三十號由一位叫 Rebeca 管點名和收課業。三十一到六十三號屬第二組，由 Frit 來管每節課的點名及收集作業。

我是第六十號。

下課後，她叫我們將她所上的課，寫一個報告，而且每天上完主課後，不管是她教，或是別的教師教的，都得寫報告。大家互相看著，怔住了，心想，課程安排的那麼緊湊，我們哪有時間來寫報告？

她又說，上任何一堂課，都不准遲到，更不准缺席，連早晚的靜坐和唱梵文詩歌，宗教儀式，也不准遲到，每天上課時間，準時關上聖堂課室門，不准缺席，更不准中途離席，這樣有吵靜坐和神祇。因特殊原因，不能參加課程的學生，得寫書面呈示道歉。

「若是我們中途要上廁所怎麼辦？」有人提出異議。

「那也不准出去，你們都是成人，要上廁所，就早上，否則要等上過了中途的兩個小時的課後，才能如廁。」

她絲毫沒有任何憐憫之心的下了結論。這時大家知道，她是位嚴師，沒有可討價還價的餘地。事實上，我們去 Camp 接受瑜珈修身訓練，它的目標，是訓練出一群瑜珈的教師。我們既然都是一群自願軍，在來之前，也都讀到過這些規章，以及在這一個月內，要接受五百六十小時的瑜珈訓練，那麼我們自然得對自己的決定負責，只有振作，完成這段訓練，若要偷閑，找安逸的話，是選錯了地方。

於是大家默然，我們噤若寒蟬，沒有異議，表示接受一切。

當晚寫完 Devi 交待的課業後已近十二點。趕快熄燈睡覺，次日五點半又得起身。

➢ 浴室廁所和打電話

我們六十三個學生，加上 Camp 的員工，一共只有五個浴室可用，每一浴室內，有一個抽水廁所。它是最熱門之處了。

每下一堂課，大家就爭著上廁所。那裡常常是排長龍。好在多半的人都体諒排隊的同仁，盡量不多佔時間。可能就因為不敢佔用多的時間上廁所，起初不少人患便秘，問我該怎麼辦。

有時我們正在等著上廁所，下節課又開始，瑜珈外課在室外的教師叫我們放棄上廁所，快去上課。

當我們說明急著上廁所時，她叫我們去樹林野地裏解決。她說：「這些都是大自然產物，殊途同歸。」

那裡天氣熱，做完瑜珈後，尤其是在沒樹陰遮住的大太陽下，全身出了熱汗，不能不每天沖澡，又得排長隊。在大家吃飯時，沖澡是個好時機，但要打著等沖完澡後，好菜已光，拿不到什麼東西吃了。

沖澡的水也是一種「新專利」。按一下開關，水只往下沖兩三秒鐘，就自動停下，又得再按，真是礙手礙腳，費時費事。好在人有適應環境的本能，慢慢的我們就習以為常了。

Camp 有電話，但我們卻不准用它打出，對方也不准用它打入電話。所有進進出出的電話，只能經過唯一的一個公用電話，它掛在 Office 外面的一面牆上。下面有一張凳子，可以坐著打電話。天黑時，只要拿起聽筒，自動有盞燈會點亮照明。

可以想像得到，在我們上課時，外面打進的電話沒人接。在下課後，飯前飯後，又是一大堆人排隊，等著打電話，根本外界不可能打電話進來。

這個唯一的電話，又是大家所熱衷之處。

我們打電話，都是去 Office 買電話卡來打，德國與加州時差九小時，若是我犧牲半小時吃飯的時間，等著打電話到德國，卻又沒打通，不管是對方不在，或是電話弄到 fax 的信號上，那麼那天我就沒法跟對方聯絡上了。

他說他曾不知試過多少次，打那電話號碼給我，不是佔線，就是沒人接。

我說我會每天排隊等著打電話給他，若是他沒接到我的電話，就請他給我一個 fax。有時接到他兩天寄來的 fax 後，第三天才能跟他聯絡上。

➢ 精神病患

第一位正式來找我的是一位叫 Amande 的女學生。她穿一件薄薄地長衣夏裝，那時是晚飯後，上靜默課前。

她說她每次做了瑜珈的呼吸後，精力特強，人像要發瘋一樣，靜不下來，全身感到通了電，問我該怎麼辦。

我教她做摔手，把注意力集中在腳心的湧泉穴，試著把電從足心通往地下中和掉。

從她繼續說明的言辭中，知道她神精不正常，在來此 Camp 前還發作過一次，醫生給她開了很強的葯劑。她說若她的電流和高度的興奮感不能平息下來的話，會發生事故的。

我看情況嚴重，要她快打電話，給她的精神科醫生，問對方該怎麼辦。

她問我，她很熱，能不能去游泳。

我見她有多餘的精力，游泳運動正好可消耗中和這些過多的精力，即鼓勵她去游泳。

當晚我在思考，她會出事嗎？她會不會傷害自己？會不會也傷害到別人？我該不該把她的情況告訴 Devi，讓她知道 Amande 的情形？

上完了靜坐等課後，問她跟她的醫生聯絡上了沒有，她說還沒，明天再試，但她說她已感到好多了。

我才決定不要告訴 Devi，一方面，她信任我，跟我講她的情況，沒有得到她的認可後，我不應眼別人講，包括 Devi 在內。何況誰知 Devi 的反應會是如何，說不定她會認為我在大驚小怪，反倒更不妙。那麼不如我再繼續觀察 Amande 的情況，若再轉嚴重的話，再看如何處理，再考慮是否得通知 Devi。

另有一位男士 Bill，高高的個子，他來半工半讀，在廚房幫忙煮飯。他告訴我，他知道他應對人和善，但他內心有一股暴力，他一再設法制住它，但越壓越難受，他怕它會爆發出來，而弄得不可收拾。他問我該怎麼辦。此外，他的背在痛，雙膝也在作痛。

看他年紀輕輕的，人很壯實，他一定有多餘的精力。我要他多做摔手運動，多按摩足心和手掌心，雙膝蓋膝眼，要他邊跑步邊做吐息，跑步運動時，要用腳尖，不可顛的太猛，傷到膝部。

幾天後他告我，膝蓋前兩天，突然卡嗒一響，他嚇了一跳，但自此以後，他的膝蓋痛疼完全消失。

➢ 耳內入水的嘉里

嘉里先生長的很帥，說話侃侃而談，金色頭髮，脊背挺得直直的，頗像個運動員，在所有參加上課的男士們，他是最年輕最傑出最帥的一位。

在我排隊等洗澡時，有位年輕人愁容滿面的過來，原來竟是嘉里。他在游泳後，雙耳進水，一隻耳內的水，在低頭用手掌壓耳並腳跳動後，淌出了，但另一耳，水灌太深，弄不出來，每走動一步就感到水在耳內撼來撼去，很不舒服，他問我該怎麼辦。我用衛生紙折成小圓形，塞入他耳內，想藉著紙的滲透力，把水吸出來，無效。又要他閉住口，用手捏住兩鼻孔，然後試著做以深呼吸的勁鼓動耳鼻肚子，看能否把耳內的水擠出，仍沒用。這時有人建議，把那耳內，灌入水至滿，引內中的水出來。我說我沒用過這種方法，不願這樣建議他。他自己也不敢這麼做。他又問我，水在耳內有沒有危險，該怎麼辦才好。我說一般說來沒關係，身體會自行排斥它出來，只是這不是通常游泳池的水，而是混合泥草的死水。叫他也不必著急，過一夜再說，多半水會自行流出，若它沒流出，耳又發炎發痛的話，那麼就不容忽視，得立即去看醫生。

次日他見了我，沒等我問他，就說：「昨晚水仍然在耳內幌來幌去，很不舒服，但今早它全流出來了。」不但他高興，我也鬆了一口氣。

可惜這位先生，只上了十天課，就中途輟學。

➢ 週五的休假

當 Devi 說每週五休假時，四周爆出一片歡呼。她接著說：「但是早晚各兩小時的靜坐，和宗教儀式，以及一小時的瑜珈工作不可缺席。上下午兩次的瑜珈課仍照常舉行，只是並非強迫參加。換言之，十二點到四點的課是去掉了。」

要外出遊玩的人，只要把瑜珈工作挪到晚上七點到八點的話，他可以早上八時出門，晚上七點歸營，有十一個小時可出外遊玩。

Mary 說她的丈夫帶小孩週五要從加拿大來看她，他們從 Montel 週四就來，住在旅館，週五他們可有幾個小時聚會，然後父子就又回加拿大。她為他們的來訪高興極了。

有些人趁著這個假日出外購物，有位年輕的 Sherry，問能給我帶些什麼東西回來。我託她買卡片和可撕下紙張繳作業的練習本。因女兒威英要過生日，在 Camp 買不到生日卡片，也沒看到有賣筆記本的。

我也很高興一週有一天假，不用上主課，沒有新課業。Swami OM 卻在週四交給我們好多的作業。

那天我仍然去上瑜珈運動的課。出席的人只有十分之一，由一位 Bagavati 女士帶課。她約二十七八歲，有一隻粽色的狗，到處追隨她。牠不准進課廳。每次當她參加宗教儀式時，牠等在門外，好乖好著急的等。散會後，她一時不出門的話，牠等在門外，每次門一開牠就充滿了希望的看，不是她時，牠又失望的發出一種令人愛憐的嗚聲。

她教瑜珈運動課程很認真，要我們全身毫無鬆懈的做各種平常課內並沒做過的瑜珈運動。上完課後，我們雖然感到很累，同時卻也感到非常的滿意和充實。

許多沒外出的同學並不來上瑜珈課，她們利用這段時間洗衣，溫習功課，寫課業。

➢ 一日兩餐

我們全吃素不說，一天只有兩餐。上午十點的 Brunch 和下午六點的晚餐，都是自助餐。

在飯前，大家手牽手的圍成一個大圓圈，一齊唱一段 Mantra 的感謝辭，然後每人去拿一個大托板，茶杯，湯碗，碟子。

茶是草茶。湯有時濃有時稀，我很少去喝它。通常有一道煮的青菜，一道生菜。偶而會有豆腐，它的份量相當少，會限制住每人只准拿兩塊。不時會有像 Pizza 似的糕，外表看，厚厚的很誘人，吃起來它的味道不怎麼好。米飯麵和別的雜糧，隨人喜歡各自挑選。有時會有麵包，晚到的話，常只剩空盤。有時也會有甜糕，它的味道不錯。水果每人只能拿一個，或是蘋果或是橘子，有時只有半隻香蕉。

菜餚變化不大，有時種類多些，有時飯菜很貧瘠，味道也不好吃。碰到這種食品，大家的情緒都不大高。有些去 Office 買冰淇淋，花生，餅干，巧克力等零食吃。有些週五到外邊打牙祭，或買些水果食品回來。

我嫌 Office 的食品太貴，除了買過兩小瓶礦泉水，和幾張卡片外，不曾買過別的東西。

大體說來，沒有人挨餓，有人煮飯侍候，不必自己動手，可省去不少的麻煩和時間。

➢ 愛情苦惱

Bagavati 居然有天跟我約了看病時間。

她的雙耳發痛，有四個月了，把了她的脈，看出她肝膽和腎經不大對勁。按了幾個與它們有相聯的穴道，疼痛不已，而且看出她身体偏弱。我頗覺奇怪，她在此 Camp 已工作了三年，每天做瑜珈，又靜坐，怎麼還會有這樣的病痛發生。我頗為不解問她：「妳一定有不少心事，才會造成目前体弱的情況，有什麼事悶在心裏？」

這話剛一說出口，她就傷心的哭了起來。

我拍著她的肩，問她：「是跟男友的事？」

她點頭說：「我跟男友分手了三年，他是一個很壞的人，我知道跟他分手是對的，但是它使我心痛。」

「愛情是最會令人痛徹心髓，妳認識他多久了，才會使妳那麼的痛苦？」

「我們一共才認識了兩年就分手了。分手對我只有好處，因我看出他是個壞人。我們兩人在一起是不可能有前途的。」

「那麼妳選擇速戰速決是對的。中國有句諺語：慧劍斬情絲，既然打著分手，只有下決心一刀兩斷才是上策。當然情感之事，並不能說忘就忘，它得假以時日去沖淡。妳還年輕，妳一定能找到一位理想的男友。」

我想起曾看到她跟一位來上 TTC 的同學擁抱，知道她不是擬出家的，所以這麼的勸她。

「是的，我相信我能找到這麼一位理想的男友。」她說時人挺直了腰，頗有自信的說。

我為她高興，她又能振作起來。

「可是妳的耳痛已那麼久了，妳不能再拖下去，它已從一耳轉成兩耳痛，而且又遷延那麼的久，這說明妳自己的身体抗力不夠，那麼妳得去看耳科大夫，不能再拖下去，同時妳得多吃些維他命來補身體。」

「可是我沒有疾病保險，我怎能去看醫生。我在這做事只管吃住。」

「妳去跟 Swami Siva 商量，說我說的，妳的耳朵痛不容輕視，更不宜拖下去，越早看醫生越好。」

在她傷心哭時，Lym 沒敲門就進來了，見我們兩人坐在床緣，她哭紅著臉，我的手伏在她肩上，撫慰著她，Lym 一定不知是怎麼一回事。

我不知 Lym 為什麼要進來，她著實吵到了我們的清靜。我即跟 Bagavati 說：「讓我們出去走走。」這麼提議，也是為著給她留面子，不要讓 Lym 看出是怎麼一件事。

經過 Lym 這麼一打攪後，雖然我們出外走，但談不上來什麼話，我勸她打起勇氣，別再為分手的男友分心，一切都會被時間沖淡的。她謝了我後，我們即各做各的事了。

➢ Rita 和她的父親

Rita 是位胖胖的中年婦人。在飯間曾聽她說，她哥哥來過電話，父親病重，她可能得趕回家。

她父親得的是中風，她一人照顧父親，哥哥住的不大遠，偶而也去看看父親，好在他的病並沒惡化，她就不必中途輟學。

一天她登記了跟我商談她的病。她已得了好幾年的糖尿病，現在臉上皮膚發癢，眼睛多紅絲呈乾燥，肚子發脹，便秘沒味口。

檢查了她的身体，看了她的眼舌，按了她的脈，看出她的毛病不只在脾，連肝腎也已波及。我教她幾個穴道按摩，前後花了半個多小時。

她問我，要付多少診病費，我說，什麼都不用付，這是我的責任和義務。

過了兩天，是週五的晚上。在床上發現了用包裝紙包的禮物和一張大卡片，打開來一看，是 Rita 寫的感激卡片，她送的是一本印的很精緻的記事本。沒想到，看起來粗粗的她，心倒是那麼的細膩。

➢ 哎呀一聲

在上西醫解剖學課時，我早早的就到課室，坐下跟奧國來的 Hilde 說話。她坐我斜後邊，我回過頭，左手放在左大腿旁，不料猛然左手背被好重之物壓到，我不期然哎呀的喊了一聲，把手收回時，它已遭了殃，原來是 Kent 跟另一人抬一個大 TV，他的腳踏到我的左手背。它紅腫起一大塊。

Kent 放下 TV 後，非但不道歉，反而說：「這是妳的錯，跟我毫不相干，妳該慶幸，我沒把妳的膊子踩斷。」

我是跟平常一樣上課，坐在地氈上，跟每個學生一樣的坐著，誰會料到他從後邊過來，踩到我的左手背。Kent 人又大又壯，這一踩非同小可，左手背著實痛得很，他大概怕惹了事得賠償，就先來壓制我，指責我。

被他那種無情的態度所氣，加上手又痛又腫，我忍不住哭了。

坐在我前邊的Sherlin，看到我紅腫的手，立即說她去拿冰給我凍手。

她拿來冰布，蓋住我的手背，它紅腫依然，我想到 Kent 的態度越想越氣，不住的哭著。雖然上課，一些同學仍過來安慰我。同房的 Clare 把我帶出課室，抱住我，問是誰踩的，她即去把 Kent 找了出來，這時他才來向我道歉，並問他能為我做什麼。

我說他已道了歉就夠了，他什麼都幫不上忙。

這件事很快的就傳出去了，好多的同學都來問我怎麼樣，左手背腫的跟饅頭似的，冰凍布片換了好幾次，沒有一點用處，晚上我只好在靜坐前針灸。

腫處雖然很快在一週內消了不少，但至今已兩個多月，仍留下一塊腫肉，它還不知要再經過多少的時間才會慢慢消去，或者永留遺跡。

➢ 含情脈脈

在開學前的第一晚，有一位又窈窕又漂亮的女士表演印度舞。她的身裁身段美極了，身子柔軟得比道地的瑜珈師還軟。眼神臉上的表情，生動得令人覺得比電影明星們還更具有魔力，她演印度的英雄美人故事，手舞足蹈，頭也跟著舞姿擺動，一雙媚人的大眼，不時怒嗔，不時閃出柔光，真是千嬌百媚，勾人心腸。

我身為女子，已被她的美妙姿容，精鍊舞步，千變萬化的神色所吸引住，更不用說男士們的感覺了。

她一人足足表演了一個多鐘頭，除了樂聲外，四周寂然，大家都屏住氣，凝神靜氣在欣賞她的表演，她迷人的姿色，舞姿步伐，精鍊動人。

當樂聲停息，她舞姿曳然而止，只見她低首時，頭幾至足，當她退位時，大家不住的拍手，掌聲久久不停。

當 Devi 感謝 Swami Om 的表演時，我大吃一驚。因 Swami 是等於跟尼姑一樣，是瑜珈的大師，不准結婚，過的是守真守節的出世生活。

怎麼這麼一位多才多藝的女士會出家，令人不解。

Swami Om 是位非常迷人的教師。我們猜不出她有多大的年紀，她跳印度舞時，身裁苗條的像二十歲剛出頭的少女，她又是 Swami Devananda 的學生，他過逝也近十年，他的其他的學生都已五十多歲。她教書很認真，做起瑜珈來樣樣都過人，她是猶太人，又為出家者，每天她都變化髮型。雖然她穿的也是金黃色衣服，但它的質料高貴，樣式摩登，一看就能感覺到她是來自富貴的家庭。但她為什麼要出家呢？實在想不透。

她有一雙大大的眼睛，黑黑濃濃的秀髮，人永遠是高高興興，樂觀進取，但我發覺，她可能默戀 Swami Swaro，他也是猶太人。

每當她知道 Swaro 參加靜坐，她一定在場，自動會要求先帶唱一首聖歌，唱起聖歌來，待勁得很。她知道 Swaro 哪一天來給我們上課，她也一定在場，坐在最前面，他每講一段課，她凝神的頻頻點頭。若學生們口舌多時，她立即制止大家的吵雜聲，噓著要學生們肅靜，靜待教師的發言。下課後，她會匍伏上前，跟他用猶太人話講個不停，甚至有時會耽擱她教的下節瑜珈練身課，雖然她平常很嚴，準時開課，我們若排隊等上廁所時，都要我們快去上課。

當 Swaro 咳嗽時，她會慌忙的端水給他喝。他流鼻涕時，她立即把她的手帕遞給他，要讓他擰鼻涕。有次我還看到她跪下，吻他的腳，表示她對他的崇拜尊敬，她的臉和眼睛跟一個小女孩一樣的天真純潔。

他一定也早看出她的含情脈脈，可是他一點不動情，反之，對她相當的不客氣，當著大家的面批評她，有次大家在討論問題，她也說話，他立即指責她的不當，雖然她是我們的教師。

是他要藉著對她的嚴肅指責，使他不致迷戀上她，或是使她改變對他的迷戀？那就不可得而知了。

他們平常是不處在一個地方，他管以色列區的瑜珈信徒，她在洛衫磯教瑜珈，這次是因在 Grass Valley 的 TTC 課，兩人才調到同一個 Camp 教書。

是她對他的崇敬，如一學生對師長的崇拜，還是她對他真是脈脈含情？只有她一人知道了。

➢ 樂園中的魔鬼

有次我坐在樹旁打電話，看到在牆角有隻蛇在向左邊樓梯處爬行。它約二十五公分長，五公分寬，顏色跟壁虎差不多，很不顯眼。

Camp 的壁虎很多，在牆旁常可看到壁虎，在爬行，並不以為意。但蛇是第一次看到，我在電話中跟對方說，前邊有條蛇，對方嚇了一跳，忙說有蛇的地方，他絕不去住居。這時我見有一位 Camp 工作的女職員經過，就告訴她，牆邊有隻蛇，她說：「這裡的蛇多得是，沒什麼好吃驚的。」

這時 Bill 過來，我說，牆邊有條蛇，它已爬到樓梯轉角處，他過去一看，大聲的喊：「這種蛇我認得，它是條毒蛇。」

一會圍來了好幾個人，有一位 Camp 職員，三十來歲的，一把捉住了蛇的脖子，使它不能動彈，然後拿在手上，往遠處草地放生。

本來有幾次，在睡覺前，約晚上十一點我去打電話，因那時一般學生已回房，不必在電話前多等。經過這次毒蛇出現，取消此念。

當我跟室友講發現一條毒蛇，叫她們走草原時小心，不料 Lym 說，她在浴室旁的水池邊，曾看過兩條蛇，她還聽說，有人看到響尾蛇。Clare 說，她在草地上走，看到有條蛇在她足前滑過，她嚇了一大跳。

過了幾天，碰到 Bill，問他，那天捉蛇的人叫什麼，他說叫 Shanpo。問他是否確知那條蛇有毒，他說當然。又問，要是 Shanpo 被那蛇咬了的話怎麼辦，他回：「只有趕快送進醫院。」

連著幾天，看 Shanpo 忙著割草，又過了幾天，我在瑜珈的木台小路旁走過，見 Shanpo 又在用機器割草，他告我，草中藏的毒蛇多，所以他得割掉，把蛇們趕遠一點。而在那條小路的兩旁，都有學生在紮營。他們要是知道，毒蛇就在附近的話，能安心入睡嗎？

➢ 幾人退學

同室來自倫敦的 Marian 是第一位退學的人，她才住了三天就要搬到別的地方去住，她抱怨房內有人打呼，使她睡不好，又怪課程太重，她以為是來休閒度假的，她受不了瑜珈內課外課的負擔，一個星期後，她離開了 Camp。

十天後聽說 Charly 也離開，我很感意外，他通常上課挺認真的，每課必上，有時還發問，怎麼居然不能堅持到底，突然離開。

兩個星期後，Rebecca 紅著臉和哭著，Om 說，為什麼她要把這事宣揚出去。

原來 Rebecca 吸毒，她告訴一位同學，他講給 Om 聽，Rebecca 就跟那位同學大鬧，此事就鬧了開來。Om 說，她不會將它張揚出去，而現在 Rebecca 自己把它鬧了出去，傳到 Devi 的耳中，那麼她也愛莫能助，Rebecca 只有被開除一途了。

Rebecca 曾找過我，說她消化道上長 Pilz，使她很不安，到處看醫生沒能治癒。

問她怎麼傳上的，她說不知道。她說她曾學西醫，中途停學，現又要繼續學下去，但她喜歡學中醫，問在哪可學它。當時我就覺得奇怪，怎麼學了幾年醫又輟學，既然又要復學，怎麼又要去學中醫。但沒料到她居然吸毒。

有位隔房的年輕人一天來找我，她肚子痛。她說她剛懷孕，她來到 Camp 時還不知道此事。

「那妳怎麼現在知道了呢？是月經沒來？」

「我請人週五帶了一個驗孕條，證明我是懷孕了。」

「妳也高興懷孕？」因我不知現代的年輕女人是否喜懷孕，所以特地這樣問她。

「是的，我丈夫也高興。」

「那太好了，妳從什麼時候肚子痛了起來？」

「已有兩三天了。」

「妳要注意，不可喝涼的水，不可打光腳。」我見她臉色蒼白，雙手發涼，就先這樣的勸她。

「我丈夫要我就先輟學回家，但我希望能唸完 TTC 的課。」

「既然妳已報名參加這課，最好能完成它。」

「我肚子痛的晚上睡不好覺，現在很累。」

「那妳今天就別參加晚課，早點休息睡覺。妳自己能做的就是輕輕的揉肚子和胃，和膝蓋下的足三里穴。」說時，我一一的指點給她看。

次日問她，她說她早睡覺了，肚子好了些。

可是過了幾天後，忽然聽說她已輟學返家了。

另外還有一位女學生也中途輟學返家，我不認得她，更不知是什麼原因。

➢　大聚會

為了準備這個大聚會，每天不少的瑜珈學生到附近的一處，幫忙整理搭成一座廟宇。

這個聚會是由各處 Devanada 的第一批 TTC 的學生，他們決定出家，都已成為歐洲美洲與印度的瑜珈領導人，聚會在 Grass Valley 的 Camp 內，一方面慶祝那裡成立三十週年，另一方面他們要在那開會，商討今後動向。

這個大聚會的時間約在我們上 TTC 課的十天左右，共一星期。

一天在園中看到那位從慕尼黑來的瑜珈教師，她說她只是陪伴一位 Swami G。

我有他鄉遇故知，分外親切之感。她猜她的使命是幫忙做飯。可是後來除了在宗教儀式的聚會外，沒有再看見她。可能那些 Swami 都在別處吃飯。

他們都穿著橘黃色的袈裟，年紀不相上下，舉止動作，差不了多少。都是慢吞吞的，不時往左右看，偶而對我們微笑一下，表示和善。

其中有兩位男的，除了高矮有區別外，幾乎是一個模子造出來的。他們在類似的環境中長年生活，每天吃素唸經，做瑜珈，物質和精神食糧類似，怪不得發展出的神態也相似。

就像不少幾十年相處的夫妻，他們似乎樣子和神情，隨著時日越來越相像。

對於出家的人，我都有無限的敬意。不管他們的動機是什麼，他們放棄家室，放棄世俗的榮華享樂，每天吃素。這種出世的簡樸生活，不是一般人所能和所願意做到的。

在這段期間，有好幾個大的宗教儀式，早晚都由印度祭師帶助手來主持。

在祭台上燒著花，不管我們信什麼教，每位學生都得從祭師手上拿到不少的花瓣，投入火中。所有在廟裏的小神像，都一一洗澡浴身，然後塗上聖油。晚上還請了能講能唱的另一印度祭師帶他的樂團來主持，每晚都到十點半，十一點左右才結束。

平常在舉行宗教儀式後，只分給參加者一小瓣蘋果，或別的水果。

在這段佳節期間，每人得到所食的祭品，相當的多和豐富。它是煮熟的甜泥糕，每次都吃不完，留著。

那裡的天氣很怪，白天太陽出來後很熱，晚上十點仍然熱的難熬，但是半夜會冷的凍醒。所剩的甜泥糕，隔了兩天，不新鮮了，只好丟掉。

這些節目對不信印度教的人來說，是相當的陌生。

我覺得，任何宗教都有它的文化背景和歷史內涵，不管信不信，都得要付以尊重之心。

➢ 「不」的一聲

每次靜坐都由一位 Swami 來主持。

有幾天是由一位從巴哈馬，瑜珈中心派的 Swami 來主持。

他是法國人，小小的個子，三十多歲，有娃娃臉。他教我們唱詩歌和瑜珈運動。

由於他年輕，像個小孩，在我們這群成人面前沒有權威。

他大概也知道，他很難得到我們奉他為教師的尊嚴，他就裝出特別莊嚴嚴肅的神情，尤其是在靜坐時不苟言笑。

一天正在他領導我們正襟危坐的靜坐時，四周鴉雀無聲，突然有一位學生，「不」的一聲放了一個響屁。

當然在靜寂無聲，莊嚴慎重的時候，這一個「不」聲特別響亮，成了嚴肅氣氛的一個明顯的對照，每人聽進耳中，都感到好笑，但我們都拼命的蹩住笑聲。

我後面的一位女同學，在強力忍住下，終於蹩不住，猛然的笑出聲音來。

她的這一聲帶著強忍後顫動的笑聲，使得仍然正在蹩忍住笑的同學，就再也禁不住，不期而然的都迸出了笑聲。

幾乎全班每個人都再也忍不住的大笑。這種笑聲具有感染力，我們越想忍住笑，就越忍不住笑。法國教師不住的說著「肅靜」「肅靜」，他越說我們越忍不住笑。大家笑得前俯後仰，笑得眼淚都流出，肚子都發痛。我從來都沒有遇到過這種一陣又一陣忍不住而爆出的笑聲。

次日 Swami OM 把我們大訓了一頓。

她說，我們將來當了瑜珈教師，為人師表，怎麼連這點涵養都沒有。放屁是最常見的事，有什麼好笑的，尤其在聖堂內，更不應嬉笑，這是對神的不恭不敬。

我想起中學時，在考試時有位同學放屁，我們笑出聲，老師立即罵：「誰沒有放過屁，有什麼好笑的。」

當時我們並沒蹩住笑，那位老師又嚴，因而笑聲立刻停止。

法國有位很有名的首相 Recherlier，他是樞機主教，又為貴族，人很有機智和急智。有次他放了一個庇，沒有人敢笑。只有一位貴族小姐忍不住笑了，他即對她說：「小姐，很容易逗妳開心。」

這句話一說，丟臉的反是那位小姐。

➢ Sita 的突襲

我們四個室友，Clare 最沒有紀律。她衣服脫了亂放。我旁邊的櫃子常堆著她的東西，她脫下的衣服不時放在我床舖的下角。每天她都不疊床。Maria 和 Lym 比較有規律，不時疊她們的床。我是每天一起身後順手把床舖一下。

一天我返回屋中時，Lym 告訴我，Sita 方才來突襲檢查，她問每人睡的地方，拿了一個記事簿，一一記下。她說 Clare 的床根本沒有疊，將來怎麼能為人師表。

這使我想起大學住校的情況。那時我和姊姊都住台大第一女生宿舍一零五室。每次蕭教官來檢查時，都訓我們床疊的不夠好，不夠方正。

么妹說，等她住進台大女生宿舍時，蕭教官還記得我們，批評我們床疊的不好，那時舅母陪著么妹，她忙幫么妹說話：「這個妹妹可不同了」。

➢ 一零八

學期快要結束了，在一次宗教儀式時，每人得要獻出對教師的感激之情。得獻花，食品和錢。錢數目的多少每人自己決定，但數目要 108。

同室的 Lym 說：「我身上沒有什麼錢，我放一美金八分。」

加拿大的 Maria 說：「我放十美金八角。」

她們問我，信封內裝多少錢。

這時我不得不說，它裡面放著一百零八美金。

Maria 一聽立即反對：「妳放那麼多錢做什麼，Sita 說，錢只是象徵性質的，妳放那麼多做什麼。」

我說：「我當醫生，不好放的太單薄。」

「反正信封上根本不署名，沒有人知道是妳放的，妳是白放了。我們來這學瑜珈不是沒繳費，還繳了很高的學費。妳何必再花那麼多錢。」

「我沒有八角的零錢。」我找藉口推掉。

Maria 即自己找出八角零錢要跟我換。

我不太好拗她的意，就拿給她一美金換了零錢，封了信封。

但是晚上我睡不著覺，只放十美金八，使我感到很不適意。這不是我的原意，使我覺得它太薄少，不成敬意。

我想我應該按照我自己的心聲做事，何必受到別人的影響。

那裡的教師都盡他們的力，來教授我們。我們只需表示一次我們的心意，何必那麼的小氣。

大概她們繳的少，不願意別人繳多，所以就這樣的來影響我，要我跟她們一樣。

我輾轉了好久，已到清晨三點，見她們已都睡著，就起身又換了一個信封，內裝上一百零八美金。

這樣我才安心的入睡。

➢ 最後一週

瑜珈教師班已經接近尾聲。有些同學，變得精神脆弱，碰到不少女同學哭哭啼啼。

先是一位很可愛的女孩，十九歲，她說背痛，在做瑜珈運動時，彎身太猛烈厲害。

她怕她的脊髓斷了。要她轉動雙腿，沒有一點問題，我告她，脊髓沒有斷，她放心好，她只要多休息就會恢復過來。

一位隔壁房的同學，被蚊子咬到手背，腫起一大塊，Office 沒有藥，她痛得哭著，怕她手腫不消的話，不能參加考試。我給她擦上萬斤油後，叫她別擔心，到考試那天，她的手背就會好的。

同室的 Maria 跟丈夫通電話，丈夫哭訴，他一人帶了兒子三個星期，兒子不肯跟她說話，他說媽媽這麼久沒有回來，她不會回家了。她聽了後傷心的哭，說兒子已忘了她。我勸她，她返家給兒子買個禮物，多擁抱他，就一切會如常。

她是近四十歲才得子。她說她六歲的兒子最喜歡手槍，她不准他玩手槍，但這次她要給兒子買一把玩具手槍，要令他意外驚喜。

Clare 鬧情緒，她每晚嫌 Maria 和 Lym 談話太久，擾她睡覺，她告到 Sita 那，Sita 把她們叫去，訓了一頓，不准她們夜裡開燈和講話。她們之間，鬧的不大愉快，Clare 就搬到隔壁房去住，那裡的一位懷孕的同學已輟學返家。

Clare 心情不好，頭痛肚痛，又怕考試通不過，就打算不參加考試。

我安慰她，叫她千萬不能如此，這等於前功盡棄，她會通過考試的，別先氣餒。

甚至於 Victor 跑來找我，叫我看他的手，說他的手骨斷了。

我摸了摸他的手骨，覺得並沒有什麼異常，叫他動動手，照樣能動。我說手骨沒有斷，要不然它不會運動自如。

這些都是很自然，在第一週和最後一週，人們的心情是比較不穩定。

➢ 準備考試

這是一道難關。

我們每人都做過幾次教練，來領導幾個學生做瑜珈運動，然後彼此討論檢討批評。因此瑜珈教習的實習考試 Swami OM 已考過我們了。

但它還有筆試，而且所有上過的課，都要筆試，一共有一百個問題，換言之，要看我們所學有沒有融會通貫，因為我們將來是瑜珈教師，不能馬虎。

固然我們每天都寫報告，然而寫歸寫，未必全記在腦子裏。

更何況有那麼多梵文術語，真是不容易記。

大家都很緊張，不管是等洗澡，做工作，不是拿一張條子在背誦，就是彼此互相問問題。

洗碗的人，邊洗碗邊背唸梵文誦辭，因它也是在考試範圍內。

Maria 和 Lym 考前幾夜互相口試，唸到半夜三更。我曾試著加入她們的陣營，但看到她們的態度似乎不大歡迎，我也就作罷，自己一人也可以準備考試，不必加入。我一人悶悶地唸，嫌她們說話聲吵，我心裏想，怪不得 Clare 搬走。

大家同住一室，實在不應該搞小圈子。

最後兩天，第一天是 Swami Swaro 給我們複習，第二天是我們自己準備功課。

考試那天早上，我們每人先得吃早飯，因為考試有三個小時之久。從上午九點到十二點。地點是在聖堂內。

每人拿一個吃飯時的大板子，全是坐在地板上，按著分配的位子坐下。

四個教師分發考試卷。等分發完畢，一道命令下來，大家才能同時打開考卷，寫答案。

要上廁所的人，不准出外，先舉手，仍坐在原位，按照先後順序，等教師叫後，才能上廁。它居然是與聖堂相聯。從來不知那裡還有個廁所。

室內一片寂靜，只聽到原子筆的疾書。

我在三個鐘頭到時才繳卷，為倒數第二個繳卷的人，寫了滿滿的有八頁之多，我的字寫的飛快，不知別人怎麼會先寫完。

繳卷後才鬆下一口氣，感到無比的輕鬆。

這一生已不知身經多少次的考試，可言身經百戰。

沒有想到半百歲後，還再經歷一次考試。我並不在乎，能否拿到瑜珈教師證書執照。我根本沒有去教瑜珈的想法。但只因在全部參加瑜珈教師課程的人，只有我一人為中國人，又為博士，要是通不過考試的話，就丟人了。

所以繳卷後，預測我能通過這場考試，心情自然為之一鬆。

➢ 畢業典禮

我們大家都通過了考試。

畢業典禮是相當的隆重。

宗教儀式後，每人都接受頭額雙眉中的紅印子。它像印度女人在印堂穴上涂的紅色裝飾。它還參入香料。

當教師一個個叫名字，分發畢業證書時，每人心裡都揚起了興奮和感激。

大家還在一起照了畢業照片。

同學們來自不同的國家，不同的年齡，雖然有時不免有些小小的衝突，但大家生活在一起一個月，也是彼此的一段緣分，情分。

我們先後依依不捨的道別。

這段共同生活的日子，在我的心中，留下了很深的印象。

結　語

從這瑜伽教師營的參與者看出幾個跟通常一般情形類似的情況。

心理疾病和心理不平衡，是很多人的困擾。有懷孕離開的、有自動撤學的人、有嫌吃住太簡陋、有嫌生活不習慣、有生病的、有吸毒強迫退學的學員。一般熬過一半學程後，就不至於再撤學，雖然有些害怕考試有臨時性的退縮，但是還是在我遊說後，就鼓起勇氣完成學業。人們需要鼓勵。

在我手被踩受傷後，有不少的同學立即過來安慰我，拿冰布來止腫止痛，令我感激，而肇事的人，先來以威脅設法來壓住我，但是後來被一位女生給拉出來，他才過來向我道歉。人類具有同情心的人不少，見義勇為的人，也有。

在〈大聚會〉中提到，同樣環境同樣理想的人們，久而久之，常常會相互影響，言語行動類似。

中國的諺語：近朱者赤，近墨者黑，有其道理。孟母三遷，教育環境是非常的重要。

「不的一聲」文中談到大家忍不住大笑出聲，笑是人類具有的特殊本領。沒有預料到無形中某一件事，引人發笑，是一種自然心聲的流露。

不只是笑能感傳，打哈欠，悲哀也能夠感傳。人的心理因素是一項特別值得探討研究的領域。

從「一零八」這段，看出每人反應的不同。

我起初不好當眾堅持己見，順從她們，以便息事寧人。但是為此感覺過意不去。人盡所能，這不是我要表現，我不需要教師們知道我的捐款，這是我默默的心意。但為了大家一致的群體之心，我陽奉陰違，半夜為此睡不著，我還是將捐獻的一百零八美金，換回到另外一個信封，封上，這是我的本心心意。這點我不必隨波逐流，這樣做後，我才心安理得的入睡。

「最後一週」中看出，在筋疲力竭後，人們身心脆弱的情況。這時候是最需要別人來輔助幫忙的時候。我有機會貢獻知識和心力，這正是雪中送炭的重要，這也是我能夠做到的事。我為此更確定，不管我有沒有診所，我隨時都可盡力的幫助人。這是我在上瑜伽教師營得到的進一步啟示。

每人都有其興趣所在，能往這方面發展，不管是哪一個領域，都有貢獻的機會。

➢ 在德國行醫的診所

在德國開的第一家診所是在 Brienner 街。

東西德統一後，我們有過在柏林開一個健康中心的著想。S 是出生在西柏林，他對柏林相當的鍾情，於是我們去到柏林，要想找尋合適設立一個健康中心的場所。可是找尋許久，好不容易找到了一個地方，卻不料，它竟然是夾在兩個棺材店的中間，覺得不妙，只得作罷。

又返回慕尼黑，在 Hohenzollern 街找到一個很不錯的地方。在這兩個診所期間，是在學生何威的診所給人診病。

這些都可以在不同篇章內，看到診病前後診所，和在學生何威診所處的診病。下面錄下一篇在柏林找尋健康中心的一段經過。

➢ 健康中心

我們要在柏林找一個合適之處，興辦健康中心。

不知看過多少房子，都不合適，不是房間太小，太少，就是房間太大，位置太偏，或是價格太貴。要是可以接受的價格，卻又是在 slam 地帶。已經跑了一個月，沒找到任何一處，可以興辦一個健康中心。

終於找到了一個合理的處所：這地方有三百平方公尺大，有兩個正門，兩個旁門可以出入。屋前為一條河，環境幽雅，價格也還算過得去。

我們幾乎滿意動心了。

在那河上，有一個飄在水中的船飯店。我們即去那飯店吃了晚飯，計劃著，如何安排在這建立起一個健康中心。

花了兩個鐘頭擬定了計劃，對於此房子之位置大小，進出，房門等都很滿意。

於是我們又折回去再細看附近的環境。

只見房子的左邊有一個燈光明亮的大招牌，上面寫著：殯儀館、火葬、土葬全包辦。

這真是氣人，怎麼殯儀館剛好在隔壁。我們皺眉地說。若來看病的病人看到殯儀館，一定會怔一下，感到不妙。但又念，也許不見得每個病人都會這麼地迷信，到底是二十世紀。

再往前走，到這屋右邊的鄰居，又看到燈光耀人的商店招牌：棺材店、木棺、塑膠棺。

看到這個招牌後，我們的心都涼了下來。一個健康中心，夾在兩個死人店中間，誰還肯來診治？

於是一場歡喜又成泡影。10.01.1991

第二章

一般病人

前　言

教學相長，是一句很實用的話。當醫生也是如此。從病人那，可以聽到到很多我所不知道的事情，看到我不曾看到，不曾接觸到的病情。聽到他們談論，我所不曾聽說的事情，這正是吸取知識，增加經驗的時候。

在德國開中醫的課程時，才剛出三十歲，開診所時還不到 40 歲。病人年紀從小孩到 90 歲不等。有些還是二次大戰受傷的士兵戰士，如手臂，腳腿斷處，產生幻痛。病人拔除他們的義腿時，看到他們斷手斷腳的地方，那裡的肌體部位也會產生疼痛感。即使手臂不見，腿部喪失，卻有幻痛；安裝的義腿後雖然可以行動，但是還是不大順利。體會到戰爭的可怕，這些殘疾的軍士，存活已是幸運，但是生活的品質大大的降低，一輩子要跟戰爭的死亡經歷，和殘廢的軀體相處，真是可憐。

接觸不少病人，病人有教授，醫生，中小學老師和校長，警察，部長，家庭主婦，職業婦女，農夫，工人，工程師，建築師，藝術家，歌唱家，牧師，神父，修女，馬戲班獻藝藝人，可說各形各色的病人都有。

病人們，除了談他們的病外，不時還講述一些事情，從他們的言談中，常會得到不少我不知道的知識。

有一位中學女校長，她是因腰腿痛來治療，她曾長時間，住在德國北部一個小島上，那裡的潮汐特別的明顯。她說那裡婦產科的醫生全部知道，在退潮的時期，不會有婦女分娩，在漲潮時，才會生產。

潮汐是受到月亮的影響，而人的生理，心理，疾病，不只是受到天氣，地球的影響，連很遠的月亮，太陽天體運行，也會影響到人類的身體變化。歐洲醫學之父 Hippocates 就說過：一位好醫生不能不懂得天文星座。德國大學的醫學系到 20 世紀才跟植物學系分開。

即使現在生物學家得的是諾貝爾醫學獎。

我從許多病人那裡學習到很多。從一位刑警，得知到不對外開放的人體被殺的兇器，甚至肉體的某一部分。他要帶我去參觀那個博物館，我不願意看到這些可怕的現象，就沒有去參觀，這是失去機會，其實這是一個難得的機會，應該超越自己的主觀懼怕，去看這類的展出。

從一位外科醫生那，得知三十年前的手術刀，比新出產的手術刀要結實實用。

從另外一位外科醫生那裡，得知現代醫學認識出，手術的預後跟月亮的圓缺有關。

學無止盡，敏以求之。

活到老學到老，是千古名言。

尤其科學日新月異，醫學上有新的發展，更是要多吸取新的知識，增加新經驗。

在此章只舉出一般病人，他們的疾病受苦和診病時的言談。

➢　一位從 Augsburg 來的女病人

她在一家公司做事，人很負責。可是幾個月來，接受疫苗注射，之後她的胸肺部有如一塊很硬的鐵片壓住，呼吸不暢。後來又影響到頭腦不清，她工作的效率因此減輕，非常的痛苦。

她去看醫生，訴說是從注射防流感疫苗後，引起這些病症。醫生不予理會，說這跟疫苗不相關，更不要說，能治癒她的疾病，只開一些鎮定劑給她服用，她說沒有療效。

我根據她說，胸腔不適，觀看她的臉色，蒼白，沒有血色，舌頭胎白；脈搏無力，主要是心肺受損。

給她在內關，膻中，氣海，關元，足三里，三陰交等穴位下針。每針治一次，她的胸部壓重不適感覺減輕。治療一個療程後，她恢復健康。病人為 1998 年來治療。

這裡要提出膻中穴位，膻，指胸腔，穴居其中，內為宗氣之海，又稱「上氣海」。膻中穴位，位在胸部正中線平第四肋間隙處，約當兩乳頭之間。是心包經的令官，人在胸悶抑鬱的時候，按摩這個穴位可以驅散心中的鬱悶之氣，心情會變得愉悅。膻中穴有平心氣可以幫助人體打開「氣閘」，讓全身的氣順利的通行。30.10.2020 年補充

➢ 百悅小姐

「百悅」小姐是我的學生之一。她父親為美國人，母親為瑞士人。她說得一口流利的英文和德文。

她瘦瘦高高的個子，求學很認真。跟她的未婚夫威廉一塊來上針灸課。他們雙出雙進，在上課，實習時，牽著手，不時兩人互相一吻。

有次在講課時，我說：「從眼外角處，可看出一個人的性行為。若那裏混混濁濁的顏色，表示愛情不專。」

百悅和威廉兩人互相鍾情的看了一眼，然後百悅說：「我現在起可以看你的眼外角，你移情別戀時可瞞不住我了！」

他對她鍾情的一笑，說：「妳呢？」

他們兩人又開心的一笑，繼續聽課。

百悅小姐長得伶俐可愛。當電視臺來我診所拍片時，我請她當助手，她的臉孔神態很上鏡頭。

三年後，突然接到一封她的卡片，她與一位 L 醫生結婚了。

那麼威廉呢？我接到她的卡片，內心一震，但沒有去問她，也不好問她。

也許是威廉移情別戀了？

那麼她能找到另一位醫生，兩人相愛，也是幸運的事。L 醫生曾跟我通過一次電話，介紹一位氣喘的病人來針灸。他的聲調很溫和，估計大約才二十八、九歲。我為百悅高興，她有那麼一位好丈夫。無論如何，我內心為她祝福。

我診所轉到慕尼黑在 Hohenzollern 街繼續開業，跟一位當初跟她一塊上課的何威醫生有較密的來往。

我們談到十多年前，他們來上課的情景。我想起百悅小姐，就問何威：「百悅嫁給 L 醫生後，想一定很幸福。」

他怔了一下說：「他們已離婚了。百悅現在住在義大利。她父親過世後，她在義大利繼承一筆財產、地產，就遷居到那定居了！」

「哦！」我吃了一驚。就問：「這是怎麼一回事？那麼威廉呢？」

「說來話長。」何威嘆了一口氣說：「九年前，威廉生了一場大病，病得骨瘦如柴，真可說是一病不起。那時有位年輕的 L 醫生給他看病。百悅結識 L 後，以為威廉是遲早要死了，就捨棄不顧威廉，嫁給了 L。威廉也是命不該絕，遇到這場婚變後，居然沒死，反而漸漸地復原了。他現在在慕尼黑 Sonne 街上開了一家診所，一切不錯。」

這個故事的原委，使我大大的震驚。怎麼那麼深情的百悅，居然會在未婚夫大病之下，與照顧他的醫生打成火熱，而棄他不顧。她跟 L 醫生結婚後，而又為什麼又跟 L 醫生鬧翻了呢？

我沒有再問下去。

已成的事實是她已離婚。她只會越來越老，她能會再遇到一位愛她的戀人？

她在趁人之危時，捨棄戀人不顧的心，會得到另外一位男人忠心不移的至愛？她配有一位如威廉這麼曾經深愛她過的愛人？

我內心不禁這樣的問。17.02.1993

****

從 1993 年後，到現在，又過了 27 年。想當初在 1978 年她來上課，到今日有四十二年，那時她正在二十多歲的年齡，她現在該是退休的年齡。她還在義大利？還是返回美國，或是回到瑞士？也許又返回德國？

年輕時，可能她不懂愛情。她是很有才華，精通好幾國語言。

她後來的命運如何？是繼續從事醫學？還是繼承一筆遺產後，就追求享樂？不知道。

但是畢竟她曾是我的學生，我對她有一份情，不時想到她，希望她能夠在醫學方面有所發展，不管如何，還是為她祝福。4.10.2020.

➢ 一位金髮女病人 Blase 跟疾病的對抗

談到這位 Blase，令人唏噓。

她第一次來到診所，那時她四十多歲，講述她的疾病：她得乳癌，雙乳房前後動手術割除。她身上的癌細胞繼續竄，擴散到頸部，和肝。醫生說要使用化療治療，但是她拒絕。她說她有一頭金髮，這是她一生中最珍惜的身體部分，她不願意做化療變成禿頭，失去她貌美的本來面目。

她的雙乳留下手術後的疤痕，她不在乎，她說，穿上衣服，戴起墊上海綿的乳罩，就看不出來，但是頭髮脫落，她不幹。

她跟不同的醫生商量，有一位說，可以給她很柔和的化療，她不至於脫髮，問我的意見。

我看她的情況，並不樂觀，癌細胞已經竄到頸椎，這事情很棘手。

她是已經到癌症末期，我頂多只是減少她的疼痛困苦而已，不能夠挽回大局。

於是建議她雙管齊下，一方面我給她針灸，她同時最好接受醫生建議的用三種混合的化療，制止癌細胞的蔓延。

她說就這樣辦，她要我給她針灸，加強她的免疫力，內心的平衡，她會跟醫生商量，何時開始給她用化療。

我給她針灸第一次時，選擇的穴位：合谷、太衝、三里、三陰交。

拔針後，她說，她感覺很舒服，就繼續來針灸。

每次針灸，她都講述一些她的私人事情。

她有一個女兒，當她懷孕時，才 17 歲，還在上中學，不敢告訴父親，因為他對她管教非常的嚴格。她就試著從樓梯上往下跳，以為這樣蹦蹦跳跳，會流產，可是沒有用。

後來肚子大了，她就緊緊的纏住肚子，希望她的父親看不出來她懷孕，直到她肚子痛，被送進醫院，父親才知她懷孕，早產，生了一個女兒，但是存活。

女兒瘦弱得很，這使她感覺對不起女兒，於是好好的對待她，養育她。她說她買下一個公寓，這樣她過世的話，至少給女兒留下一筆不算小的財產。

她在一家律師事務所當秘書，此外為增加收入，她開設一家房地產公司。

她說這樣她雖然非常的忙碌，但是為女兒的未來做好了打算。

當她做第一次化療時，她告訴我，她回家後，通常她的一隻貓，看到她返家，都會很親密的跟她玩耍，跳到她身上，讓她撫摸。可是那天，她的貓，看見她回來，就跑開，不再跟她親熱。她很傷心，要她接受第二次化療治療時，她就來診所，要我給她針灸，去毒。

我照做了，給她針竹賓和復溜穴，這是去毒的穴位，她下次來時告訴我，這次，她返家，她的貓就不再躲避她，而又跳到她身上。

她說從這裡看出，貓的本能，對有害的物質，比人敏銳，會自動的避開，會遠離對她不利的化療毒素。

一個療程後，她說她休息一段時日，等需要針灸時，會來電話。

有一年沒有她的消息，我擔心她過世了。

有一天，她來電話又預約，說她這一年過的很好，現在又不舒服，要來針灸。

在這次她來針灸時，說醫生告訴她，有一種新的藥物，非常的貴，保險公司不付，打一針要 6000 馬克，但是她決定要接受這種最新式的治療。

她接受了五次這樣的治療，沒有什麼作用，就停止接受這樣的療法。

她來做這次療程時，說醫生要她打防禦流感的預防針，因為她抵抗力差。

她不願意接受這樣的預防針，因為以前每次打這預防針時，反應非常劇烈嚴重。她問，能否我給她針灸，來加強她的抗體，若是她仍然得了流感，能否我到她家去針灸來治療流感。我說可以。這樣她放心的拒絕打這個預防針。

我給她針灸曲池、內關、三里、三陰交穴，並在關元和足三里穴上灸。

流感的威脅時間過去了。她沒有打預防針，沒有感染到流感。

她自此之後，每隔一段時間，來針灸幾次，她說，針灸使她感到舒服。

有次她說，她女兒患憂鬱症，吃藥沒有用，就要女兒來針灸。

一個療程後，女兒的憂鬱症基本上沒有再患。

這時我們決定，2001 年搬家到馬爾他。

她在 2000 年 12 月初，出外度假前，要訂 2001 年年初的預約，當我說，我要搬離德國。她聽到後居然說：「您千萬不能夠搬家，沒有您的話，我會死掉。」

我說我有一位學生何威，他跟我學了有二十多年，他可以繼續照顧她。

我把那位學生的地址和電話寫給她。

後來何威告訴我，她去他那裡針灸過幾次。

一年後，她過世。

每當想起她來，心中有說不出的傷感。這樣一位能幹的病人，從來不抱怨什麼，盡她的力量，跟疾病對抗。是一位極為堅強的病人，很可惜，在中年時期，癌症卻奪去了她的生命。3.11.2020

➢ 幾次牙床開了刀的波瑞樂女士

她個子高高的，人胖胖的，第一天來診時說：「是一位神經科醫生介紹我來診治的。我的牙床開了好幾次刀，牙床神經發炎，將它割去一截又發炎。痛得我受不了，又開刀，幾年來，沒法根治，現在我的鼻下之牙床一直發痛，痛到鼻下，我不敢再去開刀，再割也沒用了。針灸能治療嗎？」

我說：「試試看。」

她介紹自己說：「我是學教育的，現在在搞藝術。」

我給她針灸，合谷太沖、列缺、照海。

因鼻子痛處正是迎香穴下，屬大腸經，合、太是寧神之穴，可以止痛。鼻為肺的開竅處，加上絡穴列缺，配照海、屬奇經八脈。

針後她說：「痛停止了。」

我告訴她，痛還是會再來，一次針灸不能斷根。

下次她來時，說次日痛又來了，但已不在那一點上，似乎「張」開來，沒那麼「深重」了。

二診加上內庭穴，因上牙床與胃經相合。

每次來診時，她都講一些她的身世。

她已結婚，有一個兒子十二歲。但她與丈夫間的關係不好。

「他不跟我說話。」

「為什麼？」我問。

「我也不知道，我們一說話，兩人就起衝突。我的牙床痛，很可能就是心情抑鬱所致，心情會影響牙齒？」她問我。

「心情抑悶，當然會影響我們的身體。」我回答。

這次給她下針時，她哭了起來。

拔針後，她跟我說：「我感謝你，我哭了後，心情暢快多了。」

而她穿好衣服後，並不回家，仍坐在候診室中，她見我經過時問：

「能不能跟你說幾句話？」

請她坐下。

她說：「我要告訴你，我對針灸的反應很強。每根針，我能深深地感到它在我身上的作用。我痛處有很強的鹹味，你下針後，鹹味就減輕減淡。同時會在我眼前出現各種的色彩，我要感謝你的針給我的治療效果。」

此後她稱每一根針是她的朋友。

她形容這些針，像一根根的火光，滲入她的體內，使她覺得一道道的光芒在體內工作著。「它們是我的朋友，在幫我的忙。」她形容。

下次針時，她就數著有幾個朋友來幫助她。

今天她來時說：「有沒有一個床位的房間空下，今天我要一個人靜靜地哭。」

「有什麼事發生？是跟丈夫又有了摩擦？」我問。

「不是，是一位共事的朋友要離開，他一去，可能我們永久不能見面了。」

「他得了重病？」

她搖搖頭說：「他要解散我們的共事。我這人沒人會喜歡上我。」

大概他是她的戀人？

我心中這麼想。

見她傷心的樣子我說：「你這句話說的不對。你是位很善良，能吸引人的女士。人與人之間，不管對方是跟你不對，或是責怪你，或是與我們分手，不見得都是你的錯。不要太自我責備，而引起自卑，你是位很體貼的女性。」

「謝謝你。」她露出一絲笑容。

我給她針合谷，太沖、神門，三陰交。

我說：「你盡情的哭，哭是一種解脫，不要抑住。」

這時她已滿眶淚水。

我想拿棉花給她拭淚，她說：「不用，我這樣哭，一點問題都沒有。」

幾分鐘後看她，問她的情況。

她說很好。

拔針後她說「這些朋友（針）使我不但對自己滿足，而且使我與整個宇宙合而為一。這真是一種舒暢的感覺。先是一根根針各自獨立，慢慢地它們混合起來，成一個圓圈，我溶化在其中。我從來沒有過這種舒暢的感覺。我的胸口開放了，我可以深深地呼吸生命的氣息。」

「你形容的很具體。我有位病人曾說，一根根針像是一個個吻，它們使他身上的感受，像是愛人在輕吻著。」我想起一位木匠病人的話，他人很敏銳，曾幾次對我這麼說他的針感。

「它像是花蕾，在我胸中開放。」她聽了後這麼的說道。

當她穿上大衣後跟我說：「我有些累，想睡覺。」

我說：「這是你的身體給你的一種暗示：它要復原。在復原的過程中應多多休息。我們只能在休息中恢復精力。你今天回家後，不要再做什麼事，多多休息，好恢復你的健康。」17.11.1995-18.10.2020

➢ Hans 先生和他的女友

Hans 先生得了腦中風，行走不便，每次由一位五十歲上下的婦人陪著。她說她是他的伴友。我不知她的名字，就跟她說，我稱她為 Fr.S 好了，她也同意。

她是胖胖的，多半沒做事，要不然她不會有時間每次陪同他來診病。

他是個寡言的人，可能以前很能做事，他說在為政府畫藍圖，大概他賺錢不錯，她就留在他身邊，但為什麼他們不結婚，就不得而知了。

昨天週五診病時，她掏出了一百馬克，跟我說：「妳要反過來看，它背面是白色還是印上了彩色。」

我很疑惑，不知是怎麼一回事。

她問：「妳昨晚沒看電視？」

我搖搖頭，她說：「電視中播出一個女的付一百馬克時，店員發現它的反面是空白。她被捕了，因這是假鈔。她說她是從銀行中取出一疊新的一百馬克，她沒發覺它只印了一邊。這事鬧到銀行，經查明，它是真鈔，不是偽鈔。因這是絕無僅有的事，銀行說它值一百萬馬克。」

她說完又看看手中的一百馬克鈔票說：「可惜它反面不是空白。」

我說：「這就跟集郵一樣，凡是有缺陷的郵票，身價百倍。」

她說：「Hans 是集郵的，他知道此事。」

他很得意地笑笑！

這種集郵找有缺陷的郵票，和只印一面之鈔票，都是應了「物以稀為貴」之現象了。

➢ 那位得 Morbus Crohn 的病人 H

這位病人 H 得 Morbus Crohn。這是一種很難治療的腸炎。

她要吃藥物來制止腸發炎。藥物副作用很大，她想藉針灸來治療，以便去除藥物和治癒此擾人的疾病。

給她針灸一段長的時間，有三個療程之久。主要是消炎和增強身體本身的免疫功能。如合谷，太衝，天樞，關元，足三里，上巨虛，三陰交等穴位，直到她戒除藥物，沒有不適，治癒後才結束。

幾年沒有她的消息。

有一天她打電話來，又預約。

她來時說 Morbus Crohn 完全痊癒，不再服藥，也沒有復發。

她這次是為膽的問題來治療。

她每次來月經時，會腹部疼痛，我就一起治療。加上氣海，關元，陽陵泉穴位。

她治療後，卻懷孕了。

她說她沒有想到會懷孕，因為她賀爾蒙有問題，但經過治療後，恢復正常，居然懷孕。

我說這是一個好消息，可是她的心情很沉重。她想墮胎。

她說與男友同居三年，她不願跟男友結婚。但她男友聽說她懷孕了，很高興，就要結婚，但是她並不怎麼愛他，不願意結婚。

問出原因，她以前有一位很相愛的男友，可是因他別戀而分手，她在盼望能再度有這麼一位夢中王子出現，所以不願意跟目前的男友結婚。

「你不愛他？」

「沒有像他愛我那樣深。」

「你們能同居幾年，至少妳還喜歡他。」

「但是還沒有到要跟他結婚的地步。」

「妳還在等待夢中的王子？」

「也可以這麼說。」

我看她快上三十了，這次墮胎的話，她就可能不會再生小孩。我要設法說服她，保存這個小孩。這小孩不應該被墮胎掉，這是一個新的生命，我要設法說服她，保留住這條新生命。

「妳等待了那麼多年，並沒有再出現這樣一位王子。這是可遇不可求的事，妳還要再等待多少年？以前曾經出現的人，遺棄了妳。妳應該要慶幸現在有一位愛妳比妳愛對方更深的人。你們能孕育一個新的生命，這是一個神聖的，美麗的使命。」

「可是我結婚，會影響我的事業。」

她是在 MR 保險公司做事，談不上有很高的事業，在等待她的突飛猛進升為主任。那麼她正應該趁著懷孕的機會結婚。這不是一種犧牲，而是一種能保存職位的另外發展。她不必找太多的藉口，她應該定心下來，保存這個新生命。

「妳放心好了，德國是很保護懷孕的母親，妳懷孕不會影響妳的工作。」

「可是我是在一個大辦公室工作，有些同事抽菸，這對我懷孕不利。」

「妳可以向公司申明，妳懷孕了，上司會換一間對妳有益的辦公室。」我建議她。

她聽了我的建議，結婚，保存下這個小孩。

她告訴我，果然她換到一間很安靜的辦公室，她對這些發展很滿意。

她保存了腹中的小孩。我很高興此事的發展。

後來我離開德國，可惜沒有看到她所生的小孩。我的思想不時的會想到這件事，我內心中深深的為她，她的丈夫和小孩祝福。7.9.13.六

➢　為愛情煩惱的 Hird 女士

她是位中學教員，她來就診是因氣脹，肚子脹得高高的。這是脾胃虛弱之故。雖然她長得胖嘟嘟的，卻是虛胖。她人頗內向，針了兩診還沒太大的改善。我問她：「妳有沒有什麼事擾亂妳心神的安寧？」因我看出她有隱憂。

她說：「我正在與丈夫談分手的事，它使我很心痛。」

「你們結婚多久？」

「十二年。」

「這不是一段短日子。你們沒有和好的希望？」

「沒有，再生活下去，我會毀了。我已經氣得腸胃受損，兩人鬧得不愉快太久了，還是越早分手越好。」

「要是妳們之間沒有妥協的餘地，或是遲早要分手的話，那麼不如速戰速決，免得拖成兩敗俱傷。」

「可是我又怕我們分離後，我要度長長的寂寞日子。」

「妳還年輕，不必過一輩子的孤單生活，妳會再找到一位伴侶的。」我說。

她沒置可否。

第三診後她的情況進展的很快，五診後肚已不脹，人也顯得有精神多了。我想可能是她吐了一點心頭的疙瘩後，心境舒暢了的緣故。不管她的問題有沒有解決，她能一吐為快，比老悶在心裏不暢，引起腸胃不順要好多了。之後她去度假四星期。開學後她又來預約繼診。

診了四次後她說：「在度假期間肚脹全消，現在不但氣脹，而且內心不安。」

「妳在學校教課有沒有不如意的事？」我問。

她搖搖頭後說：「我喜歡教書。」

「跟丈夫之間還有爭執不愉？」

「我們曾經好好談過，他已經能聽進我講的話，不像以前什麼話都聽不進耳。」

「這倒是個好現象。」我為她高興，她能與丈夫有和解的希望，比兩人背道而馳好多了。

給她針合谷太沖穴寧心。

過了一星期她說：「我內心已安寧很多，只是仍還氣脹。」

「妳還火丈夫？」我問。

「他那人氣人得很，不過現在至少能跟他談一些話，即使我跟他分手的話。不像敵人分手，而是好言好散，我打算另找房子，若是火他過盛，我就搬出去住，免得兩人吵的不可開交。」

「這也不錯，這樣妳有一個避風港。」隨即我給她講了那個婚姻囚籠的電視影片。

今天因她無法在十二點前來診，我特地為她預約在一點，那麼我得在診所多待兩小時。來時她說：「我肚子又脹的難受。」

「有沒有什麼不順心的事？」

「我丈夫太令我生氣。」

「是怎麼一回事？」

「我要找房子，他就取笑我。」

「他大概不願妳搬出去。試想若是他要找房子搬走，妳也會為此不大高興。」

「他的好多行為，令我不能忍受。」

「他出自什麼家庭？有沒有兄弟姊妹？」

「他有過一段很不如意的過去，與母親和兄弟相處的很不好。」

「他對他自己是不是有些不滿，而將他的不滿發洩在妳身上？」

她似乎在沈思，沒有回答。

我繼續說：「男人跟女人不一樣，他們的心理比女人更複雜。女人常常會順著環境，能很快的適應環境，而男人互相間的爭鬥競爭力強，也不願輕易認輸，尤其在女人面前更是自認為男人就高人一籌，他們很容易有 Complex，基於這種心理作祟，一方面會自認了不起，另一方面卻自卑，尤其當他們發覺自己的太太能幹和自信心強，不能輕易壓制她們時，他們的行為及話語會令人難以忍受。這正代表出他們的無助。他們所說的氣人話，常不是真心話。當妳說，他不了解妳時，妳希望他能對妳多体貼一些，多聆聽一些妳的訴說。但當他聽到妳這句話時，卻認為妳在抱怨他，責備他，對他不滿，他男人的自尊心立即受損，不但不會檢討自己，反而出言不遜來中傷妳。當然妳聽到他那種自傲不体諒的話語，妳更氣上心頭，反頂他過去，於是越吵越僵，而傷害了雙方的感情。」

「我已經試過好多次忍氣吞聲不跟他反嘴。」她說。

「只是忍下去不是辦法，這種氣不可能自行消失，它會越積越多，妳能忍十次，到第十一次時妳忍不住，一併爆發，那麼它更不可收拾。

而且當妳忍時，積氣在心，它對妳的身体很不利。」

「那我該怎麼辦？」

「只要他不是壞人，又還愛妳，妳也愛他，那麼妳不要去計較他說話的每個字，當人在氣時，所說的話，沒一句可聽信，別把這些話當真，看為金玉來衡量，它們不值一文。妳該想的是為什麼他說那些話，它們的用意是什麼。我們自己也常說些氣話，像『我後悔認識了你，我要跟你離婚』等語，這些氣人話，並非真心話，若對方以此為真，以為妳恨他，要跟他離婚，而付之實現，妳可是要痛心以極。妳說那話時，是希望他抱住妳，說：『好寶貝，別離婚，我愛妳』。或是要他反省懺悔他的不是之處。但是男人才不會那麼低聲下氣的認錯，相反的，認為妳不愛他，妳在胡鬧，他的反應當然不會友善，把妳回罵一頓。Talleyrand 曾說：人們說話不是來表明真理，而是來隱瞞真相。所以妳別斤斤計較他說的是什麼，而應分析，他為什麼說這話。同時不可將他所說一字字一句句當作真理名言來嚼咀，而應去想，他說此話的動機在哪。若他是自覺受中傷了，而才發出惡言，妳就把它當作耳邊風，別往心裏放。」

「這麼說，我忍和氣他不是辦法，我得將這些衝突和不滿中和釋放掉。」

雖然這並不是我的全部意義，我希望她能自反並站在丈夫的立場為他想想。但她能不氣丈夫，兩人能將衝突冰釋，自然是好現象。

於是我跟她說：「妳是聰明的人，妳將中和釋放妳們間的衝突，作為妳的目標，妳一定能很技巧完成和實現它。」1998 年 10 月 9 日

➢　好大胸乳的寬尼哥

剛上第一山坡，有個人從左邊穿出來，我嚇了一跳，原來是寬尼哥太太。

她說：「我已上山了，現在正要回家，看到妳上坡來，我就想，不如等妳一下，跟妳打個招呼。」

我停下腳步，向她問好。

「我要請教妳一樁事，妳是醫生，我的右嘴內發炎已經兩個星期，很不舒服，昨天跟人一塊晚餐，吃起東西更不適，我是否該多吃點 Vitamin.B？」

我說：「維他命 C 更合適。」

「我每天都吃些維他命 C，我不缺它。」

「妳有沒有足夠的蛋白質？」

「我喝牛奶，吃 Joghurt 優格，不缺蛋白質。雖然有人說奶產品對身體不好。我不吃肉，拿牛奶來補蛋白質，不會有害？」

「只要妳對牛奶不生敏感，就不會有害。此外豆類食品也有很多蛋白質。還有，不可缺礦物質。」

「我不缺它們。那麼怎麼右頰還會發炎生瘡？」

「按照中醫理論，是元氣不夠，陰虛火旺。妳睡眠如何？」

「睡的很好。」

「夠不夠？」

「缺一點。」她說。

「內心有沒有生什麼氣，或為什麼事不安？」

「那倒是有的。我經濟有困難，收到了汽車稅單，要繳八百多馬克，因我的車還是舊車，沒有新式潔油設備，稅特別重。我打算把它報消。而我每個月要付律師費一百二十馬克，付兩年。還要付給我那丈夫的女友二百五十，得付五年。一想起這些事，我就氣得很，免不了內心大罵那女人。她搶走了我丈夫不說，還索錢。而且我的寡婦錢款，每月要給她一千二百馬克，直到她的小兒子念完大學。她狠的很，不讓我享受寡婦退休金。我可活不了那麼長，去等她小兒子念完大學。」

「他多大年紀？」

「才九歲，她四十五歲才生他。我丈夫比她大二十歲。男人就是只有下體，沒有頭腦。」

「誰說妳還不能再活二十年？」

雖然她已七十，我還給她打氣。

「她一定會咒我，不會讓我獨享我丈夫的退休金。但我要注意身體，盡可能多活，她搶走了我丈夫不說，還對我生妒心，以為我多享了權利。她繼承了三個公寓、四千 qm2 的地匹，我除了每個月，得要分出一千兩百馬克我丈夫的退休金外，還得付她一萬馬克，她實在是只要錢。不過我丈夫也是混蛋。」

「天下男人多的是，為什麼她要找一個有婦之夫？我有一位很要好的女朋友，她叫 Gaillard。她說她父母曾關照過她，千萬不要搭上一位有婦之夫。這話是對的。任何有婦之夫找上我的話，我都會告訴他們，他們是有婦之夫，別打別的女人的主意。身為一個女人，若有道德的話，不可破壞一個有婦之夫的家庭。」我說。

「那個女人，心裡有問題。她對她父親失望，就想從我丈夫那得到父親之愛，而她也是失望。我丈夫並不愛她，否則他會要求跟我離婚而娶她。他根本不想有孩子。當我初次懷孕，他就要我墮胎。懷第二個孩子時，他說我們不是兔子，生那麼多小孩做什麼。而他卻跟那女人生了四個小孩。」

「他告訴過妳，他有女友？」

「沒有。他有兩年不曾碰過我，我以為他對我沒戀情，我不夠性感，就去買金色假髮戴，以為他喜歡金頭髮女郎，我還去找婦科醫生，吃荷爾蒙藥。而他卻已有了女友。」

「他每天準時返家？」

「才沒有。他說大學裡有事。週末他說有 Tagung，會議要開，我還信以為真。其實他只去女友那而騙我。有次鄰居遇到他跟一位年輕女郎在一起。那女的又是他另外一個女友，換言之，他也欺騙他的姘居。妳可以想像，我幾十年跟他結婚，受他的這種冷落對待，是怎麼樣打發我的日子？我大可以找別的男人。但我對男人已起反感。我不願去找別的男人。這種氣是不好受的，我因此引起子宮瘤，手術割除。我現在又遇到經濟困難，我希望有奇跡發生，使我的作曲能賺到錢，解決我的經濟困難就好。在他病重時，我寄了三個錄音帶，全是我的作曲和演奏。他見了我後流淚。我們大可以好好過個美滿的家庭生活。他會彈 Celo，我會彈鋼琴，我們都喜歡音樂。以前在 DDR 東德時，我們走五公里的路，就為了聽一次貝多芬的音樂演奏會。而這段美滿婚姻，卻被他的下體所害。我兩個男孩也是欠的一身債，不能幫我的忙，大媳婦是皮膚科醫生，她想要小孩。他們的房子也是欠債。二兒子有兩個小孩，太太還去唸書，要當教員，他整天待在家看孩子。我幾年前曾繼承父母一筆財產，當時給兒子買了汽車。若是那時我省下這筆錢就好了。我真期望有奇跡發生，能賺到一筆錢。」

「妳能有作曲當心靈寄託，是再好不過了。我盼望妳的曲子和演奏能賣到錢。我母親寫書：《美國歷代總統夫人傳》，出版後獲得好評，還有出版社要出她正在著手的《女諾貝爾得獎主》之書。她有精神寄託，寫書，也就會有了共鳴。希望妳亦能如此，作曲能一鳴驚人。」我說。

我們邊談，邊一塊又上山，又下了山，已到公園下邊路口了。

她說她要往左拐回家，我說我往右拐，我們互相告別。

她受丈夫這樣的對待，是太不公平了。28.08.1998

➢ 患氣喘多年的瑞德

她由一位理髮師介紹針灸。

第一次來時，她腰痛，她說半年來耳鳴。

我先治腰痛。耳鳴與腎、肝相關。

一次針後，腰痛消失，即診治她的耳鳴。

她說三年前，有次突然頭昏，去看醫生。醫生給她開藥，吃了後，頭昏慢慢地好了。

過了三個月，又患頭昏，她再吃那藥，卻沒有一點用處。又去看醫生，也沒有效。

一天，她去地窖拿東西。頭昏得很，她即摔滑下了樓梯。

在滑下時撞了胸部。那裡痛得很。但當她起身後，頭昏卻完全痊癒。

她說真奇怪，怎麼一摔，居然會把頭昏給摔掉了。

這使我想起一位患气喘的病人。

她說，她患气喘已經十年了，諸藥治療無效。

有一天，在一個炎熱的夏天，她的气喘患的厲害。她要去頂閣拿東西。在那，一隻黃蜂叮刺了她，刺在她手上，她只感到一陣痛。

奇怪的是，她的气喘情況卻自此大大的改善。

她發現了這個現象後，當气喘發作，就上閣樓自動地去找黃蜂逗它們去刺她。

在治療一些疾病中，常用「以毒攻毒」，如治風濕症，用「蛇毒」，中藥中也有「毒藥」。巴豆、白狼、砒霜等都是毒藥。

本草中將藥分為上中下品。下品之藥多半有毒，不宜多服。

毒不只是「物」，人亦有毒。常常人以其內心之狠毒來傷害人。

這又是大自然的多「彩」多「姿」的另一面了。

➢ 患耳鳴的 Kord 和她的男友

她說是聖誕節左右，放「鞭炮」後一響，先是一兩分鐘沒有聽覺，之後耳朵開始鳴叫。

此耳鳴已有一年多。

二月初，一位叫 Sten 的來跟我說她耳鳴的事。

Sten 個子不高，臉通紅，我看他的樣子問他：「你心腦不對，患高血壓。」

他問：「妳怎麼知道？」

我說：「看你的臉色就看得出。」

他回：「一點不錯。不過我來的目的是為我女友。她很敏感，得了耳鳴，能不能治？她是被放炮聲所震住，之後耳鳴，但到處檢查，查不出耳朵有任何毛病。」

我說：「針灸治耳鳴，有些治療效果很好，有些較差，還要看她對針灸的反應如何。」

他為 Kord 訂了約。

他們一塊來。

她小小的個子，瘦瘦地，怯生生地，來時沒說什麼話。當我引她到後邊單人病房時她說：「房間那麼熱，又是一人一間房，我怕一人一房，能否給我雙人房？」

我要她等一會，分配她到雙人房，她要 Sten 陪她，並要我把房門打開，她害怕。

第二次她一個人來。她說她以前不敢一人乘車來，但現在針灸後，她一人能乘車來了。

她說耳鳴似乎小了一點。

此後她每週來兩次到三次。

當耳鳴聲低時，她很高興的說：「耳鳴程度我分成三等級。來針時是一個半到兩個等級。現在有時到一個等級，不那麼叫的厲害了。若是耳鳴能停止的話，我將是世上最快樂的人！」

有時耳鳴聲厲害時，她就失望的問：「針灸有沒有效？妳能否告訴我，針灸能治療耳鳴？」

我說：「妳是很敏感的女士，要是妳的內心能安寧些，耳鳴聲也會好些。」

此後每次她來，都要跟我說上很久。

她有一個兒子，她說：「有兒子也沒有用，他不照顧我，一切都得自理，就跟沒兒子一樣，我幾乎見不著他的面。」

有時她說到她丈夫：「他已過逝了七年，我一人生活了好幾年，使我養成自我為中心的觀念。現在 Sten 雖然是我的朋友，但他有他的生活。他不願跟我生活在一起，他不肯放棄他的自由。這使我感到他不愛我。」

能找到一個好伴侶，實在不簡單！4.3.1995

➢ 一位奇怪的理髮師

這位理髮師很是奇怪，他來治療頭痛，跟我談，他理髮店的顧客，有些男人禿頭。他問我，禿頭能不能夠治療。我說要看是什麼原因。

後來他來，說他發明一種針灸生髮，要去申請專利。我覺得奇怪，前幾次來問我，如何治療禿髮，怎麼現在變成他發明發現針灸治療禿髮，要去申請專利。

我說，在德國，治療方法不能申請專利。這跟藥廠發展的新藥物，完全不同。藥廠要投資很多財力，人力，藥廠開發部門，有專門人員來研究，研究出新的藥物，所以能夠申請專利。但是治療方法，不能夠申請專利。

他聽到後，很是失望，就再也不曾露面。

➢ 一位圖書館的同事來看病

一位在圖書館做事的病人蓋斯，來針灸耳鳴和頸痛。一個療程後，情況已好，他跟我說，此事他不能讓人事室主任知道，因他身體不適加上耳鳴之故，申請提前退休，若病治好了，他即不能提前退休。

在圖書館做事時的人事室主任，對我很好。在我還沒有拿到德國國籍和行醫執照之前，每年這位人事主任都會寫證明，說圖書館需要我來工作，找不到德國有我這種中文能力的人，所以非要用我，來延長我的居留。他聽了蓋斯的話後，會以為我的醫療本領不夠，這對我的名譽不利。

對於蓋斯的話，我聽在心中，沒有加以反駁。

他沒想到，他此舉是有傷害我的名譽，只為了他能達到他提早退休的目的，不惜將別人的能力功名掃地。

要是我提出抗議，又有什麼用？

我更犯不上跟這位人事主任說，蓋斯在此治療後，耳鳴等症好了。

那麼我失去病人對我的信賴，也觸犯醫生有保密的義務。我寧可自己受冤，而不能這麼地說實話。雖然蓋斯的此舉是不對的，他只顧自己提前退休，他不想想，他這麼做，是等於白佔付稅人的便宜，因他能夠工作，卻只拿公家機關的薪水，不去工作。

這種人可能到處都是！

好在德國社會富裕，能負擔得起一些人的不應享的利益。

不管如何，這些生病的人，已經受了苦，即使享受到一些不應享的權利、利益，也比社會救濟款，入了政治家們貪污的腰包要好！

然而他們卻因此不惜「說謊」，是有傷自己的人格。

這一點他們不曾想到，也許即使想到，但自身的利益為先，那麼寧可將它推到腦後。

只有生活富裕，以及不肯喪失自己人格之士，才不會去佔取不屬於自己份內所應享的權利和利益。

這話說起來簡單，而世上趨炎附勢，只顧本身利益，不乏其人。

因此寧可社會福利好，寧可讓一些人享受非分之福利，不可使真正需要援助之人，生活在困苦的邊緣。

只是常常一個德政，受太多人的利用，使得它「僧多粥少」，到時候真正需要受援助之人，反而得不到了。

那麼就失去仁愛真正的意義了。18.10.1997-13.11.2020

➢　一位中風農夫和令人尊敬的農婦哈佛

她是我所認識的病人中，最令我敬仰的一位。

她丈夫才五十歲，四年前中風。他不能說什麼話，行動很不方便，雖能走路，但需別人的扶持。跟他講話他還能聽懂。每次按了他的脈後，叫他伸舌，他都照辦。就因他能懂話，他太太時常跟他說話，雖然他的答話不很清楚。他是一連三次中風，第一次發作後，送進醫院。在醫院內，他又發作第二次及第三次的中風。

「這真是天主的保佑，經過三次中風，他還能活著。」她第一次帶他來診時跟我說。

她瘦小的個子，人很慈祥，沒唸過什麼書，話音中帶方言。他們有三個小孩，二男一女。

兩年來，她攙扶丈夫每週來針灸一次。她永遠是那麼有耐心的侍候丈夫，一進門後，就可聽見她的聲音叫著：「爸爸，現在先提左足，好，右足，左足，右足，左足…」這樣他們一步步入候診室。

有時當他在診所尿濕了褲及椅子，她為他擦乾，又換衣褲。她總是很有耐心的扶侍他。

她說：「他是天下最好的一位丈夫。他不嫌我家窮，娶了我，對我非常的好。他是農夫出身，他懂得農業畜牧，他工作勤勞，擴建了新的牛眷。」

每次針灸時，她不是坐在他旁陪他，就是趁這段時間去附近商店，購買他們用的食品。

只有一陣子，她自己也生病了，才在他旁邊的診床上躺下就診。但她都先照顧他脫了鞋襪，一切準備妥後，她才安心躺在他旁邊就診。

她得照顧整個農莊，擠牛奶，種田收穫。雖然大兒子也跟著照顧，但他白日還得上學。老二老三也都得上學。家中裏裏外外都由她一人照理，因丈夫生病，又擴建農莊欠了債，她更沒能休閒片刻。每天五點起床，擠牛奶，餵牛食，清牛眷，處處她都得料理，同時還得煮飯購物，照理家務和服侍丈夫。

她每天向他報告農莊的動向。

在這兩年內，母牛生了五次小牛，其中兩隻小牛出生後即死了。有隻母牛在生產時亦死去。只有在這天，她的臉上罩了一絲愁容。

她說她曾生過一個小男孩出生後沒幾天即過逝。找不出什麼原因。

大概母牛及初生小牛之死，使她回憶到了自己小孩之死，而心情沈重。

她時常帶一瓶新鮮擠的牛奶，她自己烤的糕點，有時帶來家中種的蔬菜及鮮花，送給我。

她陪著丈夫時，常看他的臉讚美：他的臉好純潔，他從來不曾傷害過任何一個人。相反的，他待人厚道，這是他臉容那麼安祥的原因。

有次端祥他的眼說：「爸爸，你的眼睛比鑽石還美還亮。」

她看他時的神態，充滿了愛和慈光。

她從不怨天尤人，她相當的樂觀和祥。

有些德人照顧生病的家人，怨言滿口，有時甚至盼望對方早死，好了了這個「背袱冤債」。這真有天壤之別。

他有時眼睛發直，當他阿阿的哼時，她較放心，只跟他說：「爸爸，深呼吸。」

當他閉眼不出聲時，她又害怕，深怕他死了，忙拍他的臉說：「爸爸，你聽到我說話？」

有次他久久不出聲，她著急了，忙拍著他問：「你好嗎。」直到後來他又哼了起來時，她才鬆了一口氣的說：「爸爸你可不能過去，若你過去的話，不能一個人走，要帶我一塊走。」

他知道，她深愛他，聽到她說的那話，就伸過手來握住她的手，口中喔喔的要說話，嘴角露出一絲笑容。

別的病人，見她扶持丈夫來看病的情況，有不同的反應。

曾經有位女病人，看到他行動不便，口中哼哼的聲音後，問我，他得了什麼病。她曾說，相比之下，她的失眠及憂鬱症簡直不足為道。若她像他那麼病重的話，她寧可死掉。

也有些病人嫌他哼哼之聲，吵得他們不能安靜地躺在診床上休息，而露出惱怒之色。

但大部分的病人，看到他行動姍遲不便之態，都帶憐憫之情。有些病人見了幾次，她扶侍丈夫体貼之狀，加以讚美：「她真了不起。」

雖然他因病行動不便，但他沒有不滿之色。因他知道，她愛他，她照顧他，可能也為此，他才有繼續生活下去的勇氣。

這樣充滿了愛心與耐心的照顧丈夫，數年來如一日。這種恒心與毅力不是一般人士所能做到的。

她看起來似乎平凡，但她比聖人更令我起敬。一位聖人，因宗教信仰，犧牲自已，受到別人的仰慕。德國一位神父在納粹政權下，代一位父親去受死刑。他的勇氣及精神難能可貴，當然值得我們敬仰，他也因此成為聖人，他的事蹟和名聲，永垂不朽，成為典範。

許多青年戰士，為了護國上前線，也是犧牲了生命。這種為了一種理想而犧牲生命是屢見不鮮。這是轟轟烈烈的犧牲行為，為人人所敬仰。他們能贏得死後的哀悼和榮譽。因而英雄事跡為人們所樂道。

又有不少年輕人為了理想，參加某種集團黨派，有些甚至成了恐佈份子。當他們在為自以為是為一種理想奮鬥時，同時也威脅了敵方一些無辜者的生命。這種恐怖份子，我們要小心，千萬不要受到他們花言巧語的煽動言論所迷惑。

哈佛太太每天只做同樣一件小小的，「不足為道」的小事，不為名不為利，不出於宗教之信仰，不出於主義理想的鼓動，只出於她對他的一番愛心，沒有任何的報償，不計較別人的讚揚。她只是這麼的出自內心的愛他，為他做極平凡的工作。

她的不尋常處，就是在於她每天做別人所不屑做的事，不求功名利潤，只默默地為丈夫做出貢獻和犧牲。她卻甘之若飴，因她愛他。工作本身似乎微不足道，卻繁重，一般人不願意，又必要的工作。但她卻日以繼夜的默默地去做。她的不平凡處是：在她的平凡的生命，及平凡的工作中，基於她的耐心，愛心，使平凡的工作成為一種不平凡，一種神聖的獻身。

一般的人們做不到這一點。也許他們為了賺錢不得不去做看護工作。心中卻恨他們所看護的對象。在奧國，有位老人院的護士就殺了好多老人。不少的護士像個母老虎般的對待病人。

但她什麼也不為，只出於愛，每天做最平凡的工作。這種日積月累的平凡獻身，正突顯出她的偉大人格，愛心，和不平凡。這令我不期然的對她肅然起敬，內心升起對她深深的敬仰。1998 年 12 月 2 日星期三

➢ 凱絲講她家庭遇到的事

她來就診，一診說她從鼻中常會往下流膿，卻吐不出來，每次咽下

喉內，很不好受。

給她針了合谷、列缺、後溪、申脈、照海。

二診來時，說此現象完全好了，她要針背腰痛。

三診來時，說背腰痛亦好了很多。我還是繼續針她的腰，鞏固療效。

她告訴我，她女兒的丈夫遺棄了她女兒及兩個小孩，跟別的女人生活在一起。她為女兒不平，要求他付小孩的生活費，丈夫不付，她為女兒的律師已花了八千馬克。而律師只會索價，不做事，至今沒有從女兒丈夫那拿到分文。

她說：「我跟女兒息息相關，當她心情愉快時，我也舒服，身體就好。當她憂鬱時，我也就消沉。這一年來因女兒的遭遇，把我也弄慘了。」

昨天她來時，拿了一個大黃瓜和一盒雞蛋，她說這是她所栽培和養的雞生的蛋。

「一隻雞養多大就會生蛋？」我問。

「四、五個月即會生蛋。一年半後我即殺了母雞，那時它生的蛋也就不多，它的肉還不算老，那麼不如重新養雞，再生蛋來的划算。」她說。

給她拔針後，她跟我說：「我那離開的女婿跟另一個有夫之婦住在一起，她帶了兩個小孩跑走，丈夫卻得付贍養費，而我女兒卻得不到任何丈夫之資助，那對新姘頭實在厲害。」

世上真是有那種厲害的人！14.08.1997

➢ 紅顏薄命的陸迷娜醫生和她送來的俄國病人

陸迷娜醫生夫婦，是俄國派來到德國慕尼黑的委託醫生。

他們的任務，是到德國找尋好的醫生，醫院，照顧俄國病人住在旅館或醫院內，所有的住宿，治療費完全由俄國政府負擔。

陸迷娜醫生對自然醫學很感興趣，就為此找到我，並不時跟我做醫學上的交流。告訴我，她送來治病的病人的情況。

送來的病人最嚴重的是一位受到 1986 年 4 月 26 日 Chernobyl disaster 核能爆炸影響雙足雙腿不能動，坐在輪椅上的病人。陸迷娜每次來接我，到他住的旅館，進行治療。我給他在手足陽明經的穴位進行針灸。

那病人針灸 12 次後，除了感覺身體強壯外，還不能離開輪椅走路。

後來陸迷娜告訴我，他返回俄國後，居然能夠行走，不用坐輪椅了。

她帶來不少其他的病人，有治療植物神經紊亂綜合症的患者，有要減肥的婦人，有患敏感症的病人。有一位高官來戒菸。我得上高級旅館給他治療。

俄國來治病的女病人，都帶一些禮品，如俄國特產非常名貴的魚子罐頭，Vodka 伏特加酒等。

我那時為跟這些病人溝通，還學俄文。

她在學習自然醫學上時常跟我交換意見。

有時我們也交談一些私人的事。

有次跟陸迷娜在慕尼黑 Kaiser 飯店吃飯時，她談到她最好的女友 A，跟她同年同月同日生，一起學醫，小名一樣，同天跟她與她丈夫，共兩對一起結婚，而 A 丈夫有了外遇，跟 A 離婚。

她以前曾提到，她丈夫也有過一段桃色新聞，但似乎已結束了那段情。

昨天她來接我去出診新來的一位俄國病人，回程路上，她說：「妳能否告訴我，中藥中有荷爾蒙的藥。我吃了西藥後，胃不舒服。我每多吃一點，增重的是大腿，胸部卻大不了。」

「妳的身材真是標準得很，人人羨慕。不只是身材，妳臉也很漂亮，整個人很迷人。」我讚美她。

她的確是很美，金髮女郎，皮膚、鼻子、眼睛、口唇都很迷人。怎麼丈夫會有外遇？

「我那個同學 A，真是美得很，多少人追她，喜歡她，可是她丈夫卻有外遇。她受了這個打擊後，一蹶不振。對任何別的男人也發生不了興趣。」

那天她跟我這麼說。

可能這也是她的寫照。

「要是我胸脯再大一些，可能我丈夫不會去找別的女人！」她挺認真的說。

「我可以給妳一些中藥如枸杞子、人參，它們對妳身體一定有好處，但妳不可因爲丈夫，以爲乳小是他找外遇的原因，而想法隆乳。我認得一位德國太太。她有好大的兩個乳房，連照乳房的攝影，都因乳大，很難攝下，她的乳房實在是太大，她丈夫是慕尼黑 TU 大學的教授，而他卻有一位女友，還跟女友生了四個小孩。後來他又有別的女友。我還認得別的女病人，爲了丈夫去隆乳，丈夫卻仍有外遇，而她隆的乳房不時作痛。丈夫有外遇，不能只想，自己身體上有哪些地方，丈夫不滿意，這個跟乳房大小不相關。當年他是看中了妳，才娶了妳。他有外遇，是他不對，妳不能老在妳自己的身材上找答案。要找出他找女友的原因，來做解決方針。男人五十歲左右常會有外遇，這不是太太的錯，妳不要爲此傷心難過，這在於男人本身。」

雖然我這樣安慰她，但我知道，這些話，並不能減少她內心的悲傷。

丈夫即使放棄了「女友」，對她的心理而言，這種不忠，是會留下痕跡的。

但可喜的是，她還愛她的丈夫，儘管他有了外遇，她還想以她的魔力把他攝回來。然而隆胸，並非是解決之道，它只能使己身受害。

13.7.1999，19.12.13.修正 20.9.2020

➢　為女兒擔心的磨農夫人

她來針灸是因脈太數 109-120 之間及血壓高.

針合谷、太衝、內關、曲池、三陰交、復溜後，血壓正常，脈減到 90-98 之間.

週四來時，她的脈又高到 109。

問她這之間，有沒有什麼特殊的事。

「心理影響，會引起脈數？」她問。

「妳檢查心臟一切正常。說明心臟本身沒病。心理因素，是會引起心臟脈搏的變化，你有什麼事耿耿在懷？」

「我女兒要去非洲半年，我擔心她的安全。其實她常出外國，曾到過泰國、印度。那是跟她男友一塊出外旅行，我較放心。這次她單獨去非洲半年，令我很不安。」

「她多大年紀？」

「卅五歲了。」

「她不是小孩了，她可以照顧自己，你不用掛心。」我說。

「我有個同事，她只有一個成人的兒子，她說即使她死了，在棺材裏還會惦記著兒子，這是母親唯一放不下心的事。」她說。

「妳擔心有什麼用？她已經早成人了，妳也管不著。妳早就已盡了當母親的責任。」

「我知道，可是心裏就放不下來。當然，即使她在德國，也可能發生事情，我也沒法阻止，但她到遠處非洲，是更令人不安。」

我將萊考夫三個兄弟先後早於母親過逝的事，又講中國女醫生帶著兩個孩子上幼稚園時，被對面來車撞死的事，他們都在德國，也遇到了不可料的事，但有些人在戰場幾年無事，有些人第一次上前線中彈即亡。有些人自殺死不了，有些人在家，房子都會蹋下來。要她別那麼的擔心。

她即說：「我相信是有命的。若不該死，就怎麼也死不了。該死的話，誰也攔不住。」

「當然，不過，若有危險的地方，不必硬往那擠。她去非洲什麼地方？」

「南非。」

「那裏情況不壞。她是職業緣故調到那？」

「她擬去那看看，去那謀職。」

我心裏在想，那麼她是一個不大負責的人，怪不得母親要為她操心。

但我沒向她說，否則，她更著急。

「我很高興能跟妳說了這件事，心裏有隱憂，沒人能訴說，是很苦的。現在跟你說了後，我內心安定不少，謝謝你。」

可憐的母親，卻沒有親人好友能訴她的苦衷。她是位善良的人士，沒有一位能訴心的好友，要找到一位知已，太不容易了！12.9.1999-24.7.2020

➢ 來治療腹痛後懷孕的娜娃

她打電話來：「我有件事，要問問妳的意見。我懷孕了，一方面我居然能懷孕，是件喜事，我月經一直不正常，它來時肚子痛得很，我一直以為我不可能懷孕，所以也未避孕，而現在居然懷孕了，它與妳的針灸一定有關，我高興我成了正常的女人。但另一方面，現在懷孕，實在不是合適的時候，妳的看法如何？我要在這週內決定是否應墮胎。我的婦科醫生說，我的身體不適合懷孕，叫我墮胎。妳認為怎樣才好？」

她是兩個月前來此針灸，因她的肚子痛得受不了，針了幾次後，疼痛好多了，她即去希臘度假。

那是五月底六月初的事。她還是學生，偶爾在外打工，她的男友是莎普珂的兒子。

「妳得要往好的方向來看，能懷孕是件可喜的事，既然妳已懷孕，就是保存那小孩最好的時機。若妳認為現在不妥，還需等待，多半妳所期望的好時機不會來的。每個時間，妳都會想到不合時宜懷孕，都會找出不適合懷孕的時機。我認識一些人，她們也是一等再等，最後錯過了生孩子的時候，而後悔。天無絕人之路，妳保全孩子，總有辦法解決妳的其他的困難。」

「可是我跟我產科醫生說，她認為我的身體最好不要懷孕。她贊成我墮胎。」

我心想，一定是她墮胎，那位產科醫生能賺到錢，所以這樣的勸她。

「妳可再去別的醫生那檢查，只要懷孕不威脅到妳的身體安全，最好妳能保存胎兒。」

「我也是半想墮胎，半想保全，猶疑不定，所以來問妳的意見。」

「妳多大年紀？」

「二十九歲。」

這已不算太年輕了，我心裡想。

「若是我要墮胎的話，我這週就得做決定，無論如何決定，我會再來妳那診病。」她說。

「希望妳能做一個最妥善的決定。」我對她說。我已經盡力要她保全小孩，她能否這麼做，我不知道，但我有預感，她多半會墮胎。

真可惜，我想拯救一個小生命，但只有懷孕的母親能為她自己腹中的小孩做決定。

➢ 很會說話的歐波先生

今天我一人來到診所，病人不多，我可以跟他們多聊聊。

歐波來了，他七十多歲的年紀，來診性無能，因他有一位比他小三十歲的女友。

通常這種男人，我對他們都沒什麼好感，但他人很和善，先謝了我三年前給他針的戒煙，說至今沒再抽一枝，又讚美著我的能幹，被他這麼一說，自然甜蜜蜜的。他頗具坤士風采，每當我們走出入會談室和診室門時，他都讓我先走，他走出後，代我關上門。

這種作風我老不習慣，因我每次的習慣都是讓病人先進房，然後我關上門。

他喜歡跟我開玩笑，說針灸一切都好，但他希望能治療他的錢包，使它變厚些，多點錢。

今天他來時，見我坐在電腦前就說：「妳在算妳的百萬之款。」

「我曾經有一位病人，他是牙醫，他也愛跟我這樣的開玩笑。」我說。

「牙醫們都很有錢，我看牙的錢可以買一輛大汽車了，妳牙齒那麼好，可不用花錢在牙醫上。」他說。

「我左邊下面有顆牙，二十多年前有次吃東西時有點痛，我去附近一位女牙醫那看了，不意過了幾天，它痛得不得了，當晚中國使館有人來慕尼黑，我們得一塊會面吃飯。那女牙醫給我開了止痛葯和抗生素。我因那天沒時間給自己針灸，就吃了這些藥，不料全部嘔出。當晚去牙科醫院急診，牙醫把我兩顆牙拔去，從此問題重重。所以找醫生得找最好的醫生，我只是因那女牙醫在附近，可惜她太年輕，沒有醫病經驗，才會弄出這種後果。」

給他針灸時，他問我：「妳的家在德國？」

「我的兩個小孩都大了，兒子已當教授，女兒在一家 Joint Venture 公司做事。你有沒有小孩？」

「一個女兒已三十八歲，我與妻子分居，離婚太貴。」

「妳的父母仍健在？」他又問。

「母親去年過逝了，她是位了不起的女性，當過我們幾位小孩的老師，她為人熱心正直，得過救世軍的年獎。」

「她活到多大年紀？」

「八十三。」

「那也算高齡了。」

「作子女的總盼父母能長命百歲。」

給他針灸完後，他說：「妳忙著賺錢，哪有時間花錢。」

我趁這個機會說：「我的兩個小孩都已大了，他們不需要我的錢，世上，尤其中國還窮，我賺的錢是做福利用的。」

這也正是我們的本意。

這麼說的話，正好暗示他，別老以為我是好錢財，吝嗇鬼，每天數錢。

等他掏出錢包付款時，我開他玩笑的問：「錢包增厚了？」

他笑著回：「它今天是厚了，我去銀行取了錢。」2000 年 11 月 9 日

➢ 一位來興師問罪的羅斯先生

這位羅斯先生的父親八四年，曾因頸椎疾病來我診所針灸，針灸後情況改良，可以再繼續打網球，而結來針灸。

父親的名字上冠有博士頭銜，是法學博士？不曾問過他。他寡言歡笑，不是必要，不說一句話，因而我也不曾多問他任何一句話。

這次寫信通知他，我又重返德國再開業，並告知新診所的地址。

一天，接到了羅斯的電話。

他說寄給他父親的信，他收到了，可是他父親已于九二年過逝。

「這真沒想到，他還並不老。」我說，之後問:「他得的是什麼病？」

「脾癌。幸好他沒受多少罪。他五月裏感到腹部作痛，等診得為脾癌時，六星期後就過逝了。不像我祖父母得了癌症，開刀，化療後還拖了四五年才過逝。」

「是的，癌症若治不好，這麼地拖著是種痛苦。」我說。

「他在妳那看病時，妳沒發覺他已隱藏著癌症？」

「他來看的病，是頸椎症，那時他很健壯，沒有一點得癌症的先兆，頸椎病治療後效果不錯，他又可以打網球了。」

「一般癌症在併發前，就有先兆，妳九一年沒發現他不對？」

「九一年？你父親是八四年來針灸的，之後不曾再來。」我說，我發覺他的話中有暗箭傷人之意。

「癌症的潛伏可以五六年。」

「你知道你父親何時來我診所看病的？是八四年。他的頸椎症好了後，就沒再來診所，至今已是九年前的事了。」我說。

這他才知，他的指責毫無根據。

世上是有這種人，毫無任何原因，卻要無中生有來傷害人。

當他得知，他的話，如矢箭放出，沒有中目標，就改和善的口吻說：「我也想來妳診所看病，何時妳能給我預約？」

我給了他十天後的一個上午九點半的預約。

➢ 一位年老的病人絲可

絲可這次來時，已八十六歲，戴一個假髮，看起來並不那麼老，但行動很慢很遲鈍。

以前，也許是十五、六年前，她曾來針灸過，因而現在她又來就診，雖然她住在，離慕尼黑六十多公里遠的地方。

一周前她來，是叫了一輛計程車，從 60 多公里外開來。她女兒住在慕尼黑，診完病後，叫車去女兒家。

她是來診眼睛，她看不清楚、頭昏、心臟病、血壓高、左肩臂還戴一個塑膠套，是摔跤受傷，醫生給她安裝的。

她的動作很慢，每次來，雖然我給她穿衣、穿鞋，但她上廁、脫衣等，前後總要費上兩個小時。

自從媽過世後，我對年紀大的人，就特別照顧和有耐心。

我以對媽的愛，來對待她們。

我也知道，媽一定也會期待並高興我這樣對別人，特別是年長的病人。

人類的悲哀之一是，若不早死，總有一天會老。而當人老後，不但體力不支，而且常會疾病纏身，需要別人的照料。

他們的子女，通常不在身邊，即使在身旁，每天照顧，不少的人，會失去耐心。

「久病無孝子」說明了一般情況。

老年人，不但孤寂，而且可憐。

絲可女士，也是為人母，但她得一人料理自己。

雖然她的慢調子，對我很不便，因我還得照顧別的病人，不能在這兩小時內全看顧她，陪她上廁所等等。

但我一想到自己的媽，即對她有無限同情。只可惜，我沒有母親可以服侍，那麼由對媽的愛，發揮在別人的母親身上，這也是一種人性愛的發揮。

感謝媽給我的啟示。媽是充滿慈祥的愛。而最後受到病魔糾纏，無能為力，而撒手西歸。

悲痛母親的過世，使我化悲痛為力量，以一種耐心去照顧病人，特別是年老的病人。

他們使我想到，並思念自己的媽。由於思念母親，愛自己的媽，使我對上了年紀的老太太們，不但有耐心，且自動去照顧她們。

因我深愛母親，她對人們的慈祥，成為我的典範。2.10.2020

➢ 疾病能改變一個人

這是一位絲萊濱病人的例子

絲萊濱得多發性關節炎。行路要拄枴杖，非常不方便。醫生建議他手術，他不願如此，海思就建議他來治療。

絲萊濱瘦瘦高高的個子，右足腫脹。他說醫生告訴他，他得的病，沒有救藥，他受了好幾年的病痛，整個人生改觀，以前的凌雲壯志全消。他是學電腦的，才卅多歲，其實正當有為的中年時代，但他卻失業了。

針灸了十次，在這週一針時，我下了合谷、太沖、靈龜的內外公臨，以及三陰交，复溜，右申脈、商邱、邱墟。他兩腿不住的發抖。

這樣像跟做氣功時，「發動功」一樣，全身震顫不已。

它是氣在流盪衝破一些關節障礙，所發生的一種「動功」。

之後他很累，我要他返家後多休息。

本來我們說好，今天針完，告一段落。

他卻問我，能否下週還來針灸，因他感到針灸對他效果不錯，雖未痊癒，但病痛減輕了不少，他亦不必拄枴杖了。

針完後，他說，感到身体有些歪，好像背部歪了不少似的。

我說我下了申脈穴，那穴與膀胱經相聯，他這種感覺是膀胱經的作用。

我即為他按摩背部及腎俞穴，之後此感消失。

他告訴我，他受了醫生的影響，認為他的病，沒有救藥，醫生已對他明說，所以他有時很消沉。

絲萊濱被病折磨得，變得又微小，又低亢。

我叫他別聽那醫生的話。那個醫生沒法治他，但不能表示，他的病沒有希望。

講給他 Dr. Wehlen 的事：上週他沒預約突然來到診所。他說可能我記不得他了，十四年前他曾來過針頭痛，那時他找遍名醫，頭痛專家，名教授，沒人能治癒他的頭痛。後來上我診所，針灸後頭痛治癒，十多年來沒再復發。現在他得了氣喘已兩年，用可地松兩年，晚上常因氣喘，不得安睡，甚至不能待在睡房，因房間較小，使他透不過氣來，他多半去較大的客廳睡覺，但也不能安睡。他上週五，偶然經過 Hohenzollern 街，看到我診所的招牌，認出他十多年前曾在 Brienner 街我的診所治癒過頭痛，他就進來要治氣喘。週五針了一次後，週一再來時，說已能安睡三天，氣喘好了很多。

這件事說給絲萊濱聽，不是顯佩，我有多能幹，而是要他知道，一些西醫無法治癒的病，中醫可以治癒，並告訴他，人生只要有一口氣，不可放棄任何希望。

絲萊濱說，自從他得了多發性關節炎後，他對整個人生起了另一種看法。

先是怨天尤人，詛咒，為什麼他那麼倒楣，會得了這種病。

慢慢地，他不再多抱著野心，只望自己能減少痛苦。

先是恨自己，恨別人，慢慢地，他試著不再以恨來對待，而能瞭解別人的一些苦痛。

我說：「聖經上說，愛別人就跟愛自己一樣。若一個人對自己只有恨，沒有愛，就不可能愛別人。人的愛心，是出於一己之身，愛與自私是兩件事。中國的俗話，『愛屋及烏』與『一人得道，雞犬昇天』，就說明了，一己之愛，一己之成功，惠及周圍之人。」

邊說，我邊發揮這自己的想法：人生最大的敵人，不是別人，而是自己。任何人都有缺點，性格上的，肉體上的病痛。而人生最重要的就是先與自己的缺點爭鬥，修長補短。生病了，設法與疾病對抗，不可屈服於疾病。嘗到了失望苦痛的滋味後，才能體會到人生的樂趣。一個人沒經過任何風霜，不可能鑄成堅強的人格。只有與困苦、困難、不順、疾病奮鬥，才能磨煉出一個人的人品和人格。

我提到 Helen Keller。她在跟盲與聾的爭戰中，成為一位了不起的女作家。

而千千萬萬的人，能看能聽能講，又可曾好好利用過他們所賜的天賦？多半的人都是白白糟蹋了這種能力。

所以我們得了疾病，千萬不能屈服，這正是磨煉我們的時機。它是一種機會，使我們面對著它，來與它爭戰，它能使我們對人生有了另一種體會。

他說他若沒得這個病，他是一個自私自大，無忍耐、對人不容忍的人。

他以前一切都要求百分之百的完善，他也這樣的要求別人。若別人辦不到他的理想，他沒有任何諒解之情。

現在他得了此病之後，許多的事，他無能為力，他才不再這麼的要求別人盡善盡美。

說到天、地、人之間的關係與其道理。

我將中文「人」、「大」、「天」、「夫」講給他聽。

只有一位「夫」之人，能比天還高，這是人的精神力量。它使人從渺小中昇華，昇到天上去。它是得經過無數的千千百百，不屈不撓的與困境奮鬥，才能磨煉出人格的超群和偉大。25.3.1999-2.8.2020

➢ 突然要來診病的司耐德病人

我周二下午仍上診所，一則是看著 Fr.Kerschner 清掃，她常想早溜，房間未必清的乾淨，再則接電話，同時還可在 PC 上寫文。

兩點半，電話鈴響，一個男人的聲音：「我能不能來就診？」

「我給你一個預約。」

「今天下午我能不能來？」

「周二下午我不診病。我可以給你周四預約。」我說。

「我不住在慕尼黑，可是今天下午有事，我要來慕尼黑，能否請妳開例給我看病。我面臨很棘手的難題。」

「我只待到四點，你幾時能到？」

「約一個小時，妳開例了？」

「好！你就快來。」我說。

「妳診病一次收多少費？」他又問。

診費一次是 95 馬克，學生，退休人員可以打折，甚至義診。

「診病多長時間？」

每次針灸至少留針半個小時，先後近三刻中，第一次來就診加上言談，檢查，診斷，先後至少一個小時，那麼第一次最高收費是一百五十馬克。

「那麼貴，能不能給我診短一點時間，少收一點費用？」

「診病時間縮短沒用，你來再說好了。」我回答。

三點四十分，他來了。

進門第一句話問我：「廁所在那？我先上廁所。」

我指給他看。

他出來後，我拿一張診病卡給他，要他填上他的姓名地址。

「我不填，我能不能跟妳先談一談？」

「我得先知道，我跟誰在談話。」

他不肯填。

他怕什麼呢？怕我寄帳單給他？

「我只要跟妳談談，並要妳給我檢查一下身體。」他說。

「那我也得知道你是誰。」

他很潦草的寫了他的姓名地址後，說：「我正離了婚，人頭昏腦脹，不知如何是好，妳能不能幫我忙。」

「你有沒有職業？」

「我失業了。」

「為什麼？」

「因為我心神不寧。」他說。

「你有沒有小孩？」

「三個。」

「離婚的原因？」

「我會吃醋，沒有原因的吃醋，太太受不了我，所以離婚，同時我的性慾太強，沒人受得了我。太太不願跟我生活。」

「你信什麼宗教？」我問。

「什麼都不信，我最討厭天主教。我才不信那一套。」

我心中想，信教的話，家庭有什麼問題，至少還能跟神父牧師講。

「你心裡有問題的話，沒去找心理醫生？」

「沒有，我沒有疾病保險。我的淋巴腫脹，妳說是什麼原因？」

「它有好多原因，你沒去看過家庭醫生？」

「它腫在疝部，我不信任任何醫生。」

他說完，居然把長褲短褲全脫光了，露出下體。

這使我很為難。

他問：「妳能給我檢查身體？」

叫他躺在診床上。我按他的脈，看他的舌，舌上有紫斑，表示他体內有淤血。

「我的睪丸右邊腫大，疝部淋巴腫，妳過來摸摸。」

「它屬於泌尿科的範圍，你去找泌尿科醫生給你看。」我不願意去碰他。

「妳摸摸，為什麼它發腫。」他繼續催促我。

我不肯，我說：「我是自然療法醫生，不能治療你性器官的毛病，你穿上衣服。」

「我來就是為了要妳看我鼠蹊部的淋巴結腫和睪丸的腫，妳卻不管。我的性慾有問題，妳也不看。」他抱怨著。

他這人的態度是怪怪地，又全脫光，叫我去摸他性器。

誰知他會突然來了什麼行為。我只一人在診所。又沒有別的病人，他這人不僅性有問題，神情也不大對。若他向我動武起來，我不好對付他。所以還是早早把他打發掉為妙。

「這些不屬我的醫療範圍，你去找別的醫生。」我說。

「我找的是妳，妳卻不管。」

「我幫不上你的忙。你心理上也有問題。」

「妳說的對。」

「身心是一體，你精神不對，當然會影響身體健康。」

「我就是要找一位又懂得精神又懂得身體的醫生。妳不能治我？」

我搖頭。對這人，我只有敬鬼神而遠之，他可能有神經病，又有性毛病，該找個男醫生，來找我做什麼？何況我又只有一人在診所，還是快請他出門為妙。

「妳能不能給我推薦一位？」

他這種沒有保險，又不肯付診費，又有神精病的人，非常的棘手，哪位醫生肯長期花時間免費來看他的病？我推薦同事的話，他們會怪我，白給他們找麻煩。

「你可以去電話簿中查。」

「今天診費多少？」

「不收你費。」我說。

他一來，已耽擱了近一個小時，一般別的醫生，助手接一次電話，給一個預約就索二十馬克。

上次我去了一次婦科檢查尿道炎，醫生先後只看了幾分鐘，收到的賬單為五百五十多馬克。

我不願收他分文，一則他也沒什麼錢，我不會收費，再則我沒幫上他忙，雖然別人沒診病，只是會話，還會索費，但我不願拿他的錢。

他能快離開，對我已經是上上大吉了。

晚上電視播出在找尋一個性殺人犯。並登出用 PC 畫的那人相。我說不上來，司耐德是否就是這個樣子。但我內心因能擺脫了這樣一位病人，的確是鬆了一口氣。18.08.1999

➢　患耳鳴的鐵先生

他是一位音樂教師，瘦瘦的個子，弱弱地，中等身材。

當他第一次來時，怯生生地，手上拿著兩張寫滿了字的紙，跟我講著他的病史：「一年前，有一天，我去音樂室，開電唱機，沒料到它前日沒關到最小的聲音。當我將電源打開時，只覺得樂聲很大，震著我的耳朵，我就將它關小，當時並不覺得耳朵有什麼不對，沒有料到，當夜開始耳鳴。它的起源，我想是受那天意外的大聲音樂導致。」

「哦」，我說：「當時你沒察覺有什麼不對？」

「當時並不覺得什麼，只是感到音樂大聲，也沒有爆音的感覺，但一定是受了這種暴音影響，才會患耳鳴。但是妳寫病因時，可不要寫意外事件耳鳴，那麼保險公司就要追問我，誰是這意外事件的肇禍者，反而會節外生枝，妳只寫耳鳴就夠了。」

他說了有半小時之久，解釋著耳鳴的情況，先左耳叫，後右耳也叫。兩耳有時是嘶嘶的叫聲，有時大的嚇人，有時高音，有時低音，有時如潮水，有時又聽見心跳聲。總之，耳鳴使他精神幾乎崩潰，他已一年因耳鳴病休假，沒去教書。

「各種醫治方法，我都試過了，也針灸了二十多次，沒有一點療效。我用易經的算命方法，算出來，在妳這針灸可以治癒。」

這是從何說起？是他找易經書時，有人跟他談起，來我這針灸之事，還是當他讀易經有別的靈感發生？使他想到來此針灸？

他說的不大明白，我也沒有去細問此事。

不少德國人相信一種「命運」。以前還有一位德國太太來針灸時，她說去算命，算命先生說，她的病來我診所治療，可以治癒。

世上真有不少的人相信算命。

按了他的脈，我說：「你身體情況有些衰弱。」

他說：「我節食了十四天，聽說節食對耳鳴有助，所以我這麼做了。它似乎好了一些，但仍未消失，還是常威脅著我的生活。」

第二次來針灸時，他帶了一個「耳罩」。

它是兩個約十公分直徑白色的罩子，像飛行員戴的兩個耳罩，只是比它大些。

「這是一位警察送我的，他說這儀器可以保護我的耳朵。它可以隔絕一些噪音。但是當聲音傳進耳內時，反而銳且尖。」

他因怕聲音，我連定時鐘都不敢上弦，怕當它響時，「震壞」了他的耳朵。而且他針灸時，不能讓他在前面有街道的診療室治療，車子來往之聲，會使他「發狂」。

在後院只有一間診療室，就得為他特意保留著，好使他能耳根清靜的接受治療。

他不只是耳鳴，左膊項也發痛，我就一併治療。

頸項之僵硬比耳鳴容易治，三次治療後，就已幾乎痊癒。

耳鳴聲他說比以前小多了，有時甚至沒有「鳴聲」。

第四次來時，他說夜裡他夢到跟老虎打鬥，居然把老虎給打死了。醒來他心仍碰碰地跳，耳鳴聲增大，這是他心身激動之勢。

他說每晚他都有好多的夢，醒來時，鳴聲都很大，當他起身後，鳴聲變小，上午多半很平安，下午起，又開始鳴了。

他問這是什麼原因？

我說他耳鳴有好幾種因素，一與心情情緒有關。每夜他心情不寧，惡夢頻出，像他上次還夢到跟小學的同學爭吵，醒來耳鳴聲亦大。

但當醒後，心情漸平穩下來，所以上午鳴聲小。那時因睡了一夜，精神恢復了些，耳鳴聲就不大擾他。至於下午，人漸漸的累了，他的體力較衰，這時耳鳴又增劇。他的耳鳴屬於腎虛之故，針治也最好在下午腎經之時治療。

他記住了這句話，訂約都在下午至傍晚間。

為了配合他的腎時針灸補腎，常常我得留在診所，為的是給他一人湊合「腎時」治療。

他的情況漸漸有進展了。一天他多讀了一點書，耳鳴聲又增劇，他問，這是什麼緣故？

他看書使目疲勞，肝開竅於目，腎開竅於耳。肝為腎子，肝衰能使母弱。換言之，即經書所云，子能令母衰。更是說明他的腎弱之故。

他針灸了八次之後說，他的耳罩碰到了東西，並不像以前「呼」的一種聲音響起。這證明耳朵的情況有了好的進展，不是那麼脆弱，不是弱不禁風。

我還教他如何按摩耳根，他小心翼翼地將這些話記下來，深怕漏了一個小部份。

他說，時間他多得是，他可以一天三次按摩，他已一年沒上班，又不能看書，整天只是受耳鳴之罪纏擾，使他生活失去了不少樂趣。

有一天他跟我說：「今天是月亮往下縮的時候，我一天沒吃飯，我聽說，當月亮下弦往下縮時，人也該節食不吃，以與大自然的弦律配合。妳覺得如何？」

我心裡想，與大自然節律相配是對的，中國的天運學有其道理。胖人節食是應該的，但是他已是那麼的瘦了，再節食，身體更弱，並不是一個好的措施。但看他那麼的認真按照「與天地為一」的做法實行，來澆他冷水，似乎也有點殘忍。何況他的想法，支配著他的行動，我反對他的想法和行動的話，更會影響他的心身，得不償失。因而我沒有反駁，只對他淡淡的一笑，不置可否。

他是一位內向的人，不像是會侵害別人，傷害別人型的人。也不會有什麼邪惡害人的念頭。他只深深的陷在他自己的四肢五官中，身體的一動一態，他都明察秋毫。

這樣卻不能使他心身康健。

過與不及都不是健康之道，守中持中庸有其深理。30.05.1993

➢ 在警察局做過警長的史托先生

他曾在警局做事，當過警長。我沒詳問他的過去，他在談話中，不時透露一些他的過去。

從他有私人保險，以及每次錢包中裝了不少錢，診費他都要先付的情況來看，他的位置曾相當的高，因而退休金比一般人要豐裕。

一年半前，他中風了，雖然行動慢些，但仍能上下樓，生活也能自己料理。

第一次來時，是半年前了，他說話不大靈活，要想一會，才慢慢的說出話來。

針了十次後，情況改善，說話已近正常，行動也便捷多了。

每次他來，都提了一個重重的長方形皮包，裡邊裝了什麼？我不知，為什麼他老提這麼一個包包？我猜不透。

但我相信他是一位正正當當的德國人，他支持 CSU 黨，去年當德國大選，CDU、CSU 失敗後，他著實很氣了一陣子。

我不問他私事，但他卻喜歡問我一些私事：「妳週二下午不看病，做什麼別的事？」

「舉例說，下週二，有位中國同學要來，他想組織文化協會，推我做會長，我不願弄這些雜事。」

他即說：「妳行醫，給人治病，已做了不少好事，別去搞那些雜事，什麼文化協會或是別的協會，都是吃力不討好，別人只是看妳有學位、有成就，要利用妳，妳不要答應。我在警局做了幾十年事，見過各種糾紛，這是我對妳的一個忠言。」

我謝了他，告訴他，我會聽他的忠言。

到了下週四，他來再診時，沒忘掉此事，問我結果如何。我說我婉拒了。

「這很好，妳省了不少的麻煩！」

去年聖誕節前，我休假，為的是去看母親。

他知道了，就問：「妳返中國去看母親？」

我不願多跟他解釋，母親是在美國，因這樣更複雜，他可能又會問，母親為什麼住美國，她在那做什麼？為了使他不再多問，我就隨便的點了點頭。

「妳母親住那個城？」

他還是進一步問下去。

怎麼回答？返中國我都是去北京。母親也在北京唸的大學，於是我只好回答：「北京。」

這是一次扯謊，就不得不扯下去。

去年十二月二十二日，他來診最後一次。他問：「妳乘什麼飛機去北京？」

「Lufthansa。」

「要飛多久？」

「十個小時多。」

「是幾點的飛機？」

真是，這可把我問扁了。我是去 Los Angels 看母親，搭的是 Lufthansa 飛機是對的。我怎麼知道赴北京的 Lufthansa 班機的時間？

於是我回答：「我還沒整理行李。飛機票是取了，但沒去注意起飛時間。」

這句話前半句是對的。後半部任何人一聽就會感覺到蹊蹺。怎麼會第二天起程，還不知飛機的時刻？

他也立即知道，我的話有了破綻，他沒再多問下去了。

****

今年三月初，他突然來到診所，沒有預約。

他患頭昏，有好幾天了，吃藥沒效，就來針灸。

我給他針合太內、三里，三陰，氣海，關元，崑崙，診了四次，已好了很多。

在這次第一診時，他就問我：「妳看到了母親，她還好嗎？」

「我聖誕節前到一月初，在母親那，她那時很不錯，但我返德後，她得了重感冒，情況變壞。」我講的是事實，但我沒說，母親已往生。她過去的實在太快了，一月裏還好好的，二月裡即過逝。

「老年人得了病，都很難說了。」他下了一個評語。

我沒有搭腔。

下次來，他又問我：「妳母親好了一點沒有？」

我該怎麼回答？

我說：「我沒跟她聯絡上。」

他下次又問。我想起跟 S 談好的事：把 S 當作母親，他說他是我的所有，是丈夫、愛人、母親、兒子，那麼當別人問起母親如何時，我可以答「很好」，並非撒謊，因指的是他。

這是我們在幾經談到，病人問起母親情況時，我最好的答話。

於是我即跟史托說：「她現在好了！」

我想母親也不會反對我這麼說的。尤其對於年長的人，說母親逝世，會使他們吃驚，受震，有害無益，立即會想到他們自己之死。母親曾關照過我，大媽大爸死後，不要告訴熊姨，免得她心裡難受。

基於母親的善心，她會贊同我跟病人說，她還很好之說法。這樣不會影響病人的心情。

復活節快到了。

說到復活節的定法，他說：「是在春天，三月二十二日後，月圓後的第一個週五為受難日，週日為復活節。」

「謝謝你告訴我，我來到德國那麼久了，一直搞不懂，為什麼復活節有時在三月，有時在四月。只知它是在週日，受難日在週五。我問過一些人，他們都答不上來。」

他說：「每個德國人都該知道的。」

「我問的全是德國人。」

「在學校都學過的，這些人真是學了後忘，然後說不知道！有什麼妳弄不懂的事就來問我好了！在我工作的單位裡有一句俗語：只要問上史托，一切不通也都通。」他邊笑邊對我說。

「那麼 Chritus Himmelfahrt，耶穌升天和 Pfingsten 聖神降臨，怎麼演算法？」我又問他。

「耶穌升天是復活節後的第四十天，聖神降臨是第五十天。因此前者為週五，聖神降臨為週一。」

「今天真是跟你學的不少。」

五診後，他的頭昏情況已幾乎好了，他也會跟我開玩笑，講到預約時，他會說：「我有時間，妳有針。」因每次針灸半小時，我都轉上定時時鐘的弦。

他知道我有時很忙，他已退休，有很多時間，而我給他針灸的時間是半小時，他才說此話。

打著六診後結束。

他問：「我想下週再來針，多針有益無害，妳認為呢？」

「多針兩次，增加療效總是好的。」

在七診後，他卻跟我說：「我近來血壓高，我猜想是妳給我針印堂穴的緣故。」他皺著眉頭，臉色有些不愉悅。

我說：「印堂穴不會引起高血壓，一定還有別的原因，你從什麼時候起血壓變高？」

「自從妳給我針過印堂穴。」

這點我不相信，前後七次都針的印堂穴，每次針後，頭昏情況越來越好，他也不曾說過血壓變高。

這次他來時，雙風池穴亦痛，我想到別有原因，即給他針合太，內外關，公孫，臨泣，曲池，復溜。

我說，我去掉印堂穴，不是因它會增高血壓，而是因他怕會增高血壓，使他心理上不對勁，所以去掉。這次針是針對他的頭痛和降壓。

他問，為什麼不再針氣海，關元，為他的前列腺。

我說，等他頭痛好了，血壓正常後，我再針那兩穴。

下針按摩後，頭痛幾乎好了，他的臉色又轉和氣。

今天針了第十診，一切正常，血壓也恢復正常，他問我：「什麼時候我應再來針灸？」

「半年後可來看看。若是之前又有不適，也可隨時來診。」

我還問他，要不要寄賬單給保險公司，可以寫了給他寄去。

他說：「不用，保險公司難得很，我寧可自己付，跟他們打交道，只惹得一場氣，很划不來，我不需賬單。」

他伸出了手，緊緊的握住我，然後向我道別。

他是位特別的病人。有他自己的個性，也能尊重別人的能力和所得，沒有妒嫉心。他的這些個性已是難能可貴了。16.4.1999

➢ 一位來治病的州長

跟一位有名的州長，也曾有過一小段的結緣。那是在 1980 年代，在我慕尼黑的診所內。

介紹他來治病的朋友 G，對我說，州長近日會打電話來，最好建議我去到他那針灸，他公事繁忙，不好要他來診所。

但是管電話的小姐不久後的一天告訴我，州長自己突然打電話來跟她定了看病的約會，她簡直不敢相信，這是州長本人來電話。

當州長來到診所時，是一個人來，沒有一個隨從和安全人員，不像有一位部長來針灸時，帶安全人員來。

這位州長準時到來，沒有陪同的人。來到時，沒有一點傲氣。

我想起那位 G 告訴我的話，就對州長說：「其實我可以去您那診病。」

他回答：為什麼這麼的麻煩，我到妳診所很方便。

他不多說話，很快的明說，他是因為腰腿痛，問我針灸的療效如何。我回答：「腰背痛，是屬於針灸有效治療的範圍。」

他每次來診病都是很準時。只有一次，他自己來電話，管接電話的小姐告訴我：「州長因為土耳其總統跟他談話，談久了一時不能準時來，就給他另外一個預約。」

針灸了幾次後，他說，情況進步很多。

不到一個療程，就治癒了，結束治療。

我沒有給他寄去帳單。

經過一個月，他秘書來電話，請求給他寄帳單，以便處理匯款之事。

他這樣的就事論事，一點不願意佔人便宜。

曾聽說，有次下雨，有人推一輛自行車上火車，原來是州長。

他非常得人心，他一直連任當州長，直到過世。7.10.2020

➢ 一位南斯拉夫的病人世緯來治療腰腿痛

六年前她曾來治過。她說治好了後一直維持到去年年底。

在她一再打電話要求下，我約她到學生何威的診所給她針炙，因我換了診所，它要五月才能開張。

給她治病時，她喜歡聊她的私事。

她說，她是塞爾維亞人，對她的國家幾年來所做出的殺人勾當，她引以為恥。

她要表示她並非那麼殘忍，就說，她的民族之人，也恨著軍政人員，但是他們又沒法反抗這種政治，遭殃的是老百姓。

這句話可能有些屬實。

她在二次大戰時就結了婚，那時才十六歲。

多半是懷了孕才結的婚，否則那麼年輕，急什麼結婚，我猜。

這些事，只在「弦外之音」中體會出來。

她說丈夫死後，她來德國找事做，就認識了第二個丈夫。他卻突然有一天心臟病突發，等醫生來到時，他已一命歸天。

她受此刺激就病倒住進醫院，連丈夫之葬禮都沒法參加。

她只有一個兒子，是工程師，在家鄉買了房子，生活得很不錯，兩年來南斯拉夫內亂，他們互相通訊就更形困難了。

「南斯拉夫是世上最美的一個國家，有山、有海、有湖、有森林，可是被這場內亂弄得雞犬不寧。」她歎息的說。

她有一個孫女，在美國，「她聰明得很，學語言，講得一口流利的德文和英文，她去美國找事。但是卻不容易。她在美國不能直接寫信回家，因美政府作圍困南斯拉夫之舉，南政府反美。於是我就成了中間人，幫他們母女、父女互轉消息，通信息。」

在她躺在床上針灸時，不時發問：「日本人和中國人是不是同一個血統？」

怎麼回答呢！

我說：「只能給妳講一個傳說的故事：古代中國有個皇帝，要尋長生不老仙草，聽說在很遠很遠的島上，長有此草。而那些被派尋仙草的人沒找到，不敢歸家，就在很遠很遠的島上定居了下來，據說，他們就是日本人和朝鮮人。」

「日本話是跟中國話相近？或是為一種方言？」她又問。

「日本的文字，是在中國唐代時，仿中國的字造成的。日本的和服是唐代中國人的時裝。只是這時裝在中國已失傳，在日本仍傳留至今。」沒有正面回答她的話，因我不知它的正確答案，只有這麼繞彎子說。

「那麼臺灣的人呢？」她又問。

「臺灣的山地同胞，據說與印第安人來自同源。」

「我曾看過電視報導：臺灣的山地人，文化很高，五千年前就有文字，在山洞中還有佛像。這真是了不起，五千年前就有那麼高的文化。」

她一定弄混了。佛教至今也不過兩千年。怎麼可能五千年前就有佛像出現在山洞裏？

我沒跟她辯論什麼。

她送給了我一個禮物，包裝得很美，圓圓地，長長地。我問：

「是根蠟燭？」

她說：「不是，是我家鄉出產的香腸。」

我謝了她。她問我：「中國慶祝復活節？」

「它不是典型中國假日。」

「我是信希臘正教，它比天主教要早，復活節我們也慶祝，但不是這裏的復活節，只有每四年一次是在同一天，其他是在別的日子。我們慶祝耶誕節，也不在十二月二十五日，而在一月七日。」她解釋她的宗教後祝我復活節愉快即告辭了。

我將她送的長長地香腸放進裝電麻儀的儀器塑膠袋中。我將它帶來因何威診所那只有一個儀器，我今天的兩個病人都需要用此儀器。

今天我也給何威針灸。他兩星期前染上流行感冒，我一周給他針灸三次。

當我給他拔針後，他陪我進了他的客廳，他要看我的那架電麻儀。

打開那個塑膠袋，他看到了世緯送的大長香腸。

「這是世緯送的香腸。」我說。

說時我有些不好意思，就將它轉送給了何威說：「你拿它去吃。你讓世緯來在你診所針灸，這香腸該屬於你的。」

他很高興的收下，笑著問我：「妳不吃香腸？」

怎麼回答好呢！要是我說我也吃香腸的話，好像言下之意，不捨得送給他，只是意思意思一下。這麼一來我只好說：「我不大吃香腸，很高興你喜歡它。」

他說：「下次來時，給妳嚐一口。」

「不必了！」我回答。

我想這樣他得了香腸，又不必心中起疙瘩，以為我先沒有送他的念頭，或是他「奪走」了我的愛物。

這樣，他拿下此香腸，心中不會有什麼牽掛的。

當我跟 S 講這樁事時，他說：「這是中國人的想法，他怎麼會曉得！妳該說妳也喜歡吃，但仍送給他，表示妳的割愛。否則他會以為妳不要它，所以將它才給了他，那麼反失去送給他的人情份量了！」

真是的，來到德國已二十多年，還沒學會德國人的習俗，改不了中國人的習性想法。

「入鄉學俗」真是不易。07.04.1993

➢ 幾年來熟悉病人白太太

今天白太太來，帶來一盆綠葉小樹，這是她跟 M 幾經商量後送來的。

一個多月前，她建議 M 買一顆這種綠盆景，因他工作桌上沒有綠葉點綴太單調。

第二個在 Hohenzollern 的診所，我們曾依照她的建議，買到洗手後擦乾的裝置和紙，她總愛來建議一些什麼。

過了兩星期後，還是沒買此盆景，她就說：「怎麼你還沒去購買？是不是等著我來送你？」

M 說：「若你送來的話，我不會拒絕。」她即開笑的說：「那我還得慢慢地衡量，看我的愛心夠不夠送這麼一個盆景給你。」

又過了兩個星期，我們既沒買盆景，也還沒買她建議的衣架。

而今天，她喜氣洋洋地送了這個盆景。

今天她讓她的女友 Kandler 先針灸，K 進入單人診房。

等另一診床空下來時，卻是雙人診房，我讓她先躺在靠窗的床上休息。我即隔了屏風將一位貝爾先生的針拔掉。

➢ 白太太和貝爾先生的對話

這位貝爾先生是一位健壯的，三十歲出頭的壯年人。他五年前曾來戒酒，效果不錯。

這次又來戒酒，針了兩次後，他說已不想喝啤酒了，它一點味道都沒有。要我給他針心臟病。這是因爲在我給他把脈時，發覺他的心脈不對，即跟他說，他的心腎不大健全。他很驚奇的問：「你怎麼看出的？我三年前曾暈倒在地，因心臟病發作。」

當我給他在內關，神門處下了針後，他說：「三年前，我離婚了，那段日子太苦悶，工作又多，所以我就心臟病卒發，你能將它治好？」

「有這種可能。」我回答。

「妳已把 Hein 太太的氣喘病治好了，我相信妳也會治好我的心臟病。」

Hein 是他帶來的一位女士。她小小的個子，怯生生的，年紀比他大了十來歲。因他每次爲她付診費，且兩人雙出雙進，才知她們現在爲一對男女情侶。

「你酒沒問題了？」

「沒問題了。啤酒我已不喝，只偶爾喝點酒，但是我可以控制它。現在治心臟病比治喝酒重要。」

「那麼我就給你治心臟病了。」

「請便。」

今天我先給 Hein 太太針灸，她跟我說：「昨天貝爾喝了不少酒。妳得給他再戒酒，但是不可說，是我告訴妳的。」

當貝爾坐在我桌前時，他將手臂伸給我，要我把脈。

「脈還嫌快些，但心律不齊的現象已好了！」

「那你再給我繼續治心臟。」

「你喝酒的情況怎麼樣了？」我又問。

「昨天又沈醉在葡萄酒了。事後我覺不該，就拿出易經來算卦，你猜我算出的是什麼卦？」

他拿了一張紙畫給我看，是剝卦。

他說：「它的意思是沈思。喝酒就是不用腦子。它的問題在腦子上，所以我應沈思，改正這個缺點。你還是給我針心。」

我說：「我不願一次下太多的針。分散主治之病，但我今天給你針心，再加上耳針。」

「妳知道怎麼治我，是最好的穴位組合，一切由妳作主。」

於是我就接著所說，給他下了針，拔針後又給他在右耳的「胃」、「肺」穴中埋了撳針。他說：「胃屬土，肺屬金，土生金，這配合太好了。」

給貝爾拔針後。白太太已脫了衣服，在躺在床上。於是我過去給她把脈。

她說：「現在你診所裏居然男病人不少，我一下看到了三個男人，真是怪事。」

「怎麼是怪事，男人當然也可以來找虞大夫診治。」貝爾聽到她的話，從屏風後傳出來他的聲音。

「對不起，我以爲你已離開了房間，才說，沒想到你還在這。」她回他。

「我認識虞大夫已有六年多了。我知道她能治病，所以才來。」貝爾似乎在為我說話。

「我八年前就到虞大夫那診治。我知道她診所，多半都是女病人，很少有男士。」

「男人並不比女人笨，男人有病，也會找到虞大夫的。」貝爾還向她反嘴。

「你的話不錯，看樣子，今後我得對男士們另眼看待了。」白太太與貝爾針鋒相對的說話。

我在一旁聽著，知道她們兩人都不是一番壞意。

當貝爾聽白太太說的話，起初以爲她在攻擊他和我，所以口舌很快的回答她，表示並非現在才有男人來看病，他以前也是來看過。

而她並不相讓，說明她對我的診所更熟悉，她已是老顧客了，以前她所看到的診所病人，十之八九都是女的。怎麼近些日子來，她所遇的居然男的比女的多？這使她奇怪和不解。

經她一說，我也才注意到，的確，現在的男病人比女的多。

以前真是女的比男的多。即使我在「Volkhochschule 民間學院」教課，或演講時，都是女多於男，有時，居然十二個學生全是清一色女性。

來診所就診的，也的確女多於男。

而怎麼現在男人卻也多了起來？

這個現象經過白太太一提，也使我覺得奇怪。23.07.1993-2.10.2020 發佈

➢ 兩個大腳趾甲蓋變黑的白絲

她是一個高高的個子，長得很美的德國女郎，剛三十歲出頭。

她來看病，是因頸椎肩痛。已痛了好幾年。她說每天早上起來，總要痛個半小時，同時右手臂不能往上舉梳頭。

她來後，躺在床上，我發覺她的兩個大趾甲全是黑的。

「這是怎麼一回事？」

「兩個月前，有位親戚來我家住。她說了一些氣我的話，我氣得離開了家，一個人往外快走消氣，我想可能是腳趾撞到了什麼硬的東西，之後它就是黑色。」

「妳有沒有覺得撞到石頭類似之物？」

「沒有。但是為什麼會黑？我想是撞到了什麼硬物，而因我生氣之故，沒發覺。」

「要是撞到硬物，怎麼會沒發覺，何況怎麼兩個大趾同時撞上，而腳卻沒受傷？大趾絲毫無損，卻兩個大趾趾甲全呈黑色？有沒有重物壓到它？」我問。

「我也感覺奇怪，可是我沒法解釋，就從那次生氣出走後，兩個大趾趾甲變成了黑色。妳可以想見，我是如何的生氣。那位親戚住我的家那天，我祖母也在場，那親戚罵我，罵得不像話，我不敢發作，因祖母在場，我很愛祖母，怕她因我生氣而不快。那親戚是在我家作客，我卻不得不離開家往外走，走在路上，讓冷風吹來消氣，妳可見我當時定多麼的生氣了。」她說。

我沒問她是生的什麼氣，也沒問是什麼親戚使她生氣。她既然沒自動說出，我不好多問，這不干我的診斷之事，是她私人的事。我診斷只知她生氣就夠了。

於是我跟她說：「大趾與肝脾相聯。妳大生氣，怒傷肝，肝傷了後，反映在大趾上。以我的猜想，大趾不是受了外傷，而是受了內傷，先紅後呈黑色。」

她似有所悟的說：「我也是奇怪，為什麼從生氣後，雙大趾趾甲呈黑色，它沒有一點外傷，我也沒有感到撞到任何東西。那麼妳所說的是有道理。那天我真是氣得要命，那個親戚，以為我得容忍她的一切話語，她就毫無忌憚的批評我。我只是看著祖母的面子，咬牙切齒的忍著，沒向她發洩出來。我愛我的祖母，可惜她不久就過逝了。」

「妳祖母什麼時候過逝的？」我問。因她說兩個月前生氣，祖母該最近才過逝。

「她一直很健康，聖誕節時，還約我們到她家作客，她雖已八十三歲，人精神得很，自己下廚做飯。今年年初，有一天早上，她感到左足有痲痺感，送到醫院開刀後，腎功能失調。住院五天後就過逝了。這事來得太突然，誰都沒有想到。她一向很怕死，沒人敢在她面前提一死字。但在她死前，她很安寧，一點也不害怕，她知道她的命數到了，就安然的瞌眼而逝。」

針第一次後，她就說有進步。

她只能在下午五點半來，因她要下班後才能來診治。

她每次都非常守時。

她的性格很開朗，她在一家私人稅事務所做事。

有次她說：「這週三到週五，我要去受訓上課，不能來治。」

「上什麼課？」

「稅的事，稅制年年都在改新，改變，因而每隔一段時期，我們就得去上幾天課，學習新的稅法。我雖覺得枯燥，但既然幹上這一行，我不能落伍。」

「那麼平常週四該診治之約會，能改到下週二早上？因週二下午我不治病。」我說。

「應該沒問題。既然我受三天訓，公司不會挑剔我週二上午，晚去上班。」

每次來診，她都能很安靜的在診床上休息。有時去運針時她說：「我都已睡著了。」

她稱來此針灸，是她的「小假日」——她每次針時，能安然的入睡休息，當天晚上很有精神。

「我享受這段就診的時光。」她很和悅的說。

每次診後，她頸痛的時間縮短。針灸幾次後她的手臂已可以高舉梳頭。八診後曾痛了一次，很痛，之後次日起身不痛了。十診後，有個週六，她醒後又痛。

「這是很正常的現象，在沒完全治癒前，有時又會痛的。」我告訴她。

「那麼我還是多治療幾次，完全痊癒後再終止針灸。我肩痛已好幾年，能這麼快的痊癒，已是奇事。我不要像腰痛一樣，以前也是拖，直到有次痛得起不了身，我一病就躺在床上三個月。我不願再受這種罪，要治就根治。」

她喜歡在一間單人診房，那間診室有大長暖氣的房間。她說，這是她最愛的一間房。

昨天給她第十五次診，算是結束就診。

她來時，問她情況如何，她說：「我可向妳報導好消息！」

拔針後她說：「謝謝妳的診治。我會為妳推薦。請寄賬單給我，我會儘快的通過銀行匯款。」

「這倒不著急，我祝妳一切順遂！」4.3.1995

➢ 病人談到奧國 Kaprun 的悲劇

有些病人來時，不時會聊到發生的重大事件，尤其當他們的親屬或是本人也參與在內，或是與發生地點有關的事情。

有一位病人在奧國 Kaprun 的悲劇發生後，來診病，告訴我，他時常去 Kaprun 那裡滑雪，那天發生這個慘案時，他本來也打算去那裡滑雪，剛好有別的事情耽擱，沒有成行，否則他可能也葬身在那，因為這是他常去滑雪的地方。他說話的時候，心猶有餘悸。

我看到他的情況，聽他帶著顫抖的聲調，說完他心中的劫後餘生的講述。

我請他躺在診床上，給他針灸靈龜八法的內關，外關，公孫，臨泣，然後加上膻中，關元，三陰交，太溪穴位。

針後，他才驚魂定下。可見這悲劇對他的影響。

Kaprun 是奧國的滑雪勝地，位在阿爾卑斯山中，風景宜人。每年有成千百萬的人到那度假滑雪，享受大自然的奧妙。

奧國 Kaprun 的悲劇發生在今年（2000 年）十一月十一日星期六。在那天跟往常一樣，登山滑雪的人們，在搭乘自動鋼索電車，往山上進發時，電車突然著火，造成一起空前未有的意外事件，只有十二位往下逃的人，逃出了死亡的魔掌，一百五十五人身亡。

那時我還在德國，看到這個消息，也震驚不已，更何況是跟它有關的人們。

➢　一位病人講述三十多年前遭遇到可怕事件

當人們遇到一件悲劇發生，一輩子不但不會忘記，而且影響一個人事後的生活。

一位病人在 1995 年來治療他的失眠，疲倦，記憶力減退，植物神經紊亂癥候。

他說，自從他遇到一件不可思議的事件後，他的精神就此不振。

那是在 1960 年 12 月的時候，他跟妻子開車進城，停在慕尼黑火車站附近。他下車去購買東西，妻子說，在汽車上等他，因為附近是禁止停車的地方，免得吃罰條。

他離開後沒有多久，一架飛機在火車站墮落，很快的救護車來到，他聽到這些在十多分鐘內發生的意外事情，趕快趕到停車的地方，那裡一陣混亂，他的妻子在汽車內被燒死。

就這樣十幾分鐘的時間，發生這件慘案，他自此之後，人陷入在精神緊張的情況，難以忘懷此事。

的確，這個飛機墮落的悲劇發生在 1960 年 12 月 17 日。那是在慕尼黑發生的飛機失事，美國空軍的雙引擎運輸機在慕尼黑市中心墜毀在電車中。共有 52 人喪生，飛機上有 20 人，地面上有 32 人。而他的妻子就葬身在被燃燒的汽車內。他千鈞一髮的在出事前，離開了汽車，也差點被燒死。若是他妻子跟他一起離開汽車，頂多損失一輛汽車。地面上喪生的 32 人，實在是冤枉，當然飛機上的 20 人，也死的很慘。

天有不測風雲，人有旦夕禍福。人事無常，實在很難以料到。

這雖然對他來說，是 30 多年前的往事，但是他不曾恢復過來，時常會有惡夢。

我給他治病，雖然他的情況好轉，不過這場驚心動魄的遭遇，他一輩子忘不了，即使我聽了後，也難忘。

➢　一位常來診病的牙體技術師海斯

海斯開設一家 Dental Labour，人很斯文有禮，他常來診所治病，有次我左邊下部的牙齒被拔掉兩顆，我就問他，慕尼黑最好的牙醫在哪裡，他告訴我在慕尼黑城郊的一家牙醫生叫 Post 的診所，我就到那裡去做牙橋。雖然每次去很不方便，但是一位好醫生難得，我都花時間搭乘 SBahn 到那裡治療。當時醫生說，這個牙橋，只管 5 年的保證，而今已 30 多年，它仍然跟以前一樣，繼續的使用，雖然上邊的最後兩顆牙齒兩年前被馬爾他牙醫一下拔除。

每想到此，我都想到海斯，內心對他感激。

海斯有時講一些私人家庭裡的事情。他的妻子神經不大正常，但是他們有小孩，他不願意離婚，而且她的哥哥是一位牙醫，他們兩人的關係密切，不好為此跟妻子離婚。

他的妻子和女兒也來治病，岳母帶他女兒來看病，那時她還剛上中學。

後來當我診所搬到 Hohenzollern 街，他又來診病，這時他滿頭白髮。

他說他離婚了，妻子得到很好的照顧。他的 Dental Labour 雇用從東歐來的小姐。他愛上一位小姐，她也來治病，她可能另有新歡，離開他而去，海斯為此非常的傷心地哭泣。之後他又跟一位新來的助手搞上，又帶她來診所看病，他對待她很好。

有一陣子，他們沒有來，他有一天又來，說他得了 Borreliose，走路不穩，如踩在棉花上。

記得有一次，冬天很早天黑，突然停電。診所內還有病人，就點起蠟燭來繼續給病人治療。那天海斯也在診所內。

我給他以靈龜八法每次按時開穴治療，這是上下左右陰陽相錯的治療方法，來平衡他的身體，取到療效。

一晃又二十年過去了，這些病人，有如一個家庭成員的孩子們，跟他們有些有過二十年的來往。今天又想起他來，不知他的情況如何。我默默地，遙遙的祝福他。3.11.2020

➢ 一位舌苔綠色的中學老師

一位德國的中學老師來看病。

她說她教德文和體育。她患有失眠症，有時躺在床上，雙腳抽筋，疼痛不已，兩脅疼痛，頭部也常發痛，她很愛生氣，人不快活。她不喜歡學生，學生也不喜歡她。

學生功課不好時，她罵學生無能，不好好的上課。可是當學生很聰明，找出問題來問她，使她為難，不能夠作答，她又會很生氣的罵學生，妒忌這位學生的才能。

她未婚，雖然已入中年，她有過一位男朋友，但是她時常火他，兩人不歡而散。

《內經》：肝，為將軍之官，謀慮出焉，五行屬木，通目，主筋，在音為角，在聲為呼，在變動為握，在志為怒，怒傷肝，悲勝怒。

肝開竅於目：眼病與肝有密切的關係，「肝」有病反映在眼睛上。

她也有迎風流眼淚的症狀。

中醫，肝對應淚，如果常迎風流淚的話，那就說明肝有問題了。

她的舌頭上有一層厚厚綠藍色舌苔，這很顯然是肝膽毛病，因此她的不適都與心情愛動怒有關。

怒傷肝，肝病色青。

一個人生氣，面目鐵青，就是怒傷肝的顏色。她舌苔的綠藍顏色，也說明她的毛病出於肝。

肝臟是人體的化學工廠，各種進入到肚裡的物質，不管有毒、沒毒，肝臟都會將其淨化。肝喜條達通暢，她一再的生氣，怒傷肝。這是她病症的由來。

肝的再生能力極強，但是不容許一再的對肝進行危害，如失眠勞累，生活熬夜，都會損害肝臟。中醫時常遇到的名詞，肝陽上亢，會產生高血壓。

肝喜舒暢，需要開達鬱悶之氣。

高血壓——憤怒

按照中醫的說法：肝藏血，主疏泄條達，怒則氣逆，大怒傷身，大氣傷神。人在發怒時，體內會釋放出一種能量，使血液加快流速，無形中血壓會升高，心臟負荷加重。身體整個氣血都往頭上湧，這時會青筋暴起，面紅目赤，容易引起心腦血管爆裂，造成腦瘀血，腦血栓，心肌梗塞等的嚴重後果。

即使怒氣忍住，不發作出來，也會有危害，怒氣長期積壓，輕則容易肝血虧虛，造成貧血，肝的防禦能力下降，免疫系統受損，易得傳染性肝等疾病，引起肝硬化，肝癌等嚴重疾病。肝——壓抑的憤怒。肝喜舒暢，不管是憤怒或是壓抑的憤怒，都對身體有害。有不順心的事，要以代償的方式化解，跟朋友聊聊天，唱一首歌，做有益於心胸開朗的柔和運動，改變一下環境，都比一人悶在家，生悶氣要好得多。

許多生殖器官得癌症的人，都是跟心情有關，尤其是壓鬱性的忍氣吞聲，積怒在心的女性。

癌症跟心情和免疫系統有很大的關連，女性尤其要注意，肝在中醫為女人的先天之本，經常情緒不穩，就容易得乳腺增生，子宮肌瘤，盆腔炎等疾病。女子月經週期也跟情緒影響密切，怒則氣上，血不下行，瘀於其中，則易造成月經失調，腹痛，氣滯，甚則閉經等後果。

有一位在南華大學，上自然醫學研究所的學生，她在慈濟醫院癌症部門當護士，她說那裡不少年輕的女子得癌症，是因為家庭原因，婆媳不合，丈夫霸道。都跟肝臟不能疏散，抑悶有關。所以內經說，肝藏血，主疏泄條達。這跟心情有很大的關係。肝主筋，跟膽為表裏相關。筋會陽陵泉，她小腿抽筋也跟肝有關。

腳痛——不想走出去，抽筋，足痛，腳痛，都跟肝有關。

肝經的太衝穴位，跟手上的大腸經的合谷穴位遙遙相對，此兩穴位都跟女子生殖器官有關，左右上下兩穴位同時針治，稱為開四關，能寧心靜氣，有消炎、降血壓的作用。

我給那位舌苔綠色的中學老師，先針這兩個穴道，來寧心，再加上內關，關元，三陰交，公孫，足臨泣。

要她不可跟小孩學生們生氣，要學著讚美他們。她起初說她辦不到這點，一見那些搗蛋的學生，就一肚子的氣。

我針灸，加上言談，並告訴她，上床睡覺時，要多按摩肚腹部，這也可以使得她寧心。

針灸加上言談。一個療程後，她的綠色舌苔消退，晚上睡眠改善，雙協部的疼痛消失。她能夠讚美學生，學生也開始喜歡她。結束治療。

肝開竅於目，得了肝病會在眼睛上有所表現，一般得肝病的人兩個眼角會發青。孩子如果受到驚嚇，鼻樑處常會出現青筋或者青痕，這也與肝有關聯。

一些對肝臟有助益的簡單方法：

眼睛乾澀不妨眨眼，眼睛就會濕潤。或是張口打哈欠，也會有淚水產生。

肝性喜條達惡抑鬱，鬱悶壓抑的人應選擇多食芳香通氣的茴香、蘿蔔和橘子等。

要保護肝的話，不要讓眼睛太疲勞，有時用眼不當也會影響到肝臟。

不可熬夜，會傷肝。早起早睡，對肝臟好。

中醫講，酸甜苦辣鹹「五味」對應人的「五臟」，其中「酸入肝」，多吃酸味食物能夠促進肝臟功能，起到保養肝臟的作用。檸檬、山楂、食醋、酸奶等都是健康食品。

肝色青，多吃青菜，奇異果對肝好。30.10.2020 發佈

➢ 母女都是真耶穌教的信徒

她們母女都是很虔誠的真耶穌教的信徒。

起初是女兒 E 來治病。

她來治療植物神經系統失調的失眠，頭痛等症，母親是來治療腰背痛。

女兒 E 的特色是臉色發白，說話小聲，她談到她信仰的宗教，那是在德國有不少信徒的真耶穌教，手拿《守望塔》雜誌，默默的站在人多的地方角落一隅，腳旁放著一疊疊的此雜誌，不出聲，行人可以自行拿取此雜誌，這是一些信徒默默的在一隅傳教。

在奧林匹克公園的足球觀望台，有時會有此信徒的大聚會。信徒很保守，很有秩序，紀律嚴明，來開會時，中午一家家的攜帶食品在公園中坐在自帶的毯子上，分享食品飲料吃，他們這種行為，給看到他們的人們很好的印象。

E 說，他們教徒不接受輸血，在德國發生輸血染上愛滋病的事件後，她說他們宗教的先知有先見之明，所以他們都不輸血。

她講述烏鴉的靈性，有一隻在她住家附近時常來到她窗前的烏鴉，她每一出門，就跟隨她，她搭乘 SBahn（短程近郊一部分是在地下通行的交通如地下車）和捷運，那隻烏鴉會知道她到哪裡，就會在天空中飛到那，等她走出地下車道後，又陪伴她飛行。

她的收入微薄，來治病，是她哥哥從美國寄錢來資助她，這樣我就給她打折收費。

有次她送我一件紫紅色的短外套，說是她的嫂嫂親手做的外套，她是美國的印地安人。

E 的母親身材高大，是典型的德國人。腰痛針灸幾次後痊癒。她不曾談過她父親，她跟母親住在一起。

她從 1982 年，就來診所治過病，一直到我離開德國前，都不時來診所治病。每隔一段時間會來治療幾次。她說她不去看西醫，身體不適，只要來我這針灸幾次就好了。

後來聽說她母親過世了，她顯得有些頹喪，她說在她照顧母親的時段，可以拿到德國社會小小的補助，每月約 400 馬克，母親不時補助她。母親過世後，她更寂寞，不過在她來診所治病的十多年中，樣子都沒有什麼改變。

至今又是二十年過去，她的情況如何？每次看到她送來的紫紅色短外套，那是她嫂嫂的手工製品，我都會不時想到她。即使現在也還思戀她。她有宗教信仰，是她的精神支柱。宗教對不少人有很大的影響。

不管是哪種宗教，只要能給信徒道德和精神支柱，我們都要尊重。18.11.2020.

➢　一位遠道來治療的普教師

這位遠道來治療的普教師，是我的一位老病人，她在前後我德國的診所內都來過，是十多年來的病人。

起先是由於她的新陳代謝不好來治療。

十年後，她由丈夫陪伴，訴說她所遇到的困擾。

她的血脂過高，加上高血壓，去她附近的內科醫生那治療。

醫生給她開藥治療好幾個月，可是血脂和高血壓依舊。

她即抱怨：我一切按照所指示的定時服藥，可是一點效果都沒有，我吃素，不吃蛋，可是血壓和血脂同樣，沒有下降，該怎麼辦。

這位醫生回答：該怎麼辦？這說明你會中風，不久就死掉。

她聽到這話，氣的晚上睡不著覺，丈夫次日來電話預約，陪伴她搭乘火車來治療。

我安慰她說：別跟那醫生生氣。他可能自己身體不適，心情不暢，才會出言不遜。現在重要的是，失眠，頭昏頭痛，血壓血脂偏高，但是還沒有到危及到生命，進入不可以治療的地步，我們要按部就班的來治療。

我給她針灸合谷，太沖（太衝）開四關，這是我的臨床經驗，時常給病人針灸的穴位，當身體上下內外打開了，身體就能活躍的調動自我調節能力，它的功效很大。加上百會，曲池，關元，三陰交，復溜。

我告訴她，每天要按摩腳底心。

二診後，她睡覺安寧。

她繼續的每週來兩次針灸。

一個療程後，她的頭痛頭昏消失，高血壓和血脂幾乎近於正常。
19.11.2020 發佈

➢ 有關墮胎和懷孕

診所有些病人來診治不孕症，有些病人要墮胎。她們的動機正是相反。

凡是要墮胎的病人，都是她們有生理疾病，如月經痛，一直不會懷孕，可是來治療她們的婦女病後，月經不痛了，病人很高興，跟以前的男友性交，卻懷孕了，因此要墮胎。我想制止，卻是愛莫能助，當對方考量後，不願意結婚，而墮胎時，能夠了解。如一位三十邊緣的德國婦女，跟一位年輕還沒有中學畢業的男友出去度假，他是黑白混血，她卻懷孕了，不願意跟他結婚，她說，他根本沒有養家的可能，他也不願意這件事被掀開來，受到父母的責難，所以她還是決定墮胎。不管怎樣，那個嬰兒是無辜的。但是嬰兒不能夠抗議，父母都不歡迎此嬰兒的來到世間，這種情況德國是允許在懷孕三個月之內墮胎的。以前是不允許墮胎的，因此不時有私生子的事情發生。教會修道院會有一個開口，讓這種小孩的父母可以秘密的把嬰孩放入修道院，來養大。在歌德的浮士德一書中，女主角跟浮士德生了小孩，卻把小孩殺死，這樣是受死刑的。這是歌德學法律時，遇到的一個法律案件，母親被判死刑，他將這件事在浮士德一書中，寫出。歌德認為這不是女子唯一一人的過錯，男子也有同罪。

人性有很多的慾望，滿足性慾，卻又不願意生小孩，要多吃東西，卻又不願意胖，想要富有，不肯以正當方法賺錢，而行偷竊搶劫，獲取不義之財，這時常造成個人和社會的問題。

若是人人知道潔身自愛，體諒他人，社會不需要警察，國家不需要軍人防禦，世界可惜不是如此，所以才會有罪惡，有法律，有道德，有警察，有監獄。從一個小現象，有時可窺見到整個世界，這是牽一髮動全身。這跟一葉落而知天下秋又有異曲同工之妙了。世界是環環相連，任何一件事都可能牽連許多事，避孕墮胎和生小孩都影響我們生存的世界。19.11.2020 發佈

➢ 不孕症的治療

在診所內我最喜歡治療不孕症。要是對方能因此懷孕的話，正好彌補現代許多年輕人不願意結婚生小孩，甚而墮胎的一種現象。

這是說明夫妻兩人都希望有小孩，當他們知道可能不會懷孕時，會想盡方設法來治療。其中有一對夫妻，給我的印象深刻。

T 夫妻兩人為了懷孕，經過很多的折騰，兩人去檢查。妻子子宮後傾，丈夫的精子數目不夠。檢查原因丈夫是因為血管流經儲藏精子的地方，以致溫度高，而使得精子受到影響，精子數目因而減少。於是丈夫進行手術開刀治療，丈夫手術後，疤痕處很不舒服。而妻子因為子宮後傾，經婦產科醫生治療，還是不能夠懷孕，治療無效。

他們聽說針灸能夠治療不孕症，就去西醫處，以耳針來治療，妻子還是沒有懷孕。後來到我診所治療。

給丈夫我除了加強他的腎功能外，還治療他手術後疤痕的疼痛不適。

妻子的手腳冰冷，這是子宮有寒，元氣不足，要針上加灸，兩人經過一個療程後，妻子懷孕，醫生說她要住院，以保小孩。可是沒有多久後，她流產。

她傷心透頂，因為醫生說，她要打消懷孕的念頭，她的身體不適於懷孕，而且她也不會再懷孕。

當他們再來時，她傷心的哭泣，她不能夠忍受醫生所說，她不能夠再懷孕，她說每想到此，她就傷心透頂，她會為此發瘋，問我該如何辦。

我說，不要難受，讓我們再接再勵，他們不可氣餒放棄生育的希望。她已經懷孕了，就說明她能夠懷孕，現在重要的是，她要養身體，多培養元氣，去除一切生食冷飲。他們又來繼續治療。

我給她在肚腹的氣海，關元穴上下針，多灸。

經過一個月後，她又懷孕。

她受到醫生勸解，又住院，減少流產的可能性。他們得了一個小男孩。

她還要再生一個小孩，問我需不需要再來治療。我看她的情況不錯，就說她的情況改善，她的任脈已打通。若是她經過幾個月的時間還想要小孩，又沒有懷孕，可以再來治療。

當得知她不久後又懷孕後，我非常的高興。在他們得了第二個小寶寶，是一個女兒後，開心極了。他們喜氣洋洋的帶兩個小孩，和禮物來感謝我對他們的治療。我看到他們的兩個可愛小孩，這是新的生命，這是生命一代接一代的傳遞，心中也有無限的愉悅慰籍。18.11.2020.

➢　一位部長的多子多福

這位部長是我們在他年輕當學生，又當議員時，就認識的。他那時剛修完法律系的課程，還沒有修博士。他是當時州長最器重的議員之一。

那時還是在 70 年代，中國剛剛經過文化大革命，改革內政，鄧小平起來向西方學習，四個現代化。中國派不少的工程師，和一些德文教授來到德國學習和考察。

那時在西門子學習的工程師，受到住處不公平的對待，我們為此爭取到合理的解決方案，這是一件很值得出力的事。

那些來西門子的工程師，本來在慕尼黑的旅社，一人一間房間，每人每天中國要付 30 馬克。可是他們的學習人多了，變成每間房間兩人，中國要付加倍的付每日 60 馬克，有些房間三人擠在住一間房間，每日要付 90 馬克，這樣太貴，不合道理，中國人就要搬出去到別家旅社居住，但是，不准搬出，說當時訂約，居住處由西門子代為安排，中國得要依照條例付款，不能夠擅自搬出去。

那時中國非常的儉省，正在往工業經濟上發展。有次慕尼黑請中國大使來，為大使安排住在五星飯店，德國付款。而當大使還有別的節目在慕尼黑多停留，要由中國付款時，大使就搬出五星旅館，住在便宜的旅社中。

當我們聽說，中國的工程師，受到這樣同一間房間，價格提高，住處質量變壞的對待，大使館的人員就請我們設法民間來解決。我們得知後，覺得這樣欺人太盛，就跟當地的報社，剛巧我們認得的外勤主管 Mayer 聯繫，告訴他這件事，他就登報出來，居然中國人在德國受到這樣的對待，太不合理，生效了。德國人也為中國人受到這樣不公平的對待，打抱不平，事情傳到西門子的大經理 Dachs 那裡，他打電話給我們，問明情況，來調查此事，得知這是公司手下人搞出的花頭，這樣上面的大頭子出面干涉，中國人才准許搬出去，住到另外一家很實惠的旅社，一人一間房，每日付 30 馬克，多一人住，不加費。

這件事巴伐利亞兩位議員得知，其中一位就是後來的這位部長。

當時還是議員的他，認識我們後，對中國人很友善，每當中國人來訪問慕尼黑，他設法安排在市議會接待他們。

在我們提議舉辦中國醫學週時，他安排在慕尼黑衛生院，展覽出中國醫學。有次還安排跟州長會面。

我開診所時，他來治療過好幾次。

他有次在醫院割除扁桃腺之後疼痛，請我到醫院去為他針灸止痛。

他想找一位中國妻子，要我們介紹，可惜沒有成功。

他後來跟一位德國人結婚。

當我們在法國時，這位部長來電話，請我到德國，給他們夫婦針灸，他們希望生小孩，但是妻子卻沒有懷孕。於是請我儘快去德國給他們針灸治療。

我就到德國，那時我自己身體也不好，不知是什麼原因，耳朵聽到每一聲心跳，心律每分鐘 90 多下，人連上樓都覺吃力。

但是我還是決定去德國給他們針灸。

五月我去德國，給他們兩人一齊到他們家針灸。8 月妻子懷孕。

他們夫婦得了一個兒子後，還要我治療，以便他們能夠再多得小孩。

我說一般來說，用不著再治療，能懷孕一次，就代表通了，會再生小孩。若是不果的話，隨時我都可再治療他們。

他們生下兩男兩女。

在這期間，他們的小孩都長大成人。

去年他 70 歲生日，邀請我們去參加他的 70 大壽。但是我們在馬爾他暑期有南華大學的師生來 Dolphin Foundation 做文化交流，不便離開，就未能參加他 70 大壽慶典。

但是在電視中不時會看到他。在疫病期間，他到柏林去開會，也戴上口罩。

能夠看到他，我們都很高興。

他們有四個小孩，這是我最高興的事。

在診所治療病人，最喜悅的事，就是想要孩子的家庭，透過治療能夠如願以償，一個新的生命，或是好幾個新的生命能夠安然的成長壯大，還有什麼比這更愉快的事！6.11.2020 發佈

第三章

一般病人，分門別類

1．心理疾病

➢ 人的心靈可以加蓋好幾層

一個城市，不能在一個建築內，又再建上另外一個建築，它得要先去掉先前的建築，才能在它的上面重新蓋一個建築。在新建築上，老的建築不復存在。

可是人心靈的軟體，可以容下好多的過去自我，孩童時代，年輕時代，中年時代的自我，老年時代的我，雖然同是一個人，不同的心理層次，經驗，可以同時存在在一個軀體內，不必跟建築一樣，要拆掉老的建築物，才能建立新的建築。

人雖然可以活的很老，但是他少年的他，仍然能夠跟老年的他，生存在同樣一個心靈中，共存共生。換言之，人的心靈可以容納不同時代的我，它不會消失，不會像建築一樣，要先毀滅前面的建築，才能從同樣的一塊地，建築起一個另外一個建築，在它的後面，看不出前面建築的形狀。

但是人不同，不同時間感情的同一個人，可以共同生活在同一個心靈之內，有些頂多是被壓入到下意識中，但它沒有消失。

這也是上了 70 歲的歌德，會愛上一個十幾歲的少女，他並不覺得自己年紀大，跟年輕的女孩相愛戀，不切實際，因為年輕的他，仍然是生存在年老的他的身體內，沒有消失。

年輕的歌德，並沒有在年老歌德的心靈內消失，因此他又回到了戀愛時期的熱情，再度的深深陷入愛河，不能自拔，以致被所愛的女孩拒絕，受到失戀的苦痛。年老歌德被年輕歌德的心靈所取代，做出不合他成熟有地位身分人的作風，引起令人不敢恭維，自己受苦的行為出來。

這是幾個心靈同時存在一個軀殼內，會作祟，會興風作浪。

年輕的歌德，活在年老歌德的軀體內，而使得他的行為和作風與外表的型態，不相配合，而致做出不恰當，令人取笑的事出來。

後來雖然他覺醒了，也後悔那時的幼稚，但是此事已經傳走四野，使得他很後悔有這樣一件令人對他人格打折扣的事的發生。

不過好在他也是一個詩人，一位詩人有詩人的熱情，不足為過。他在老年所寫的情書，情詩，也令人讚美欽羡他詩的美妙動人。12.1.11.三

1.1　陷入心理疾病的痛苦病人

➢　遠道來診病的阿克曼姊弟

這位弟弟患憂鬱症，不安，他們從遠處來就診。

我先給他針合谷，太沖兩穴。

這兩個穴道上下互相呼應，一陰一陽，它是一種易理針法，療效顯著。不但可以定心寧神，還能消炎，平衡陰陽，增加免疫功能。

若是病人呈現憂鬱郁鬱不歡，就針內關，足三里，來增加她的精神萎靡，振作病人的精神陽氣。

這種病人，常常都是生活在兩種極端的精神狀況中，時而精神百倍，時而委靡不振。

任何的極端都是病態，治病在於調節他們的身體陰陽平衡。

這樣弟弟的情況改善。

每次都是姊姊陪弟弟來治療。

她昨天打電話來說她弟弟情況不大好，他又猛吸香煙，自暴自棄，因他沒有女友的消息，他吸煙喝酒，精神萎靡，得盡快來針灸，最好明天就來。

我說：「明天是週三，我不在診所，後天可以來。」

「無論如何得盡快給他針治，早一天比晚一天要好。他擬下週一才針，他等會會打電話給妳，妳告訴他，明天來最好。」

「明天不行，我不在診所，週三診所不開。」我又重覆一遍。

「那麼你告訴他盡快來，早一天比晚一天要好，但妳不可說是我曾打電話告訴妳，等會我會去他那，在他那再搖電話給妳，我裝著不曾跟妳談過。再跟妳道一次早安。」

約一小時過後。她又來電話，她問要不要跟她弟弟談談，我說好。

他似乎在設法避開與我談，但他還是接過了聽筒。

「你好吧？」我問。

「上次針灸後兩天還可以，現在我又需要診治。」

「你這週四能來？」我又問。

「我下週一再來。」

他既然這麼說了，我也不好勉強，就說：「好，我們下週一見。」

又過了半小時，阿克曼的姊姊又打電話來說：「我弟弟決定還是明天來診。」

「明天不行，週四可來。」我又重覆一遍。

她弟弟拿了聽筒跟我說：「明天我們見。」

「明天我不在診所，週四，後天九月十七日我們再見。」我又重覆了一次。

「我約十一點三刻到妳診所。」他說。

今天週三，起床時已十點了，想起昨天與阿克曼姊弟的談話，使我有些不安。我怕他們沒搞清楚，還是今天來了，那麼吃一餐閉門羹，多不好受。他們來自柏林遠地，早上四點的火車，中午十一點半才到車站，診完下午搭車返回，要到半夜一點才抵家，要是他們沒弄懂我的話，還是今天來了的話多糟，那麼我得今天上診所看看。

我跟 S 這麼說。

「妳還要去診所？按理說妳不必去，妳已經跟他們說得清清楚楚。」

「但是從他們一再說，明天要來的話，使我耽心他們還是沒聽清楚。」

「他們那麼老了？」

「不是，他才三九歲左右。」

「他最後怎麼說？」他問

「只說他約十一點三刻到診所。若是他們住在慕尼黑，我就不必特地上診所，但他們住的那麼遠，來一次很不方便，我實在不能讓他們白跑一趟。」

「妳不是已跟他們重覆說明？」

「是的，可是他們兩人都不做事，也許連今天是週幾都沒注意到。」

「若是他們有任何一點可能，今天會來的話，站在人道的立場，妳是得去一趟。」

「我也是這麼想，否則我會一天不安。」

我匆匆的吃完了早飯即趕到診所，約十一點二十分到了診所。現已中午一點半還沒他們的影子，雖然我白跑一趟診所，但總算能心安理得。
1998 年 9 月 16 日

➢ 一位內心不安寧，患憂鬱的女病人

女病人，40 歲末，半年來潮熱，心跳，流汗，不安，憂鬱，各種治療更年期綜合症無效。四年前割除子宮。

臉紅，舌紅有黃苔，脈浮數。

這是水火不調。腎經和心經的毛病。治療取心，心包，腎和脾經，任脈。瀉內關穴，補復溜穴。

針四診，無改善。第五診後，流汗，心跳減弱。病人去除服用所有的心理藥物和荷爾蒙 Hormone。八診後。她感到有力，憂鬱和潮熱減輕。

12 診後，病人感覺「跟正常人一樣」。

16 診後病人沒有任何的不適，情況穩定，結束針灸治療。

➢　一位患心理疾病的飛行員

這是我在德國診所，在 1999 年遇到的一位病人。患有心理疾病又當飛行員。這是很可怕。

在他的病歷表上職業一欄，他寫著飛行員。

他來時，滿面愁容，在一張紙條上寫下十幾項他的毛病：睡不好，害怕緊張，頸痛，頭額右眼上痛，喉嚨中有梅核氣，呼吸不暢，肌肉繃緊，悲觀，aggressive…。

其實這些病態都互相相聯，可歸為一句：植物神經紊亂症群。

「這些毛病起於四年前我外婆去逝。」

「她那時多大年紀？」

「八十七。她一直很健康，四年前她進了醫院，就一去不回。我很悲傷，那時正值要考飛行員執照，我沒考過。之後，又發生了三次車禍。自從她死後，我就一切不對勁，一切不順利。在這期間，我看過一百位醫生，吃了上千顆藥，卻沒有一點用處。我也接受心理治療，去心理分析家那，他一直追跡我的過去，將它說的壞的一塌糊塗，使我更迷惘，覺得我所有做的事全不對，更使我無所適從。」

「身心屬於一體。你的情況，是身體失去了平衡，它可以藉針灸糾正過來。」我說。

第一診後，稍好一些。

「可以睡了，但我常有害怕的感覺。」

「你怕什麼！」

「我害怕跟我開飛機的 Captain（正駕駛飛行員）。」

「為什麼？」

「他脾氣很不好，常會罵人。」

「你是開什麼飛機？」

「我開的是 ADAC，緊急服務的飛機。像有人在旅行時生病，就得開飛機把他們接回來。開的是小型飛機，可以容納四個乘客。每次我和 captain 兩人輪流開飛機，他開去程，我開回程。」

「你別把 captain 說的話放在心上。你也別怕他，若你有什麼意見跟他不合，你可以對他說。」

「跟他沒法談話。」

「你可與他的上司說。」

「這些事複雜的很，找不到一個解決辦法。我去心理醫生那，只把事情弄得更是糊塗的理不出頭緒。」

「任何事都有一種解決辦法。有時從正面解決不了，要從另一面來解決。有這麼一個小故事：A 與 B 打賭，A 說 B 若能把他從屋內誘出去的話，B 就贏了。B 說，A 在屋子裡那麼暖暖的，舒適的很，他沒法誘他到屋外。若 A 在屋外的話，他可以把 A 誘進屋內。A 一想，也對，那麼就要看 B 怎麼把 A 誘入屋內，A 即自動走出屋外。這樣 B 就已達到誘 A 到屋外的目的。B 有靈機，不用一般方法，只藉著另一句話，A 就自動的『上網』走出屋外，那麼 B 即打贏了。」

說完這個小故事，他大聲的笑了，內心似乎充滿了新的活力。

再診時，他說：「心情有高的時候，有低的時候，起伏不定。」

「當然沒有那麼快就一切正常，你還得有些耐心。」

針完後他問我：「週一我還在心理醫生那有預約，妳看，我應不應去？」

「若是跟他說話，對你有助益的話，你可以去。」

「但每次說後，他把我的過去挖了出來，我更不知所措。」

「那麼就不必去了。」

「可是能跟著別人說些話，似乎也並不錯。」他又在猶疑。

「你再多沉思一下，然後作個決定。」我跟他說。

他再來診時我問：「你昨天去了心理醫生那？」

「沒有。」

「為什麼？」

「因為我同時上妳這診，又去他那就診，就分辨不出，是誰的方法有效。」

「你的情形如何？」

「我每晚都是夢到在工作。我拋不開工作崗位，我是個 workholiker。」

「工作是好的，但晚上也應拋除工作念頭。你喜歡飛行？」

「我很喜歡，明天我要飛往 Nurnburg，週五才能再診。」

「你飲食是什麼樣？」

「多半為香腸，乳酪，麵包，這些都是機上所供應，所送到的食品。」

「你該食有定時，也該多吃些蔬菜水果。」

週五他來診時，問他情況。

「頭還有些抽痛，但我開飛機已有樂趣，我還開到了倫敦。」

「睡的情況？」

「還常夢到工作。」

「你起居有時？」

「通常十一點到一點上床，上班是六點起床，不上班時，要到十一、二點中午才起來。」

「你一週上幾天班？」

「四到五天。」

「那麼改正你的睡眠習慣，起身時間不可差上五至六個小時，若是晚上十一點上床，上班時六點起身，不上班時八點起身，就已有進步，中午可以稍稍睡一會覺。它時間雖短，卻對恢復精力很有用處。」

他的情況已有進步，若他能繼續堅持針灸，當能治癒他的那幾項不適。

他的人倒還是挺不錯的。

他的性格起伏太大，他說有時認為他能征服天下，有時又低沉的無法自拔。

守中是最難做到的了。7.9.2020 發佈

➢ 你每次開飛機多長時間？

他中午十一點來電話，說昨天在 Nurnburg 不能來針灸，問今天能不能來。

我問他最快能何時到，他說半個小時。我說，那麼還可以。

我因一點要出診，十二點半傭人來打掃，那麼他十二點來還能配合。

他開頭一句就跟我說：「我每次駕駛了飛機後，就恨不得殺人，內心充滿了好多的憤怒。」

「你每次開飛機多長時間？」

「三到四個小時，然後休息一會，又繼續再開飛機。」

「在飛機上，你一方面離不開崗位，等於被拴住了，另一方面，你又跟那個 captain 不合，當然你感到壓力很重，透不過氣來。」

「是的，我感到壓力很重，很想辭職，但我喜歡飛行，不得不壓制住自己。」他說。

「但是這樣壓住自己的情緒，不是辦法，總有一天會爆炸的。」我說。

「我真不知道該怎麼辦了！心中充滿了憤怒，恨不得世界毀滅。」他仍有些氣沖沖。

「你火一個人的話，即使跟他辯論，也得不到結果，你不能改變他，那麼只有想法如何出氣。我妹妹也時常火她的丈夫，對他莫可奈何，有時火極了，丈夫轉身後，她從後邊設法踢他一腳，當然只是做做樣子踢，並沒踢到他，這樣使著力，踢一空腳，並在嘴裡罵一聲混蛋，氣就消掉不少…」

我還沒說完，他就高興的笑了起來。

我繼續說：「對你那老闆，也是用這種方法，他轉身了，你踢他一腳，若是他發覺了，你說你活動手腳，他也奈何你不得。」

他聽了又笑了。

「你積聚在心中的怒氣怨氣是不易消掉的，總得想法將以代償的方式消掉。或者，在無人處罵那些惹你生氣的人，或者唱首歌，發發怨氣，或對好友說出你的苦經，或藉著工作將那怨氣發洩。像邱吉爾藉著砌牆，華盛頓藉著砍木材，我們住處的管家，有天半夜起來鏟雪，因他跟太太火氣，藉著鏟雪來消氣。當然你不能對著上司說他，罵他，這樣只有越說越糟，有時是得用一些小技巧來消掉自己的氣。」我說。

「我小時候受了父親的權威壓制，現又受公司及上司之壓制，我跟他們處的都很好。因我沒將我的氣表示出來，也因此我常受不了他們。我的肝指標高，一咳嗽，頭上會冒金星，它們是什麼緣故？妳有沒有針治我的肝膽？」

「肝膽跟情緒有很大的關係。我每次都針太沖穴，此為肝穴，你咳嗽冒金星，與心肺肝有關，有人起身時，也會冒金星。」

「對的，有時我亦如此。」他說。

「你得好好地注意自己身體，很多事，不值得一氣。多放開點心懷，對你一定有益。」

我勸說。說這些話容易，能做到可難上加難。但願至少這些話能使他寬懷一些，好好渡過一週，因要等到星期四他才能再就診。24.07.1999

2001 年我們搬來馬爾他，我沒有再記載他的病歷，他可能飛行生涯，生活不定，就沒有再來診病。

****

飛行員患上憂鬱症可能會造成很可怕的悲劇，在德國 Germanwing

航空公司就發生一起飛機撞山，全機死亡的慘事。德國之翼航空 9525 號航班（Germanwings-Flug 9525，航班編號：4U9525），2015 年 3 月 24 日由西班牙巴塞隆納飛往德國 Düsseldorf，途經法國南部上普羅旺斯阿爾卑斯省上空時失事，於法國境內阿爾卑斯山海拔 2,700 公尺（8,900 英尺）地區墜毀。飛機上載有 150 人，包括 144 名乘客和 6 名機組成員皆當場罹難。失事客機隸屬德國之翼航空（又稱為「日耳曼之翼航空」），為漢莎航空全資子公司。

2016 年 3 月中，法國航空事故調查處（BEA）提出的最終報告認為德國之翼航空 9525 號班機副機師蓄意墜機。

當時我曾寫過一篇有關此墜機事件的報導，講述這位副駕駛員 Andreas Lubitz 蓄意自殺，因他患有憂鬱症。這是非常可怕，這位駕駛人員的個人精神不正常，引起意外事件，導致無辜的全機人員死亡的悲劇。

1.2　精神病患

➢　藝術家費絲樂小姐

費絲樂是一位很有天才的大理石雕刻家。這需要很高的技術，她得過雕刻家藝術獎。她患有精神病，每當正常時，工作的成果顯著，可是每年都要進醫院接受住院治療。她說她不能夠忍受那種藥味，就來我診所針灸，先後有三年，在這段時間，她不用住院治療。每次針灸後都感覺心情平靜，沒有發病的心跳，呼吸不暢，要自殺的念頭。在她治療的這段時間，她生活的很積極，還參加跳肚皮舞，得到獎章。下面是錄下她來診病時的片段：

➢ 慧星經過我的身上

她坐在我桌前說：「慧星經過我的身上。」

「妳是指什麼？」因為慧星是不大吉利的預兆，我怕她出了不愉快的事。

她說：「有一位叫 Simon 的人打電話給我，說他對我的作品很感興趣，叫我寄資料給他。」

「那真是好消息。」我說。

「昨天我母親陪我去他家外邊，看他是怎麼樣的出身的人。到他家外面一看，我們都嚇住了…」。

我也捏了一把冷汗，不知那人是怎麼一個來頭，是騙子呢？還是…？

「他家位在特葛湖邊，一面靠湖，另一面延著山坡而上，是幢新式建築，房產佔地很廣，花園相當的大，有座美麗的房子，它依山傍水的座落只有在電影中能看到的富裕豪宅。門鈴上名字為 Dr. Simon，他在電話中並沒說他有博士頭銜。我們被這麼美的房產怔住了。他說他對我的好幾個作品感興趣，他可能要買我的雕刻，是為裝飾花園用的。我才三十出頭，已出售好幾個作品，現在又有這麼一位有學問及有藝術造詣的富豪，看中了我的雕塑，即使是連一位六十多歲的藝術家，也難夢想到的事。」

「這真不容易，妳的才華揚溢，應多完成更多的作品。」我鼓勵她。

給她運針時她說：「不管那位 Dr.Simon 買不買我的作品，至少他對我的作品感興趣，就是對我藝術創作的一種鼓勵了。」

「我記得在中學時代，我的文章登在報紙上，我就心滿意足了，連稿費我都沒去取，我要表明的是說，這種對作品認可的價值，比金錢還重要。」我說。

她告訴我，她的腳心時常作痛。它屬於腎經範圍，這是她吃了太多的葯所致。她得的是一種精神分裂症，西醫束手無策，只能以大量的葯劑來鎮壓它的發作。

她躺在診床上，雙眼緊閉，我不知她在想什麼，多半與 Dr. Simon 有關。她長得很美很可愛，還會跳肚皮舞，她曾以跳此舞出名，賺了錢，並結識了一位工業巨子，他在他的博物館內買下她雕刻的一座大理石刻像。

在情場上，她很不順利，有次她說：「愛情只有痛苦，它浪費了我不少時間和精力，它卻是逝去的無蹤無影，那麼還不如埋頭苦幹完成一些作品。」

她姊姊學建築，愛上一位男人，跟他生了個女兒，那男人不務正業，時常一離家就是幾個月，她不知他的去向，她一人在家帶著女兒，等待他的再度出現。她的日子難過得很，度日如年，苦不堪言。但是她沒法跳出這種愛的苦海。我看過那男人一次，其貌不揚，一副無賴像，不知她姊姊怎麼會愛上那種人，這真是一場孽緣。

對於愛情的束縛，外人無能為力，只有靠當事者自己跳出這種情感的束縛，但願費絲樂小姐能獻身於她的天才作品中，能兢兢業業地百尺竿頭更進一步。1998 年 9 月 1 日

➢ 費絲樂的頹喪

她今天來時有些傷感。我意識到多半沒有那位 Dr. Simon 的消息。果然她說：「Dr. Simon 沒來電話，我非常的失望。」

「一來還沒多大時間過去；再者，現在是大部分人度假的時候，他可能也不在家。」我安慰她說。

「可是這樣的等待日子很難過去。」她仍不能釋懷。

「我能了解，天天盼著消息，卻是空等，是很令人失望。妳有他電話？」

「他只告訴我地址，沒說電話號碼，我可以去電話簿查，但我想，自己打電話去，並不妥。」

以她對他的好奇心來說，她一定早就設法查出他的電話，依我揣測，它是密碼，但她說不好給他打電話是對的。要是我的話，我也不會給對方打電話，這有損自己的尊嚴。

我們不是那種毫無自尊心之人，犯不上自己主動的去擾對方。這種事最好採取被動，打電話給對方無濟於事，只顯得自己沈不住氣。

「妳說的對，等他一個月，若是仍沒消息的話，就忘掉這事。」

她聽後，想想，嘆口氣繼續的說：「唉，早知這樣的話，還不如根本沒有他打來的電話，它把我的心擾的很亂。」

「別氣餒，就當著沒這回事，還是專心做妳的雕塑。」我安慰著她。

她因盼望又空空的等待，使得心情變壞，身体亦感不適，肚子脹，胃作嘔。

「尤其當每次吃藥後，更是不舒服。那些心理葯，我吃了十多年，現在每當要吞它時，就起反感，胃一陣陣的噁心，再加上每一個月兩次的打針，它把我簡直折磨得受不了。我知道我身內已中了藥毒，請妳以針灸給我解毒。」

我即給她針合谷、太沖、內關、复溜等穴為她透過肝腎經解毒。

拔針後我安慰她：「妳別為 Dr. Simon 一時沒消息著急。妳的作品有它的客觀價值，他若現在還沒能決定買，並不代表他不欣賞妳的作品，否則他不會打電話給妳，請妳寄資料給他。妳的作品是有恆久性，它不是如買一輛車子，只有十幾年的用處。它可以永遠久留不朽。當然購買這種作品前，對方得要考慮一段時間。Michal Angelo 對自己的作品很有信心，當教皇沒錢付他的薪金時，他並不因此停頓工作，他知道他的作品能永存於世，而那位教皇卻已被人遺忘，他的作品卻永存。妳不必久等對方的消息，繼續妳的工作，有無他的購買，都不會損失妳作品的價值。」

她向我苦笑了一下，我知道她理智上是接受了，但心理上卻還不能釋懷，這是她的`有待`之心在作祟。我真希望 Dr. Simon 能買一座她的作品，一位年輕的藝術家是需要別人的青睬和重視的。1998 年 9 月 1 日

➢ 發覺患了精神病來戒煙的維特

在電話中她說：「一九八六年曾來妳這針灸戒煙，針了四次後，我不抽煙，效果很好。兩年前，我成為醫學界的試驗之人，為了這種試驗，

我不得不抽煙，妳說，這次我得需要幾次針灸才能戒掉煙？」

「妳現在抽多少支煙？」

「跟以前一樣，四十支。」

「那麼妳得打著針灸四次。」

「我可以八月二十三號來？」

「八月底我可能度假。」我說。

「那麼我早一星期來。」

我給她八月十六日的預約。

****

她來時，我問她：「妳是怎麼樣作為醫學試驗？」

「妳聽過 Max Planck Institute？」

「當然。」我說。

Max Planck 為物理諾貝爾獎金得主，世界聞名。此研究所以前稱為 Kaiser Wilhelm，研究所。一次大戰後，德皇被廢，而改名為 Max Planck。它以前的中心在柏林。二次大戰後遷到慕尼黑附近的 Garching 城，為它的原子能研究所中心。

「我就是此研究所的試驗人。」

我沒問她，為什麼她去當醫學試驗品。我在想，可能她需要錢，所以這麼地接受試驗，那麼我不應多問她什麼。

在給她針時，她說：「七年前，妳給我戒煙時，加了一針減肥，所以我煙戒掉後，不但沒有要抽的念頭，食慾也能控制得住。我沒有增加任何一磅。妳能給我再針下這個控制飲食之針？」

「沒問題。」我答。

給她除針戒煙之穴外，再加上胃點下針，減肥。

「我過去兩年增加了二十三磅，也是為醫學實驗而增重的。」她說。

「妳接受的醫學實驗是屬於哪個部門，它的細節如何？」我問。

「中樞神經。我接受命令抽煙，接受命令多吃。然後觀察抽煙和多吃，對中樞神經有什麼影響。我曾當過空中小姐，一向體格苗條，還在巴黎住了四年。但是回到慕尼黑後，當了兩年試驗品，體重增加了那麼多，實在不像話。」

她看起來四十出頭，人長得不錯，穿著也很講究。體重增加，對她來說是一種纍贅。

「妳能不能給我一邊針戒煙，一邊使我減輕這二十三磅？」她問。

「戒煙一週就可戒掉，而這二十三磅卻不可能在一週內減掉。我只能給妳加一針，使妳能控制飲食來減肥。」

****

次日她來針時，有另一位女病人 Fr.Weiss 跟我說了許久的話。

我即去候診室跟維特說：「妳先去另一間就診室，因我跟一位病人還得多講一些時候。」

維特說：「沒關係。我反正沒做事，只當醫學試驗者，我有的是時間。」

這才知，她目前沒工作。大概為了多賺錢，她自願去當試驗品，我心裡這麼想。

在給她針灸時，她說：「我已少抽二十支。煙的味道變得很壞，我抽時想作嘔，今天針後，我該抽幾支？」

「妳可再減少一半，准抽十支。味道不好，不想抽，就不必要一定抽到十支。」

給她耳針上安裝電流，她一會大聲叫我，說她的耳針之電轉弱，要我撥強。

她拿了一個錄音機，將它放在床邊說：「我可以聽音樂？只要它不妨礙別人是沒問題？」

我對她點頭微笑。

➢ 維特得了嚴重的精神病

今天，她來第三次針灸。

她在我桌前坐下說：「我當醫學試驗品，可把我的身體搞垮了。我的心刺痛。子宮下體作痛，胃也在痛，全身都不對勁。」

「那妳為什麼還繼續做試驗品下去？」

「我不能終止，我還沒接到終止的命令。至今我已做了二十九個月的試驗品。試驗是要看我中樞神經對各種性的反應。妳不知，我在這期間受到了多少的污辱。我得與父母兄弟姊妹發生性行為。這是違反倫常道德的，但我不得不這麼做。」

「法律准許做這種試驗？」我很震驚的問。

「當然不准許。這事總有一天會公開來。我的大腦與 Max Planck 的一個電腦繫在一起。我得完全接受那中心電腦的控制。我不准有任何個人的意志。當那電腦要我跟父親性交，我就得跟他性交。電腦要我去舔他的性器官，我就得去做。要我與母親行性行為，舔她的性器，使她達到高潮，我也得去做。我母親已經九十歲，我還得去吸吮她的乳房，吮她的性器，讓她進入高潮。同樣的，我也得對兄弟姊妹這麼做。這還不夠，若是我在街上走，前面來了一個很髒的流浪漢，當我接到命令，得要在他面前跪下，吮他的性器，及吃他肛門所撒出的糞時，我必得服從。這樣兩年下來，我的胃受不了。當我看到那麼髒的男人，我還得吃他的糞，就一陣陣作嘔。而且我所接受的命令，全是以最難聽的字眼來命令我。即使一個妓女聽到這種字眼，都是一種侮辱，而我卻仍得接受它，並去這麼做……」

我聽得目瞪口呆，世上也會有這種事情？為什麼她不去報警，或在報紙上撳開這種不人道的事？

「連我每天走的路，購物，全在接受控制。我不知今天該走那條路回家，當我下樓時，我就接受命令，往左或往右拐，遇到了某些人，如何對他們起反應。有時甚至要我吃活老鼠。我不知已吃了多少活老鼠。當我吃時，會對我說，現在吃老鼠的頭…老鼠的性器，我只有一陣陣作嘔感。但我不能拒絕，我沒有自由意志，我只能聽從電腦給我的命令。」

我更覺奇怪，問：「電腦是跟妳說話，還是給信號？」

「它像呼吸一樣，隨著我的呼吸給我一種要我行為的命令。」

「難道妳的父母兄弟姊妹接受妳跟他們這樣發生性行為？」

「這個命令全是在我腦中，因而這種行為全是在我意識中行動。我父親已過逝了十年。我只在腦中呈現與父親性交的行為影像。母親已九十多歲，住在別處，我們沒有往來。只在我的腦中呈現出使她達到性高潮的影像。」

那麼這全是她自己的幻想？

「Max planck 怎麼找到妳的？妳這麼為他們做事，有什麼代價？」我問。

「這我沒法解釋。我跟他們沒有訂任何合同。只是突然有一天，我腦中接到一個資訊，對方說，他們為 Max planck 電腦中心，選擇我做醫學試驗。我的腦波與他們中心之電腦相接，受其控制，我得完全聽從他們的命令，我不能有自我意識。我的一切行動，一切思維都受他們的操縱。我接到一個命令，我得去咖啡點早餐，我就得服從。當我拿起麵包吃時，命令中說，這是一隻老鼠，我得吃它的頭，胸，它軟綿綿、活生生，我嚇得不得了，但是還得吃，我作嘔，但仍得吃下去，因我是被挑選的醫學試驗者，我的作嘔反應，反射到中樞神經，它與 Max Planck 的總電腦有相聯，可以因而探測出來，我的中樞神經對老鼠的反應波。」

「妳不能跟總電腦說，妳受不了這種精神虐待？」

「我會得到回答：妳這算什麼受罪，多少人比妳受的苦更多。我的一言一行，全被控制住。我簡直沒有私生活。電腦可看到我的裸體，看到我的一切，並對我說極下流的話，帶性虐待的話，命令我做事。」

「他們選上了妳，沒經過妳的同意？」

「他們不會先問的，沒有人會同意做這種醫學試驗，所以我根本沒被問過，我同不同意，我就是這麼的被指定為試驗品，我猜想，這是透過某位醫生的媒介，他將我的資料送到電腦總部，才會這麼的選中了我。」

「難道妳沒發覺妳的屋內裝上了什麼設備，才能被人這麼控制住？」

「我也看遍過房子，沒有找到什麼裝置。這種控制我的大腦，不需要任何裝置，它將我的資料、我的思潮與總電腦配合上了，那麼我就只有一切聽從命令的份。」她很認真的說。

從她的這番言談中，使我覺察出，她患有嚴重的精神分裂症。怎麼這種人還能隨她自由活動？

若是她在意識中想殺某人，她會將此意念認為是一種「命令」，不但會去執行，且毫無罪惡感。

多麼地可怕！

沒有想到，衣衫工整，外觀端正有涵養的她，內心卻得了可怕的精神分裂病，隱藏陣陣危機！多麼的可憐、多麼的可怕！

➢　維特講述她得到的命令

她週五來針灸時說：「我昨天又接受了不少的命令工作，我實在受不了，晚上我哭。隨即傳來總部的聲音說：妳哭什麼！天下有更多的人比妳還受更痛苦的待遇。然後我的左胸處受到一陣猛擊。」

「妳怎麼不抗議？」

「抗議沒有用。昨晚電視中播出一隻大老鼠。之後我得吃老鼠的頭，老鼠的腳。我只得聽命一段段的把老鼠吃光。我最恨老鼠。在我四歲時，有隻老鼠從廁所地板上鑽出來。我嚇得不敢上廁所。母親就把那個洞用水泥堵上。但我每次上廁所仍害怕，怕老鼠從廁所的水道爬出來。我一想到老鼠，就作嘔，而我兩年來，不知吃過多少老鼠，它對我的威脅太大了。」

「這種命令，太不人道了。」我說。

「可不是。我還得吃母親的眼睛。她的左眼瞎了，我得將那隻瞎的眼，這麼的放進口中咽下。不知這兩年來，吃過了多少次她的眼睛。妳能想像，這是一種什麼情況？父親已死了十年，我得到的命令，他全身都腐了，只有性器沒腐。我得將它含在口中，讓它射精，然後吞下這些精子。一星期前，在美國的一位朋友，生了一個男孩子。總部就命令，我得吃這男孩子的性器官。我不願跟小孩發生關係，卻接受到了各種命令，我鄰居上下的男女小孩，我都跟他們發生過性關係。還有好髒的男人，女人，我都得在他們面前跪下，脫下他們的褲子，玩弄他們的性器，直至他們達到高潮。這兩年來，我可受夠了罪，還不知得為 Max Planck 工作多久。」

「妳沒將這事告訴親友？」

「我跟哥哥講過，他說，他不相信這種事。他也不打電話來問我，目前的情況如何。即使打電話來，只說他本身的事，一點不關切我。我們一共五兄妹，卻沒人關心我，只有前房的一位老太太，她知道我的試驗情況，但她愛莫能助。」

「妳沒再抽煙了？」

「從昨天晚上起，我沒抽煙。這次比上次戒煙困難。這跟妳不相關。是總部要我抽煙，我不肯抽，因煙味很苦，令我作嘔，但總部為了試驗，不住的要我抽煙。我就壓緊著掀針。這樣五分鐘後，我就不必抽煙了。八六年戒煙時，我一想抽就出去散步，所以一點困難也沒有。」

「那妳為什麼現在不出外散步？」

「我不准出門。我兩年來，只能待在家中，除了接受命令出外購物，就不准出門。我一天得在家中工作十五至十八小時，這不是一個短時間。工作了兩年，不能去休假一天，多麼的累人。」

給她針完了，拔針後，她問：「能不能再給我兩個揿針？」

「當然可以。妳可以將它留到週一、二，再拔掉。」

「我不要自己拔，能不能週一來拔？收不收費？」

「當然可以週一拔掉，不收費。」

「有了揿針，可以幫助我加強不抽煙的意志，那麼我週一再來。」

「好。」我說。

這樣一位得精神分裂症的病人，太痛苦太可怕了。

她一點不認為她生病。每問一句話，她都對答如流，而且針對問題給予回答，它們合於所問，雖然並不是問題的癥結所在。

得病的人自己不認為得病，這就是得精神病人的一些內部現象。

我很為她擔心，我為此還打電話跟警察談，但是在她沒有傷害到別人之前，警察不能夠管她。

沒有人能強制她進精神病院，除非他殺了人，或是傷害到別人，才能夠在警察處理刑事案件下，法律強迫進入精神病院，強制執行監禁治療。

有神經病的人，殺人不能夠判罪，因為他們神經錯亂，不能夠對自己的行為負責。

法律的這項規定合不合理？

我很同情她，知道她受到很多精神上，肉體上的苦，知道她必須接受治療，但是沒有人能夠強迫她住進精神病醫院，接受治療。

最好以一種誘導的方式來使得她自動的自己願意接受治療。她抱怨家中的兄弟姐妹沒有人關心她。她是非常痛苦寂寞。她得到的電腦暗示都是有關性方面的暗示，這是她疾病的一個現象和癥結。她的心理對待性的因素，表現跟對性過度需求的人，剛好相反。

維特得到的指示，是跟死亡的父親，90 歲的母親，骯髒的流浪客，行性行為，當然只是在她的意識中，影像中來做這種事。她要吞噬她最害怕討厭的老鼠性器官。她對性器官厭惡，跟家庭中的成員行性交，這又是違反倫理道德。她離婚的丈夫是一位醫生。她對性的厭惡噁心，但是卻不得不去做它。她害怕老鼠，卻要不停的吞噬老鼠，吞食老鼠的性器官。換言之，性是一種對她的懲罰。這一定有根深蒂固的因素存在。

她整個的兩年多的經歷如一個惡夢，她必須服從，做她所厭惡的事，這是多麼的痛苦和可怕。

在我離開德國前，沒有去研究追蹤她的病情。不知她的情況如何？她對待我，一直都很客氣，我實在應該多花時間照顧她的，也許可以說服她，接受治療，或許我自己來治療她，都比她戒煙後，就任她自生自滅要好多了。18.09.1993-22.08.1993

1.3 自殺

➢ 三位自殺未遂的病人

在診所內，經歷過三位自殺未遂的年輕病人，他們都是因為一時想不開，以一種極端的方式自殺，未遂後，變成終身殘疾。真是為他們窩心感慨。

採取這種方式自殺的幾乎都是男人。

一位是 22 歲的年輕人。他母親陪伴他來。他在一年前去撞一輛貨車自殺，貨車司機緊急煞車，但是還是壓到他的左邊手臂，從此他失去一隻臂膀。

他來診所，是診治他的那隻失去手臂的幻痛，和他的憂鬱症。

他是一位汽車修理工匠，他自殺未遂後，情況比以前的更糟糕，但是他不忍心看到母親那麼悲傷的情況，答應母親不再自殺。可是他活的比以前更痛苦。

一位是快畢業的中學生。他有一位很嚴厲的父親，和慈愛的母親。父母都是中學教師。

他畢業考試成績不理想，害怕挨父親的責罵，就舉槍自盡。母親聽到槍聲，驚慌的去看他，只見他倒在地上。她急忙的叫救護車。送進醫院後，醫生說他沒有救。但是母親不放棄，說她知道，她的兒子沒有死，最後有位醫生為他開刀，救活了一命。但是他左邊的手腳成了殘疾。

年輕輕的，就因為一念之差，自殺未遂，飲恨終身。

另外有一位是建築師。他母親推著輪椅，送他來診治。

他在年輕時跳橋自殺，自殺未遂，傷到脊椎，臀部以下變成殘廢。他來就診時，已經是十多年後的事情。

這三位自殺未遂的殘廢，已經造成，不是自然療法所能再復原。

他們的這種殘疾是可以避免的，這是一種外來，卻又是在自己主動決定下，帶來的災難。這真是一失足，成千古恨。不只是他們自己因為一念之差，受苦終生，受苦的還有他們的親人。

我除了能夠給他們診治，使他們有勇氣繼續活下去外，對他們的殘疾無能為力。

這種愛莫能助，對病人束手無策的情況，使醫療人員非常痛心。

因此對於有自殺傾向的人，貴在預防。每個人都會面臨到不順心的事，貴在如何能夠使他們應付自己的困境，不要步入到演成悲劇。

這是醫務人員的使命。5.11.05.

2. 從微觀角度來看出心理對身體的影響

➢ 前 言

20 世紀醫學的特點是微觀發展，如分子生物學；同時又向宏觀發展。在宏觀發展方面，又可分為兩種：一是人們認識到人本身是一個整體；二是以人與自然環境和社會環境密切相互作用的來做整體的探討研究。

20 世紀醫學發展，是自然科學的進步。各學科專業間交叉融合，這形成了現代醫學的特點之一。現代醫學是西醫和自然醫學並進，互相相輔相成。

維也納的 S. Freud（1856-1939 年）創設「精神分析」學說，在精神病理學上，開啟了一個新的世紀，那是精神分析方法，研究人們的心理疾病。

佛洛依德重視探索人的動機和行為的根源，從而彌補傳統心理學的不足，改變心理學研究的趨向。有以下特色：

1. 人格理論

精神分析的人格系統，是基於本能或內驅力，以 Libido 形式表現出來。Libido 即性衝動，也是一種生存和創造的本能。兩種表現：生存本能，毀滅本能。

推動和創造力為生存本能的表現；自我毀滅，向外進行攻擊和破壞。為毀滅本能的表現。

2. 人格結構：

- 原我
- 自我
- 超我

此三者的關係如下圖：

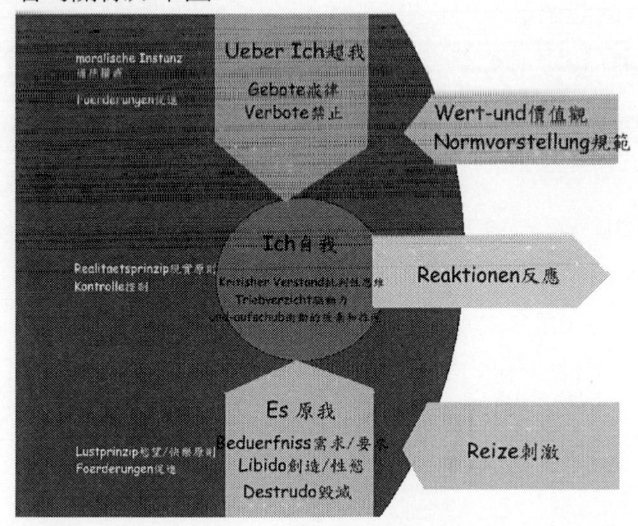

3. 《夢的解析》

Freud 認為精神作用會影響潛在意識，他的《夢的解析》指出夢是潛意識通往意識的通道，利用夢境的解析，可以協助找到病因，治療病患的心理和身體疾病。

「精神分析」一詞

所謂分析，是指治療者把病人受到壓抑的心理元素召回到意識中來，然後剖析這些心理元素。病人的症狀和病理表現就像眾多的複合物，其組成元素是各種動機和本能衝動。病人對此是一無所知的。透過對夢的分析，可獲得其實質成分，從而使其進入意識。在意識中，醫師協助之下，病者能恢復調節判斷的能力，能調節適應本身所處的環境，控制自己的行為，使認知失調等所引起的疾病，得以逐漸恢復，應用這種方式，能治癒心靈身體的疾病。

精神分析學派重視內心衝突和早期經驗的作用，這對後來許多心理治療技術產生重要影響。精神分析學派對於家庭關係、社會文化差異、過分的競爭和壓力等問題的觀點，受到當前教育、醫學、社會學、和心理學界的普遍重視。

不過嚴重的心理病，言談的作用不如針灸深入調節人體的力量來得大，功效高。因而我除了言談外，還以針灸來治理心理病。

Dr. Edward Bach（1886-1936 年）

巴哈療法的創立人，Dr. Edward Bach 的格言是：「治療個人而不是疾病。」

這是他認為人類受偏激的個性，不穩定情緒負面的影響，才是疾病產生的主要原因。透過花藥的能量頻率，能夠治療整個人的心靈狀態，使其情緒中的負面能量場轉化為正面。

巴哈將心理的不平衡情況成七組：

- 沮喪與絕望
- 害怕、畏懼
- 對現實不感興趣
- 寂寞
- 過於關心
- 過於敏感
- 疑惑、不確實

致病的因子

他確信生病的病原是取決於一個人的精神和情緒。在疾病爆發前，體內早就存在了致病的因子。病人想要真正的治癒疾病，只有自己下工夫，克服自己內心不好的個性。

現代醫學家發展出冠心病的性格，癌症性格。發現幾乎有 70%-80%的身體疾病，導源於心理因素。正如，中醫七情六慾會導致疾病。

中國的癌症治療專家謝東澤指出：「癌性格」是人體與生俱來的癌基因從「癌」到「症」的催化劑，不良情緒是癌細胞最有效的培養液。「癌症的發生 80%與環境因素、個人經歷的內心衝突以及性格特徵有關，性格癌症有可能引發身體癌症，身體癌症反過來又加重性格癌症。」

冠心病性格

美國的心臟病專家弗裏德曼和羅森曼通過大量的臨床和實驗，總結出一種性情暴躁，爭強好勝，心緒波動大，常懷戒心和敵意。這種人醉心於工作，總覺時間緊迫，行動快，效率高，卻又缺乏耐心。

中醫理論

五臟與心靈心緒情感的關係：怒傷肝、喜傷心、思慮傷脾、悲憂傷肺、驚恐傷腎。

➢ 從頭髮的變化來看跟身體健康的情況

頭髮是表達我們身體狀態的外徵。身體內部的健康，心靈的情況，個性的改變，飲食起居的變化，都會影響身體的變化，都能在頭髮上看出徵象。

一般人最明顯看出的就是頭髮變白，變少，脫落。根據我自身的觀察和病人的陳述，還有多種的變化。

1. 頭髮的多少程度代表肺腎強弱的清況。此兩臟的容華呈現於毛髮上。頭髮多肺腎強，頭髮少，肺腎相形之下就弱。
2. 軟硬程度。以前我的個性很柔軟，從來不會拒絕人，頭髮也是細細軟軟的。後來我的個性改變了，變得堅強，頭髮的硬度也就隨著個性的轉變，變成硬。
3. 捲曲狀況。以前我的頭髮有一些自來捲。這種捲髮，跟人種有關。而個人屬於非捲髮的民族，會有捲曲狀況的人，多半性格比較柔和。

4. 頭髮的分岔。在我 30 歲後，心情很複雜，有好幾位男士追求我，那時我已婚，做事，被許多男女愛情纏得心情很亂，那時我的頭髮分岔的現象很明顯。幾乎大部分的頭髮尾端都分岔。有時在一根頭髮上，有十多個分岔現象，最多達到 36 個分岔。這是在同一根頭髮上，分出很多細細的小岔，有時在分岔處，又再分岔。這種現象在我了掉心靈內的許多情結後，逐漸改善。現在很少有頭髮分岔。
5. 頭髮的打結。在我左右兩個鬢角上的頭髮，一年來很明顯的時常的交錯打結，很難梳通，即使梳通後，很快又再纏在一起，打上了結。鬢角左右兩邊是膽經流過的地方，它象徵肝膽處的變化。宏模說，他的那裡，會出很多的油，問是什麼原因。
6. 頭髮變成油膩。這是我昨天在洗頭髮後發覺的。頭髮不但變成油膩，而且纏在一起。近幾天來，我身上塗抹棕櫚油，並沒有塗抹頭髮。我想這是身體變成油膩，而現出在頭髮上的現象，至少我的猜測如此。
7. 此外聽病人說，他們脫髮的狀況，嚴重的話，代表身體賀爾蒙的變化。
8. 還有在化療後脫髮，也是身體對化療的反應。化療是一種毒素，很傷身體。
9. 有些病人在頭上某處，突然變成一堆白髮。這說明，它所相連之內臟，有了病變。
10. 心理的因素，如焦急後，會一夜之間頭髮發白。有名的伍子胥一夜白了頭的故事，就說明這種焦急的發愁影響身體的狀況。02.05.11.—25.11.2020

➢ 癢在皮膚，傷在心靈——皮膚疾病和心理關係

不少皮膚疾病和心理衛生的關係也很明顯。

我的妹妹，在台大畜牧系畢業後，在文化大學當助教。

她不喜歡到那麼遠去上班，每次早上要到那裏時，就起風疹。

這情況繼續了好大一陣子，才逐漸克服心理，不再罹患此疾病。

我有一些病人，所患的皮膚病是導源於心理因素。

如果皮膚疾病久治不愈，還得學習和疾病和平共處，不使皮膚疾病影響心理發展。皮膚敏感症，很多都是心理因素使然。

但是不是所有的皮膚病，都是心理的因素導致。

多半敏感的皮膚病，心理因素居多。12.3.2008-23.11.2013-15.5.2020 發佈

➢ 心理所造成的胃腸疾病

在胃腸疾病領域內，常見的疾病為胃炎和十二指腸炎（是指胃黏膜和十二指腸的發炎），以及胃，十二指腸瘜肉。胃炎是因胃部過多的胃酸引起，侵襲胃黏膜。導源於飲食不慎或是心理因素如生氣。

中醫將胃部的不適，區分為兩大類：脾胃虛弱和肝胃不調。脾胃虛弱是身體一般的虛弱狀況，缺少陽氣，陰（冷）過盛。飲食不當，如食生冷食物，飲涼水會引起胃痛或別的不適，如腹瀉，手腳冰冷。

肝胃不調主要來自心理因素，如生氣，太多的壓力。怒入肝，會影

響胃。病症：胃痛，抽痛，脹，吐酸或嘔吐，易怒。生氣時，病情加重。脈沉長。

一位 52 歲男性病人，患慢性胃炎 20 年。胃痛和不適感，一直伴隨他。在身體中間任脈上，胸骨和肚臍中間的中脘穴位，是胃部情況的反應點。在此穴位。不但有硬塊，按之發痛。

一個穴位上發硬，且按之發痛，是反映跟它相連屬的臟腑有疾患。病人其它的症狀：舌苔薄白，手腳冷，無胃口，脈無力，這些都顯示脾胃虛弱。

在針治時，除了其它穴位，我還在脾經的公孫穴（在足部）下針。在第一診時，病人感覺到胃部暖和，疼痛減輕。針灸八次後，病狀不再出現。此病治癒。

胃瘜肉，也能以針灸治療消失。

一位不時來診所診病的女士，一天因為胃部發嘔吐，去檢查，在檢查下，發覺有東西在胃內，胃部長瘤似的胃瘜肉，她來找我，問我能不能治療。

我說針灸可以治療胃瘜肉。給她針治中脘，內關，三里，上巨虛，三陰交，公孫穴。

下針後，很快她的嘔吐感消失。針灸一療程後，她再去找醫生，檢查下，那個似瘤的東西完全消失無蹤跡。

****

在上海的中山醫院，以 30 例胃，十二指腸瘜肉病患，作比較調查。

兩個月後的症狀，如疼痛，脹感，胃噪音，酸噯氣和嘔吐。93%-100%消失。從胃鏡中所能見到的治療效果為 73%。

****

功能失調，如便祕，針灸也能治療。

一位 45 歲女病患，5 年半便秘。她每兩天要用一次通便劑。按照中醫理論，便祕也有陽症（實）陰症（虛）之分。此女病人屬於陰症。她面色蒼白，血壓低，舌苔白。

針灸治療取三焦經和大腸經的穴位。一診後，她不須用通便劑。四診後她的消化道功能恢復正常。

在針治其它疾病時，時常可看到附帶的治療效果，消化道的功能，也恢復正常。

****

天津傳統中醫學院第一醫院，比較觀察 108 例罹患便秘的病人，71 位男性 37 位女性。除了 5 例無效外 103 例全部治癒。

失　眠

睡眠失調為難於入睡（入眠困難）或易醒（不能通睡）。常見的原因如內心不安，焦慮。很少為原發性，此即謂腦內睡眠中樞的疾病。老年人時常不能通睡。

睡眠在新陳代謝和生命中佔據很重要的位置。在中醫中，睡眠是白晝的陽氣和夜晚的陰氣相互調和的平衡。中醫認為，心靈的不安，常是失眠的主因。因此針灸治療，要調節內心情感的平衡，如心腎不交。治療取心經，腎經和脾經（脾氣）。

治療長期失眠的病人

一位 59 歲的女病人，12 年來罹患失眠。她要躺上兩三小時後，才能成眠。睡眠不安，每夜只睡 2-3 小時。她曾長期吃安眠藥，但是她戒掉，因為她不願意一再增加藥量，和服藥上癮。白天她感覺精神不振，無力，頭昏，易出汗。脈細弱，這是心脾衰弱。

針灸取穴，內有心經的神門穴（在手腕），脾經的三陰交穴。一診後的當夜，她能睡 5 小時。四診後，她能深睡。

3. 戒除上癮病人，菸、酒、肥胖

3.1 戒菸

➢ 貝克曼夫婦

他們特從七百公里外的 Hanover 城來戒煙。他們兩人都已退休。結婚四十多年，抽煙也有四十年以上。

那裡離慕尼黑有七百公里，他們往返不便，即租住在附近一家旅館。

週一他們來，我說我只到週四有空，週五要去倫敦。我們得在週四達到戒煙的目的。

貝先生每日抽四十支，太太每日十五支。

一診後貝先生減到二十支，太太照樣十五支。

在二診時，給太太多加印堂、迎香穴。

二診後先生抽十支，太太八支。

太太說：「昨晚我打電話給朋友，告訴他們我針灸戒煙，先要把耳垂剪去一塊，他們聽了，嚇了一跳。」

「妳倒是會唬人，他們相信了？」我問。

「半信半疑。」她說。

在三診後我說，兩人都要減到零，那麼週四上午四診就可結束。若沒減到零，週四下午還得再針一次。

週四上午來診時，先生說，只抽了兩支，太太也兩支，於是約他們下午再來診一次，並在上午針後，不准再抽煙了。

我跟他們說：「你們還有煙？把它丟掉。」

「還有三盒，丟掉太可惜，我送給別人。」貝先生說。

上午針完後，我說：「你們現在已成非抽煙者。中午好好享受一頓午餐，坐在飯店《非吸煙者》的位置，飯後到幽靜處散個步，下午再來針一次，明天返 Hanover，可以顯示給親友看，你們達成了戒煙的目的。」

下午四點半，這對夫婦來了。

我笑笑地問他們：「享受了一頓午餐？」

他們互相看看，然後太太跟我說：「我們沒吃午飯。」

「為什麼？」我吃驚的問。

「我們吵架了！」太太不好意思的說。

我看著他們，覺得奇怪，一對已結婚四十年的夫婦，怎麼在「異鄉」吵起架來，而不吃飯！

「有什麼大不了的事，彼此生氣？」我問。

「我建議去車站午餐，她說車站的飯店飯菜不好吃，她卻又說不出哪裡的餐館好，我們就吵了起來！她不理我，往前走了！」貝先生說。

「你也是，該知道太太這麼做，是希望你追過去勸她。」我說。

「她既然往前走，就任她去，我決不會把她追過來。」他說。

「雖然我們吵了，弄得沒吃午餐，但我們卻沒抽香煙。」貝克曼太太向我解釋。

「這是個好消息。」我笑笑地對他們說。

天下大部分的夫妻吵架，都是為芝麻大點的事，不少的夫妻是「活到老，吵到老！」，所謂的歡喜冤家。只要別吵到動手動腳或離婚，吵架也許是夫婦們的家常便飯，它也許是便飯中的一點辣椒！26.07.1997

➢　一位矜持的戒煙帕波女士

週二我注意到一位三十歲左右的女子坐在候診室，她跟別人談話。看見我叫一個個別的病人就診，並沒跟我說任何一句話。

我因在日曆預約上沒有新來病人的標記，以為她是在等她陪同來的人，就沒叫她來看病。

但等上午的病人全診治了，她仍坐在那。我問：「妳在等人？」

「我在等妳！」她回答。

「妳是新病人？叫什麼名字？」

「帕波」她說。

我想起在另一本舊日曆本上曾有過她的名字。那麼她是新來的病人，是我忘了將她的名字謄上這本新的日曆本上。

「對不起，讓妳等久了，我以為妳是陪著別的病人的。」我說。

「我問別人，要不要去報到？她們說不必，我就等在這了。」她說。

我忙請她到我對面坐下。

她說她是來戒煙的，「一年半前我曾戒了四個月煙，但每天心情不好，老想著煙，又要多吃，且便秘，流汗。我受不了這種戒煙的煙癮後果，又抽了煙。同事夫婦到妳這戒煙，一點沒問題，已幾年不抽了，我就想，何不來試試。」

但她肩頸痛得很，問我怎麼辦。我說：「那我先針妳的肩頸。有病痛在身，是得先治的。」

給她在合、列，太，后，申，照，等穴位下了針後，按摩頸部。她問：「有這種可能性，我的頸痛居然消了？」

我說：「許多痛症，像落枕，扭腰等會有即效。但是慢性病症就得要假以時日了。」

針完後，付款時，她說，戒煙費是父母給她的，他們希望她不要再抽煙，因她近些日子來每天咳嗽的厲害。

****

週四下午四點半她來二診。她說：「頸已不痛了，今天是否可以開始戒煙？使我奇怪的是，上次針後我不大要抽煙，以前一天要抽到二十五支，早飯後就四、五支，現在我一天只抽十支。」

我說：「週二針灸有列缺穴，它與戒煙有關。」

我給她針了耳針戒煙及加了手針列缺穴，要她按照她的情況酌量少抽，但不要超過十支。

****

今天中午她來時，悶悶地坐在候診室。

我走過那問她一聲：「妳好吧！」

她眼紅紅地說：「等會跟妳說。」

我去看別的病人，給他們運了針後，要她進入我的辦公室。

她說：「我今天情況很糟，陷入低潮，患了憂鬱症，頸部又作痛。」

我問：「有沒有特別的事發生，使妳如此？」

她點點頭。

「是與男友還是跟同事間有問題？工作情況有了不愉快的事發生？」

「我現在沒有男友，一年半前跟男友分手了。可是我老不能忘掉他。他心理有病，我知道分手是必要的，但是他的影子老在我眼前。同時我害怕。」

「妳怕什麼？」我問。

「怕我父母親過世。」

「他們幾歲了？」

「父親七十三，母親六十。」

「還不算老，現在活到八、九十歲，不是難事。」

「我還怕受不了工作的負擔。我每天不但要做自己的工作，還要訓練新手。」

我曾問過她，她的職業是助產士。

「難道每天有那麼多孩子出生？」

「我不只管接生，還要照顧許多畸形，病態的小孩。我希望能有多一點的時間照顧每個病人，但工作太多，我從這跑那，一天八小時連上廁所的時間都沒有。」她說。

「這樣忙累，是會受不了。妳要多休息。能否請病假幾天？」

「我九年來沒請過一天病假。我生病不上班的話，工作還在那，別的同事得要負擔我的工作，我不願意這樣做，因而我不能請假。」她邊說邊哭。

「但是妳精力不支，心情身體崩潰的話，進了醫院還是得請假，那時更得多請假，不如趁目前還沒那麼嚴重時，休息幾天，等心身恢復後，又能負擔妳的工作。」

她仍舊哭，她說：「我不知道該怎麼辦，我對手下的人，從來沒有表示過我精力不支，或哭泣，但是我現在卻快精神崩潰了，同時我害怕，因我沒有足夠的錢付診費。我父母給我診費是戒煙的，我又遇到了頸痛，我自己負擔不起那麼多診費。」

我安慰她說：「妳別擔心診費，妳不必付診費，我可以給你義診。」

帶她到診床旁，叫她安靜的先躺一會，我馬上就來。

給她針灸時，她仍流著淚。我說：「盡情的哭吧！把內心一切的心酸全哭出來，悶在肚子裏，它只是隱壓下去，不會消失的，不如將它全哭出來。」

她說：「那我可以哭一天一夜。」

「妳儘管哭好了。」

當七分鐘後，給她運針時，她已停止了哭。她跟我說：「我曾經做過一個夢，我永遠不會忘記，我夢到，在我四十二歲時，我進了瘋人醫院，我怕我精神會崩潰，而死在精神病院。」

「妳父母中有人得神經病？」

「沒有。」

「那別那麼地亂想。妳不會發瘋的。當妳認為精神要崩潰時，來我這診治，我不收妳費用，妳不會發瘋的。」我跟她說。

二次去運針時，她說：「我在想，我要調換工作。」

「妳是說，要換個職業？妳學了專長，再換職業，未必是上策，每一行業都有它的不順心處。」我告訴了她我的意見。

半小時後，給她拔了針。

當她到辦公室，來跟我拿下次就診的預約時間，她說：「頸痛全消，我已恢復正常，不但不再悲傷，而且又有精力工作了。我不請病假，我又可以工作了。」

「還是休息幾天，對妳有益的。」我說。

「要是像我方才那種哭哭啼啼像，打電話給老闆，她一定會諒解，而現在我好端端的告訴她，我要請病假，她一定會奇怪。」

「你在哪個醫院工作？」

「在大學附屬醫院。以前我是上全天班，後來因男友的緣故，減到四分之三班，因他精神不對。但老闆和我處的不錯⋯⋯」她頓了一下又接著說：「或許我將三天的夜班取掉，她會答應的。」

「妳能多休息一下是好的。」

給了她下週一的預約。

她卻拿了一百二十馬克付診費。

我驚異的說：「我們不是說了，妳不必付款的。」

她說：「這是我父母給的錢，現在我還能付診費。」

從這點可看出她的品格。她不是一般要占人便宜的人。這同她九年來沒請過假一樣。她有她的責任感，不推卻，不偷懶。

她拿錢包時，亮給我看，上邊一張她男友的相片，她說：「雖然我們分手了一年半，但我忍不下心，把他的相片丟掉。」

「這是要假以時日的。」

「我也是這麼想，但一年半過去了，還沒法忘他。」

「這是妳的美德，有時美德卻能使人陷入痛苦的境地。等妳以後有了新的男友就會慢慢地忘卻了他。妳還年輕，又漂亮，會遇到一位知心的朋友。」我安慰她。

「我多麼希望有一個小孩。」

「妳會遇到合適男友，妳會生一個白白嫩嫩的小孩。」

「我已三十三歲了！」

「到四十歲女人還可以生產的。」

她微笑著，沒有回答。我祝她周日快樂，叫她別抽超過四支煙，並且按摩給她耳上的撳針。

這位病人給我的印象很深。她戒完煙後，雖然說，她會再來拜訪我的，但卻沒有她的消息。我心中不時想著她，希望她已生了一位娃娃。

10 月 1997

3.2　戒酒

➢　來戒酒的女歌星蘭徹

她是一位長的很不錯，金髮碧眼的女歌星。

為典型漂亮的洋妞子。

她來診所戒酒和減肥。每天她要喝兩瓶酒，十年來，全身浮腫發胖，重了十公斤。

第一天她來，將一把脫落的頭髮拿給我看，問這麼多落髮，是否正常？

我回答：通常每天脫幾根頭髮，不算稀奇，但是每次脫落太多的頭髮，就要留意。

她給我的第一個印象是好動，好說話，逗得在候診室的人大笑不已。這是她的一大好處。

第二個印象是她對性特別感興趣，問我，能不能透過針灸讓她獲得一位情人。

「你沒情人？」我很驚異的問。

「沒有。」她慘然的回答。

「像你這麼活躍的人，怎麼沒有男朋友？」

「所以我很想男人！」

她說話倒直爽，一點沒有什麼不好意思，羞羞的樣子。在診所看到男人更是起勁，只要是男人，她就捉住不放的跟他聊天，說些有關性方面挑動男人心弦的話。

「我的婚姻很不幸福，曾結婚十三年。」

在我給她上了針後，她說。

真是紅顏薄命，我內心想著。她離婚後，可能還沒找到別的合適男友，所以這麼地飢渴想要男人。

「你難道沒有情人？」她反問我。

「我的病人是我的情人。」我微笑回答。

「你們亞洲風景真美。」她贊美：「兩年前我去新加坡，一位亞洲 Manager 愛上我，我在亞洲待了半年。他帶我去泰國、香港玩樂半年，這段日子真是令我難忘。」慢慢地，她講述她的一些情史。

第二次來針灸時，她說：「我是個歌星，很有名，但是我很不幸福。我丈夫跟我沒有性關係，這叫我怎麼受得了！」

這我才知她仍是有夫之婦，而未離婚。

「難道他是同性戀？」我問。

「不是，他只是對性起不了興趣。一天到晚，他沒精打采，晚上就是看電視，或是打彈球 Billiard，對我起不了興趣。」

他可能是性無能，我在想。

「你跟他談過此事？」

「談了十年，沒有用，他對我談到對性的需求，只回答他不是這個類型，就顧左右而言它。」

「唉！我真忍受不了他了，我想離婚。我想靠我唱歌自己賺錢，自立更生。」她又說。

她丈夫會是什麼職業？我在想，他可能是一個老頭子，所以對付不了這麼一個年輕太太。

「他的第一個太太也是因他不跟她多溫柔而轟動藝術界：她穿高跟鞋從三樓跳下，跌斷了腿。她成了酒徒，四十四歲就因酗酒過世，他與她生了兩個男孩。」她在訴說丈夫前妻的事。

那麼他以前至少不是性無能，他有兩個小孩。

「你認識他前妻？」

「我們只通過電話。」

會是在他仍與前妻結婚時，就有了女友，即是她？

她不住的跟我講述她對性的飢渴，旁邊躺了一位女病人 W，就說：「我曾有過四個男人。」

「真的？」她大感興趣的問：「是在同一時間？」

「有時同一時間，有時不同時間。」W 回答。

後來 W 跟我說，她說那話是故意逗旁邊的女病人，她所指的四個男人，是她丈夫、她祖父和兩個兒子。

蘭徹每逢她身邊躺的是一男子病人時，就興高采烈的跟對方聊天。

她有一套說話工夫，先問對方是哪個時辰出生。

不管對方是按照歐洲曆法屬什麼，如魚、雙胞胎、屬獅子，她都有一大堆的話好回答，什麼正好跟她的相合相配，或說：「你屬魚？那你的個性一定很明朗，這正是我最喜歡的對象。」

那天，後來她看見同房又來了一位近五十歲的男人，躺在屏風隔開的床上，就說：「昨天我與一位德國富豪的經理一塊吃飯。他簡直變了另一個人，因他又談戀愛了，他的第二個青春使他不但年輕而且幸福得合不攏口來。我跟他說，可千萬不能讓他太太知道他有了外遇。」

「他多大年紀？」那位跟她同房躺著的 M 病人問。

「四十五歲。」她答，隨即她問：「你為什麼不也來一次新的戀愛，它一定會使你變得更年輕。」

「我愛我的孫女，我已有了愛的對象，不需要再談戀愛。」M 回答。

這是分明反對蘭徹女士的見解，也是對她的一種反擊。她立即改變口氣，為自己下台說：「我愛我的職業，我是歌星。我也有了愛的對象。」

在第三次她來針灸時，她見同房躺著一位青年病人 A，又要挑逗他，也是先問他屬什麼生肖為藉口，然後說他很迷人。

他發覺了她的動機，就說：「我有一位很要好的女朋友。」

蘭徹聽到這話，就知她的「媚力」沒有用武之地，心中頗為不快，就說：「我丈夫等會要來接我，我跟他一塊去外邊午飯。」

等 A 離開後，蘭徹對我哭訴：「我那個丈夫真是不正常，他就不跟我性交。我是一位充滿生力的女子，被他這麼對待，真是像一朵鮮花要凋零了。我要跟他離婚，我受不了他的那種冷漠。他等會來時，你可以看一看他，那麼你會發覺他的神精不正常。」

「他是藝術家？」我問。

「他是作曲家。」

過了一會，有人按鈴，來了一位高高大大，長得挺帥的男士，他問：

「我太太還在？」

「請問貴姓？」

他用德文報出他的名字。

這才知原來這位文質彬彬的中年男子是她一再抱怨的丈夫。

「你丈夫來了！」我到她的床位前告訴她。

「你看見了他？他是不是神經不正常？」她問。並繼續說：「曾經有位心理學家見了他，跟我說，他神經不正常。」

「我沒跟他多說話，也沒檢查他的情況。不能下斷語。」我說。

「那你跟他談幾句話，你就知道了。」

蘭徹先生很是溫文爾雅，他對面坐著一位 P 女士，她是領蘭徹來戒酒，她們是世交。P 不住的跟蘭徹丈夫說話，他只含笑點頭。

「我要跟他離婚，他太不體貼了。」蘭徹說。

「他對你不好？」

「他對我漠不關心，這種人怎麼能夠久處。他不愛跳舞，不來性交，我是朵鮮花，沒有這些，我受不了，我會寂寞凋零死了。」

她對他充滿怨和恨，但是又不能離開他，因她仗著丈夫的錢勢生活。她離不開優裕榮華奢侈富貴的日子，但又嫌丈夫不能使她性滿足，這是她進退兩難的主要原因。

她曾在診所內說：「我是來治療酗酒的。每個人都有一種嗜好，有人愛抽煙，有人上了賭博的癮，有人喜喝酒，有人又沈溺於性愛，每個人都有這麼一種偏向，喝酒的人，最是能高高興興，也能使周圍的人開心，這是一舉兩得。虞大夫，你不是說要使周圍之人也能同樂，這麼說來，喝酒不就是一種與人樂樂的最好消遣？」

當時在場的另一位先生說：「也有人的嗜好是工作。」

「這就叫 workaholic，哈哈！」她輕浮的一答。

她第一次針完後，歡天喜地的說：「我不要再那麼地將酒往肚裡倒，而是喝酒時，能一口口地喝了，你現在能否給我針減肥，少吃。」

我說：「先得把酒戒掉，之後再減肥。」

二次針後，第三個預約她就乾脆沒來。那預診為下午三點半，到五點時，她打電話抱怨：「這次針灸，一點效果也沒有，我有胃口吃飯，同時 P 週三沒預約，她週五才針，那麼我週五再來。」

週五上午十點半她來第三次時，她頭髮上的頭髮髮捲還沒拔下，大概剛起來，就急著來，或是她故意這麼做，引人注意。

P 跟她說：「你是週三的約會，我已不喝酒，所以週五才需針，而你仍喝酒，當然週三得來針。」

她要 P 等她，兩人好一塊去中國飯店吃飯。她似乎離不開 P。

臨行時，她擁抱我說：「你是最好，最可愛的醫生，我愛你。」

後來 S 見我很驚異的說：「你耳朵和左臉受傷了，紅紅地。」

我很感奇怪，對鏡子一照，原來是藍徹臉上塗的化妝品，在擁抱我時，弄到我的臉上。

第三次針完後，定為下星期一下午三點再診。

等週一下午三點半時，她打電話來說：「我不能來針灸，要出外旅行一星期，耳上的埋針可否再過一星期拔掉？

我說：「這樣太久了，頂多到週五，否則可能會發炎，而且治療間隔久了，療效不好。最好你就來，我給你拔掉。」

她說：「我已上路去漢堡，不能來，那麼我去漢堡找耳鼻喉科醫生拔掉。」

「這樣也可以。」我說。

「若是我週五返回來針灸，那麼埋針就不必拔掉？」她又問。

「只要沒有不適，它可以留到週五。」我回答。

「那麼給我週五一個預約，不要和 P 女士在相近的時間，我不要見她，也不要和她碰面。」

「週五 P 沒約會，她的約會是週四，你可以週五上午十點來。」

「要是我早一天回來，可否週四就來？但週四不可與 P 碰在一起，她上午來，你給我下午的預約。」她又說。

怎麼她和 P 吵翻了？上週五，兩人嘻嘻哈哈地在一起，她還非要 P 等她，一塊去午餐。

她的藉口為出外旅行一星期，所以不能來針灸，但一下又說可以週五來，一會又要改為週四。

據猜測，她根本沒出去旅行，是在家中，她說的話，不可以全置信。

這種表面上如蝴蝶般，似乎對每人都和善，骨子里，卻只有自己，也算又多認識了一個人了。1.10.2020 發佈

➢ 一位化學教授來治療酒癮

這位教授一方面有權威，一方面喜歡喝酒。

他第一次來時說：「看到您在電視中講解，針灸能夠戒菸酒。我喜歡喝酒，但是不能稱為酗酒。我可以喝到半醉，但不是爛醉，這是神仙境界。不過我的肝臟不好，因此醫生要我戒除飲酒。我不希望完全戒除，但是限制酒量是必要的。」

這位教授六十多歲，有些風趣。我給他在耳朵上，神門，交感，肝點下針後，又在築賓穴，復溜穴位處下針。

築賓穴是足少陰腎經的陰維郄穴，是人體解毒要穴。毒素最喜歡生長在有濕、淤血、痰濁多的地方，而築賓穴的妙用，就是一個去毒的要穴。築賓穴能在人體內，排除煙毒及油漆味等污染空氣的氣毒，還可以解酒毒，所以我在戒除煙癮酒毒等上癮，都要針灸這個穴位。

照樣的，我在這位教授的這個穴位上就下了長長的一針。

當我去運針時，這位教授問：妳在做什麼？

我告訴他我在運針，激動增加這個穴位的作用。

當我再去運針時，這位教授唱著歌。他說他自己可以來活動腿來幫忙，我就不必再來運針。

我說：不能夠大幅度的動，我運針轉動針，不是要病人活動手腳。

當半小時過後，我去拔針時，發覺，不得了，那根針彎曲的好難拔出，該怎麼辦？我試著按照針的彎曲度，逐漸的旋轉針，花了好多的工夫，才將那根一折再折彎曲的針取出。幸好針沒有折斷在裡面，否則要送到醫院開刀取出就麻煩了。

這是我遇到拔針時，最棘手的一個情況。7.10.2020

3.3　肥胖是一種身體功能的失調

➢　難以減肥的餓飢荒—治療減肥的病人

肥胖會引起三高和許多其它疾病，它是身體功能的失調，不可等閒視之。

有關減肥，特別錄下德國在我診所拍攝的紀錄健康影片的一些對話（刪除影片的照片）可以很顯而易見的看出，為什麼減肥那麼的困難，它跟上癮有關。

➢　巴伐利亞電視台在虞和芳診所拍攝的減肥影片和討論

此影片分為幾段來看肥胖的起因，治療經過和討論。

➢　記者問三位減肥的病人

鏡頭：一個女人（K）雙肩臂各掛一袋麵包往樓上走。

男記者聲音：「每個人都曾有過拿著一些重擔的經驗，買東西，提旅行袋，皮箱，搬家時，搬動家具。好在這只是短時間的負擔，當他們能把這些重擔放下時，他們感覺愉快輕鬆。可是最辛苦的是那些一直拖著自己超重身體的人，他們一直拖著它，不能放下這個擔子，他們可說是苦透了。我們的試驗者，雙肩提著兩個提袋。她提著 32 磅（德國的磅，為 16 公斤）的重擔在上樓。這個重量，也正是她在這幾個星期內，所減輕的體重。」

記者問：「它非常的重？」

K 笑笑回答：「是。」

記者對她說：「妳看出來，妳所攜帶的體重，正是以前屬於在妳的身上的重量。這樣上樓如何？」

K 回答：「的確很重。」

記者問：「妳還要帶著這個體重行動？」

K 答：「當然不要。這個重量，提在我肩上，是夠沉重的了，不過這是另外一種情況……它跟長在身上不一樣。」

****

（銀幕是 K 在虞和芳的診所內。）

K 說：「我到現在，還不能夠想像，怎麼會讓這麼多的體重，加在我的身上；或說我很難想像，為什麼會讓身體這樣發展。其實我一直都在試著減輕體重，只是常常無法達到目的。」

****

銀幕為另一個婦人（F）說：「我可以清楚回憶這情景。有一次，我的小孩們在放假的時候去他們外婆家。我覺得這又是一個減肥節食的好機會。我把所有家中能夠找到的食品，全部放進冰箱冷凍——真的是所有的食品，包括罐頭食品，全都冷凍起來。我下決心不吃它們。但是半夜我起身，卻又把冰凍的香腸，切成很細很細的一片片，吃掉它們。」

記者問：「妳不能控制？」

F 答：「不能。」

記者問：「這是很強的食慾？」

F 說：「這是一種貪食，完全是一種不能控制的貪吃。它是純粹的上癮。」

****

銀幕出現第三位女士（H）。

記者說明：「這位試驗者因為過重，在接受第一次的針灸前的訪問。

H 說：「這是我最後試驗的方法了，因為我幾乎各種減肥方法都試過了。例如：一種什麼都不吃的零節食、生物法節食、各種節食食品、1000 卡路里的飲食。這是一種上癮的吃。」

記者問：「妳很絕望？」

H 答：「它的確很令人莫可奈何。而且老是解決不了問題，一直在增加體重。問題在於減輕後又復胖，這是最可怕的事，這使我很氣餒，若是有一種內心的意志，對於吃，不上癮，吃不吃都無所謂，能夠不要吃，那就好了。」

記者問：「這不是妳現在的情況？」

答：「不是。我老是想著吃的這件事。」

記者問：「妳現在的體重是？妳過多的體重有多少？」

答：「它是我 15 年來最高的體重，81 公斤。」

記者問：「妳的身高多少？」

答：「我是 156 公分高。它是太糟了。」

記者說：「妳身上多餘的體重夠多了。」

答：「是很多呀。」

記者問：「妳因為這個體重會感覺到不舒服？」

答：「很不舒服。因為我覺察出，一切都在增肥，手臂變胖，臉也增肥。我臉上的肉浮著，把面部表情都遮蓋了。」

記者問：「這使妳悲傷？妳為此痛苦？」

答：「可不是。」

記者問：「妳能夠清楚說出，這是從哪個時候開始的嗎？妳感覺到這是種上癮的吃？還是這種食慾一直存在？」

答：「當我孤單的時候。並不是因為我孤單，而是當沒有人注視我的時候，我只想著吃。沒有別的事，能夠吸引我的注意力時，我就想著吃。這很奇怪。」

記者說：「是的。」

她又接著說：「若是有人在場的時候，我會感到丟人，也就不會多吃。或是跟別人在一起，有很多的食品，別人多吃，我吃的也有節制，我不要別人看出，我的吃相，卻輕視地說：『怪不得那樣的胖。』但是當我一個人的時候就不一樣了，我會放心多吃。」

➢ 三位女士在虞和芳診所接受治療的經過

H 躺在診床上，鏡頭在她的上身和頭部。可以看清楚三根針在耳朵上。

記者說：「針灸減肥，是下針在耳朵內和耳前方。透過針灸在耳朵上，作用於胃點，植物神經系統。電針的刺激加強針灸的刺激量。體針和耳針一起配合減肥。（鏡頭照肚子）針灸在肚子上，是要調節胃腸的作用，增加排除體內無用物質。」

記者問：「妳希望能瘦多少？」

H 答：「你指的是在這兩個月內？」

記者：「是的。」

H 答：「我相信能夠減輕 8 公斤。」

記者問：「妳希望針灸能達到減少 8 公斤的目的？」

（鏡頭為大腿上的針。）

H 答：「是的。我相信有這個療效。我一定要達到這個目的。」

記者說：「妳的經驗知道，最初的幾公斤，是最快的，也是最難的……。」

H 答：「是的。」

記者說：「這是最難的一部分，因為它是起步，帶動後面的接續。」（鏡頭為她的臉。閉著雙眼。）

H 答：「是的。若是要繼續不中斷的話，開頭是最困難的，你說的有理。當開始了，也就不會再去多想了，因為已經開始進行了。」（鏡頭出現第二位女士 F。）

F 說：「對我而言，減肥對我的心理非常的重要。胖很簡單的，外型不好看。外型不美觀，就陷入一個圈套內，不願意外出，跟人交往，當太胖時，又再吃，就更不願意跟別人會面。這樣無形中，成了惡性循環，沒法從這種複雜的情況中走出來。」

記者問：「妳從什麼時候開始多吃。我是指特別多的吃？妳有沒有想過這件事？」

F 答：「有。我知道的很清楚。那是在兩年半前，我停止抽煙的時候。我能自己停止結束抽煙，之後我開始多吃。」

記者問：「妳自己停止抽煙，沒有別人的協助？」

答：「戒煙是靠我自己一人的力量達到的。這是說，我把很多不同戒煙的書、電視、文章的資料收集起來，編成冊，幫助我停止吸煙。之後卻以吃來代替抽煙。這很可能是一種其他形式的代償。」

記者說：「以一種東西，來替代失去的東西。一個換成另外一個。」

答：「是的。」

記者問：「妳體重有多少公斤的過重？」她微笑（沒有立即回答）。

記者又重複的問：「過重多少？」

答：「若是按照我恢復正常的體重，我得要減少 18 公斤，也就是說要減少 36 磅。」

記者說：「這還不算多，有些人還得要減少更多的體重。」

F 答：「我曾經好幾次減少 5-7 公斤，用一種節食的方法，或是根本不吃。可是過一段時間，不能維持，又多吃，這些體重又增加回來。我試過好多種的方法來減重。這次我抱著期望能達到目的，因為這次我有足夠的動機能夠堅持的減重，我不要當眾丟臉，又軟弱起來。」

記者問：「這是妳的主要的困擾，一再地試著減肥，有意願的減肥，可是至終，還是沒有成功？」

F答:「是，我一直在這樣做。兩年半來，我一再地每次減少5-7公斤，它並不困難，可是不能夠維持，之後又增加回去。」(鏡頭上是消毒過的針具，虞和芳在拿取針具。)

記者說:「在針灸前，針具要徹底消毒。按照中國的傳統醫學，太過分的胃口，是一種身體的不平衡。是一種不協調的身體狀況。針灸的目的，在於透過人體的經絡，恢復身體對飲食需求的正常機能。它要讓自然的飢餓感恢復常態，調節並減少過分的口食慾望。」

鏡頭出現第一位K女士。穿長袖三色上衣，內有白色領露出。

記者問:「經過第一次針灸，妳感到妳的胃口有受到影響？」

K答:「我只能說，我沒有受到飢餓的苦惱，但是我沒有感到什麼變化，我沒看到對飲食起甚麼特殊的改變。我沒有飢餓感。倒是真的。」

記者問:「妳所說的飢餓，是指過多的飢餓，是不能控制的胃口，它沒有出現？可以這樣說？」

K答:「可以這樣的說。」

記者問:「妳第一次針灸是在幾天前？」

K答:「那是週二……大約是在三天前。」

記者問:「妳知道那時妳的體重是多少？妳超重多少公斤？」

K答:「是的，是的。」

記者問:「妳現在幾公斤？」

K答:「這個我不要回答……我非要回答？」

記者問:「那麼，妳超重幾公斤？」

K 答：「超重多少公斤？我可以說 30 公斤。」

記者問：「30 公斤是超過正常的體重？不是超過理想的體重？」

K 答：「超過正常的體重。」

記者問：「妳已經試過好幾次減少體重？」

K 答：「是的，是的。」

記者問：「每次是因為無效才中途停止，還是有時也有好的效果？」

K 答：「它們有時有好的結果。」

記者問：「通常是在減少幾公斤時，妳會停止？」

K 答：「依照不同的情況有異。多半是在我減輕 10 公斤時停止。不管是什麼原因，我就是不能繼續再節食，那時連減輕體重的動機也會減少。」

記者問：「是在多少時間內減少這個重量？」

K 答：「要減少 10 公斤，大約在 3 個月的時間。」

（鏡頭換到另一天，但是同樣是第一位 K 女士。）

這是另一天，她穿白色上身衣服，棕紫紅色毛衣，深色裙子。

記者問：「妳現在是針灸後第幾天？」

K 答：「11 天，正好 11 天。」

記者問：「這些日子以來，妳身體的情況怎麼樣？減重的結果如何？」

K 答：「減重的結果如何？我在這幾天內，減輕 11 磅。在不到半個月時間，減輕那麼多，我很滿意，可以說，非常的滿意。因為以前在這段期間，我只能減少 8 磅。」

記者問：「在這段期間的情況是怎麼樣？」

K 答：「我要說，在這段期間，我沒有什麼飢餓的感覺。我走過香腸店鋪，不會想去吃它。以前只要聞到它的味道，我就忍不住想吃它。我不能走過香腸店鋪，卻不去買它。當時我是自己要吃它。現在卻可以悠然走過，不去吃它，不去買它。」

記者問：「那種要吃的『餓飢荒』，以前不能忍受，可以說不再存在了？」

K 答：「是的，它不再存在，或說定住又要吃的這點上，它不復存在。」

記者說：「啊哈！定住想再吃的現象沒有了？」

K 答：「它消失了。」

記者問：「這種現象對妳來說是怎麼樣的情形？」

K 答：「對我來說，是一種負擔的減輕。我可以說，依賴性減輕，但是我不能夠說，它已去掉。這個時間還太短。」

記者問：「妳是否感到內心輕鬆了，體重也輕了？」

K 笑答：「是的。兩者都減輕了。」

記者說：「這種針灸治療，會繼續下去，每週治療一次。」（下一個鏡頭為第二位女士 F。）

記者問：「妳已經針灸過幾次？」

F 答：「我在這裡針灸 4 次。在這段期間，我減輕 8 公斤，即 16 磅。」

記者問：「在多久的時間內？」

F 答：「4 個星期內。」

記者問：「以前妳有沒有試過用節食方法，減輕體重？或減少飲食的食量？」

F 答：「我曾經試過所有的節食方法。可是每次在節食一個星期，有時兩個星期時，那種有名的『餓飢荒』出現，就沒法繼續節食下去。這次經過針灸治療後，沒有這種『餓飢荒』現象。它一次都沒有出現過。可以說，那種以前在節食下，或用別的方法減重時，所發生的『餓飢荒』，這次沒有再出現。」

記者問：「妳的感受如何？」

F 答：「好得不得了。我要說，我是全天工作的職業婦女。我必須專心的工作，有三個學童小孩要照顧。在這段時間，一切都處理的非常的好。」

（鏡頭轉向第三個減肥婦女 H。）

記者問：「今天是妳的第幾次針灸？」

H 答：「第六次。」

記者問：「妳的結果如何？」

H 答：「到現在減少 6 公斤。」

記者問：「在多少時間內？」

H 答：「到週一快要 5 個星期。」

記者問：「針灸療效經過是怎麼樣？妳立刻就感受到它的效果，還是逐漸慢慢的才感受到？」

H 答：「不，我是立刻就感受到它的效果。在第一天還沒有什麼大的區別，但是在第二天，我感覺到很強的區別。」

記者問：「那是什麼？妳感覺到什麼？」

H 答：「那是我有時連吃都忘記了。」

記者問：「這是對妳來說，新的感覺體驗？」

H 答：「是的。」

記者問：「當妳單獨時也如此？」

H 答：「是的。」

記者說：「我還記得，妳曾說過，當妳單獨時就想到吃。」

H 答：「是的。我針灸後，有時我真的忘記了吃這回事。有時直到我的胃在叫時，我才知道，是飢餓的信號。但它不是在我的腦中在想著吃。這是可能因為真的是飢餓的緣故。」

記者問：「這種飢餓感是妳以前在狂吃時，不曾有過？」

H 答：「不。幾乎不曾有過。認識的人，曾經跟我說，她因為飢餓，人感到很不舒服要垮了似的。我從來沒有過飢餓感。這次是因為我胃內沒有東西的緣故，才有飢餓感。」

****

➢ 影片進入談話討論

鏡頭為主持醫生：「有些人想著，我接受針灸後，那麼就沒有飢餓感了。可是現在我聽到甚麼？聽到針灸後有飢餓感。這是一種很正向的反應，為什麼？我們馬上就要談它，首先讓我來介紹今天請來的來賓，虞和芳博士。您們剛才在影片中看過她。其他所有來賓，我們也都在影片中看到過。Habermeyer 女士，我還要把來賓的名字簡單的說一下。

Klaper 女士、Fries 女士，妳們都有些緊張。等一下就會好了。(她們在笑)讓我先問虞博士:「虞博士,有了飢餓感,是不是一種好現象？」

虞和芳:「是的,它是一個好現象。我們知道,每個人都要靠飲食來生存,因此這是正常現象,每個人都應該有飢餓的感覺、有飽食的感覺。可是有些人，會一直有胃口想吃東西，多吃不厭，那是不正常的。有些人，在生氣時，拿吃東西來當作補償，這也是不對的。或是根本不餓，還一再地吃，這就是一種病態的現象。針灸能夠以自然的方式，讓人有正常的飢餓和飽食的感覺。」

主持人問:「對的,我相信,妳們三位都證明了。當妳們說,我有『餓飢荒』，是指飢餓感，還是指要貪食的食慾？Fries 女士。」

F 答:「我指的是貪食的食慾。」

主持人問:「妳能夠確認，妳以前，在針灸開始之前，大吃特吃，並不是由於飢餓？妳只是很簡單的想要多吃？」

F 答:「我只是很簡單的想要多吃。這是一種對吃的不能控制的上癮慾望。」

主持人問:「妳能否稍微描述一下，到底針灸幫助了妳什麼？因為在妳們之中的每一個人，以前都自己經歷過了好多次的節食，也都減輕了體重，我們都知道，只要一開始節食減輕體重後，其它的就簡單，自然地接續少吃，不會吃得太多。到底針灸具體的幫助是什麼？它跟別的減肥方法不同處在那裡？它在妳的體內有什麼樣的影響？Habermeyer 女士請回答。」

H 答:「它們的不同是，我以前在節食時，會做一個計畫，每天三餐，早中晚在什麼時候進食，每次吃多少。針灸後，我可按照自己的感覺來吃，沒有這樣的固定計畫。只要按照自然的發展，不需要多去傷腦筋想。當我有飢餓感時，我就吃。飽了，我就停下。我這樣還能夠減輕體重。以前我從來沒有過這種完全按照我自己的需求來飲食。

以現在的情況，我可以這樣毫無困難的繼續做下去。以前我從沒有飢餓感和飽食感，每當沒有別的事情來分散我的注意力時，我就想到吃東西。現在飽食感出現了，我就會停止進食。」

主持人：「這是說，就是很簡單的少吃一點。可是有時候妳是不是還是有困難？」

H 答：「有時可能有一點。不是永遠都在一樣的狀態。有時我可能會比較餓一點，這要看我做什麼了。對我不利的事，是有一個店鋪在隔壁；在我的商店旁邊是一家麵包店，這對我減肥來說，是不大適宜的環境。我從櫥窗往外看著，不少人進出買東西吃，我整天都看到她們，有時我也會進去買吃的。不過大體說來，針灸後，使我容易做到，很合理的飲食份量。」

主持人問：「會不會只是由於妳這樣想要吃時，又想到針灸，就因此認為，我針灸了，我不必要吃。這是說，針灸成了一個去除吃的慾念的支柱，我要抓緊這個念頭？Klaper 女士請回答。」

K 答：「並不是像您說的這個樣子。以前我有一種想法，要吃什麼，或某種菜餚來到我的腦中，我就會想吃它。我想到它時，就會在舌頭上感覺去吃它，就非要買它來吃不可。針灸後，也有過這種情況，但是它不常出現，即使出現，也不是固定住要一直想吃它，我會警告自己。即使想到和看到這些吃的東西，並不需要去買它、嚐它。我可以提醒自己，並自制的對自己說：「不必要去買它、吃它。」這樣我能很理智的對待飲食。」

主持人問：「這很直接的表現出跟以前不同的現象？」

K 答：「是的。對我來說至少是這樣。」

主持人：「當妳使用其它方法節食時，是否也是如此？」

K 答：「不是。」

主持人：「這是一種新的經歷與體驗？」

K 答：「是的。我這次並沒有按照某一個節食的計畫去做，完全按照自然發展。有時會想如果能吃到美食的話，是很不錯的。但是我都能夠控制住，不去享用它。」

主持人：「Fries 女士。我們常聽到同樣的困擾，凡是節食的人，都有這種經驗。若是我要節食，都先增重，因為想到吃的事情上去，而又不能吃，就情不自禁的會多吃。以前妳有這種情況嗎？這次在針灸後有不同？」

F 答：「是有這種情形，這次在針灸的節目開始前，也是如此，我增加了 3 公斤。」

主持人問：「在針灸後，妳的內心就堅定起來，就下定決心，這次不可如此了。」

F 答：「是的。這次不要這樣了。」

主持人問：「這種情況是否也是支配妳們減肥的一個影響，妳們中也有人提過，因為參加針灸減肥的計畫，妳們互相認識了，又一起出現在攝影機面前，這些事情都是妳們之間互相砥礪的支柱？Habermeyer 女士請說。」

H 答:「我想是的。這種想法，有好處，特別是想到，今天又要去針灸，這天我的內心就更堅定，這是一個肯定的好處。」

主持人問:「我們可以跟別的方法比較。我們知道減肥的一種方法為體重監視方法（weight wachers）。這是參加者，透過互相觀察支持來減輕體重。虞博士，您的看法如何？您認為這兩種方法可以互相輔助，還是認為，不需要如此，針灸單獨就足夠，針灸是一種減肥的方法，體重監視方法（weight wachers），是另外一種方法？」

虞和芳答:「我要說，我有減肥的病人，他們跟我講他們減肥的情形，他們各自不相干，互相不認識的來針灸，他們不曾互相的監視觀察，可是他們都減輕體重。不少人都說，以前在節食減肥上，縱然體重減輕，可是還是想吃，怎樣才能維持減輕後的體重？在節食 2-3 星期後，『餓飢荒』沒有消除，一旦停止節食，減輕的體重，又會再增加回來。

但是針灸減肥後並不如此。我認為，接受針灸治療後，能夠戒除這種上癮的吃。一組人來針灸，她們相互觀察鼓勵彼此也很好。即使病人互不相干，單獨的來針灸，單獨的自我行動效果也很好。這是我的經驗。」

主持人問:「如妳所說的，影射到其它很重要的問題。我們的主題是對抗「多吃上癮」，這種很強烈的要多吃的上癮症，有很多方面的因素。所謂的我不能夠控制，我就是時常的要吃。吃那麼多，直到難受的地步，可是我不去買，不去吃的話，我身體就感覺到幾乎身體衰弱無力，就跟戒除一種上癮的情況類似。我們可以說，針灸針對上癮這方面，一般來說，是一種協助的方法？即使它並不是唯一的一種治療的方法？」

虞和芳答:「可以這麼說。針灸能夠治療上癮，使人不再有『餓飢荒』，不再一直想到吃食。使全身恢復協調。這點我一再地強調，『吃癮』是一種失調的現象。針灸的作用，不只會使人減輕體重，而還能夠調節人體，使人身心平衡，讓人心情安定放鬆。當飢餓了，或是遇到不開心生氣的事時，我還是不用飢餓兩個字。針灸後，即使遇到不如意的事，他們也不會就靠『吃』來對待問題，以求得到補償。

許多病人跟我說，針灸後，她們可以看到家人吃東西，而不必自己去吃它。看到可口的點心，能夠控制自己，我不一定要來吃它。這就是說，他們在針灸後，有能力對吃這件事，自己做決定。我一再的強調這點，上癮的吃，是一種身心的不協調，但是針灸的目的不單只是在於減少體重，而是著重於全身的放鬆和身心的協調。」

主持人問：「現在我們要說，即使一般性的節食，過一段時間，也能夠看別人吃食，菜單放在面前，而不去拿那些食品來吃。當人們減輕了一些體重後，普通的節食，也有這種類似的效果。或是妳們認為，針灸比別的方法，使人節食更容易些？」

這時兩位病人，不約而同地說：「是。是容易些。」

H 答說：「針灸是使我覺得比別的方法容易做到這點。」

主持人問：「現在再談到，我們都知道，當一個人的體重超重過多，並不需要按照一定的規則，只要少吃就可以了，也能減肥。然後到達一個停頓點就不會再減輕。妳們點頭，那麼在這方面妳們的進一步發展情況如何？」

F 答：「我在前 7 週內，減輕體重過程很快，效果很好。已達到我的正常體重。這時就完全煞住不再減重。可是我要能夠維持這個減輕的體重，必須停止休息一段時間，然後再來開始試。」

主持人：「這時妳會需要一種按照節食食品的規定，達到減肥的目標。還是妳認為，少吃也就可以了？」

F 答：「我相信少吃也可以。但是要正確的，適當的少吃。」

主持人：「妳能夠說出，以前妳的主要錯誤在哪裡，妳認為現在可以糾正，做得正確嗎？」

F 答：「我的錯誤弱點是甜食。很簡單。」

主持人：「妳的呢？Klaper 女士？」

K 答：「我是對每樣東西都吃得太多，並沒有特殊的喜好。」

主持人：「妳呢？」

H 答：「我可以說，也跟 Klaper 女士所講的一樣。每樣都吃得太多。」

主持人：「妳們是不是採取了一些小詭計，妳們最初沒有飢餓和飽食的感覺，現在有了。妳們有沒有利用一些小的技巧來幫助。我們知道，飽食感，是跟時間的過去有相關，不是從吃的多少和吃的方式。半小時前，喝一杯礦泉水，吃一根胡蘿蔔或類似的方法。妳們採用這些節食的小技巧，還是一切只依靠著針灸？」

H 答：「有時也會這樣，依情況而有不同。這跟我的處境有關。有時晚上回家，我會在吃晚飯前先吃一個蘋果。有時沒有這樣做。我並不常去想這個問題，就是少吃，我並沒有用一種有系統的方法。」

主持人：「虞博士，妳也會給針灸的病人，在這類似的方向上，去給一些建議？」

虞和芳：「我會跟病人說，經過針灸治療，飢餓感恢復正常。好吃慾會減少。要是想再併用某種節食的食譜，可以去採用，不想這樣做，就按自己的感覺，少吃一些。但是不必用強迫的手段節食。以這種自然的方法，就能少吃，而且減輕體重。因為針灸不只是能讓失常的飢餓感、飽食感恢復正常，還能夠促進排除體內過多的不需要的無用物質。」

主持人：「至於這種自然減肥的方法如何發展，請繼續觀看下面的影片。」

****

記者在虞和芳診所繼續觀察這三位來減肥者的治療和訪問的紀錄（銀幕出現腳上的針）

記者問：「針灸很痛嗎，舉例來說，在腳上的針？」

H 答：「在腳上的針，是不大舒服。但是它可以學習，在開始時，比現在要不舒服。針留在體內，或是撚動時，可以藉著呼氣來適應。跟著時間的學習，知道該怎麼樣反應，而且也知道放鬆，這樣就不會像開頭那樣的不適了。（鏡頭出現針麻儀。）耳朵上的針，一點也不痛，肚子上的針，也可以。只有腳上的針，不大舒服。」（鏡頭出現虞和芳在運針。）

記者說：「針灸在體內的針，每隔一定的一段時間要撚動一次，來增強療效。」

記者問：「這是妳第幾次針灸？」

H 答：「第 11 次。」

記者問：「妳很規律的一週針灸一次？」

H 答：「是的。現在快要結束時，時間間距要短一些。

記者問：「妳現在一共在秤上減少多少公斤？」

H 答：「我減少了 10 公斤半。」

記者問：「這過程如何？有遇到困難嗎？」

H答：「一點也沒有困難，我每次都規則地減輕了體重。我也對這療程也習慣了。」

記者問：「妳還有強迫要吃的慾念？」

H答：「不。一點也沒有。」

記者問：「妳實際上的情況如何？胃口很輕易地自動減少了？」（鏡頭為H的臉部。）

H答：「是。到現在都是很自然的發展，我不必去想它，我吃的份量減少，減輕的重量也很規則。最近減輕的速度減慢些，我就做一些吃力的工作。」

記者問：「妳這樣有沒有感覺衰弱不適？」

H答：「不，一點也沒有。」

記者問：「妳沒有緊張兮兮？」

H答：「沒有。我男朋友說我很平靜安寧。以前節食，我都會心情不好，我的男朋友，就跟著受罪。這次我吃得少，可是心情上一點都不會受到影響。」

記者問：「以前節食時情況又是如何？」

H答：「以前一少吃，我就心情不定，會緊張。」

記者問：「啊哈！為什麼？」

H答：「因為我要放棄吃，它使我緊張不適。現在少吃，對我沒有任何的影響。」

記者問：「現在的放棄……？」

H 答：「一點關係也沒有。我沒有放棄的感覺。」

記者問：「妳的飢餓感如何？妳會突然地意識到，現在我餓了，或是現在我飽了？」

H 答：「是的，這種感覺存在。對我來說，這是一種新的體驗。晚上我是真正的餓了，並不是有胃口，我就吃一些。飽了，就不再吃。」

記者問：「那種飽食的感覺出現？」

H 答：「是的。但也並非每次都如此，有時要停止吃，還是會有一點困難。」（鏡頭為虞和芳在給病人 K 處理皮內針。）

記者說：「針灸達到減肥，在於減少胃口，促進新陳代謝，改變飲食的習慣，少吃是由於飢餓感和飽食感被喚醒。以及加強心理的安定。」

記者問：「妳在秤上減輕多少？」

K 答：「25 磅。」

記者問：「妳的療程經過如何？」

K 答：「它是慢慢發展的，我在開始時還抱持著一種懷疑的態度。我沒有感覺到什麼變化，比別人減輕的重量少，也吃得不算少，但是，有一天我想要吃香腸的慾望，不那麼的強了，飽食感後來出現，我就自動減少進食，我感覺效果好的時候，可以減少到一天只吃 600 卡路里。不太好的時候，吃 1000 卡路里。每天都有些不同，都是按照我自己的情況而定。即使吃得少，我仍然感覺良好，有精力，我不曾有過一點頭痛的現象。」

記者問：「這是說，妳以前有頭痛的毛病？」

K 答：「是的。當我以前減肥的時候，時常出現頭痛的現象，啊，人還會很累，沒有力氣。」

記者問：「妳有沒有什麼固定的計畫？妳要減少到幾公斤？」（鏡頭為虞和芳在打開電麻儀。）

K 答：「我要減重到恢復正常體重。要看看到時的情形。我現在還沒有達到這個目標。」（鏡頭出現 F。）

記者問：「現在是妳的第二段療程的第二次針灸。」

F 答：「是的。」

記者問：「針灸的效果如何？」

F 答：「我減輕 25 磅。」

記者問：「減肥困難嗎？」

F 答：「一點都不困難。」

記者問：「妳曾經試過很多次節食，拿這次跟以前的節食減重來比，有什麼不同？」

F 答：「不同點，很簡單，我以前沒法長期持續節食。以前我有不能控制的食癮。」（鏡頭中，虞和芳正在跟 F 說話。）

虞說：「Friess 女士很能忍受痛。」

F 答：「有時針灸會感覺比較痛。」

虞又說：「有的時候人感覺比較好。」

F 答：「是的。」（鏡頭中，虞和芳給 F 去除掀針。）

記者問：「妳的日常活動如何？妳有沒有減少活動，因為感到精神萎靡的緣故？」

F 答：「沒有。一點也沒有。」

記者問：「妳減輕體重，沒有使妳感到無力？」

F 答：「沒有。一點都沒有。」

記者說：「傳統中國醫學的一個重要觀點，是把人體看作一個整體。因此中醫治療一種疾病，都是透過整體的作用，達到調節身心平衡的目的。」

記者說：「這是妳第 9 次針灸。繼續針灸的效果如何？妳減輕了多少重量？」

F 答：「我現在減少了 25 磅。」

記者問：「過去 14 天是怎麼樣的經過？」

F 答：「過去 14 天是處在停滯狀況。我能夠維持體重，沒有增加重量。」

記者問：「妳認為這是好的結果，還是妳很失望？」

F 答：「不。我認為這是很有效果。單單只是維持減輕的體重，就能算得上是一個好的效果。」

記者問：「妳的飢餓感和飽食感的調節如何？它們有出現別的不同現象嗎？它們的互相影響如何？

F 答：「飢餓和飽食感都出現了，它們配合得很好，它們都保持著同樣的情況。」

記者問：「妳還有過那種『餓飢荒』嗎？它曾突然攻擊到妳身上？」

她笑答：「沒有。它不曾來到。」

記者反問：「沒有？」

F 答：「沒有。」

記者問：在這段停止減重的這段期間，『餓飢荒』也不曾出現？」

F 答：「不曾。否則我沒法保持體重。」（鏡頭出現她針灸的腿。）

記者問：「妳要到達的目標是什麼？妳對未來的看法如何？」

F 答：「我還要再減 5 公斤，或者說，可以的話，希望能再減下 7 公斤。」

記者問：「那妳就達到理想的體重？」

F 答：「對的，達到理想的體重。」（鏡頭換到 H 女士。）

記者問：「第二段療程，第二次針灸，妳的效果如何？」

H 答：「我減輕了 12 公斤。」

記者問：「24 磅，妳感覺如何？」

H 答：「我現在有些失望，停頓因為有一段長時間停滯不前。兩週前，沒減輕，上週也沒有減。直到昨天。從昨天到今天減少一磅，有進步一點。當然那前兩星期，使我有些氣餒，從上星期起，我特別的努力，因為我還想再看到進步。」

記者問：「妳不認為，維持體重，沒有增加體重，也是一種好的效果？」

H 答：「是呀。可是我還是希望能夠繼續的減重下去。」

記者問：「妳還要繼續的減肥，那妳下一步的目標是什麼？」

H 答：「我的目標是，我還要再減 13 公斤，至少 12 公斤。

記者問：「那是？」

H 答：「那是我的身高和體重最適當的組合。我想看看到那時，我是怎樣的感覺。我是什麼樣子。」（鏡頭為第一位 K 女士。）

記者問：「妳是第幾次針灸？」

K 答：「第二次」

記者問：「是第二段新療程的開始？」

K 答：「是的。」

記者問：「效果如何？」

K 答：「按照數字，我減輕 32 磅。你也想知道我減少的尺寸？」兩人笑。

記者問：「先講妳衣服的大小號碼。」

K 答：「衣服的大小號碼是 2 號。」（鏡頭出現，虞和芳診所內，掛在牆上的對聯。）

記者問：「2 號是指什麼？小了兩個號碼？」

K 答：「衣服小兩個號碼。在量公分時，一共減少了 40 公分。這是按照三圍來說的，我只是說著好玩。」

記者問：「三個地方都縮小了？」

K 答：「是的。」

記者問：「妳感覺如何？」

K 答：「很好。」

記者問：「在過去的日子裡，最近 14 天內，或是說三個星期以來，有沒有明顯的減輕體重？」

K 答：「有。我現在一直保持每星期減少 3 磅。直到上星期。這是可以解釋的，因為我參加了 3 次生日宴會。」

記者問：「它沒有使妳增加體重？」

K 答：「沒有。我還減少一磅。」

記者說：「還減少一磅？」

K：「是。」

記者問：「妳跟以前比較起來，有什麼不同？」

K 答：「是有很奇怪的明顯區別。我能安神輕鬆，我參加生日會，跟別人一起慶祝，能適量的吃，次日照常繼續減少食量。如我剛才所說，我還減輕了一磅。」

記者問：「在生日時，生日蛋糕，對妳沒有什麼特殊的魔力，妳能夠控制得住不多吃它？」

答：「就是這樣。」

****

影片又回到節目主持醫生與虞和芳和三位治療者的討論對話節目，主持醫生：「經過一段時間，減輕體重的速度，就慢了下來。我們可以想見，是否還是按照自然的少吃，或是按照一定的節食食譜來繼續減肥。也許你們想要對針灸的細項有進一步的了解。虞博士，針灸時，會在身體留針多久？」

虞和芳：「在針灸時，針會留在體內半個小時。」

主持醫生：妳還留一根針，讓別人帶回家？」

虞和芳：「是的。」（掀針）

主持醫生：「那根針留在體內多久？」

虞和芳：「它留在體內一個星期。」

主持醫生：「經過一星期，那人又再來針灸一次？」

虞和芳：「是的。」

主持醫生：「一般來說，需要針灸幾次才可行？」

虞和芳：「這要視情形不同而定。有些人，針灸 4 到 5 次，滿意就可以結束。有些人需要長一點。一般來說，我給病人針灸 10 次，算一個療程，然後休息。」

主持醫生：「這對於來治療的人，是一個支柱，因為我可以又再去針灸，又再得到新的力量。針灸使我強壯，這是一個很重要的理由。」

主持醫生問：「妳從什麼時候開始有體重增重的問題？Friess 女士。」

F 答：「什麼時候？妳指的是，年紀？」

主持醫生：「是。」

F 答：「在我戒煙後開始。」

主持醫生：「直到那個時候才開始這個困擾？」

F 答：「是的。」

主持醫生：「在這以前妳對自己的身材都很滿意？」

F 答：「並不完全如此。我一直就得對它留意才行。」

主持醫生：「一個正確嚴格的節食，戒煙前妳沒有去實行過？」

F 答：「沒有。」

主持醫生：「妳的情形怎麼樣，Klaper 女士？」

K 答：「也是幾乎類似。在我抽煙時，我能夠控制體重，但是我還是得要對體重留心。然後我停止抽煙，體重就一直往上增加」(她把手往上一動。)

主持醫生：「人們可以這樣想，停止抽煙後，開始多吃。停止多吃後，那又是什麼？」

K 答：「正是如此。我要說明的，正是針灸的效用。」

主持醫生：「很好。」

K 答：「它是針對對抗上癮，我不會再去抽煙。」

主持醫生：「啊哈，非常好。虞博士妳有很願意學習的好學生。妳能說說看她們的期待嗎？妳來把它做一個總結。」

虞和芳：「她們自己都分別說明過了。針灸不只是作用在『戒癮』上，而是影響到整個心身。有些病人說，在針灸減肥的這段時間，他們沒有過頭痛。雖然在食用節食食品，有時也會頭痛。其他的人說，他們針灸減肥時，人很平和，輕鬆安寧。」

主持醫生：「現在也不過才過了幾個星期，Habermeyer 女士，妳曾減重很多，又再增重。問題是，將來如何能夠維持減輕的體重。我希望妳們能繼續的努力，有力量持續不斷，有很好的成果。

敬愛的觀眾，您們想多知道一些，針灸對這個問題起什麼樣的作用，這裡有一本附帶在我們的電視節目的小冊（銀幕出現那本小冊），它叫《我能對針灸期待什麼？》（電視參考書冊，電視節目：醫學時間，『跟上癮對抗──來自針灸的幫助』）

它是虞博士為我們寫的。你們索取它時，請附上 5 馬克，寄到「醫學時間」，地址為：巴發里亞電視台，8000 München 100，不用寫郵局信箱號碼。我們會將你們的問題轉交給虞博士。我非常謝謝您們大家。敬愛的觀眾，今天的節目到此為止。再見。下一次的『醫學健康時間』再見。」

3.4 厭食症

厭食症初看似乎跟好吃相反,其實它是兩個極端,都是有它的原因。是身體失調的一種現象。厭食症，初看似乎並沒有什麼了不起，但是是一種不容忽視的症狀，不及時治療的話，會導致身體功能萎縮，最後返生乏術。

人的內外，心身不能夠分開。許多疾病都跟心理，個性有深切的關係。

➢ 一位患上厭食症的年輕女病人

厭食症的人，多半是年輕的女人。她們害怕變胖，好像一切的幸福都在於她們瘦弱的體格上。

乍看，這算不了什麼病態，但是它時常是自我毀滅和自我愛憐的一種極端不平衡的心理狀況。它多半發生在聰明又能幹的女人身上，跟她生長的環境和教育有關。有些是小時候感到遭受到奚落，得不到期望的愛和關切，有一種自卑，同時又有一種自傲感，要以她的能幹來取得別人的讚美和注意。不吃東西，一方面是在處罰自己，另外一方面要引起別人的注意關懷，同時又以為瘦弱就是美。種種複雜的心理因素，使得病者日益消瘦。

這種厭食症是一種強制的想法，只有在富裕的國家中，才會有這種現象。厭食引起營養不足，這種病態危及到身體的健康，是很嚴重的一重病態，因為它有連病者本人也沒法左右的力量，對食物感到厭惡，它不是用話語能夠矯正過來。開導的效果也不高。

曾經有位只剩下一個皮包骨的女病人來我診所治病。由她的母親陪伴。母親擔憂得很，醫生對她愛莫能助，只說她不能糾正過來的話，活不過三個月。

她因為拒絕飲食，不但營養不良，連腸胃都虛弱得沒法吸收。

她還不到 20 歲，看她那種瘦弱神態，使我震驚，她比在集中營的人，還要來得瘦，這哪裡是美，簡直像一個乾癟的僵屍。

即使能讓她吃東西，她的腸胃又怎麼能接受飲食？這跟久餓的人，不能飽食，反而會致命類似。她身上只有皮和骨頭，虛弱的不像話，我只給她針灸內關，足三里。囑咐母親，給她流質的食品，她家在 300 公里之外，不能再來，我希望她在附近能找自然療法的好醫生，或許還能救得一命。她沒有再來消息。我擔心她一再的拖延，大勢已去後，就很難拯救過來。

4. 痛症治療

疼痛是一種徵象，一種疾病的症狀，但並不是疾病本身。不容置疑，針灸對一些疾病，不但能夠止痛，還能達到治癒疾病的效果，如偏頭痛，三叉神經痛，腰痛或慢性皰疹（帶狀皰疹）。這所以可能，是因為中國傳統醫學的診斷和治療是尋求疾病的根源。針灸麻醉的歷史才不過幾十年，而針灸能治療內科疾患，功能性失調病症有五千年的歷史。認為針灸只能止痛，針灸只能治標，是錯誤的認知。即使針灸治療能恢復病態器官失調的功能，恢復正常運作，在中國也得到科學的證明。

有人以為針灸只能治療痛症。這是一種先入為主的觀念，很可能是受到針灸麻醉文章的影響。針灸麻醉是病人在手術時的一種疼痛麻醉方法，病人保持清醒，能跟醫生對話，共同起到作用。能夠避免麻醉藥物的副作用。這也需要有勇氣。中華人民共和國在 1950，1960 年代發展出針灸麻醉，影響到不少觀眾對針灸的遐想。針灸止住疼痛按照這個格言：你刺我的小腿肚，我受嚇的忘記牙痛。這是一種錯誤的想像，造成錯誤的認知。還有可能，歐洲有些治療師想要很快的學習針灸，以自己能力的侷限，作為針灸治療的侷限。這也不可長。針灸的治療效果，是經過千百年的經驗累積和試探，經久不衰。下面以不同的疼痛，探討針灸治療的情況效果。

痛症多種多樣，有很多種原因。

4.1 頭痛治療

頭痛是許多疾病的一種症狀。它可由多種不同原因所引起，如對天氣變化敏感，長期受到精神壓力，一般身體虛弱。頭痛類型如偏頭痛，血管性頭痛，月經期間頭痛，或是更年期間頭痛，不同內臟器官疾病引起的頭痛。所有上述提及的頭痛，針灸一般都能起到止痛和治癒的效果。當然內臟器官疾病，要治療其患病的臟腑。

中醫透過分析經脈氣血的病變，補足西醫的診斷。如區分實和虛的症狀，是重要的一項。

判斷實證（陽盛）為患者的症狀如舌苔黃，或在太陽穴，兩眼外部有血管出現。天氣變化敏感，偏頭痛，傷風發燒的頭痛，屬於這類型。虛證，是陰，症狀如面白，舌苔白，喜暖，脈細微。這是身體的虛弱。虛性頭痛，針灸要用補法。實性頭痛，針灸要用瀉法。疼痛部位也能看出是屬於哪個經脈的病變。

➢ 焦慮導致嚴重的頭痛

有一位病人，她的女兒得腦腫瘤。女兒在開第 8 次刀時，失明，開第 9 次刀時，喪失生命。這位母親，每次在女兒手術前後都是焦急異常，不知能否順利的度過危險，女兒每次手術，母親焦急，期望，等待，希望女兒這次能夠安然度過，也許就能一勞永逸。可是每況愈下，終於不治喪生。

女兒過世後，母親患了極度的頭痛證，諸藥枉效。

這是因為在長期焦懼，心身俱疲下，導致的病痛。

我看到她疲憊不堪的心身，她需要先走出緊繃傷心，來養身，養心。於是先開四關，合谷太衝，並按摩她的額頭，特別是兩眉和中間的印堂穴位，和兩眉的攢竹到眉尾絲竹空穴位。她逐漸入靜，深鎖的眉頭，稍微開顏。後加入印堂穴。

前額頭痛的病患，在針灸印堂穴時，常常發覺會有硬處，中醫理論，這是那裡的氣受到阻滯，障礙。之後以靈龜八法來治療她的頭痛。她的情況改善。

她家住在遠處，不方便每次來針灸，我就要她在當地找針灸師繼續治療。

➢ 頭痛 10 年病人的治療

一位 53 歲的病人，頭痛十年。她的姿勢和體態顯示出後頸部一邊的僵硬。疼痛起初是偶而出現，後來越來越頻繁，變成持續性的疼痛。她每天要吃 3-5 片止痛藥。疼痛從頸部放射到後頭，頭額部和太陽穴部也感到強烈沉重壓痛。

針灸選穴的穴道中，其中有后溪穴，小腸經在手背外側和膀胱經的申脈穴（在足部）。下針後留針運針時，同時按摩頸部和前額，加強經脈的流通。在後頸部有節結硬塊，在針灸留針運針時段，還要按摩患處，患者就感覺到疼痛減輕。第一次治療後，疼痛消失。次日疼痛又出現，但是痛的程度減輕，她只吃一片止痛藥就夠了。針灸 5 次後，病人不再疼痛，也沒有再復發。

後頸部的節結硬塊在治療後消失。

病人述說，在治療期間，她的低血壓恢復正常，睡眠改善，以前常有的心悸，也不再出現。她感覺體力加強。這裡看出，針灸治療疾病是透過調節整體來治療疾病。

4.2 偏頭痛

➢ 意外事件引起的偏頭痛

一位 25 歲的病人數月來在汽車意外事件時，頸椎震動受傷，引起頸偏頭痛 Migraene cervicle。病者車禍後在藥物控制下，沒有疼痛。可是一當停止服藥時，感到頸部很強的緊痛。幾天後開始偏頭痛。頸部緊痛，按摩和針對疾病的健康運動 Krankengymnastik，可以減輕，可是頭痛照樣，不但頻繁，而且更加重。不同藥物治療都無效，他決定來針灸。

針灸治療穴道中，其中有大腸經的合谷穴和肺經的列缺穴。一診後，頻繁和疼痛度減少。二、三診後，疼痛只偶而來，而且很輕。七次針灸後，疼痛終止，不再復發。病人發覺，他胃部的不適，也改善許多。

即使非因意外事故導致的偏頭痛，針灸效果也很好。在疼痛發作時，患者可立刻感到針灸的效果：疼痛減輕，眼睛視物清楚，嘔吐感消失。

➢ 左側偏頭痛的病人

一位 39 歲的女病人，7 年來患偏頭痛。很強烈的左側頭痛，從左邊眉毛處開始，有嘔吐感。治療穴道中有膀胱經的攢竹（眉毛內端）穴和膀胱經的申脈穴，（足外踝下）。

一診後，疼痛停止，眼部壓痛消失，嘔吐感消除。這樣維持三天，然後疼痛復發，但時間短，疼痛輕。每針灸一次，無痛時間加長。八診後，病人不再疼痛，偏頭痛治癒。

➢ 偏頭痛的女病人

這是一位 20 多歲年輕的女病人，從孩童時患偏頭痛。有時左邊，有時右邊。後來月經來後，同樣的疼痛，伴有視覺障礙。多半右眼視覺喪失。眼前閃光，憂鬱，害怕，不適於服止痛藥。受到母親遺傳的影響。

臉色口唇發白，說話小聲緩慢，手腳冷，血壓低，舌軟，舌苔白，脈細弱無力。

這是氣血虛。

治療：氣海，關元穴（任脈），補法，輔以艾灸。同樣下列的穴道用補法：百會（督脈），合谷（大腸經），足三里（胃經），三陰交（脾經）。三診後，憂鬱，害怕減輕。四診後，月經來，沒有頭痛，沒有視覺障礙。

在 6-7 診間，有次頭痛，不安，無力。七診加神門（心經）。

14 診後又來月經，沒有任何不適，情況穩定。

15 診後，結束治療。

4.3 頸項疼痛

頸項疼痛和頸部僵硬可由緊張，姿態不對，退化性磨損，發炎性程序導致，受到風寒或動作不對等原因，都會引起頸項疼痛。不同的頸項疼痛症狀，歸納為頸項綜合症 HWS-Syndrom。

HWS-Syndrom 相當於中醫的痺症。痺是由於風寒濕引起的經氣滯留，阻礙，淤塞。膀胱經，小腸經，膽經，三焦經以及督脈等都會波及。

急性的頸項疼痛，由於受到風寒，移動不慎，如睡眠中引起的落枕，使得頸項活動受限疼痛，針灸馬上就能見效，通常針 1-3 次即可治癒。

➢ 受到風寒的頸項僵直疼痛

一位 36 歲男性病人在打網球時，受到風寒。晚上開始疼痛。幾乎不能入睡。次日就醫，接受打針，可是疼痛和頸項僵直沒有改善。其後第二日，他來針灸。他的頸項疼痛，僵直不能動搖。

針灸治療是透過小腸經的後溪穴，膀胱經的崑崙穴等穴。我下針後，要他搖動他的頭。他回答：我的頭頸不能動。我說：你試看看搖動。起初他很小心的動，見沒有甚麼阻礙後，左右搖動頭頸項，不但疼痛消失，且頸項恢復靈活。頸項疼痛和活動受限，幾分鐘後完全消失。針灸一次即治癒。

➢ 職業性導致的頸項疼痛病人

一位 59 歲女性病人，一年來頸部強烈疼痛，活動受限，這是因職業引起的頸椎磨損。我以八脈八卦法治療，下針的手足位置，是陰陽左右上下要相錯。其中有列缺穴位。

第一次針灸後，頸項疼痛減輕，活動範圍增大。止痛藥減少，只服一片。經過四次針灸後，頸項疼痛全部消失，頭部轉動正常。

即使磨損的頸項疼痛，針灸也能長期止痛。

中國對 138 例的頸椎病 cervical spondylosis 患者，（在 X 光下可見

到頸椎骨質增生，骨刺等頸椎間盤退行性病變）進行調查。50 例男性，88 位女性，其中有些已患病十年之久。針灸治療的效果如下：21 例（15%）痊癒。57 例（41%）顯著改善，55 例（40%）頸項疼痛減輕，5 例（4%）沒有變化。有效率為 96%

➢ 頸部疼痛的理髮師

30 多歲，理髮師，雖然做健康平衡運動。仍然肩頸疼痛。

在頸部可觸摸到軟的節結，按壓疼痛。肩部肌肉緊痛。肩井穴（膽經）疼痛的厲害。病人來就診時傷風。舌苔白，脈浮緊。

風和溼，阻塞氣血流通，阻塞導致疼痛。治療要打通阻塞。選取的穴位中有后溪（小腸經），申脈（膀胱經），肩井穴（膽經）。這些經脈與疼痛處相通，手法用瀉法。

三次針灸後，左邊的疼痛減輕不少，右邊還痛。在四診前，病人述說右膝蓋外部疼痛。犢鼻穴和陽陵泉穴在疼痛區域，多加這兩針。

七診後右邊肩頸處疼痛減輕很多，膝部痛也減輕，只有頸部中間部位還有痛。

十二診後，沒有堅硬處，頸部結節也消失。肩頸不再疼痛。結束治療。

➢ 經期前，經期，經後患頭痛的頭痛

婦女在經前，經期，經後患頭痛者，並不罕見。除了治療頭痛的穴

位，還要加上三陰交穴，在內踝上，它能調節荷爾蒙的作用。痛症不能單獨的對待，而要找尋其來源，做整體的治療。

治療頭痛和偏頭痛的次數不一。有些 1-3 次，有些需要 10 到 20 次的針灸治療。

針灸治療不同原因的頭痛療效，根據中國的調查統計和本人的經驗，在 90%以上。

4.4　三叉神經痛

三叉神經痛的發作不管是第一支或第二、三支都是非常的疼痛痛苦。常遇到的是第二支，在面頰骨那，有時伴隨第三支，很少為第一支。在咬吃食物，刷牙，說話，或打哈欠時，都會誘發疼痛發作。

中國醫學的診斷，也是從分析經脈陰陽情況的角度做補充。因此不同患者，同是得三叉神經痛，情況就會有區別不同。一為陰的症狀，一為陽的症狀，在針灸治療時，治療的方法也是不同。

病者症狀如不安，易怒，口渴，脈實，便祕是屬於胃經膽經陽盛，即所謂的火實。針灸要用瀉法。

一般症狀體弱，脈虛，過勞後，情況加劇，而面頰發紅，這是陰虛，在這種情況，稱為「虛火」，陰陽不調和，由於陰弱，產生陽盛。疼痛一般屬於陽，也可由於陰弱，導致陰陽失常。在這種情況下，要補腎經，同時瀉肝經和膽經。

在第一種情況，取得協調要用瀉法，在第二種情況要補法瀉法並用，才能達到治療的效果。在中國以 165 例三叉神經痛患者的比較調查，證實了中國古老的診斷和治療的學說。

➢ 罹患三叉神經痛者的外觀和內在感受

一位 53 歲男性病人罹患三叉神經痛三年。為面頰右側第二支神經。

在面上清晰可見紅色的微血管，這是在此類患者經常有的現象。患者起先避免吃強力止痛藥，但是因為疼痛加劇，不得不每日服食至 6 片藥。疼痛和反覆發作情況加劇，在剃鬍，吃飯，說話時，都會發作，難於忍受。最後變成持續的疼痛，每日都會發作。

針灸治療的穴位中有三焦經的外關穴，在手腕關節背部上面，臉上好幾針，以及肝經足部的太衝穴等。在針嘴角的地倉穴時，我發覺病者那裏的經氣受到阻礙，以致針灸沒有反應。所下的針，可旋轉 360 度，毫無阻礙，這說明那裏氣虛，病人毫無感覺，這樣針灸無效。我在它周圍再下一根針後，這時病人有得氣的感覺，針有牢固感，這說明身體接受此針，而能生效。

在第一診時，病人感到疼痛減輕，幾分鐘後，疼痛中止。此情況維持好幾個小時。第二診後，病人 9 小時沒有痛。即使三叉神經痛來襲，疼痛也減輕，病人也能減少服食止痛藥。第三診後，只有在吃飯時會發作，但不厲害。患者不再服藥。經過 9 次針灸，病人治癒，不再受三叉神經痛的侵襲。

治療三叉神經痛的加減穴位

有位 48 歲女病人罹患 6 年三叉神經痛。左側臉，也幾乎成持續的疼痛。經過 6 次針灸後，近於治癒。這時又發作：她在十字路口，險些發生意外，她受到很大的驚嚇，於是疾病又發作。按照中醫理論，驚嚇傷腎和膀胱。因此我多加腎經在內踝旁的太溪穴和任脈的中極穴。又增加四次針灸，前後一共針灸 10 次，病人治癒。

在第九次針治時，病人說，她幾年來的膀胱功能不全症，經過針灸，也跟著改善很多。

➢ 一位動過三次手術治療三叉神經疼的病人

這位病人來時說，他動過三次手術治療三叉神經痛，可是照樣的臉部跟以前一樣的疼痛。

他講述前後經過，說醫生將其上中下三條神經全部手術割除，但是他還是疼痛。每動一次手術，醫生就說，這種手術是解決三叉神經疼的最好方法。每次手術後，都有一段疼痛減輕，他以為從此一勞永逸。可是沒過多久又痛。這時醫生說，是另外一隻神經發炎疼痛，又再動手術，割除另外一隻神經，這樣前後動了三次手術，還是疼痛沒有消除。

於是他跟醫生抱怨，說動了三次手術，怎麼還痛，醫生對他的抱怨很惱怒的回答：不可能，神經都拔掉了，怎麼還痛！

病人回答：可是還是跟以前一樣的痛，為什麼？這時醫生回答：為什麼，為什麼？這是醫學上所謂的幻痛，這種情況很少發生，但是卻發生在你身上，這是誰都事先無法知道的事。

「那我怎麼辦？我受不了這種疼痛。」

沒想到醫生竟回答：你受不了，那麼上吊算了！

他聽後，簡直目瞪口呆，說不出話來，就恨不得自殺。但是他不服氣。他聽說針灸能夠治療三叉神經痛和幻痛，就來請教我，為他治療。我治療過手腳幻痛的病人，我想，針灸也應該可以止住三叉神經的幻痛。

就給他開四關後，臉部用透針方法，地倉透頰車，頰車透下關，下關透地倉，這樣下針後，果然止住疼痛。

這種疼痛不是一次能夠治癒的。但是他住的很遠，他說他會打電話再來訂約。我說他遠不能夠來的話，至少可以到他附近的針灸醫師那治療，若是那位醫生有不了解處，可以打電話來問我。

可是我沒有他的消息。

希望他的這種幻痛能夠治療好。

****

針灸治療三叉神經痛的長短，一般跟得病的長短有關：得病的時間越短，治癒的時間越快。疼痛劇烈的患者，針治效果比疼痛輕和中等疼痛的患者要好。後者常要打著長時期的治療。至於三叉神經的哪支痛，患者的性別和年齡，對治療效果沒有影響。

中國瀋陽解放軍醫院以一千名三叉神經痛患者作為研究比較，療效為 99.2%，其中 54%完全治癒。

4.5　腰痛

腰痛是常見到的一種病痛。它跟腎臟有關，跟腰脊椎有關，如椎間盤突出，也可能是肌肉痠痛。多半在天寒時腰痛情況會轉劇。

來針灸的腰痛病者，造成腰痛的原因很多，腰痛的症狀也都相似，究竟怎樣的治療？

臨床上不少腰痛患者，搞不清楚自己是哪個地方出問題，有腰椎間盤突出、肌肉痠痛、腎臟發炎等。

中醫是看疼痛是跟哪條經絡有關，它可能是局部疼痛，可能是往下放射的疼痛，那麼要看是沿著哪條經脈疼痛：膽經，膀胱經，胃經，它們都是陽經。

一般來說針灸的治療效果很好。

我多半會在腰部腎俞針灸，委中穴下針，然後看疼痛屬於哪個經脈，再加上那條經脈的穴位。

➢　一位病人的腰痛，往下伸展到膽經處的疼痛

她來時不只是腰部疼痛，往下伸延到膽經的足腿部。我給她在腎俞，委中穴，陽陵泉，陽輔穴下針，委中和陽輔通電。一診後，疼痛消失，可以下診床，次日又疼痛，五診後疼痛不再來，結束針灸。

另一位受寒的病人來治腰痛，我在她腎俞針灸，委中穴下針，加三陰交。在腎俞和三陰交處加灸，六診後痊癒。停止針灸。

4.6 關節疾病

骨關節退化 Arthrose，是一種退化性的關節疾病。關節炎 arthritis，為關節發炎。它們是兩種最常見的關節疾病。針灸都能治療這兩種疾病。一般來說，針灸治療 arthritis 關節炎的效果較高。

根據中醫理論，關節是氣流通過時，很容易受到阻礙之處。遇到冷和濕，情況會變壞。

➢ 手肘膝蓋多發性關節炎的女病人

一位 84 歲的女性病者，罹患手、肘、膝部多發性關節炎。她疼痛異常，右手幾乎不能動，關節處腫脹。她每日的活動受到限制，要吃止痛藥。她說以前遇到這種現象，去醫生那，都能止痛。可是這次接受醫生兩次打針，沒有效果。在治療她的穴位中，有大腸經的曲池穴，在手肘部，膽經的陽陵泉穴，在小腿膝下。治療三次後，她能舉直手臂。每治療一次，疼痛和發炎減輕。針灸 12 次後，幾乎沒有症狀。再治療三次後，結束治療。

她自此一年後，沒有不適。她能毫無困難的處理家事，出外郊遊，每日打太極拳，這是很值得推薦的中國健身運動。

北京中醫針灸學院治療 267 例關節炎病人的比較調查。其中 12 位是急性風溼性關節炎（其中 6 位為慢性風溼性關節炎，急性發作）。針灸對此 12 位效果都很好。病症顯著改善，或完全消失，血沉也大為改善或恢復正常。有效率達 100%。187 例慢性關節炎，有效率達 85.5%。

32 例老人關節炎，有效率達 84.5%。

4.7　帶狀皰疹

帶狀疱疹我對它的印象特別的深，因為我母親在我小時得過，她說這是纏腰火龍，相傳若是在腰間連成一片佈滿整個腰的話，會致命。我就好擔心母親，幸虧她不久後就痊癒，也沒有留下後遺症。

在我診所遇到好幾位得帶狀疱疹的病人，其中還有兩位是醫生，會在第六章談到他們。有一位中年的法國病人，是在他得了愛滋病後，體弱感染到帶狀疱疹。

帶狀疱疹是一种病毒性疾病，特徵為局部出現強烈疼痛的群聚皮膚的水泡。典型病徵為在身體左側或右側或臉部呈現帶狀的水痘，水痘出現前二至四天會出現局部疼痛。紅疹通常會於二到四週內痊癒，然而有些人發生持續數月或數年的神經痛。帶狀疱疹通常是在人體勞累，免疫系統功能下降時容易感染。

➢　一位得帶狀皰疹的病人

病人，四十多歲，8 天來長皰疹（帶狀皰疹）。他到西醫醫生處治療，沒有效果，不能止痛。大大的影響睡眠。在初起的皰疹處，非常的痛。上背部至胸部的皰疹逐漸結痂。

臉微紅，手暖，舌紅無苔，脈沉緊。

「肝火郁」-鬱結，「濕熱鬱結」而發病。

治療方法：瀉，往外瀉出邪氣。

局部針，擠出血。體針取肝膽經。

一診後，病人能睡覺。疼痛減輕。二診後，疼痛大幅度減輕。夜晚的疼痛轉到清晨（5 點以後）。四診後，病人敘述，已好 95%。他能夠睡眠，只有輕痛。結痂處看不大出來。五診後無不適，情況穩定。

疼痛的相對是麻痺，這裡順便一提。

4.8 麻痺

治療早期到半年之內小兒麻痺，針灸效果不錯。中風之後的半身不遂，初期也可以針灸治療。

顏面麻痺：由於面神經衰弱或麻痺，引起的顏面麻痺，特別是周圍神經的顏面麻痺，針灸效果好。半邊麻痺會使面部變形，影響唾液，淚液的分泌，也會使味覺，聽覺受損。中醫認為這是大腸經和三焦經失調所致。

➢ 來診所治療的顏面麻痺病人

一位 42 歲男病人在得顏面麻痺後兩個月來針灸。他右眼不能閉上。嘴角和臉往左斜。我下針在臉部不同的地方和手腳。臉上的針，連接上電儀器，加強刺激。在第一診時，他右眼已能微閉。五診後，能全部閉上。八診後，症狀幾乎消失。十診後結束治療。

在中國的江西省人民醫院治療 234 位顏面麻痺患者的比較調查，總療效 95%，其中 52%治癒。平均針灸治療次數 12.2 次。

5. 敏感症

根據今日的認知，敏感是免疫系統的失調所致。

八發里亞電視台以針灸治療敏感症，曾在我診所拍攝一部紀錄片。此敏感是因貓身上散發出的物質所引發。曾任德國在 Donausauf 醫院敏感部門的醫生 Prof Dr med Gerhard Simon 以及本人虞和芳，作為講座來賓，談中西醫治療敏感症的不同。本人在 2017 年出版一本《自然醫學治療敏感症：虞和芳在德國電視節目的講座》，內中詳細談到此問題。

敏感症多種多類，對食物會起敏感，對植物的花粉，對動物的毛髮可能會引起敏感。

➢ 敏感症會那麼的可怕

有一位病人，六十六歲，來到診所時，很是憂傷。

他說他由於一件沒有預料的事，使他精神受到很大的創傷。

他跟妻子一起經營一個企業，他們兢兢業業的工作四十年，終於兩人決定，好好的去希臘度一個假。

他們住在一家四星旅館，那裡有很美的花園。他們就在旅館外面的花園旁邊早餐。

忽然他妻子說，我的腿部被一個昆蟲叮到，她這時臉色變白，呼吸不暢，他看情況不妙，急忙請旅館叫救護車，可是她在路途上就過世。

他不知道到底是什麼原因，使得她在去醫院的路上這麼快的就死亡。

他將她的遺體送到德國醫院查明，是什麼原因。檢查出來是 Allegieschock 過敏性休克，是被蟲叮咬，產生的過敏現象，它來的非常迅速。通常這種情況很少發生，但是卻在他妻子身上發生。

他受到這種心靈的創傷，患上嚴重的失眠症，而且胃腸運作失常。

他說，萬萬沒有想到，工作繁忙一輩子，好容易兩人決定出外渡假，卻沒有料到遇到這樣的情況，他久久不能釋懷，而自己也生病起來。

他受到這樣的意外，使得他的心腎不交，這是受到意外事件的驚恐，使得腎臟受損，中醫所謂的恐傷腎。加上為處理妻子的遺體，檢驗等等的送葬，勞心，勞力，而造成失眠症和腸胃病，我就針心經的神門，加胃經的足三里，脾經的三陰交，腎經的復溜等穴位，並加上言談治療。

一個療程後治癒。29.10.2020 發佈

➢ 一位患有貓敏感的病人

她三十歲許，女性，幾年來患有貓敏感症。

去年傷風後得鼻竇炎。去年 5 月做鼻息肉手術，因為呼吸不暢。手術兩周後，無呼吸障礙，之後情況變壞。氣喘，連同眼睛，眼簾的敏感。診斷為貓敏感，醫生要她把貓送走。她擔心，沒有貓，心理上的負擔受

不了。夜裡幾次起身，用噴氣吸取藥劑，抗支氣管的呼吸不暢。白天每隔兩小時，也要吸取這種噴藥。

患者來就診時，面白，流淚，眼睛紅，鼻子塞住多涕。舌苔白膩，手腳冰冷。脈細弱。太淵穴（肺經）和膻中穴（任脈）按壓疼痛。

診斷：肺脾腎陽虛

治療方式：強身，補法。要患者先跟貓保持距離。

合谷（大腸經），太衝（肝經），平補平瀉。太淵（肺經），足三里（胃經），膀胱經的肺俞，腎俞用補法。

在一診時，病者感到手腳變暖，呼吸通暢，

當夜沒有用噴藥。睡眠好。二診後，白日用兩次噴劑，夜裡照樣不用藥，不受干擾。

四診前，病人敘述，前一天白日四次用噴藥，夜晚不用。加針迎香穴（大腸經）。

在第五和第六診間，患者擁抱貓，眼睛和鼻部又有輕度的腫和癢。太衝（肝經），合谷（大腸經），平補平瀉。氣海、關元（任脈）補。

12 診後，即使運動累，沒有呼吸不暢問題。

16 診後，沒有任何不適，即使跟貓玩，呼吸正常。眼鼻無癢腫。

又再診治兩次，鞏固療效，結束治療。

➢ 長白色水泡的敏感病人

病患，男，60 歲：去年三月因新陳代謝障礙，常有發癢症狀。八年來患敏感症，每年 5 月發作。臉、手、臂長出白色水疱，十天後消去，在其它處，又長出新水疱，這種情況繼續整個 5 月，到 6 月中。

頭額和手上的皮膚帶有白斑。指甲脆，有裂痕。舌苔黃。脈有力，血海（脾經）太衝穴（肝經）有壓痛感。

濕——熱證

治療：左手臂曲池，合谷穴（大腸經）。右手臂尺澤，列缺（肺經）。右腿足，足三里（胃經）臨泣（膽經）。左腿血海，三陰交（脾經）足太衝（肝經）。

治療手法：瀉和平補平瀉。

二診後，血流改善。

2-3 診間，足部發癢，加太衝，血海，用瀉法。下次就診前，病人說，不再出現足癢。五診後，皮膚血流顯著改善。一般敏感減輕，指甲堅硬有彈性。

十診後，他說睡眠比以前好。

十二診後，結束治療。

他的妻子後來告訴我，去年 5 月沒有敏感症，今年 5 月也沒有出現敏感症。

➢ 花粉熱

花粉熱是敏感症的一種，得此病者在春天來臨時，就開始感到不適，打噴嚏，鼻堵塞，眼睛發癢，喉頭不適等等症狀都會出現。

中醫治療花粉熱，一般是針灸合谷，太衝，迎香，鼻串，印堂，列缺，足三里，三陰交，等穴看症狀病情加減。

➢ 患花粉熱和食物敏感的病人

女性病患，50 出頭。花粉熱和食物敏感。眼鼻腫癢，時有打噴嚏感。吃蘋果，嘴唇有發麻燒熱感，唇和顎部腫脹。

臉色蒼白，足冷，鼻多涕，舌腫，邊緣有齒痕。白舌苔。脈浮，緩。太淵（肺經）合谷按壓有痛感。

風——寒症狀。

治療：合谷（大腸經），太淵（肺經），中脘（任脈），足三里（胃經）補。加艾灸中脘。氣海，關元（任脈），足三里。

在一診時，下針 10 分鐘後，急性症狀減輕。癢減弱。病者呼吸順暢。一診後患者症狀幾乎消失。

三天後二診，病者訴，一診後次日，症狀又出現，但減弱。二到三診間下雨。病者訴，二診後，次日又出現病症，但減弱。之後幾天出太陽。病者訴，診後消失的病狀，次日又明顯再出現，但比以前減弱。

六診後，症狀只以很弱的形式出現。

七診後，她吃蘋果，沒有敏感的反應。一共治療 12 次。結束治療時，病者手腳暖和，沒有任何不適。

追問結果，花粉和食物敏感沒再出現。她八年來沒有再患敏感症。

6. 特殊要我去家庭或病床訪問的病人

➢ 伯絲夫人

她得了 Multiple Sclerosis 多發性硬化症。已經不能走動，要乘輪椅，連上下輪椅都要有人扶侍。

因診所在一樓，她來診病很不方便，因此每週只能來一次，由人扶上樓。

她請求我出診。

她是由一位叫碧特太太介紹來診病的。

碧特的女兒，得了肌肉萎縮症，才三歲，不能行走。

她們是鄰居，她要求，當我給伯絲出診時，她帶女兒一塊上伯絲家，我可以也給她女兒針灸。

就這麼決定好，每週我去伯絲那出診一次。

去家診時，由一位叫辛木來接送。

辛木是一位女護士，她照顧一些由保險付款的照顧病人的護士，她屬於 Maltese Dienst 馬爾它服務會之一員顧問。

她是位天主教徒，對她的病人十分照顧。每次接我時，都告訴我，她們診病後，病情的發展情形。

「伯絲自針灸後，說話聲音好多了，有時可以連說三刻鐘的話，也不會氣喘。偶爾還能自己站立。」

當我週四，第三次去出診時，聽到碧特跟我說：「我今天打電話給伯絲時，嚇了一跳，她突然講話不清，語無倫次。我心想，怎麼她的情況會變化的那麼快，又往壞發展。說了幾句話後，她弄清楚原來是我，才換了口吻，說的口齒非常流利。她先以為我是'照顧保險'的人打去。他們要觀察她的健康情況，所以故作不能言語態，好蒙蔽對方，使她能繼續例入「重病例」之行，給予照顧費，及佣人費的全部之補助。當她弄明白是我時，才恢復她的正常言語狀況。」

我聽了此話，心中真是有無言的感觸。

伯絲的情況是堪憐的。她是一位牙醫，可是因為生病，不能工作。她三十歲時，即去年，她生了一個兒子。她自今年三月後，病況變壞，不能行動。透過保險，她得到了最大之資助：每天有特別護士照顧她和兒子。看病有特別汽車及護衛人員接送。即使我去出診，也有特殊人員來接送。

這種待遇是不錯的。

想到伯絲，為了不要喪失既得之利益，不惜低降自己的人格「作弊」，是很可憐的事。真是不能不說金錢的重要。

一種本來不算壞的政治，將它施行時，不少人為了要獲得應享或不應享的利益，行騙行欺，這是千古來的人性。

➢ 那位得到腦血管中風全身麻痺的可憐病人 L

想起那位才 50 歲出頭得到腦血管中風的可憐病人 L。

她是一位貴族，丈夫是飛行員，任德國在中國的軍事參贊，他們夫婦赴北京。

而有一天，她頭痛，被送進醫院，查不出是什麼原因，當夜痛的更厲害並伴隨頭昏，又送進醫院，這時發現腦血管阻塞，發生嚴重的腦中風。

可是這場發作後，後果不堪設想。她除了腦子能夠想，眼睛能夠看，耳朵能夠聽外，其它的功能全部喪失。她不能夠說話，但是聽得懂，看得到，能夠思索，卻不會講話，更不要說是手腳的行動。

她的丈夫送她返回德國救治，可是一切已經太遲，她被送到慕尼黑的 Pfennigparade 療養所。

透過一位朋友 M 介紹，說這位太太非常的美，她躺在床上，一動不能夠動，跟熟睡的白雪公主一樣。他們夫婦恩愛異常，丈夫說，他們結婚 20 多年，每天都跟新婚一樣的美。他們有三個小孩，老大兒子，老二女兒，都上大學，小兒子還在中學念書。

她得病的原因，偵查出來，這是吃避孕藥的結果，會產生血栓，而使得她得到這樣嚴重的腦中風。

她醒後知道自己的情況，他們找出兩人溝通的方法。透過用眨眼，一下表示字的子音字，兩下表示母音字和眼睛的左右轉動表示她要說話，她的第一句話是請他再找一位妻子。

L 的丈夫說，他所關心是她的疾病，希望她逐漸恢復，他們能夠回到自己的家。

這些都是很令人難受又感動的人世間發生的事。L 先生，要我給他的妻子治療。

他說他知道妻子的情況很難改善，他只希望，妻子手指能夠活動，來控制輪椅，以及能夠發音，兩人能夠方便一點溝通。

L 先生帶我去到慕尼黑的 Pfennigparade 療養所。她住在獨自一人的房間，相當的大，她能夠看電視。

她知道我來，她的表情很和善。

我拿起她的手，按壓幾個穴道，看她有沒有感覺。

她有感覺，但是手不會移動。

在那裡我也看到她的三個小孩，他們儘量的下課後來陪伴她。

她生病，導致全家都進入一種難以想像的困境中，但是他們都很堅強。

我每次給她針灸後，當天我的心情沈重難受。我感覺到有必要請我學生何威給她出診，我若每次給她診病後，心情沈重，長期下來，會使我生病，而不能夠照顧到其他病人。

就請何威代我，每週兩次給她的出診。有問題，他可以隨時跟我聯繫。

這樣她的情況逐漸改善，她可以自己來主動的按輪椅的按鈕，操縱它的運轉活動。她也能夠說一些話。丈夫提前退休，她搬回家住。丈夫專心的照顧她。

何威繼續給她每週兩次的治療，這樣治療十年後，有次膀胱發炎，後來又過了一段時間，她過世了。

這位病人是最嚴重的病人。腦中風，太可怕了。來我診所的病人，也有中風的，但是沒有一位像她這樣的嚴重。

另外一位年輕的病人，也是因為吃避孕藥之故，得腦中風，不過她的情況輕多了，只是走路不方便。

另外有一個病人，父親是包商，她跟父親去到一個建築勘查，她從架子上摔下去，而導致身體受傷，行動不便。

還有一些得到口眼歪斜的症狀，這些疾病即時治療，都有好的結果。

腦梗塞：因血管或身體其他部位血液內的雜質或血塊，被血流沖落形成栓子，導致腦組織壞死和功能失調，常見有腦血栓症及腦栓塞症兩種。

中風常導致肢體無力、語言障礙、智力受損，嚴重者影響性命。

中風是腦部因血管阻塞或血管破裂，使腦細胞缺少血液及氧氣的供給，導致腦細胞受損，在中風發生的時候，每分鐘約有兩百萬個細胞死亡，因此把握住治療的黃金時段，非常的重要。延遲治療，腦部會受到永久性傷害、殘障。1.11.2020 發佈

➢ 去看車禍雙腿麻痺不能動彈的工會會長 E

這是二十多年前的事，一位朋友 G 部長，請我跟他一齊去醫院拜訪車禍雙腿麻痺不能動彈的工會會長 E。

E 會長是一夜沒有睡好，次日開車去參加一個會議。他在高速公路上飛快的開行，而因為缺少睡眠，開車不能夠集中精力，也可能開車時睡著，他在高速公路上，發生車禍，他當場昏迷。被人發覺，立即告知警察和救護車。

救護車把他送到醫院。

他救醒後，胸椎受傷，3 椎以下，雙腿不能夠動彈。但是人還可以說話。

當醫院確診他的情況後，他成了殘疾的人，年紀才五十多歲，當然是一種心靈和身體的打擊。

G 部長是他的朋友，就拉我一齊去醫院看望他，看中醫對他的疾病能不能夠起到治療的效果。

我看到 E 的這種情況，認為如果把握時機，也許可能有療效。

但是醫院還要繼續留住他，做進一步的檢查，他聽從醫生的話。

此後沒有聽到 G 部長的消息，我也沒有去詢問那位工會會長 E 後來的情況。

想起在 1990 年德國的內政部長 Wolfgang Schäuble 被人槍擊。那時我們也想，是否要為他針灸。因為我的恩師房煜林醫師在紐約發生車禍，被送到市立醫院，那時診斷，他是脊椎受損，或者他會死亡，或者終身第三頸椎下，癱瘓。

而他打聽出來，西醫不能夠治療他，他離開醫院，由師母給他在家針灸，之後他能夠行動，雖然雙臂膀，運動不如前，走路沒有以前那麼的快，但是比坐以待斃要好多了。他說那時除了針灸外，還吃熊掌，雙管齊下，才能夠康復。

因此那時我還在想，是否應該去給 Schäuble 治療，但是他留在醫院治療，醫生說，他有可能恢復，他就留在醫院，很可惜他的雙腿麻痺，至今 30 年沒有復原。1.11.2020 補記 1.11.2020 發佈

➢ 治療一位植物人

這是學生何威的一個病人。

他得了中風後，沒有知覺，成了植物人。

他們兄弟兩人，哥哥不省人事。

根據我得的消息，是哥哥知道父親的遺產在哪裡，而這位哥哥偏偏中風，不省人事，那麼父親的遺產就沒有著落了，於是弟弟請何威為他哥哥治療，希望他能夠清醒過來。

何威給他治療幾次，沒有什麼改變，就請我一塊去看這位病人，給那人治病。

那人住在有寬闊庭院的一間房間內。

雖然是躺著，不過看出他應該是很壯健，人也很結實，只是躺在寬闊的床上，沒有知覺。

給他針灸時，也沒有反應。

這樣看出不會有什麼效果。

看到這種情況，心中很是難受。

那病人估計才五十歲上下。家中富裕，可是他這樣沒有知覺，成了

植物人，一切的一切對他來說，都失去作用。看他的情況，若是這樣繼續的給予人工供給營養，可能還能夠活一段時間，不過看情況，很難復甦。

真是當人生病了，什麼都談不上，更何況是一個植物人。多麼的可惜！7.11.2020 發佈

➢　去給一位得 MS 的病人治療

這位 MS（Multiple Sklerose）多發性硬化症的病人，才四十歲，可是此病的惡化很快，已經到達不能行動的情況。這種疾病，目前還不知道它的真正原因，可能的原因包括遺傳與環境因素。患者腦或脊髓中的神經細胞表面的絕緣物質（即髓鞘 myelin sheath 是由 Schwann's cell 或其它類型的神經支持細胞形成），受到破壞，神經系統的訊息傳遞受損，導致一系列可能發生的症狀，影響患者的活動、心智、甚至精神狀態。這些症狀可能包括複視、單側視力受損、肌肉無力、感覺遲鈍，或協調障礙。

是他母親請我出診給他看病。

他躺在床上，說話不清楚，是他母親解釋給我聽，他的情況。

他已得病數年，躺在床上，不能工作，行動緩慢，很不方便。

談話中，感覺他口中有很多的痰，這是我觀察出得到此病者，很普遍的共同現象。在美國周治華的診所內，第一次遇到一位中年女子得此病。

周大夫的治療法，是在背脊部膀胱經上，下針後拔罐，會從針孔處

流出不少像痰和膿狀，黏稠的分泌物。這是身體在新陳代謝時，不能夠自行排出體外的毒素，在針灸加上拔罐後，會自動排出。

這位我治療的男性教師，看到他的情況，我比他還難受。他大概已經習慣了他的病情，算是認命的說話，並沒有要跟疾病抗衡的企圖和意志。

我給他針，曲池，內關，三里，豐隆，三陰交穴位。

看到病人家庭中，多半氣氛是沈重，這也難怪，久病的人，散發出一種 aura，令周圍的人，也難以有生命的樂趣。

這是疾病給人類帶來的心靈鬱悶。

只有特殊的人能夠跳出這種沈悶的氣氛。7.11.2020 發佈

➢ 去到醫院治療帶狀皰症的建築師梅茲

他是位建築師，六年前就來針灸，小小瘦瘦的個子，眼簾上時常長針眼，它使眼簾紅腫。

第一次來時，他說是經過一位教他氣功太極的人，說他幾個經絡不通。

看他的神情，有些神經兮兮，睡不好覺，常常被惡夢驚醒，運動，登山時，心跳比一般人增加得快，當日就睡不好覺。

眼簾長針眼，是脾臟不對，他不能吃麵包蛋糕及甜點，更說明了脾有問題。

這次他來，是因右臉下部的淋巴腫，喉部脹腫。

「我不相信有癌，我不要割下一部分淋巴。」他對我說。

「你睡覺的情形如何？」

「還是時常會做惡夢醒來。」

「夢到的是什麼？」

「昨晚夢到跟一位中學同學，被人追蹤。每次惡夢醒來都心跳不已。」

「你四年前曾特地去 Bruxell 那請教一位飲食專家，為你設定的飲食效果如何？」我問他。

「別說了，沒有用！」

他在三、四年來，還買美國出的特殊藥丸，分 A、B、C 三種，他買著吃了幾年，想它的效果也是等於零，要不然他不會再來此就診，也不再提那些複雜的藥丸。

昨天他來時，似有所得，很神秘地說：「我去 Stuttgart 請教一位會看相的人，她找出了我的癥結。她說的話，令我渾身如澆了涼水，她一語道破，我的睡眠不深，只是淺睡眠，所以我老是作惡夢的原因。她還量了我的身，說的話，令我佩服驚奇。」

「她說了什麼？」我問。

「妳要聽？」

「當然」我說。「不過我得先去看一下別的病人，馬上就來。」

當我返回時，他說：「她所說的，真是神不可測。我想知道以我的生辰來算我的命，但我不知幾點出生，她一算，立即說，我是二十點十二分出生。」

「她怎麼知道？」我問。

「她說，看我的棒之擺動就算出。」

「她用什麼方法算？」

「她用一根金屬棒，它會隨她的問話，左右搖擺。」他說。

「啊！這跟 pendel 一樣？」我問。

「是的，她問話，然後看那棒子擺動方向就知答案，她問出了，我是晚上八點十二分出生。她還說出了更令我難以想像的事。」

「是什麼？」

「她要我在一堆有顏色的眼鏡中，挑選一支。我不知該挑什麼。她拿了一支紫色給我。這正是合我的色彩！她真靈光。然後她叫我戴上，問我看到了什麼。我試著看，什麼也沒看到。她說，她卻看到了很奇怪的景緻：一輛黑色的馬車，上面坐著一個女人，全身穿黑，她身邊有一個黑棺材，裡面的屍首，是她駕馬車撞死了的人，那駕駛馬車的人，是我的曾祖母，這事發生在 1833 年 10 月 20 日。我曾祖母因駕馬車，撞死了人，她嚇住了，她的心理就因此不對，她生的女兒，是我祖母，她就受了害，傳給我父親，然後傳給了我，這是我所以會作惡夢，身心不安的原因，但我的這種受害已去，在兩個月內，我即能睡好覺，一切毛病就會好了。使我驚奇的是，我曾聽說，我有個祖先，喜駕馬車，那大概就是我的曾祖母。」

「她壓死過人？」我問。

「我怎麼知道，我連我祖母都沒見過，怎知曾祖母的事，但我聽說過，她駕馬車很野。那麼很可能，她就曾壓死過人，她受了此驚後，影響後代的子孫。我被她的話，說得目瞪口呆。我所不能解決，不知的事，她全都看出來了，她不是一個通常的算命者，她有特殊的本領。」他說。

「她長得什麼樣子？」我問。

「胖胖的，會神算的女人都是胖，她說，她再過一陣子她即會減肥。」

「她多大年紀？」

「三，四十歲左右。」

「你怎麼知道她的地址？」我問。

「這也是湊巧，其實這麼巧的事，也不能說湊巧，該是命中註定：我太太拿了一本雜誌，裡面報導有一個美國女博士，發明了治療一切癌症的方法，她發覺得癌的人，身上都有一種蟲，那麼治癌就得先除此蟲，她將除此蟲的各種治的草葯擬成方，推展到德國。那位女士就是推銷此草葯的在德代理，她不能給人治病，因她有一個公司，所以不准許她來營業。」

一聽了這話，我就明白是怎麼一回事。

她根本沒有行醫執照，因行醫仍可以開公司，兩者不相衝突。

而美國那個女博士，三年多前，她即寫了一本治癌症的書，當時我也買了此書，並請姐姐買了她的各種草葯給媽治癌，一無效果。

我即問「美國那位女博士寫了一本治療所有癌症的書？」

「是的。」他說。

「還有寫了一本治愛滋病的書？」

「對的」他說。

「我知道她，她在美國也很流行了一陣子，認識的人中，也有買過她的草葯的。」我說。

我沒說出媽的病，根本沒有因那個草葯治好，它們都是騙人玩意。

我說也沒用，反而他會以為我故意給他澆冷水，或故意同行的人互相毀謗。

但我驚訝，他居然相信德國那個「算命者」所胡說的一切。

他的理智到哪了？

****

後來這位建築師患了嚴重的帶狀皰疹，他來電話，說，醫院的醫生治療不好他的病，他要求醫院准許他的自然療法的醫生來醫院給他治病。

醫院答應了。

於是我帶著針具去到在 Schwabing 的一所醫院。

他被安排在隔絕的部門。

我到了那裡，醫院要我穿上那邊的特製衣服，才准許入內。

見到了這位梅茲建築師。

他說醫生還發現他得了胰臟癌，但是他不相信。

這樣的併發症是很棘手。

他的帶狀皰疹是發在背上。我給他針灸並上艾灸。

得帶狀皰疹的病人都是心情低落，身體抵抗力弱的人。

有一位法國的演員，得了愛滋針後，又患上帶狀皰疹。我給他治療帶狀皰疹後，他就沒有消息。

看到這位梅茲建築師，很為他焦急，若是他得了胰臟癌，很是棘手。

我只給他盡心的針灸和加上艾灸。

治療後，他說他感覺到好多了，他會再打電話來，或是出院後來診所繼續治療。

但是這是我見到他最後一面。

我 2001 年後離開德國。不知他後來的發展如何。

希望他並沒有患胰臟癌，那麼他也許現在還存活。17.11.2020

第四章

病人和他們的家庭親友

這一章內的病人都是好幾年來，一再來診所診病的病人。不只是他們來，他們的親友也來治病，多半他們是在先後兩個診所內都來治過疾病的長年病人，我如他們的家庭醫生。

因而對他們跟家庭成員的情況知道的比較清楚。

有些是當時的記載，有些是事後的回憶。

每個家庭都有他們間的摩擦爭執。

看出家家有本難念的經。

所以記載他們，看出每人都是很不錯的人，可是常常還是避免不了家庭中的摩擦。

一沙一世界，更何況是一個人，一個家。這些都反映出宇宙無窮無盡中人們的情愛，希望，期望，失望，喜悅悲傷。但是在這種夫妻，父母子女，親戚間的各種相互關切，相依為命，同床異夢，看法想法迥異，各有各的出發點，引起的摩擦不快中，還是有不少美和愛的片段。

簿木一家

➢ 簿木是一位充滿助人卻很矜持的女士

簿木個子高高瘦瘦，棕色頭髮，髮型很簡單，用一個棕色髮夾夾住頭髮。

她對自然醫學非常重視，有病就來我的診所看病，介紹她的姊姊，也要女兒來治病，還叫她的姪女來治病。

她不多說話，說話很有份量，在一家公司頂大樑，收入相當的高，親友來看病，都是她幫她們付診費。

她的臉色偏白，我看出她是內向人，肺部嫌有些衰弱，說話小聲，但是毅力很強。

她說她在結婚的前夜，夫婿的父親因為車禍過世，但是她父親全部安排好了她的婚禮，不好告訴賓客取消，於是婚禮照樣舉行。她心裡有一層陰影，卻不能夠表現出來，讓來賓看出真相。她說這是多麼的痛苦，自此她的生命就蒙上一層陰影。

我在治療她的失眠時，發現她的左右兩邊不大對稱。她說果然如此，右眼視線正常，左眼只有30%的視力。她說她走路不是直走，會偏向一邊。

我給她下針用靈龜八法來調整陰陽上下的和諧對稱。

➢　簿木二姐 H 來治病

簿木的二姐 H，塊頭比她大。她陪二姐來治病腰腿痛，二姐拿一根枴杖。走路不穩。

我給她針灸一診後，簿木問，是否需要一個療程，我說，得要打著針灸 12 次。居然簿木幫忙她二姐就一次付了全部的診費，這樣 H 可以安心的來治療疾病，不用擔心診費。

簿木二姐的腰腿痛，每針灸一次，就改良一些，9 診後，不用枴杖，可以行動自如。簿木非常高興她二姐的情況進展。

➢ 簿木帶她大姊來看病

一年前，當簿木帶著她大姊從漢堡來看病時，我問她，她二姐如何？因十多年前，她也曾帶二姊 H 來看腎，並幫她付了診費。

「她失蹤了，我到處找，找不到她。她十多年來沒有給我們任何消息，連她的生死都不知。不過我想她仍活著。」

H 真可能失蹤了嗎？怎麼一個人會不明不白的從這個世上消失，連姊妹都不知她的下落？

今天她來診病，她一見我面就說：「很奇怪的事發生了。先講我姪女。我見到了我的哥哥，他謝我，說因我介紹他女兒到妳這針灸，她的身體情況好多了。」

那姪女是萬小姐。她來時人感到身體有說不出的不適，她不能喝酒，新陳代謝不對。

每次針後，她的情況都有改善。今天她早上也來針灸，我給她針內關、外關、公孫、臨泣。

「這是中國針灸的功效。」我對簿木的讚揚，輕描淡寫的向簿木這麼說了過去。

簿木繼續講她在這段時間所打聽出來二姊 H 的動態：「週三，我翻開報紙，突然在安葬一欄上，看到了我二姊的名字。我一驚，打電話去問，果然是她。我急忙的穿上衣服，趕去送葬。我一人怕吃不消，就請白太太及我哥哥一塊陪同我去。我那二姊，十年前，她的房東把她趕走，因她沒付房租，此事我不瞭解。她每月有退休金，怎麼不付房租？她搬走後，就沒人知道她的下落。幸好有一個女士照顧她。她半年前得了肝癌，還有一位女醫生給她治病，她從來不向人提起她有親戚。她只說，她在妳那針灸後，保全了大腿，不必鋸掉，卻從不說她有姊妹。別人都以為她是孤家寡人。她對我的關係是愛恨交集，所以自從搬出她住的公寓後，不給我任何消息。我到處打聽，找不到她的下落。」

「可能她妒忌妳，妳的經濟情況比她好！」我說。

「她自卑，她因接受我的幫助而赧顏，所以她不願讓我知道她的情況。這是她的醫生告訴我的話。現在我在偶然中發現她的生死，這是冥冥中有神在指示。若是半年前我得知她得肝癌的話，我會因著急照顧她，同時又要照顧我丈夫及女兒，我會已經死掉了，我會受不了那麼多壓力而死。现在我已將那两件大事撐了過去後，正在此時，得到她的下落，雖然受驚不小，但是我已能忍受這種消息。若是她死了，我仍不知，心中還在惦記她，不知她的下落，是未知數的話，我會在下意識中不安寧。現在已知她的動態，她生了半年的病，還有人照顧她，她的葬禮，我也能參加，也是聊勝於無。至於十年來，沒她的消息，是她自己的意願，我強迫不來，那麼也就不能太責備自己。」

「現在一切真相大白，妳不必生活在未知數中，也是一種釋懷。妳的身體情況已好了些，雖然此消息打擊到妳，使妳的健康情況又動搖了一些，但我們能再往前正面的看進展。妳終會痊癒的。」我安慰她。她女兒過逝，丈夫得癌。她這一年來的遭遇是太可悲了。02.25.1998

希締葛一家

➢ 第一次見到希締葛

第一次見到希締葛時，她 72 歲。

她介紹自己，她原是一位護士出生。二戰時被派到法國照顧德國的軍人。在那裡她遇到後來的丈夫 Robert。他頸部受傷，在她悉心照顧下復原。

她個子高高的，人很能幹。她對草藥知道的很熟悉，時常去採集草藥，製成膏，藥酒。她很會製作面霜，洗髮劑。

她說她精通 pendeln。這是手拿一個鍊子，下面帶有一個擺錘，看它擺動的形狀，能看出一個人生什麼病，該用什麼藥物治療。

她第一次來治病時，是治療她的腰背痛。給她針灸幾次，很快就治療好了。

她有糖尿病，在她自己採摘草藥治療下，控制的不錯，不用注射 Insulin。

她的膽不大好，但是她說，對她的身體無妨礙。

她有兩個兒子，大兒子是學森林，在一家農場負責那裡的林木。他參加 Frei Mauer 協會。他的妻子，也時常來針灸。

希締葛和媳婦是一對冤家，希締葛對媳婦安娜很不滿意，時常說她的壞話。媳婦倒不曾在我面前說婆婆的不是。安娜似乎跟丈夫，即希締葛的大兒子相處的不錯，不曾說過丈家人任何的壞話。我不曾見過她丈夫一面，想他是正人君子。

希締葛有一個女兒艾瑪，她的第一位丈夫家裡很有錢，擁有很多的房地產。他們生有一個兒子阿呦，可是艾瑪離婚，阿呦歸於母親帶養。艾瑪再婚，丈夫是位博士，在一家出版社做事，艾瑪跟第二位丈夫，生了一個女兒。

艾瑪很漂亮，人也很忠厚，她為了兒子阿呦跟母親希締葛時常鬧的不愉快。從希締葛那裡得知女兒的第二任丈夫對前妻的兒子阿呦不好，希締葛很不平，就時常在其間跟艾瑪起衝突。希締葛這位孫子阿呦已經成人，在銀行做事。可是因為牽涉弄假支票，被銀行解僱。希締葛說這位孫子很聰明，因為後父管教太嚴，所以他離開家，交到壞的朋友，他們見他生父有錢，就來找他投資在一輛幾人自己改建的汽車上，她孫子個性很好，不願意朋友失望，就自己開空頭支票，銀行不了解，把他解雇撤職，這都是他後父對待他太嚴格的緣故，引起他的反抗。

希締葛的二兒子學工程，還沒有女友。二兒子和女兒艾瑪，也常來我診所治病。5.8.13.

➢　希締葛請我到她家吃飯

希締葛每來針灸，會談很久。沒來幾次，她就要請我到她家吃飯。

我起初婉拒，但是熬不住她一再的邀約，就答應下來。

這樣在一個週六，她丈夫到我住的公寓，11 點來接我。

她家住在慕尼黑郊外，要開一段高速公路，大約半小時的路程。

希締葛很會做菜，菜餚很可口。

飯後，她拿出她製作的草藥給我看，有 Weißdorn 山楂，Bärlauch 熊蔥。

她對草藥相當有研究，告訴我，她如何採集山楂，製造成茶，和藥。

山楂可治療失眠，和心臟病。山楂能降低血清膽固醇及甘油三酯，有效防治動脈粥樣硬化；山楂還能增強心肌收縮力、增加心輸出量、擴張冠狀動脈血管、增加冠脈血流量、降低心肌耗氧量等起到強心和預防心絞痛的作用。她的心臟病就這樣治療好了。 並說高血脂、高血壓及冠心病患者，每日可取生山楂 15～30 克，水煎代茶飲。

她說她要把不同的植物草藥逐漸的告訴我，在哪裡採集，採集後如何製成茶，藥酒，這樣我可以繼承她的草藥特殊知識和技能。

➢ 希締葛帶我去採集 Bärlauch

Bärlauch 是一種蔥，所以叫熊蔥，是熊過冬後，醒來要除去冬後身體的聚集毒素，就在野地找尋熊蔥來吃。它長在野外，希締葛知道在哪裡生長，就在初春，當熊蔥剛從地上長出來沒多久，就去採集。

瑞士醫生兼「草藥神父」Johann Künzle 記載熊蔥的療效：

「本植物可清理全身，預防疾病，其成分可以保持血液健康，促使分離和排出毒素。慢性病患者，和風濕病患者應當經常食用，療效顯著。自然界沒有其它植物像它一樣可以如此有效清理腸胃和血液。」

➢　希締葛教我如何用 Pendeln

對使用鐘擺工具的術士，是透過一種用手指拿一串鐵鍊的上面，下面繫住一個鐘擺樣的錘子，Pendeln 擺動的作用，來勘查房屋建築的風水。當一個會 Pendeln 的醫生術士，能從下意識，從宇宙間的啟示得到病人需要什麼樣的草藥來作為強身治病之用。

希締葛送我這樣一個垂擺，教我如何使用。

她來測量，什麼樣的花，最適合我。她先左手抓住我的右手，以她的右手拇指和食指捏住此擺動的鏈子，它有很多種的擺動方式，打圓圈，從左到右，或從右到左，或是左右搖晃，或是一上一下的擺動，每一種擺動，都表示不同的啟示。

她最後試驗出，得到的答案是玫瑰花對我最適合。於是她就拿玫瑰花做出洗髮劑，雪花膏送我。

她給我做了一罐玫瑰花面霜，芬芳撲鼻。我通常不用雪花膏，而是用 Nivea 膏，這是四十年來我一直用的面霜，它物美價廉。

希締葛送我的玫瑰花雪花膏，到現在已經二十多年過去，她也過世十多年，可是這玫瑰花面霜，至今還保存當時的香味。一點沒有變壞，雖然它的色彩變成較深的褐色。

➢　希締葛路上遇到的事——德國歷史的痕跡

希締葛上午打電話來，問她是幾點的預約，給她那張預約單不見了。

我告訴她是十二點的預約。

到十二點半，她還沒來。我著實急了，深怕她出意外。十二點三刻，她總算來了，第一句話是：「這不是我的錯，我準時出發，路上塞車走不通。是在 Germering 一個建房的地基，發現了五十年前未爆的炸彈。於是那個地帶封鎖，請專人來拆除那炸彈的炸性頭。」

「只要妳沒出事我就放心了，晚到沒關係，我反正在診所。」我安慰她。

「今天不必留針那麼久。」她說。

每次給她都是雙倍的留針時間。

「妳別操心，我會安排的。」我說。

我直接請她去診室，因在辦公室我正吃速食麵，它還放在桌上，不好請病人進屋。

她手提一個袋子，說是帶給我的午餐，有牛肉 Rolladen、Spargel、麵、蛋糕和水果。

她是最照顧我的病人。這次我跟她說好，診病一個療程不收診費，她就每次帶來許多食品。

別的免費或減價的病人，從沒有這樣表現過感激之情。

今天中午十二點三刻還有 Kreuz 來診。她到近一點才來。她說火車誤點了。每次她都要搭四小時的火車來，四小時的火車返家。她說就診一次就費時一天。但因她在別處針灸得不到療效，所以才這麼遠道來就診。

今天是她這一療程的最後一次，母親陪著她來。

診完後，她說保險公司不付診費。她母親昨天寫了三頁的信，上書給 Seehofer，衛生部長。信中說明她住院、吃藥、看醫生花了近兩萬馬克，一點也沒療效，保險公司卻全付，那麼為什麼不肯付針灸，它是唯一對她的疾病有效的治療方法。

我想這封信多半不會有什麼好的回音。

希蒂葛兩點一刻離開診所。

到了下午五點，她打電話來，她說才返家，路上因為炸彈之事，路受阻，寸步難移，一輛車接著另一輛，水泄不通。她從沒遇到那麼樣塞車的情況。

等診完病人，收拾好了診所，已晚上七點半了。

還去瑜伽中心做了瑜伽。Ananta 講心臟病猝發之事。我說今天有位博士就因心臟病及高血脂來就診。他太太有了外遇，是他發病的原因之一。

現代犯此病的人太多了。

瑜伽班的 Martha 說，她丈夫一百十五公斤，不肯節食，吃巧克力、乳酪，她怕他得心臟病，但管不住他。

十點回到家。S 說他收拾一天的書房，卻像沒有進展，並云我一定很難相信他工作一天。

我說我相信他的話。

他拉我去看他清理地窖被黑煙弄髒的書。雖然清理了三個書架，但堆在地上的書似乎沒減多少。

這沒有關係，他喜歡讀書，清理書架，邊看書邊清理，書中所獲，也是很有用途，時間沒有白費。23.5.1996.

➢ 君子之交

希綈葛曾三番四次的約我，一等天氣好了，一塊去 Tegernsee 郊遊，在那喝咖啡及吃晚飯。並要我穿得漂漂亮亮，好多照幾張相。

週四她來針灸時，說週五會是大晴天，氣溫到攝氏卅度，要我們一塊去 Tegernsee。她說她在她的家庭醫生那有一個預約，但她可以推辭，延到下個月再去。

見她興致勃勃，實在不好推辭，就答應下來了。心想，了了這樁事也好，否則她一再地邀請，沒個完結。她要我穿漂漂亮亮，並戴她送的耳環。

跟 S 談這件事，我說：「她還叮嚀，要我穿得漂亮，她給我弄頭髮，並要我戴她送的耳環，她要跟我多拍幾張相。」

S 聽了後說：「妳沒發覺她在利用妳？」

「怎麼？」我驚奇的問。

「她要妳戴她送的耳環，又要拍照，難道是為了妳？她是要拿這些照片給她孩子看，表示她送了妳耳環，妳還戴著。她不是跟妳提過幾次，妳將繼承她的首飾。雖然妳根本沒意要接受她的任何東西，但她卻將此事告訴她的女兒，為的氣她。她邀妳照相，可證明是妳戴著她送的耳環，說明妳在等待她的首飾遺產。這難道不會令她女兒恨妳？而且她還要拿妳的照片給別人看，來表示妳跟她多麼地親近，只因為妳有名氣，上了好幾次電視。還記得妳在她家時，她打電話給 Fr. Holz，非要你跟她說幾句話，她的理由是，妳不跟 Fr. Holz 說話的話，Fr.Holz 會以為希締葛向她說，妳去訪希締葛的話是吹牛。妳仔細想想，天下會有人無緣無故的愛上毫不相干的人？不會有這種事的。主要是她和女兒、兒子、女婿、媳婦都搞不好，拿妳作為他們的替身，來好待妳，去氣她自己的兒子女兒。要不然，為什麼要妳戴她的耳環，她把妳繞在她手掌上轉了，妳卻絲毫沒發覺。妳絕對不可完全聽她的。妳越聽她，她就越不放妳，直到妳受不了，跟她破裂為止。」

細想他的話有理。固然希締葛對我不錯，每次送水果吃的給我。但她卻很少為我著想。我有別的病人，她卻不停的跟我說這說那，說她的女兒、媳婦，罵她們不近人情，也不顧我時間有限，還得照顧別的病人。

雖然現在是為她義診不收她半文，她享受特殊待遇，每次為她診病，都比別的病人多診半小時到一小時。這正是對她送我面霜，教我使用 Pendeln 的感激。

她是對我很好，但是我不願意因此受制於她，甚至因而她在子女前面，說我是她的女兒，而把我插在她與子女中間，妨害了她跟子女的關係。

又因她太敏感，越是不收她費，就越得對她好，免得她會誤以為我是勢力，不收費就不費心，那麼吃力反不討好。所以不收費，我還得加倍對她好。

可是她又何曾為我著想？

聽 S 的解釋，我是發覺，我完全在受她的左右。我不願得罪她，處處依順她，而她卻是得寸進尺，不知感激我對她的體諒，而對我抓的更緊。

那麼我得要小心，不可被她左右的太厲害。

我即打電話給她：「明天我有事得要在晚上七點前回來。我們不必去 Tegernsee，它太遠了，趕不回來，不如在附近的 Starnberger See 散個步後回來。」

她回答說：「我知道，這是因我今天批評妳，說妳目前的髮型沒有以前的好，妳生氣，所以推說不能多待。」

我說：「這跟髮型毫不相干，我空閒的時間實在不多。我們不必到那麼老遠去玩，在附近散散步也是很好。」

她說：「我很失望明天妳不能多逗留，那麼我們就去 Starnberger See，但妳得答應下次多騰出時間去 Tegernsee。」

她絲毫不放鬆，又要我答應下次再跟她去 Tegernsee。

我只有推辭的說：「下次再說，我的空閒時間實在不多。」

****

次日她十一點來針灸，帶來了 Spargel 湯。到下午一點，我給她拔了針後，我跟她一塊吃了此湯。

她丈夫已等了兩個半鐘頭。他每次開車送她來針灸，都是乖乖地等在車上，或在路邊。他真是天下第一有耐心的好丈夫。

我跟他說：「你一定肚子餓了，先吃點水果，或蛋糕，飽飽肚子。」

我帶了一位病人 Fr.Narr 送的四塊蛋糕，他一定肚子餓了，還要開車，還是填填肚子好。

她聽了說：「Robert，可以跟駱駝一樣，先吃飽了能儲在體內，他現在根本用不著吃東西，我們快上道好了。」

他笑著說：「我昨天就已把今天的食糧吃在肚裏，儲積起來。」

路上她跟我說：「今天據氣象狐狸的報導是卅度，看樣子沒這麼熱。」

她然後解釋給我聽，Fox 狐狸的意思是不大準確。

當 Robert 跟我說話時，她打斷說：「和芳要休息，不要吵她。」

我也實在很累，就想在車中小睡。

沒過一會，她自己跟我說話。我心想，她真專制，會限制丈夫的行為，不准他這，不准他那。她自己卻可隨心所欲。

****

到了 Starnberger，Robert 先放我們下車，她領我到一個櫥窗前看衣服，她說：「我要給我孫女買衣服，她跟妳差不多身材，妳可以為她試一試。」

我立即看穿了她的「詭計」，即說：「妳要給她買的話，帶她一塊來這，不是更恰當。」

「她沒有時間來。」

「那妳也就不必費心為她挑衣服。」

「裏邊有小號的衣服，很漂亮，又減價，我們進去看。」她不理會我的話，就要開門進去。

門是鎖上的。

門前有一個牌子：「下午兩時到六時開。」

她看看錶說：「還有五分鐘。」

「我們不如去湖邊走走。」我說。

「我們還要等 Robert，妳看，那件白藍色的衣裙，不是好可愛。」她又拉著我看，又說：「它也減價了的。」

這時聽到附近鐘聲敲兩點。

她領我又去門口，它仍是關的，旁邊站了一個六十歲的女人，希締葛問她：「妳也是等著開門？」

那人很不和善的看著我們，以一種不高興的聲調說：

「我不是雕像，只在這豎著。」

希締葛拉我走開說：「從沒見過這麼不和善的人。」

「她一定對自己的生活不滿，才會這樣凶巴巴地對待別人，不可思議。」我說。

「她丈夫一定被她氣得跑了，這種人，沒人能忍耐跟她生活在一起。」

她說。

這時店面女老闆來了，開了門。希締葛拉我進去看衣服。

她說：「我要找一件適合妳的漂亮時裝。」

我笑著說：「謝謝妳，一方面我不需要，再則，這些最小號的衣服對我來說都還是太大，我在德國買過幾件衣服，都是不合身，而放在衣櫥中沒穿。」我說。

她挑東挑西，沒找到合適的。我說：「讓我們去湖邊走走。」

出了店門，走向車站通往湖邊的地道，Robert 在那等著我們。

「你找到了好的停車處？」她問。

「不但是不限制時間，還在陰涼處。」他說。

他在旁邊走，她放慢了腳步跟我說：「我每月可拿到 260DM 的退休金，這是以前我當護士時的退休金，它完全屬於我，我愛怎麼用就怎麼用，今天我拿到了它，我要為妳買妳喜歡的東西。」

「謝謝妳，我什麼都不需要。」

Robert 已走在我們面前，他帶頭走到一處露天咖啡店。

她要去買蛋糕，那裏只有賣冰淇淋的，我們即離開，找另一個咖啡店。

沿著湖邊走，左邊不時開過一輛火車，聲音很大。

到了另一處，她要找湖邊的位置，每個桌位都有人。其中一桌有一位老婦人及六十左右的男士，她問他們：「我們能否坐在你們旁邊？」

「當然，歡迎。」男士很和善的說。

我們坐了下來。

希締葛要上廁所，並買蛋糕，我陪伴她。

她挑了三塊蛋糕，我搶著付了錢。

她說：「妳這樣做，使我傷心。」

「為什麼？我每次都受你們的邀請，請去妳們家吃飯，吃蛋糕，這次外出，我總能回請妳們一次。」

當我們回到座位時，那位已坐在湖邊，留著短髮的男士說：「這桌是 International 我來自南非，妳呢？」

「她是中國人，有名的針灸大夫，她把我的心臟病治好了。」希締葛說。

「她的診所是在 Hohenzollern 街 60 號。」Robert 補說。

他們你一句，我一句的，儼然成了我的宣傳隊，我實在有些不好意思。

「我今年已經八十歲了，能開車，能走動，一點問題都沒有，這都要歸 Fr.Dr Yu 的功勞。」Robert 又在讚美。

「我六十五歲，在南非有好大的一棟別墅，每年都要回德國一次看我兒子和孫子。我在一座專門為心臟病患的療養院工作，你得的是什麼心臟病？」那人轉向希締葛問。

「在我生了小兒子後，得了傳染病，心臟瓣膜受損，醫生說它不可能治好，有時 EKG 幾乎成一條直線。但自從針灸後，我可以爬山，爬樓，也不必每年住進醫院，我還有糖尿病，以前家人吃蛋糕，我只能啃硬麵包。現在我可以正常的吃飯。在我丈夫八十歲時，我還吃了蛋糕，今天也是例外，我也叫了蛋糕吃。」她說。

我作為她的醫生，應該勸她別吃蛋糕及冰，但她興致勃勃的，又不好澆她冷水。

「聽妳這麼說，倒使我很好奇，我有位 Sport 醫生，他一定會對中國醫學起興趣，我能不能有妳一張名片？」那人問我。

我在手提包中找出了一張給他。

「請問你貴姓？」我問他，因他沒有回給我名片。

「Seifert。」他說。

旁邊坐的另一位女士也不甘寂寞的說：「我也已有八十歲，我兒子在加拿大，以前我丈夫還活的時候，我們每年乘船去看他，因我丈夫不願乘飛機。去年兒子打電話來約我去，我一下就決定了，即乘飛機訪加拿大。這個世界有了飛機就小了很多。」

「乘輪船要多久才到加拿大？」我問。

「九天。」她答。

我們已吃完了蛋糕，即告別。

我們又沿湖回走，走過第一次的咖啡店，再往前走，又是一個咖啡店，那裏熱鬧非常，還有樂隊奏音樂，幾對退休的老年人在跳舞。

「我們在這再坐下來喝咖啡。」她建議。

Robert 卻不贊成。

已經四點半了，我們返身走向車站。Robert 先走，要去取車，我們沿湖慢慢的走。

回程路上她跟我說：「在 Robert 八十歲生日那天，司徒策夫人打電話來道賀，並說她送給 Robert 一瓶蜜，要我們下次去她農場購物時取。我們沒去拿。我曾給她做過 Cream，她付了我太多的錢，為了表示我不願多收她的費用，就在她生日時，我送了她禮物，這是她在 Robert 生日時打電話來的原因。但是她叫我們去取它，這使我很生氣。一則我們家有足夠的蜜，我去拿它的話，好像要拿施捨品。她若有誠意的話，可叫她女兒送來一瓶表示祝賀之情。我要向她說明，我不收她禮物的理由，妳的看法如何？」

司徒策是她推薦過來的病人，人很和善，她不會有這種心機故意去氣希締葛。

我即說：「她送蜜給妳們一定沒有惡意。」

「但送禮還要我們自己去取，太沒有誠意。」她反對。

我能說什麼呢？

她的氣量太小，這一點芝麻大的事，即弄成了天大的事，反成了她是受辱的對象。

她老是為一些小事跟她周圍的人生氣。為芝麻大小一點的事跟女兒女婿、兒子、兒媳不對。

她跟他們爭吵，時常要我來做評論。

「清官難斷家務事，」不管我說什麼都不妥。我護她，就會得罪她的女兒兒媳，因她會跟她們說，我說她們沒理。不護她，她又會怪我不向她。實在難辦。

上次她說，在母親節時，她兒子兒媳沒送禮給她。她也不願兒媳生日時，送他們禮，她問我這樣做對不對。

我說既然兒媳沒送禮給她，她也不必送禮給兒媳。

若是她們因而鬧得更僵的話，我又是罪首。

實在不願管她們的這種家長家短。

Robert 開車過來了。

下午五點三刻回到了家。

我這才鬆了一口氣。

即使為了順她，跟他們出去玩，也是一件費神費力費時的事。

更氣人的是，吃力不討好。

答應了一次，並不因此就了結，下次她又節節不放再來邀請。

晚上六點半，她打電話來。她說：「謝謝妳答應我們今天的旅遊，但是我們沒去 Tegernsee，下次一定要去那。還有，今天我們沒在那有音樂的咖啡店吃東西，下次我們要補這次的不足。」

敷衍了一次，卻沒有了結，再交往下去，遲早彼此會鬧翻，因她那麼敏感，誰知哪句話不對了她的意，弄成兩人鬧翻，更是不妙。

這使我不禁想起：君子之交淡如水的深意了。01.06.1996

➢ 希締葛的抱怨

她曾抱怨，在她十月十六日生日那天，請了好多客人，女兒也不幫忙她，把她累壞了。

她生日那天也請了我去參加喜宴。

當她今年再請我去她家吃飯時，我說：「妳做飯太辛苦了，我不願妳這麼地累。」

她說：「一點也不累，妳來，我不會累到，平時我也得給丈夫燒飯，我生日那天還請了女兒，所以累得很，而且那天她和丈夫來，我跟妳不能好好聊天。我有很多話要跟妳說，下次只請妳一人，我不會累到，同時我可跟妳好好談！」

週四她又來邀我。

被她邀得我不好再推辭，只好說下星期或下下星期挑一個時間去她家。

我拿 Schreibe 寄給我的復活節卡給她看，要她知道，還有別的病人邀我，我卻沒法答應，因時間太少。她根本不要看那卡片。只問：「是聖誕節卡？」

我說：「不是，是復活節卡。」

她將它放回桌上。

過了一會她說：「妳不會反對我，在約妳那天，也約女兒和丈夫 L。他們很仰慕妳。我要他們知道，妳是多麼地有智慧健談。上次他們來後，很讚揚妳。」

我微笑，沒有答話。

心想她的話，前後矛盾。她先曾抱怨，因他們在場，她工作太多，以致累壞了。然後又還抱怨，因他們在場，使她沒有時間跟我談話，所以下次約我時，只約我一人，她要跟我好好的聊天。她還抱怨她生日時，因別人在場，她還得照顧他們，以致她沒能跟我合照相，下次她只要請我一人。

而現在，在我沒法拒絕，答應時，她又來了老套，還要再請女兒和女婿 L。

本來她請別人，我指的是她的兒女，是無所謂的。她有權請她要請的客人。

但她會在女兒面前，故意的抱我，說我是她的女兒，她多愛我，又說她要送我她的首飾，她要把她的首飾遺產分給我。

這種作風令我受不了。

這是故意藉我，來氣她的女兒，或是叫女兒妒忌和吃醋。

她這樣做，好像我是要佔據她的遺產似的。我才不要她的任何遺產，也絕不會跟她兒女來爭財產，或接受她的貴重首飾。

她把我當成什麼樣的人，在等待她的遺產！

她在她女兒、兒子前要把我扛出來，來氣她女兒，或表示我比她女兒好，及她有能耐，比她女兒強，她能約動我上她家。

我變成她的利用品，夾在她們家庭成員中，成了她的傀儡，更使她能左右她的子女。她還想表示她多有能耐，我「聽」她的話，這會使得她跟子女間的關係更惡化，這不是我接受她邀請的意義。

若我反駁她，會立即成了她的「敵人」那麼我又何苦犧牲時間精力，來做這種吃力不討好的事，來夾在她的家庭成員中，讓她們不合起衝突。

不，我不能接受她的邀請，跟她還是少來往少相處為妙。4.10.1999

➢ 回憶思念希絺葛

她很會做菜，時常邀請我到她家吃飯。她稱我是她的女兒。

她給我織毛衣，製作很多的面霜。因為後來我不收她的診費。她送面霜和手織的衣物，無論如何，這是她花心血來製作，我很感激。時隔 20 年了，它還沒有壞。

2001 年我離開慕尼黑時，她說她沒有我在治病，她會死掉。

我說，不要亂想，她可以去我的學生何威那治病。

可是當我 2006 年回慕尼黑時，得知她已過世數年。

她是一位對我相當不錯的病人。雖然我因為她要在她兒女面前，把我捧出來，來氣她的兒女，這個作風，我不滿意，因此我設法跟她疏遠。

當我返回慕尼黑時，她丈夫 R 打電話給何威，要跟我說話。

R 說希締葛在幾年前有一晚，他們在看電視時，她說她先上床休息睡覺。當他半小時關上電視上床時，她已過世，是心臟衰竭，她過世的很安寧，沒有一點痛苦。

她已過世 10 多年了，每當想到她，或穿上她紡織的毛衣，都感覺到她暖暖的情誼。即使在此刻，我還是深深的懷念她。9.11.2020.

卡賜一家

➢ 卡賜母親

這一家的母親卡賜患有憂鬱症。

母親卡賜很先進，健康的時段，可以一個人騎摩托車十七八小時不嫌累，當憂鬱來襲時，就躺在床上哭泣，什麼事也不能做。

「我丈夫是天下第一大好人。我這麼的生病，已病了三十多年，他從不抱怨一句。當我跟他說，太累贅他時，他總回答：『夫妻在好日子相處，不稀奇，只有在困難境況下，才能看出對方的體會和愛顧。』」

這位卡賜女士沒病時，精神大於常人，曾經在美國半年，一人騎摩托車東西南北，繞了好大的一圈，她是天不怕地不怕的一型。可是有時突然會來憂鬱症使得全家蒙上一層陰影。

➢ 兒子卡賜 C 患偏頭痛

去年，卡賜女士的兒子 C 來診頭痛及偏頭痛。

他三十出頭，是工程師，父親為律師博士。

他是位高高瘦瘦的年輕人，不苟言笑。他說他趁休假期間來針灸，他住在來回 250 公里的地方，他來針灸，要住旅館，問能不能夠每天來針灸。

我說可以。

他的頭痛很厲害，每逢天變，就痛。它有兩種痛法，一種為普通頭痛，另為偏頭痛，帶噁心，嘔吐感，為遺傳性的。

因他家住在 Füssen 每次來診不方便，路上要耗四、五小時。他就索性住在慕尼黑旅館內。

先後針灸三十次，痊癒。

他沒有再犯偏頭痛。

這是他母親幾個月後，告訴我的。

卡賜 C 不愛說話，除了說「好些」或「還有頭痛」，及問：「還需治療多久，我可跟旅館說明，他們說若我再住半個月的話，會給我打折扣。」外，幾乎沒說過任何私人的話。

有次他問：「妳是來自中國？」

我點點頭。

「我們工廠曾有中國人來學習，他們還約我去北京，但我還沒機會去。」

他治癒後沒多久，他母親因抑鬱症再來就診。

➢ 卡賜女士又再來治療憂鬱症

這次卡賜再來時，介紹她鄰居的醫生太太 Geste 和兒子的女友絲娃也來針灸頭痛。這次她丈夫開車，載她們三位女士一起來，當天針灸完後回去。

在第二、三次後，她的情況好轉，就不再麻煩丈夫，她自己開車來。

卡賜兒子 C 的自殺落幕和與他母親以及女友

➢ 從 Gest 女士口中得到卡賜兒子 C 自殺的消息

Gest 丈夫是醫生，他為妻子的偏頭痛來電話，訂約就診。

他說，他們是由卡賜推薦來的。他們是卡賜家的鄰居，Geste 太太起初是由卡賜先生開車一塊來針灸三次，後來她獨自搭乘火車來針灸。三個星期後，一天她來時，神態很頹喪，她說她的偏頭痛幾乎已經治癒，但週末得到卡賜兒子舉槍自盡的消息後，她又犯偏頭痛，她難受震驚的一夜沒有入睡。她從小看到他長大。沒有想到他居然會自殺。

然後她說，這一定是受母親的影響，她性格很強，平時精力十足，得憂鬱症時，就頹喪臥床不起，卡賜丈夫是一位律師，對待妻子體貼至極，別人妻子患這樣心理病，早就離婚，但是他耐心得很。現在遭受到兒子自殺，真是受的打擊太重。她很同情卡賜丈夫。

➢ 卡賜，Gest，和卡賜的兒子 C

卡賜在我去年九月去中國後，不曾再來就診。

今年二月初，推薦 Gest 太太來就診。

Geste 之偏頭痛，每當累或天變就發作。

她的手腳冰冷，血壓低。我除了針灸外，要她每天按摩手腳。

昨天她來時說：「週三我頭痛，今天也不對勁。這是有原因的。是因為一個悲劇產生。」

她繼續說：「昨天我們從卡賜處得到一個消息：他兒子 C 昨天舉槍自盡。妳認識他，他去年還來妳這治療頭痛。」

當然我認得他，記得他，他沉默寡言的態度立即呈現在我面前。

「我從他是個嬰孩時就認得他，看到他長大。」Geste 說。

「他是位很沉靜的人士。」我說。

「他有個很困難的童年。他母親患憂鬱症，他從小，心靈就受苦。在學校唸書時，是個問題孩童，但還是完成了學業。他的母親很怪，是個難處的婦人。但他父親是位很了不起的人士。我為他難受。要是 C 也來妳這診治他的抑鬱症，也許就不會自殺。」

「可惜年輕人，會一時想不開。若是在他們進入窄路時，有人在一旁勸導，該是能度過這段難關，而不自殺。自殺是一時想不開所致。我在診所看到過三次自殺不遂的年輕人：一位是一個教師的兒子，舉槍自盡未遂後，半身不遂。一個是一位年輕人自殺，去撞大卡車，只壓斷了一個手臂，他來診治 Phantom 幻痛。另一個是建築師，跳橋自殺未遂，下半身癱瘓。他們都是一時想不開，尋死未果，反成了終身遺憾。」我說。

給她針合太，后列申照。

她左頭額部在按摩時很痛。

半小時後拔針時，她說已好多了。

當她預定下週就診之時間時她說：「週一，若是卡賜 C 之葬禮，我就不能來，要改成週二。我不能來的話，會打電話告訴妳。」

她離開前，我交代她：「請代我向卡賜女士和先生致我的哀悼。」

是的，他們的兒子已安息了，但是父親呢？他是最可憐的悲劇承受者了！母親一定也是非常傷心。

➢ 卡賜的女友絲娃病人

絲娃是自殺卡賜 C 的女友。

他們是什麼時候吵翻的，我不知道。

去年卡賜母親來針灸時，帶絲娃來的。

據她說，絲娃是她兒子的女友，兒子不喜歡她，兩人分手了。她有偏頭痛，卡賜女士見她可憐，所以帶她來針灸。

絲娃約三十出頭，高高瘦瘦地。她說每個週末她都有偏頭痛，嘔吐難受。

她那時正在休假，她說只能就診一個月，她再上班後就不能來針治，因來往路上要花四、五個小時，她上班就抽不出時間。

除了偏頭痛外，她還有花粉熱及皮膚敏感，穿靴子後，雙腿起紅塊。

第一次來診時是週四，她住在旅館，週五才返家。她說每週一、四住旅館，二、五診後返家，這樣往返不會太累。

在針時，她說明，她也有憂鬱症，要我也給她針治。

先針合太，又加外內公臨。

二診時，為週五，她正偏頭痛發作。人癱軟無力，胃中作嘔。

診後嘔勁已過，頭痛減輕。

三診，週一來時，說二診後，她又再犯，吃了強力止痛劑才止制。

四診後，她說憂鬱已消，沒有不適。

有次，卡賜跟她一塊來診，兩人住同一旅館。

次日卡賜來時，說她一夜沒睡。因絲娃在睡中說話。

絲娃也曾跟我說過，她夢中會說話。可見卡賜之言不假。

除了二診後有偏頭痛後，她就沒再發作過偏頭痛。

但她為鞏固療效起見，要我至少給她針十五次。

慢慢地，她告訴我，她要辭職。

問她學什麼。

她說「語言」，她會英文、法文、義大利文。她在一家製造機器工廠工作，負責接待與聯絡英、法、義等國之顧客。

她不滿意目前的工作，她打算辭職。

「你找到了新工作沒有？」我問。

「還沒有。所以當我度假結束後就失業。」

「你還是騎馬找馬好」。

我見她根本沒有去找工作的打算，勸她別放棄已有之職。

「我的同事都是男人，他們不願有個女人夾在當中，而且比他們能幹。」她說。

一般來說，萬綠叢中一點紅，她是唯一的一個女職員，應該受男士們包圍，怎麼卻跟他們搞不來？

這事很難令人瞭解。

也許是她個性太強之故。

今年一月中，她打電話來，說她有些頸痛，但非偏頭痛，她要再來診一次。

下針後，問她找到了新的工作沒有？

她說她老闆次日要找她談，如果談得攏的話，她可能會回去工作。

她講出爭持之處：去年她見工廠生意不錯，就問老闆，在出新的目錄時，是否價格要提高。老闆說不要。她問了三次，三次都說不要。她即用一萬馬克費用將原價目錄分發給各顧客。

後來在商展中，別的工廠都漲了百分之五之價，只有她公司未漲。工廠經理就質問是怎麼一回事。大家都忙怪她沒寄漲價之目錄給顧客。

她說這種任怨她受不了。她事先已問過她老闆，老闆給她的回話，她懷疑，再三問後，都說照原價，她只得照辦不誤。而卻落得一個罪名，這是她不願再待下去的原因。

兩個星期後，她又打電話來，說有位老先生要跟她一塊來看病。

➢　工廠老闆比樂來治病

那位老先生比樂，他已七十五歲，他說他擁有一個機器製造工廠，身體壯健，還能繼續工作，不打算退休。

他雖說身體很好，但看他下眼眶發黑帶腫，就知他脾腎不對。

給他針灸時，發覺右腿有一傷處，問是怎麼一回事。

「是被狗咬的。鄰家的狗和我家的狗爭吵，我過去拉散，就挨咬了一口。」

「你家的狗咬的，還是鄰家？」我問。

「我也不知道。」

「那你要小心，若是鄰居家狗咬的話，謹防狂犬。」

「我去看了醫生，他給我擦了藥，說沒什麼關係。鄰家的狗也打過狂犬病預防針，不打緊。」

我發覺他左膝有些腫大，問他是怎麼一回事。他說：「這是我二十歲時，騎摩托車摔傷，當時腫的很大，它大概使我身體受損。兩年前一位醫生朋友，要我去他那體檢，我說我沒病，但拗不過他，就接受檢查。他發覺我下腹部的血管膨脹三倍，已快爆裂，它一爆裂，即不可醫治。於是馬上進醫院開刀割治。」

聽了這些話，心想他的「我身體健康，一無疾病」之話，不可相信。

給他針內關、三里、三陰交。

****

兩星期後，他們又來針灸。

比樂說，上次針後，他感到很舒適，全身血液流暢。

就給他繼診。

在付款時，他說：「我的錢包在小絲娃那。」

這是指在絲小姐那。

那麼分明她是他的女友了。要不然他不會把錢包交給她。

她仍回他的公司做事。大概在他的「高抬貴手」下，沒人敢跟她作對。

她跟我說：「下周我要去英國交涉生意，這次我一個人去，完全要看我的本領能否達成公司之期望。這是我第一次一人專門負責。那些男同事們都等著我栽更頭。但我會完成使命。」

一周後她來就診時，告訴我，一切順利，她達成了使命。

C 卡賜曾說，他在一家機械工廠做事。

那麼他們該都是同事了。

C 自殺身死，他們該是如何反應？

或許他有好的女友的話，不會自殺。

絲娃的感想又如何？

可樂滿一家——父親、丈夫、兒子

➢　可樂滿談到她的父親

想起可樂滿，就想到她和藹可親的面容，捲捲的黃色頭髮以及她的一家。

看她說話中時常帶著微笑，以為她有一個美滿的童年。

她的父親是一位牧師，她說父親對小孩們很好，一共有四位小孩，她是老么。

每當過聖誕節時，父親都帶小孩來裝飾聖誕樹，和它上面掛的鈴鐺，各種金銀色的小裝飾，將聖誕節禮物放在樹下，大家唱平安夜的歌，打開禮物來享受家庭之樂。

「可惜在我 9 歲時，父親自殺過世。」她說時眼睛不覺濕潤。

她說父親患有憂鬱症，可是對教友，對小孩們都很和善，盡心盡力，從來沒有看到父親發脾氣，或大罵小孩。她事後才知道父親的病情，因為信基督教的人，不准許自殺，更何況是牧師。

她在公家機關做事，屬於國家公務員。她說同事們有時會為一些小事爭吵不休。有次一位同事把公事文件夾往另外一位同事身上丟過去，對方告到上級，那位職員受到處分。

她家住在慕尼黑附近，有次二月初請我們到她家。那年慕尼黑二月突然下大雪，之後溫度下降到零下。汽車被大雪擋住，根本開不出去，只好電話告知原因，沒有赴約。

她來治療靜脈曲張。來時都穿很窄很厚的絲襪。她說這是特地為治療靜脈曲張的襪子。

我要她換上普通的襪子穿，這樣的繃緊腿部，會使得腿部的血流循環不暢。

她說那麼靜脈曲張難看，會透過絲襪讓別人看到。

我說，健康比什麼都要緊。我們設法治療她的靜脈曲張。

按照中醫，脈會太淵，我就用太淵穴，加上多氣多血的陽明經穴道，局部針灸，治療一個療程，情況改善很多。

➢ 可樂滿和她的丈夫

每次可樂滿來治療，丈夫都開車來陪伴在身邊，他已退休，照顧她很周到。他身材不高，胖胖的，比她大十來歲。

我讚美她丈夫的體貼。

她說：他真是愛我，我年輕時，有一個男朋友，後來跟這位男友懷孕，而他卻遺棄我，不管我，不願意負責任。我非常的傷心，這時我的上司知道我的情況，居然跟我結婚。

我說：這真不容易。

她說：真是在我最困惑之時，他替我解除一切煩惱。所以連我兒子都不知道這件事。

她的兒子已進入大學，快要畢業。

➢ 可樂滿淚水汪汪的來

有一天，可樂滿突然要來治病，說有急事。

她來時淚水汪汪，她敘述原委：兒子快畢業了，不願意繼續上經濟學，要改到建築系重來起。可樂滿父親反對，說馬上就要畢業了，可以做事，又重新開始再唸書，這樣有完沒完，他反對。

這時兒子說：你沒有權反對，我已成人，我有自己的意願，我要改行。

父親說：好，那麼你自己負責一切的責任和經濟負擔。

兒子說：你是父親有義務負擔我的求學生活費。

這時他父親說：我沒有義務，你不是我的兒子。

兒子這樣才知道真相。兒子一氣之下離家出走。

可樂滿淚水汪汪的說：發生了這種事，我一夜不能夠入睡。我去哪裡找回我的兒子？他有三長兩短的話，我怎麼辦？

我安慰她，要她別著急，兒子開的車有車牌號碼，若是出事，警局可以打聽出來。何況也可以去學校找他。而且，兒子開了汽車出門的，什麼都沒有帶走。他一定會回家拿東西的。

給她針灸安寧定心。

這樣幾天過後，果然找到兒子，安然無恙。

每個家庭都可能有一些大大小小的事情發生。一定要鎮定，然後想辦法解決。20.11.2020 發佈

勞夫一家

➢ 勞夫父親來到 Hohenzollern 街的診所來治療

以前勞夫的兒子曾來過 Brienner 街的診所診病。

此兒子那時才十歲，讀書不能專心，每天吃鎮定劑兩片，他針了十次後，不必服藥，讀書情況亦有好轉，就算結束針灸。

後來我到法國，等又返回慕尼黑，這次通知勞夫家人，新診所搬到 Hohenzollern 街。

勞夫一接到通知，即打了傳真過來，相當的長，說他患花粉熱，十六歲起就不對，現在更是受不了。每年四月到六月底，不但流涕眼紅，且咳嗽不止。今年情況更糟，每夜咳嗽醒來，近乎氣喘，必得坐正，才覺好些，這樣影響睡眠，每天只能睡兩三小時，以致白天昏頭脹腦。信中並問，此病能不能醫治，每次治療費多少。

我讀信後，沒立即回傳真，次日九點半，勞夫打電話來。

在電話中，他重述一遍他的得病歷史後，又問了不少朋友得的病能否診治。

他說一位朋友，得了骨骼病，手指彎曲得不能伸屈。問我這病叫什麼名字。

又說另一位朋友，背往前彎，越彎越低，背部疼痛的厲害，這叫什麼病名，能不能診治。

我講出這種病的名字，並說這種病因，至今還沒找出原因，也沒根治之方。

而且這些病都有進行的趨向，換言之，會越來越惡化。針灸不能治癒，只有可能阻止它們惡化的速度及減輕疾病的痛苦。

他在電話中說了半小時，我有一種感覺，他想考我，看我知不知道這些病名，及治療方法。我猜測，他在電話上裝了錄音。

他要訂次日清晨八點之約，因他還要上班。

而我們是九點才開診，但為了配合一次他的約會，就接受了八點之約。

他訂了約後說：「要是我八點不能到，晚一些有沒有關係？妳是不是有很多病人？」

我沒有正面回答他的話。既然已開例為他八點就診，他就該八點來，若八點不能到的話，不如訂晚一點的約，我心裏這麼想，但沒說出來。

這個電話占住了我不少時間，病人在候診室等著，我只好跟他說，等他來就診時再談。

次日他來了，他有滿頭白髮，多大年紀？至少五十歲了，我估計。

他將他的病情又重頭述說一遍，說明他對哪種花粉有敏感。

他還說：「在醫生那，給我做敏感的實驗，將各種不同的花粉在臂上劃了刀痕後，敷上，看對哪種敏感。我的手臂紅腫了一大塊。嚇人極了，我就不敢再讓醫生繼續做我對哪種東西敏感之實驗。您看，針灸對 Birke 花粉之敏感治療有效？」

我回答：「中醫不問對某物敏感而治療。中醫是看，敏感的反應是在哪一經絡臟腑，而加以調整，治療此經絡臟腑。像你的敏感是在肺經上，肺與大腸相表裏，針灸即治合谷（大腸經）、列缺（肺經），加上足三里穴（胃經，爲強壯穴道），三陰交（脾經）來治療你的敏感。」

他說已跑遍西醫，沒有治療方法，他來此就診，是最後的希望了。

這句話，我已聽過不少病人這麼說。而說這話的人，多半只來個三，四次，沒有長性針完一個療程就中斷診治。

所以聽到這話，使我對他也起了一個問號。

給他下了針後，他問：「我兒子有心理毛病，您能不能治療？」

「他現在是怎麼樣的心理病？」我問。

「他逃學不上課。他已十八歲了，現在要中學畢業考，他卻不去上課，對前途一點也不關心。不知費了多少唇舌，要他想想前途，做些準備，他就是不聽，還要脅我們，說他要自殺。」

「他曾患憂抑症？」我問。

「有時他會有憂鬱。」

「既然這樣，可以叫他來此針灸。」我說。

「若是我要他來的話，他就偏不會來，我要他做什麼事，他都是唱反調。」他說。

「那我怎能幫他呢！要治療他病的前題是，至少他得來接受治療。」

「問題就是出在這上了，他不肯來治病。」

「那我也就愛莫能助了。」

這位勞夫先生很怕痛，每下一針，他就說：「怎麼那麼痛？非得如此？」

第二次來針灸時，他說：「我一點也沒覺察到針灸的療效。我的病還沒好，到底針灸管用不管用？！」

我說：「針灸在中國有五千年歷史，當然有它的療效。只是才針一次，怎麼會就能治癒你多年的敏感症。」

他仍是那付鼻子翹得高高的神態。

他因抱怨眼睛發癢、鼻子流涕，我即給他加針迎香和印堂穴。

針後他說：「怎麼今天小腿部沒針？」

他指的是三陰交穴。

我說：「上面給你針了迎香穴，就夠今天的治療，不必下太多的針。」

他又問：「今天也仍是九根針？」

我回：「是的。」

在他第四次來針灸時，抱怨眼睛仍癢，我又給他加上印堂穴。

他說他今天很氣他的大兒子 M。早上他要騎車去車站來針灸，他的自行車不見了，被兒子拿去用，雖然他限制兒子不准用他的自行車。

兒子也有輛腳踏車，因車輪有了裂痕，漏了氣，不拿去修，當他要用車時，就趁父親不備，拿父親的車去用。

「我已拒絕他這種作風，並說，下次他再這麼做，就得罰款五十馬克。這小鬼子，他以爲他已十八歲，成人了，就有他的一切自由。但是作爲父母的，就不能有他們的自由。我給太太也買了一輛自行車，它也屬於我的。我今天只好騎她的車上車站。那小子一天到晚不在家，昨天半夜一點才回來，今早一大早又騎我的車出門，只那麼短的時間在家，連面都沒碰到，卻惹出那麼多氣！」

他邊說，氣仍沒停。

還是給他針了合谷、列缺及三里等穴，這些是針治花粉熱的慣用有效穴。

門鈴又響了，我去開門。是位木匠來修理門，因門要裝上電動的開關，先得木匠來安裝適當之門鎖。

這人說明來意，就開始工作。他用力敲門，他的刨木的聲音是不小。

勞夫就說：「怎麼可以在診所治病時間發出那麼大聲音！」

我說：「這真是不應該，該在沒約會病人的時候來修理的。他事先根本沒跟我打電話約定時間，就這麼地一按鈴來修理，真是夠擾人了。」

「前幾次針灸我都能在這很安靜的躺在床上休息，今天卻被吵得沒有寧靜。」

當我給他拔針時，他這樣抱怨。

他穿上了襪子出門時，對那位木匠吼著：「你不會輕點聲音工作。這是診所，來這治病的都是病人，你怎麼可以那麼地大聲的打擾病人的清靜。」

勞夫的罵聲很大，工匠被罵，沒料到這一招，吃了一驚，怔在那，不知如何回答。

勞夫大搖大擺的走下了樓。

工匠受了這頓嚇，沒好氣，修完了門，將木屑弄到地毯，也不清理，就離開了。

第五次勞夫來針灸時說：「我晚上睡不好覺，已經一年多了，到底針灸管不管用？」

我說：「針灸也可以治療失眠，只是我先要治療你的花粉熱。」

當我給他捻針時，他說：「我已睡著了。我在這都能很安祥的入睡。你能否讓我在這睡到中午（那時才九點一刻），叫我起來，這樣才不致錯過我回家吃午飯。」

這是他第一次說一點幽默的話。

他沒有再說話，我也沒再說什麼。

從他的整個身體情況來說，他的健康情形很差，復原的速度不會太快。

他會有這份耐心針灸？還是會半途而廢？

依我的猜想，他會每次抱怨針灸的療效，在五、六次針灸後，即會藉口要去旅行而中斷。勞夫也應屬這種典型。28.05.1993

➢　勞夫的兒子

他在小學時代來針過好幾次，治療不同的疾病。最長針灸的時間是膝蓋和手肘長牛皮癬。

他這次來針灸是因呼吸不暢，頸頭不對。

來時，他有些害羞的樣子，吞吞吐吐後他說：「我在人生的道路上找不到我要做什麼，今年七月二十三日，是我的平民服役結束。之後我該怎麼辦？我沒有一個去向。」

兩年前，在他平民服役還沒開始前，他就不知該做什麼。那時他一會在這打個工，一會又到另一處打別的工，住是住在許多人合住在一個公寓內。他茫然得很，不知前途如何。

那時他想去印度，瑜珈中心僻靜。我說，這是一個很好的著想，他在那，除了做瑜珈操外，就有時間好好地為他的未來思考。他想做什麼？他的興趣在哪？我還推薦他去 Sivananda Yoga 之 Camp。

這次他來，問他去了印度沒有？

他說沒有。

這兩年來，外表除了他留了長鬍子之外，沒有什麼區別。

兩年前曾跟他說，他還年輕，但時間很容易混過去，但他又混了兩年。

每次跟他說後，他有「奮發圖強」之意，但都是一時熱血，維持不長久。

「還有我不知怎麼跟人相處之道，有些來往的人，蠻不講理。」

「你得擇友而交，那些不講理的人，避而遠之，別跟他們來往。」

「可是有時又不能避免。」

「那麼就讓他們，犯不上多起衝突。跟那種人生氣，是最划不來。」我說。

「你睡眠怎麼樣？」我問。

「我常有好多的夢。」

「夢中的景致是黑白，還是彩色？」我問。

「多彩色。我每天都將夢記下來。」他說。

「這是很好的習慣。夢多半是反映一個人的下意識。」

「可是誰能解釋我的夢？」他看著我問。

「若你願意的話，可以把記下來的夢拿給我看。」

他沒置可否。

可能他的一些夢有涉私人的隱憂或性關係。

給他針合谷，太衝，內關，三里，三陰交。

他說他試著以意識來控制呼吸，反而覺得呼吸不暢。

「你順自然呼吸，不要以人為的意志去控制呼吸。」

「我感到頸椎縮在一起，很難轉動。」

我按摩他的頸部。

「我的右足感覺不在原位，連腿帶足呈彎曲形往內彎。」他說時，指給我看它內彎的程度。它是好好的，外表上看不出有什麼不對。

這是他自己的錯覺，可能是他右足有種阻塞感。

週一，他把下午四點的預約當天改到六點。

「你今天工作忙了？」我問。

「不是，我母親叫我去看心理醫生。」

大概母親認為他的無所事事是心理影響。其實這是每個人都可能犯的通病。

凡是學業讀一半就輟學的人，多半不知以後該做什麼。

表面上，什麼都能做，而實際上，什麼都不願意做。

即使有職業的人，有些業餘也不知該如何打發時間，多半在電視中耗掉。年輕的人就去泡音樂廳，有些約上朋友閒聊，而又與他們起衝突。

世界雖然有很多凶暴案件，但大體上還能走在軌道上，這已是不錯了。

這得要歸功一些本守崗位，腳踏實地的人。

週四他又來了，我問他，有沒有夢到什麼。

「我夢到母親陪我，到你這診病。夢中你說我的情況是因為受過驚嚇所致。」

居然他還夢到我給他針灸。

「你有沒有過受驚？」我反問。

「有一次我開車帶弟弟，在一個十字路口轉彎時與另一車相撞。」

「你有沒有受傷？」

「只頸部作痛，但我受到驚嚇。還有一個受驚，是我出生時，沒有正規的生產，母親剖腹才生出我的。因而在我生命中，似乎在等待，我出生時，在等待由母親產道生出，但它沒有實現，這是我所等待而失落之原因。因而在我的生命中總是感到我缺少了什麼似的，我仍在等待它。」

這話，我猜想是他的心理醫生遊說灌注給他的。

對於這種心理學家，是起不了尊重之意。

他們的分析有些使人更陷於迷惘，而沒法得到啟示去解決困難。

多少人正常的生產了出來，仍然是心理有問題，仍然在人生中，等待著他們也不知所要等待之事，在浪費時間。對他們來說，似乎這種浪費，無所事事，還是很有意義，因為他們在「等待」一些「重大」的事！這是不少人沒有目標，迷失掉人生的現象。24.7.1999

➢ 勞夫父親的來信

九年後，突然接到勞夫父親的來信。將他的來信和我回復的德文信錄於下：翻譯勞夫和我的信

虞大夫：

我們慕尼黑的人很想念您。您是幾年前無蹤跡的離開我們。

我很高興，再次在互聯網上有機會發現您。

哪一天您會再回來到慕尼黑？

您以前治療我花粉過敏，幫助很多。

我的兒子您也成功治癒他的偏頭痛。據我所知，後來他也偶爾還去您那治病。

您能告訴我，是否中醫能治療白血病（飲食？茶？氣功太極？）。

我心地善良，熱情的妻子（我 2 個兒子好母親和優秀，受歡迎的小學老師）不幸得上了白血病，這讓我很傷心。這裡的醫生現在不做任何治療，因為他們目前認為不必要。

她目前的檢查結果：RAEB-1　6-9% Blasten。染色體正常；紅血細胞和血小板正常，她的白血細胞太少（1800-2500）。

由於受感染的風險，她豁免當教師的教育服務。

在您的治療發展下，是否有可以減緩白血病的突發，甚至停止其發展？

她目前沒有任何不適，也能接受壓力：她每星期六在巴伐利亞山區散步，她的心情始終良好。

祝您一切順利，幸福和對臺灣新的工作滿意。

友好的祝福您的．勞夫

（一名前慕尼黑過敏的病人）2008 年 6 月 25 日

➢ 回覆勞夫的信件

親愛的勞夫先生：

接到您從慕尼黑的來信，我感到非常高興，尤其使我回想起當年在慕尼黑和德國期間的診所生活。現在我在臺灣南華歐洲研究所和自然醫學研究所任教，我能將我在德國行醫治療的經驗，傳遞給學生，對他們在後來治療病人有利，因此在大學任教是滿意的職業生涯。但我常常回想起我在慕尼黑，在德國行醫的期間，遇到很不錯的德國人，那是一段很長的時間和一份滿意的工作。

您親愛的妻子，我還記得，她曾經陪同兒子 M 來治療。中國對白血病，研究已經取得了一些進展。2007 年 10 月上海血液學研究所，宣佈在急性髓細胞性白血病或急性早幼粒細胞白血病利用全反式維甲酸、三氧化二砷（砒霜）的結合治療取得顯著成就，可以使病人 5 年無病生存率超過 90%。

冬淩草甲素是藥用植物，拉丁文 Rabosia rubescens(Hemsl.)S.Y.Wu，可以用來有效地治療白血病。上述藥用植物冬淩草，您的妻子可以拿它作為茶飲用。

枸杞子- Lycium chinense Mill 枸杞 - 您的妻子也可以用來當茶喝，來強身。如果她有時間，規則的以氣功–太極鍛鍊身體，更是好。她漫步在山中，這也不錯。

定期鍛鍊和良好的情緒，營養要注意足夠的蛋白質和維生素，堅果，新鮮水果和蔬菜都是對她身體有益。

您本身的情況如何？如果我沒有記錯的話，當時您的兒子應徵入伍。他希望前往印度，他已經實現了這一夢想？

祝福您妻子早日恢復健康並也祝願您和您的全家安好！

虞和芳　28.06.2008

米爾一家

米爾二十年來到我診所治病，至少有八、九個療程之多。

他沒有甚麼大毛病，主要是，植物神經紊亂綜合症。

他是一位網球健將，個子並不大。靜靜的不愛說話。不過有時也會吐出苦衷，如他不滿意媳婦。有次邀請兒孫去加勒比海船遊，不願意把媳婦帶去，心想此遊，沒有她的參與，會一帆風順。

他為兒孫買了機票，船票，付了旅費，卻不料媳婦還是從中搗亂，在臨行前兩天，藉口他兒子耳朵得了病，不能參加船遊。一場歡喜，泡了湯。05.08.13.

➢　米爾和妻子

米爾已快結束了他第二個療程，他說：「週五我太太也來針灸。」

「她有什麼不舒服？」

「孫子在家，使她身心具乏，精神緊張。」

她是他的第二任妻子。他的前妻得癌症逝世。他與前位妻子生了一個兒子，一個女兒，可惜女兒不幸，在三歲接受疫苗注射後，變成殘廢。兒子結婚生了一個小孩，他已近成人，也為網球健將。

他的第二任妻子也曾來針灸過。我們認識已好幾年了。

當她再坐到我對面時，我問：「有什麼不對勁？」

「我近來神經太緊張，胸部作痛。」

「大概是妳太勞累了。」想起她丈夫說的話，我這麼回答。

「我一緊張，就喝酒。」她欲吞又吐的說。

「妳喝什麼樣的酒？」

「烈酒。」

「多少？」

「三分之一瓶。喝了酒後，胸口就更作痛。我就越感覺不適，加上緊張，又拿起酒來喝。以前在妳這針灸對抗緊張後，我就不喝酒了。」

「這次有兩種針治的方法：一種是直接針戒酒，另一種是針對心情緊張，等心情輕鬆後，就不需要喝酒了。妳要選擇哪種方法？」

我這麼問，是要看她酗酒的程度，她該知道她對酒的上癮情況。

「那先給我針戒酒。」

給她把脈時，發覺她心臟血流不暢，我問她：「妳胸部壓感很重？」

「不但胸部壓痛，且牽連到手臂、手心、手指，小指麻麻地，沒有感覺。我父親得心臟病而逝，我得要留心。」

「那我一方面給妳針心臟，同時也針戒酒。」

「我丈夫都知道我的這種情況。」她說。

於是我在雙內關穴給她下了針。並加上耳針戒酒。

給她針完後，輪到米爾先生。他在我書桌對面坐下後問我：「我太太的情況如何？」

想到她說，她丈夫知道她的情形，我就說：「她一緊張就喝酒，所以我給她先針戒酒，並加上安神之針。」

話一出口，就覺不對，因他立即說：「她喝酒？這不可能。家中沒有酒。難道她的舊毛病又犯了？那她是偷偷地在外邊喝酒，她以為就能瞞住我了。我早發覺她的眼神不對，問她有沒有喝酒，她老是否認。」

「你別生氣。我說漏了嘴，她喝酒之事並不大，我給她針幾次後，她就會戒掉，你別為此生氣。」我勸說他。

他仍氣沖沖的說：「她偷偷地喝酒，又騙我，難道她沒有一點榮譽感，不會為她所作所為自相形穢？」

「你太太是位可愛的女子，她這麼做不是出於惡意，她不願你為她操心，或生氣。」我仍在護衛著她。

當我給他針灸時，他說：「我太太是個酒徒？」

「還沒那麼嚴重。你放心，即使酒徒來針灸，也能戒掉酒。她有沒有什麼隱憂？」

「沒有。只是孫子在家，使她勞碌多些。我該早點送她來這針灸的。」

「現在也還不遲。」

當我給米爾太太拔針，再給她掀上皮內針留針後，她問：「妳跟我丈夫說了我的情形？」

「只向他大致的講了一點。」

「他不知道我喝酒，我害怕他，不敢跟他說。」

她這才說出實話。

為什麼她不先告訴我這話呢？還故意跟我說她丈夫知道一切她的情形。是她以為這麼對我說後，我就不會跟她丈夫談她的事了？

她的這種想法與行為，正好跟她想要達到的目的相反。

因我想，丈夫既然已知一切，也就從實相告。

若是她說丈夫不知此事，我就不會向他透露，以免她遭他罵。

她是弄巧成拙了。

當我給米爾拔針時，他仍在為太太喝酒的事生氣。我說：「你別生氣，也別拆穿她的底細。頂多你可以問她，為什麼她耳朵上掀了針。她若從實告你的話，固然好。她若不說，你也別去責怪她。」

他會聽我的話嗎？

他們夫婦會不會因這事吵了起來？

要是真是這樣的話，那可並非我的本意。

這完全是出於太太說的那句話，她丈夫已知情。

以後碰到這種情形，還是得小心點，不能將夫妻看作一體。

沒有互相隱瞞的夫婦，不容易找到。雖然他們都已是上了六十歲的人。

夫婦間同床異夢是不稀奇的。

我得將此事記在心中，不能以為是夫婦，他們彼此之間就沒有隱私。04.06.1994.

➢　米爾的「固定」想法改善

他來時笑眯眯的說，他的情況好多了，夜晚能睡，也不會被一些固定的想法擾得心神不寧。

他說：「很奇怪的是，當我固定在一件事上時，只有那一件事。它像一個 Blase 皰，附在身上，當它解決後，又是另一樁事附在我身上，先前的事像個泡影消失，也不覺它有什麼可威脅的了。每次只有一件事來使我不安，我只固定在一件事上，不像別人，有好多事附在身上，使他們腦子內充滿了一大堆不安之事。但現在我又能睡了，不再去想那些無稽之事。」

「這是因為你的身心都有改進之故，若身心一弱，邪事就跟魔鬼一樣會附身。我有位女病人，她突然有一天，受到良心譴責，二十年前她有過外遇，而不安極了，雖然她丈夫已知此事，並原諒了她，她仍無法釋懷。有趣的是，二十年來，她從不為這事不安，為什麼突然有一天不安起來，而自我譴責不能釋懷？即使這樁事解決了，她又會找出另一樁事，而不安及受良心譴責，如十年前打了女兒一個耳光，十五年前罵了鄰居等等。」

他出乎意外的瞪著我。他以為他的這種「害怕」，和「固定」的想法是獨一無二的現象，尤其這種「固定」在一件事上，更是他的特徵。

其實它只是一種身心不平衡的現象。

他一點不怕痛，給他下了針後，叫他休息。當我給他拔針時，他說：「我幾乎睡著了呢！」我說很好，這代表他心神在針灸時能夠安寧不想雜事了。02.02.1999.

➢ 米爾的擔心

米爾來時說：「我睡得好多了，也對生命又有樂趣，但是還是會像著魔一樣，一讀到什麼消息，就會引起我擔心害怕。」

「這次是什麼事？」

「我翻開報紙讀到 Bad Tölz 兒童藝園內的 Rutsche，這種滑梯，內有石綿，它有引起癌症的危機。」他說。

「你去那裏玩過？」

「十幾年前，帶孩子去玩過。我讀了那消息後，忐忑不安，即打電話到 Bad Tölz 的衛生院，問那裏的醫生，有無癌症之危。」

「他怎麼回答？」

「他說那裏的石綿是露天的，不是在房內，不會有此危險。」

「那你可以放心了。我想，它不會引起癌症，多少人曾到那去玩過。你又不是整天和石棉接觸，不會得癌的。」我安慰他。

「我太太也笑我。她那時也跟我去玩，也玩過滑梯，她就不會像我這樣疑神疑鬼。」

「這是因你受心理因素等影響，你內心還不夠強到屏除那些使你不安的消息。」

「難道我一輩子就得這麼地戰戰兢兢不安過日子？我不願吃安定劑，吃心理藥。」

「吃那些藥也管不了多少事，它們的副作用，對你更有害。」

「我以前並不那麼神精質。」他說。

「從什麼時候開始如此？」我問。

「二十年前。」

我猜測，是從他第一位太太死後才如此。她得的是癌症。他看到她痛苦掙扎的情況後，就怕得癌症，以致疑神疑鬼。

其實每人都會有一天死的，看開點來，反而會活得長。

只是這種話，他不會接受。

「我想下星期去北海度假，妳的看法如何？」他轉了話題問我。

「能換換環境，到海邊休息是好的。」

「妳到過海邊沒有？」他問。

「去過太平洋及大西洋邊，還去過 Malta 地中海岸。」

「海水有碘，對身體有益。」他說。

「是的，看到洋洋大海，心腦會開朗不少。」我答。

「我以前喜船遊，但我覺得船遊不如到海邊度假好。」他說。

「這要見仁見智。我去過加勒比船遊，挺不錯。」

「我也去過，尤其是 St.Lucia 島嶼漂亮，我們還曾乘飛機去那玩過。現在我不願乘太久的飛機去船遊。」他說。

「我那次是先到紐約，又到 Los Angels ，再由那乘飛機直航 Fort

Lauderdale。那段直航的飛機很差，但別家航空公司不能由 Los Angels 直達 Fort Lauderdale。乘飛機的危險性不比開車大。若真是出事了，那也只是命了。」我說。

「飛機在空中，浮在那，沒有撐托著落的道路，使人乘之不安。這次我們是搭夜車去漢堡。汽車放在火車上。這樣比開車去那省力。」他說。

「你能在火車上好睡？」我問。

「以前能夠，希望現在的火車能跟以前一樣安適。那時只有每到一站，站長吹哨叫車開時，會把我吵醒。」他說。

「現在火車站還有吹哨的慣例？」我問。好像有些地方有，有些沒有，我沒去留意。

「我不知道，好久沒乘火車了，也許這個慣例亦已改掉了。」他說。

這時鐘響了，是我給他拔針的時候。

兩人這樣聊聊天，時間一下就過去了。24.09.1999.

➢ 受預防針影響的米爾女兒

根據米爾的講述，他有一個女兒，在三歲左右，接受疫苗注射後，發育受損，變成殘疾。他為女兒的殘疾耗盡心思，他第一位妻子後來得到癌症過世，可能心理也是受到女兒生病的影響。

他在女兒得病後，就提出上訴。女兒在特殊收容所養大。他的上訴經過二十多年，才在 1998 年，得到平反，上訴得勝。但是這些年頭，使他們一家都陷入在陰暗陰影中生活。

雖然上訴得勝，可是女兒殘疾如舊，沒法復原，這是一場悲劇。

至少德國還是法治國家，經過他一再的堅持，真相大白，心靈上他得到安慰，算是聊勝於無。這是人們求公正的心靈期望，也是公正，正義對人類心靈上的重要。

易經的立人之道仁與義很重要。31.10.2020 發佈

➢　米爾害怕作夢

他來了，一方面他說，他已能有生命樂趣，且能入睡，但另一方面他睡時，怕做夢，夢到了狗在叫，會有不幸的事發生，因讀報紙上這麼地報導。

「聽說凱撒被刺死前，他太太夢到狗在叫，不准他去參加聚會，他不聽，果然他被刺死了，所以這種夢中不幸預兆的預感，成真。」他說。

雖然我曾讀過傳說，在岳飛被關前，他夢到兩個狗在互吠，此即為「獄」字之構成。亦說明夢狗是不幸的預兆。但我告訴他：「這些迷信在人們心中多得很，像看到貓從右邊走來，代表不幸，看到黑貓更是不幸。但是不見得每次都會有不幸事發生。至於凱撒太太夢狗，我沒聽過，我只聽過，她看到彗星，這代表不幸。但是誰又知她到底有無夢到狗或看到彗星？這多半是後來加以附會到凱撒和他太太的身上，將其寫在文學作品中，更充滿了神秘不測的氣氛。」

「有人說，夢是人們思想的垃圾，它沒有什麼神秘色彩，但是為什麼有好多人拿它作為一種預兆？」他問我。

「事實上，日有所思，夜有所夢。它與預兆預言無關。」我說。

「但有時，夢到了惡兆，白晝渾渾不安，而易發生意外事情。」他說。

「正是如此，所以別去相信它。人類一直希望有一種先知之能，因而有好多的算命家。若是真是有命運一事的話，我們就不能對所做的事負責，因其為命也。既是事先已定，我們是不能對命運負責。Bismarck說過：一個人的人格，決定他的命運。人一輕浮，他的個性易使他處事草率不當，而易發生事故。人一懶惰，那麼他就一生成不了事，這即是他的命運。」我說。

在給他下針後一刻鐘，他說：「我的個性是一切要弄得一清二楚，對健康亦如此，因而有些損健康的文章使我不安，這也是我的個性造成我對健康報導文章的神經質。」29.09.1999.

普格樂一家

➢ 當秘書的普格樂

普格樂是我多年的病人。她的血壓偏高，不時會頭痛，有時腹脹，腰痛。

她來治病時，告訴我，她從小因為二戰時，父親從軍，下落不明，由母親帶養，家裡有兄妹兩人。 戰後生活困苦，父親沒有生還，完全由母親出外做事養家，她從小就學會做飯，做家事，兄妹兩人從小相處的很好。

她很會照顧哥哥。母親要去工作維生，她就為哥哥弄早飯，她很喜歡他，兩人從小等於相依為命長大。

她在西門子公司當秘書，結婚後，丈夫雄心很大，靠她做事賺錢，丈夫修到博士，他們生有一個兒子彼得。

她以為丈夫得了博士後，家庭會美滿，可是這時丈夫嫌她沒有大學文憑，居然不顧她多年來犧牲自己，放棄求學深造的機會，做事賺錢養家，供養丈夫修博士，卻被丈夫遺棄，嫌她學識不如他，另有新歡，他們離婚。為此她非常的傷心。不過她的兒子孝順，知道母親的茹苦含辛，對待她很好。她的兒媳婦很精靈，身為家庭主婦，不管家事，要她兒子忙裡忙外，一天從早累到晚，她實在看不過去，為此跟她媳婦常有爭吵。他們生了兩個兒子，大兒子路易，唸書不錯，小兒子 M 很可愛，不過智慧發育有問題，比通常的小孩要慢，到四歲時，說話只會說片段的字，不能成句子。

她的世界，只有兒子，孫子，和她哥哥。她跟嫂嫂不對，說她好勢力，會挑撥是非，兩人相處不來。

她哥哥多年來患有支氣管炎，問我能不能治療。我說可以，問題是他們幾年來不說話，不過她哥哥跟她兒子相處的不錯，透過兒子，可以要她哥哥來治病。

➢　普格樂的兒子突然來到

看到預約本上寫了普格樂之名。我以為是普格樂夫人，即母親。她十天前曾打電話來，說她病重，醫生以為她得了心臟病，或會中風，進醫院檢查後，並沒大事。她說，這都是她氣媳婦的結果。並云她若再感身體不對勁，即會立即來診。所以當我看到此名字時，以為，下午兩點半來就診的人是她。

而居然來的是她兒子彼得普格樂。

他一臉憔悴樣子，通常他來就診都是下午五點，怎麼居然這次下午兩點半就來了。

他坐下來後說：「我好幾天沒法入睡，頸子肩背發痛，咳嗽好幾個月沒好。」並指他的頭說：「它有問題。」

他的意思是指，他有問題，他在神經上有問題。

我問他：「是太多壓力？」

他苦笑的說：「從母親那，和太太雙方來的壓力。她們互相爭執，要左右我。我夾在她們中間受不了了。」

他母親是最先來此診病的，後來她兒子，哥哥，孫子，媳婦等都來診病。

母親只有他一個兒子，她供丈夫讀完大學，修到博士後，丈夫嫌她，沒進過大學，不夠體面，就把她甩了，另找別的女人。

她做了三十幾年女祕書的事，一個人把兒子養大。

她是很好強，並有毅力的女子。

當她兒子娶了太太後，她與媳婦搞的很不愉快。

雙方曾有好幾年沒來往。

後來，她為了第二孫子，智慧發育不良，叫他來針灸，並為他付了診費，這樣似乎雙方關係才好了一點。

但她仍常說：「那個媳婦什麼都不管，一點教養也沒有，她不在乎小兒子智慧發育不全，我的愛心全灌在那孫子身上，她又不准我去她家看她小兒子，我這當岳母的人好苦。」

她的語氣中，兒子很好，只是媳婦壞，才搞成她與兒子的關係不對。

有時她充滿希望的說：「我兒子現在終於瞭解母親的用心，他聽了我的話，只是那媳婦從中作梗，才使我兒子無可奈何，但他仍是我的兒子，他現在已改變了對我的態度，他對我很體貼了，他知道，我完全是為了他好。」

有時她又哭哭啼啼的說：「那媳婦太不像樣，她不清掃做飯，樣樣要我兒子做，他每天上班返家已累得不得了，還要做家事，媳婦整天在家，卻不做家事，這種女人太可惡了！」

她的這句話，我是不能完全聽信。

若真是如此的話，是他兒子願捱，任何別人幫不了他。

看樣子她與媳婦的爭吵，受害的是她的兒子彼得。

我跟彼得普格樂說：「婆婆與媳婦間鬧彆扭，天下皆然，不要太放心上。」

我想跟他說：「你白天上班時，至少得到清靜。」但沒說，此事只有他自己去體會。

給他下針合谷、太沖、後谿、列缺、照海、三陰交。

他的頸肩痛得很，連每次按摩它時，他都做出痛疼的表情來。

「二兒子 M 現在發展不錯，他會說話，也知自衛，常跟他哥哥路易吵的不像話。」他說。

M 即為那發育不正常的二兒子，他二年前來針灸時，不會說一句整句的話，走路不穩，時常摔跤，跟他講話，他也似懂非懂。他的智慧比同年的小孩要遲三、四歲。

針灸兩個療程後大有進展，不但會說話，能懂別人的意，走路亦平穩，且能騎小孩車了。

「兩個小孩吵起來是很煩人的，你在家中，你有間清靜的房，能避開這些吵雜？」我問他。

他點點頭。

「你需要好好靜養，你傷風後幾個月，咳嗽還未復原，說明你的抵抗力不夠強。睡眠很要緊，我希望你今天針灸後能晚上好好入睡。」我說。

給他下個預約時，他說這週他每天都能來，隨便什麼時候都行。

「你生病請假在家？」我問。

「沒有，我仍上班，沒有醫生給我寫病假。我從不去看醫生，只看牙醫和泌尿科醫生。我目前身體情況太壞，不治療不行。我可中途離開，上妳這看病。」

「你沒家庭醫生？」

「沒有，我有不適即來妳這，妳是我的醫生。我這些日子來即使不適，也寧可去上班，在那至少可落得清靜。」

他這句話，令人聽了，為他難受。

在一個家庭內，若家中成員，不能和睦，不能在家感到安全和保障，寧願離家遠遠地，那麼這個家一定有問題。這是家庭亮起紅燈的信號，要同心協力的設法改良，解決問題才行。

怪不得他會弄得頭昏腦脹，失眠受苦！13.04.1999.

➢　普格樂兄妹

他們兩兄妹三十年不曾講話。

普格樂夫人跟我說過好幾次，她比哥哥小四歲，她父親在二戰時過逝，母親要外出做事養家，她九歲時就會做 Kloede，洋山芋丸給哥哥吃。

「雖然他不理我，但我仍然關心他，我昨天碰到他太太，她是個最難惹，不要臉的女人，就是她在中作梗，使我哥哥不理我了。昨天她說，是虞大夫說過，不能治好他的病，所以他不上那治病。」普格樂夫人上週五來治病時，跟我這麼說。

「我沒這麼說，何況你哥哥昨天已又來看病了。」我說。

他上週四來看病時，還跟我說：「妳是唯一能治我病的人，我還跟我太太開玩笑說：我去女友那，她能治好我的病。」

可能因他這麼跟太太開玩笑，她不高興才跟普格樂夫人說那種話。

她聽說他來看病就問：「我哥哥的情形怎麼樣？」

「已好了一點，他現在在另一診室。」我說。

「那麼請妳告訴他，我今天也來看病。」她請求我。

我答應了，雖然這事令我有些為難，他們兩人吵翻，我跟他提她，不大妥。但她是一番手足情深，那麼我只有夾在他們中間，做一件也許他不樂意聽的事。至少我可以試著使他們有些溝通，但儘管此事，我覺得不大妥，等於干涉他們間的私事，不是一位醫生應做的事，但我的本意是好的，是希望他們兄妹之間能有些溝通。

當他週五在診室穿衣時，我對他說：「普格樂夫人是你的妹妹，今天她也來針灸，剛回去。」

他聽了微微的說：「那她的孫子，M 小孩也來？」

「沒有，他以後才來。你有幾個妹妹？」我故意問他。我知他只有一位妹妹，是暗示他，何必與唯一的妹妹不相往來。

「只有一個妹妹！」

他沒再說什麼，我也沒再提。

至少我已做到，普格樂夫人交待我的事。

今天普格樂夫人來時，很傷心的跟我說：「我哥哥不要理我，他已跟我的兒子彼得明說了。」

「為什麼？上週五，我還如妳交待，跟他說，他妹妹剛針灸完，他微微地笑著問 M 是否也來針灸，我還問他，有幾位兄弟姊妹，他說只有一個。」

「我還有一位雙生妹妹，她生出後就死了。我知道，妳跟他提了這事。昨天我哥哥跟彼得會面，又說，他不要理我。」

「為什麼？」

「這都是我嫂嫂搞出的玩意，她怪，我媽媽死，是我的錯。她得的是癌症，那時我正搞離婚，固然我有困難，但不能怪我。在母親葬禮時，我哥哥還罵我。」

「她得癌症，怎會因妳的緣故？她失了丈夫，經過二次大戰，這些種種及遺傳因素都能致癌，怎能怪妳？」

她向我苦笑的說：「我們家中的人，都吸引壞的婚姻伴侶。我的丈夫，我做事供他念大學，學成後，他嫌我沒進大學，把我踢到一邊，交了新女友，那時我痛苦得很，但在我媽死前，我沒離婚，我們結婚十一年後才離婚，我兒子彼得的太太，和那個嫂嫂，屬於同一個典型，愛撒謊，會挑撥離間，弄得我跟哥哥三十年不曾講話。」

但她怎麼卻跟嫂嫂會面交談？我很不解。

「也許有一天，妳哥哥會跟妳又有了交往。」我仍安慰她。

「不可能了。他昨天跟彼得說話的態度很堅決，他不願見我。也罷，就讓它去好了，我們已三十年未交往，現在沒多大意義，再講此事，再讓它擾亂我的心，我只要將注意力放在我孫子 M 身上即可。」她含著淚水，失望的說。

「讓時間沖淡一切，你們仍會有和好的希望，妳要注意自己的身體，它為當務之急。」

「我哥哥不會再理我的了。」她又強調一番。

他們之間一定有更深的鴻溝，她所說的，母親去世，嫂嫂怪她，或是嫂嫂從中挑撥，都不是這道鴻溝的真正原因。

也許是因分母親的財產，哥哥火她霸佔？

一定是她哥哥火她對他的不是，才會有這麼惱怒她的情況發生。

她不肯說出其中原因，想一定她有不好告人的過錯，也正因為如此，哥哥與她才會有這種衝突。

「我現在身體好多了，這星期不必再來看病，免得哥哥怕碰到我，而不來就醫。或是妳認為我還得再來一次比較好？」

「妳若仍能再診一次是比較好。」

當她穿好衣服出了診房時，剛好她哥哥進了大門，她看到他的側影問：「是他？」

我點點頭。

「那我得進廁所，不跟他會面，但我的大衣還在候診室。」

說完，她一溜煙的進了廁所。

我因忙著照應病人，沒去注意她和他是否在候診室碰了面，有沒有說話等等。

當我給普格樂夫人哥哥針灸時，他很安詳，像是似乎什麼事也沒有發生似的。

我沒跟他談任何有關她的事。

我猜想，她週四早上會來電話說她已好了，並言怕碰到哥哥，而將她週四上午九點半之約退掉。16.11.1999.

➢ 普格樂的朋友杜牧瑟

杜牧瑟來時說昨天她氣的一夜沒睡。

問她是怎麼一回事。

她的兒子在學校被幾個小孩圍攻，挨打，他不知回手。她到學校找老師，他們不管。老師說，小孩只能用好言相勸，不能處罰他們。

她氣得要命。她教兒子：「下次別人打你，你打回去，我不要再看到你受欺負得毫無抗衛能力。」

她今早上學校，攔住欺負她兒子的三個「壞蛋」，恐嚇他們，若他們敢再合起來動手的話，她要把他們打得鼻破血流。

我說，她這麼做的話，並不智慧，那些小孩只有七、八歲，若是他們家長告她的話，她會受罰。她說：「告訴妳幾樁事。有個同學的兒子在學校被一群土耳其小孩打傷，他爸爸去揍了那些小孩後，他們就不再敢欺負他的小孩了。」

她以前在法院做事，她學法律，她說她親身遇到法庭審問一樁案件：

在學校，幾個小孩打架，一個小孩 A 踢了另一個小孩 B 的肚子。老師袖手旁觀，不加以任何干涉和阻攔。

B 被踢後喊肚子痛，老師並不去管他。兩個小時後他痛得倒地，才送進醫院，五個小時後死了。

此事有關人命，才告到法院。

她還說，這次五個小孩之中，有一個是路易普格樂，她萬萬沒想到，他那麼瘦小，以前都是被欺負的小孩，怎麼這次反而打她的兒子。

路易普格樂我認識的，他也來診，七歲，瘦瘦個子，很難想像他怎麼也會欺負人。

我說：「多半他怕那三個凶同學打他，所以他和他們為伍，一塊打你兒子。這是弱者的一種自衛本領。」

她回：「有道理，以前他是被人打的，現在卻與那三個小壞蛋聯合起來打我兒子。我兒子看起來高高大大地，但心地太善良，人很懦弱，跟我丈夫一樣。但是這樣受人欺負不能自衛也不是辦法。我是完全兩樣。沒人敢欺負我第二次，因我在第一次時，即反擊回去。那幾個壞蛋若再欺負我兒子，我一定要揍他們個夠。」

我說：「想想別的辦法，妳的目的是不要他們欺負妳兒子，也許有別的辦法可想，也能達到這個目的。跟孩子的父母打商量？」

「沒有用的，他們根本不管教他們的子女。學校也不管。教師一切反對權威，沒有學生怕他們。我妹妹是教師，她瘦小，但她有次看到一個學生拿了刺刀，她就把它奪走。勇氣是要有的。我知道，你怕我進監牢！但有時這種本身自衛的，處罰他人的私下法律制裁是必要的。」05.02.1999.

➢ 跟普格樂的再相逢

在 2005 年 12 月 23 日，我去德國慕尼黑時，請何威安排跟以前的病人再相逢。

又見到了普格樂。

她說能夠看到我，這是她最好的聖誕節的禮物。她帶了她自己烤的小餅乾來送我。

問她跟媳婦的關係如何。她說，自從她騎自行車摔跤後，媳婦對她極為照顧，完全變成了另外一個人，她們間的關係從此改進。

我說，這可以看成她媳婦的心是善良的。人的心只有在經過考驗後，才能夠看得出來。

我還說，她跟媳婦這樣重新瞭解，這是一個非常好的消息，以前她為此事多麼的痛心。她們的互相了解對方，媳婦對她摔跤後，悉心照顧她，是今年聖誕節，我最高興的一件事。

她問，她還能夠做些什麼，使她的腳踝能更快的痊癒。

我告訴她一些按摩的方法。

她問我，她還能不能夠再騎車，這是她四十多年來夏天的最好的運動。

我說，她當然能夠，她的腳痊癒後，要對自己再度起到信心，認為她能夠再恢復她的習慣和騎車的功能，這樣她一定能夠再騎車。

她二孫子的智慧還是不能正常的發展。他不會算一加一是多少。但是他在音樂方面很有天才，比別人強。他自認自己比別人笨。

我說，千萬不能讓他自暴自棄，他要往他比別人強的地方發展。

她問，她能做些什麼來改善他的情況。

我告訴她一些穴位按摩。

她問，當她遇到困難，覺得她的命運不好時，她該怎麼辦。

我說，設法解決問題和困難。她要拿一些苦惱，逆境，作為對她的考驗。她是一位堅強的女性，她一定會克服這些困難的。當她解決了難題後，她就更長一智，這樣她就越有本領來應付困難。

莎普珂的經歷

➢ 來自美國的莎普珂

一周前她來針灸，她說：「謝謝妳來參加我辦的畫展。」

「妳那裡有好多客人，很忙，所以我沒多待。」

「妳看到我有許多客人，這是我把畫展弄得有聲有色的結果。」

「進門的路，在地上點綴蠟燭很別致。妳的穿著非常漂亮。」我讚美。

「但是我卻受到不少的歧視。前來參觀的人，有不少外表衣著很高貴。當我過去跟他們握手時，有些卻說：我不認識妳，妳跟我握手做什麼？」

聽了這話，我為她不平。她內心是充滿對別人的熱情。說那種話的人，是人面獸心，見她是黑人，就這麼地驕傲，瞧她不起。

「前幾天，從漢堡來了一位參觀畫展的人。他開車太久，天氣又悶，等他到時，頭昏，人要摔倒的樣子。我即扶他到椅子上要他休息。給他倒了茶，還在桌旁點了根蠟燭，要他慢慢定下心來。同時告訴他，如何按摩頭部，減輕頭昏頭痛。」

「妳待人真是好。」我說。

「他回到漢堡後，寫了封信給他在慕尼黑的一位朋友，要她將此信轉交給我……」

我想一定是感謝她的信，我繼續聽。

「……那信中寫著，我是個巫婆。點蠟燭是要透過巫術去迷惑他……」

「簡直豈有此理。那人怎麼可以這麼地侮辱人！」我為那人對她的這種種族歧視的態度不平。

「我也氣得很，在想，是否應請律師控告那人。我丈夫為德國人，他說，那種人，自己太傲，從不會以愛來對待別人，所以不能了解別人對待他的一番心意。反應是以攻擊侮辱來報復。我先生說，控告那人，也沒用處，若是為別人侮辱找律師的話，一輩子只有跟律師去打交道了。」

「這種人，根本犯不上跟他們生氣。他們太沒人品了。我先以為他寫信來，是向妳道謝。再也想不到來謾罵，太可惡了。」我邊說邊搖頭。

「從讀到那信後，我就受了驚嚇，全身發冷。我又想起小時候冬天寒冷的情形。母親拿報紙，塞到我的衣內，來保暖。當母親問我冷不冷時，我從來沒說冷。我不願意她為我多操心。」

我要她躺下，給她針合、太、內、三里和關元。

當我給她運針時，她說：「我感到我的腿在茁壯，它似乎在增加著力氣。」

我說：「這是因給妳針足三里穴之故，它可以壯身強腿。」

她吃驚的說：「那麼我的感覺一點沒錯了。我母親說，我八個月時就會走了。那時腿還沒壯。我還是太小，就想在這世界獨立起來，它使我的腿弱。而現在我感到它在強壯起來。」

拔針後她說：「我辦了一個畫展，下一步，我要開一個鋼琴演奏會。我要使它實現。」

她以前曾經跟我提過，她苦悶煩惱時，就去彈琴，她是一位有藝術修養的女士。07.08.1993.

➢ 聯想力豐富的莎普珂

昨天，她十點半有預約針灸。

到十一點她才來。她曾打電話來，說計程車沒來，所以不能及時來診。

在十點半時，已給她空下一個單人房診床，要她一人，可以獨自的接受診病。

而她晚到半小時，將我安排床位之事受擾，因十一點半，一位中風的 Bayer 太太，要那床位，怎麼辦呢！

不給莎普珂，也不好。於是我將她直接送進診室，不要因她多談，更耽擱 Bayer 太太的就診床位時間。我跟她說：「這床位十點半就為妳留著的。」

她說：「我已打電話告訴妳診所，說我晚到。因我叫的 Taxi 沒來。我家中沒電話，得出去電話亭打電話叫 Taxi，這樣一耽擱就沒法準時來了。」

奇怪，怎麼她家沒電話，那多不方便。她有錢付 Taxi，難道沒電話卻是為了省錢？實在令人不解她家的經濟算盤。

我希望她能安靜的躺下，好給她針灸。這樣不致耽擱太久，以致下個病人 Bayer 要多等那個床位。

但她卻站著跟我說：「上次針完後，在我面前出現橄欖樹的影像。我得了一個靈感，我得要吃橄欖油。於是一個星期來，我每天清早喝一匙橄欖油。它使我的大便變軟，人也有精神。我感到我的雙腿跟橄欖樹一樣，很有勁的生根著。」

「橄欖樹可以活上百年。」我說。

「哦，是嗎？那麼我的心中對它的影像，一點也不錯。我祖母的名字也叫 Oliver。這是一個很好的內心自我啟示。」

「心內有不少先天本能，這種本能多半對自己都有益的，只是有時它隱蔽，沒有顯示出來。」我用 Latent 這字來形容這種潛能。

「Latent」她用英文說：「對的，這是 Latent instinct。瞧，在過去這周我有這種本能的啟示。加上妳的針灸，使我雙腿有勁極了。我去跳舞，跳到清晨三、四點才回家。來到德國後，我不曾跳舞，因我雙腳無力，同時這裡的文化，與我生長的文化不同，我就不願跳舞。但前兩天我盡情的跳舞，回家時丈夫已熟睡了。我丈夫很好。我一年來，沒跟他有過性的關係，他也很耐性，昨天他跟我商量，我們在一起。我在想，男人究竟是男人，我不讓他接近的話，說不定他會去找別的女人。昨天我們在一起，他跟我溫存了許久，我們兩人都達到了高潮。這使我想起，在我們結婚後，一直沒小孩。我就跟他說，我得到熱帶，長芒果的地方去，這樣我才會懷孕。我們到了非洲，我就懷了孕。我今天給妳帶了一個芒果，可別忘了，等會要送給妳。」

我給她針跟上次同樣的穴位。

當我給她運針時，她說：「我肚子上，有一股暖氣。我像是個嬰兒，沐浴在暖暖的水中。」

「這是丹田氣暖之故，我給妳針了關元穴。」我說。

當我再去運針時，她說：「我眼前出現了向日葵的花，它散發出太陽的光芒。是否這星期我要吃向日葵的油？」

「向日葵的油很有營養，可以這麼做。」

她又說：「我眼前浮起一個烏龜的影像，它代表什麼？」

「它在中國代表長壽。中國人說龜年。烏龜可活千年。烏龜的動作慢，但生命力強。」

「這個啟示，使我獲益不少。人要安靜，不能緊張的動來動去，這樣才能長壽。」她說。

我點點頭。

給她拔完針後，她叫住我。她從手提袋中拿出好大好黃的一個芒果。

我謝了她。

她離開，半鐘頭後，有人按鈴。

她送來了好大的一朵向日葵花，它有好長的一個花莖。

她去買的向日葵花？

這位女士倒是真可愛。

她的確比一般人更富感情。

向日葵花插在花瓶中。

它雖然沒有香氣，但是卻使滿室生光。07.08.1993.

➢　莎普珂帶來一位德國博士

莎普珂在 1993 到 1994 年間，來針灸過好幾次，她本身不富裕，她因為時常來診病，我都是給她打折扣。

有次她帶一位德國博士邁爾來針灸。

這是一位雙眼失明，又失業的博士。她說他很可憐，沒有錢，她要為他付診費。

我說，她不必為他付款，我給他義診。

這位博士先生年紀在四十上下，高高的身材。怎麼這麼年輕就失明？

沒有問他失明的原因。對於失明全盲的人，我無能為力，只有看他有什麼身體不適，來治療他的困擾。

這位邁爾先生，高高瘦瘦，沈默寡言。他的臉色蒼白。舌苔是白色。

他是一人怎麼生活的？誰來照顧他？他自己不說，我不好多問，免得我多嘴引起他的自卑。

他不時喉痛咳嗽，手腳冰冷，這也表示血液循環不暢，可能也患憂鬱症，他沒有說。我也沒有問他，就給他治療增強心肺的穴位，並在關元，足三里穴位加上艾灸，這是增強體力，對於他的身心都有助益的治療法。給他免費治療一個療程。

以後沒有他的消息，也沒有再聽莎普珂談到他。

有時不時會想到他，我真該多跟他溝通，問他的失明原因，生活情況，每天如何過的，誰為他煮飯燒菜？也許是他母親。

可是為了含蓄，他不說話，我也不好問他的私事。這樣在這個為他治療的一個療程中，我失去多了解一位失明人的機會，他們的感覺，他們的生活圈子，這真是可惜。

➢ 三年後的莎普珂

三年來，她很少露面。

只偶爾接到通知，在她的文化中心舉辦一些演講會。

十天前，她突然出現，捧了一束海棠花，問我八月在不在慕尼黑，她要來診病，並要我特地給她多一點時間，好跟我長談。

週二近十二點，我已診完了所有病人後，突然自動開關的門鈴響，她進來了。

她說昨天下午打電話來，要約時間診病，但電話一直佔線的，所以她乾脆過來看看，並預約。

她又要我給她多一點時間，她要跟我長談。

那時我正煮上了飯，又沒別的病人，可以聽她講話，在平常就診的時候，有別的病人在場，就沒那麼多時間聽她細細長篇的講話，因而我說，我現在有時間，她可以坐下來談。

她開始了她的敍述：「這三年來，我遭遇到不少的災難，妳還記得那時我的門牙動搖？我不願它拔下或掉下，妳曾跟我說，牙與腎有關，不可以隨便拔掉。」

「我即去找了一個牙醫，他年紀很大，已快退休，他給我一種可以信任的印象，我即去他那診牙。」

而他看了我的牙後說，那顆搖動的牙要拔掉。

我說什麼也不肯，才知他是有個假面具的醫生，即離他而去。

後來找到另一個牙醫，他也說，那牙非得拔掉。我仍一氣而去。

一年後，那顆牙自己掉了下來，我傷心的抓著它哭。

後來它旁邊的另一顆牙也掉了，我更傷心的哭。

「丈夫說，缺了兩顆牙，不得不補上，於是我只好去找另外一位牙醫，將它補上。我為文化中心主持人，不能缺了牙來招待人，雖然它花了一大筆錢，但不得不鑲上假牙。」

她將牙給我看。又繼續說：「我已五十七歲，過了更年期，我丈夫常來找我性交，我對這方面沒有興趣，但我又不好老拒絕他。他倒還好，不常來勉強我，他說只要我願意，才答應他。」

每次提到她丈夫時，她都不曾貶責過他，他一定是位大大好人，要不然怎會娶一個有色人種，把她帶回德國，還處處體諒她。

「一年前，兒子搬了出去，我為此傷心極了，哭了一大場，現在他對我們說，當初他搬出去，是個失策之舉。」

她將她左手食指一處黑色皮膚並帶肉爛處指給我看，說右手三年前也是如此，我給她針灸治好了。她要我對她的病情，訂出一個為她治療的計畫。

我問她：「妳還繼續射箭？」

她說：「因食指痛，我不能拉箭弦，我曾學得射一手好箭，不少跟我一塊學的人士嫉妒我。我因而沒再去那，否則他們會從我背後射上一箭，而佯稱是誤射中了我。我先生也說，有這種可能性，就叫我不可再去。」

這就是她說的三年來使她痛心的遭遇。

固然掉了兩顆牙，兒子搬出了家，令她心痛。但比千千萬萬其他別人的遭遇，如喪妻喪夫喪子、喪父母等，要微不足道多了。

這幾樁事說了近一小時的時間。

可見得，這些事情對她來說，有多麼的重要。

她又說，這三年來，她節省了一千馬克，她只能付一千馬克的診費，這是她扣除的買菜錢。她丈夫不知道。

這句話，我很難相信，她來此針灸，不是什麼秘密的事，有什麼好瞞丈夫的。以前她來診，丈夫知道的一清二楚，還鼓勵她來針灸，怎會一下就要瞞住丈夫？

她離開前，問我，她要為這次的談話，付多少診費，我沒收費。她預約週四下午三點半來針灸。

➢ 莎普珂的兒子

有一天，莎普珂來，非常吃驚的告訴我，她發覺兒子口袋中有一個避孕套。

她說：「我兒子還在上高中，還沒有高中畢業，居然他跟女人發生關係，在他口袋中放置了一個避孕套，我發覺後，簡直要發瘋。我兒子是混血，黑人和白人的混血，但是相當的高和帥，他還沒有成人，居然跟女人發生關係，多麼的叫人憤怒和吃驚。」

她說他們夫妻給兒子最好的教育，兒子會彈鋼琴，又會運動，是學校籃球健將。

「但是他背著我們父母，跟女人發生關係，多麼叫人著急，我為此傷心的一夜沒睡。」莎普珂說。

「妳發覺後，怎麼反應？」

「我震驚得不知道該怎麼辦，我先把保險套放回原處。」

「妳有沒有跟妳先生談這件事？」

「有，他說，現代的小孩跟我們生存的時代不同，他們 15 歲後，男女就性交，兒子知道帶保險套，就已經不錯了。我先生這句話，使我更是無奈。這麼可愛的小孩，長大後，還未成人就有了女友，又行性交，我難以接受這件事實！我以為他仍是我的寶寶，天真無邪，而他卻這樣的來跟女人性交，真讓我難受。」

我想她一定不知道兒子跟人懷孕，對方墮胎的這件事。

這是莎普珂介紹來看治療月經期間肚子痛的病人。她說她跟莎普珂的兒子度假，卻沒有想到她治療好月經來腹痛的疾病後，懷孕。她後來墮胎。她不願意跟一位還上高中的學生，無力養家的人結婚，所以她墮胎。這件事，她兒子一定沒有跟她說。所以我也不曾跟莎普珂提。

至少她兒子知道用避孕套，比對方懷了小孩後墮胎要好。

她先生說的有道理。可能她先生知道這件事，沒有告訴她，免得引起她內心激動的反應。

這件事，我沒有插手的餘地。對於那位女病人墮胎的事，雖然我儘量的設法要她保留，但是她還是決定墮胎，多麼的可惜。

許多事情，很讓人無奈。20.11.2020.

➢ 莎普珂遇到奇怪的事

週四她來了。

一在對面坐下，她就說：「這兩天，我遇到很奇異的事，又做了很奇怪的夢，讓我講給妳聽，或許妳能對我更瞭解一點。我要妳多給我時間看病，妳得先知道我的情況。」

雖然我還有別的病人，我還是耐心聽她說：「週二我離開妳的診所後，突然起了一個念頭，有個聲音似乎對我說：『妳要買一束花，去波蘭領事館』。我即去花店買了一束玫瑰花，從電話簿上查出波蘭領事館的住址，在 Bogenhausen，我即去了那。

到了那，我要見領事，他很忙，要我等。

等到了五點半，來了一位女的副領事。

突然我知道，為什麼我要到波蘭領事館的原因，我跟她說：『波蘭這次遭受水災，人們只會匯款，我卻特地來此獻花，表示我對波蘭人的關懷。』

那女副領事感動的流淚了。我告訴她，我在慕尼黑有一個文化中心。她說她也是管文化的。就給了我一張晚上的音樂票，因她當晚不能去參加，這是兒童的演奏門票。

我晚上到了那，我的位子上放了一個皮包，我問旁邊的女子，是不是她的皮包，因那是我的位子。她沒動聲色。我即改用英文重複一遍。那人一聽英文。高興極了。她說她來自香港，在紐約讀生物。我是來自紐約。我們談的很來，我就約她次日到中國飯店吃飯。我去她旅館接她。

我們到了那家中國飯店。老闆見我們到來，要我們坐下。不一會那個飯店客滿。老闆高興極了，他說，每次我來，他的飯店就會客滿。

我們叫了湯和菜。不一會，來了六個中國年輕人，他們走了進來，跟老闆談了一會，雙方的聲音很大，爭吵不休，他們要老闆把我趕走，老闆不肯，他們就把一盤菜往地上一丟即走了。

原來那些人是從北京來，要買下那中國飯店，但老闆不賣給他們。

當晚我做了一個夢。在一陣鼓聲中，出現了毛澤東。又一陣鼓聲後，出現了老子，他們旁邊有個年輕人，拿 Mcdonald 的招牌。毛澤東和老子說，他們已成過去了。現在是資本主義，世界要變得很無仁道了。」

我聽了近半小時她的講話，她講的夢，很有意思。可是我心中很急，因為還有別的病人在等待我診治他們。

我即站起身來，她說：「我告訴妳這兩天發生的事，以及我夢到老子、毛澤東，妳會對我更加瞭解，好為我針灸。」

給她針灸內關、關元、足三里、三陰交。這幾個穴位是身上很重要的穴位，它們的配合，不但能夠治療許多疾病，還能寧心，強心健身。拔針後，她拿了兩百馬克在手中說：「多少診費。」

我說今天算是義診。三年前她不肯收找回她的八十馬克的款。

對她，我一直都是打折優待，而且針灸談話的時間都比別的病人長。

她即立刻把錢收回，跟我道再見！14.08.1997.

➢ 莎普珂的住處環境

她跟我講週末的經過：

她在陽臺上澆花，水滴到樓下 A 先生的頭上，他正在修自行車，他大火，命令她下樓。她只道了歉，她不肯聽他的命令下樓，任他再大罵。

她說：「那人住的自己買的公寓，我們沒錢買公寓，是租的房。他還是整個大樓的總管。我們房主人曾兩次增加房租，我們不服，跟他打官司，打贏了，所以 A 先生恨我們入骨。這次澆花是我沒想到他在樓下，而滴了幾滴水到他頭上，他就大罵，太過分了。」

我聽後，沒有下評論。

「他那種人是種 Spitzburger 尖刻公民，我受他的威脅已經受夠了，我一直想搬走。我先生說，我們既然打贏了兩個官司，再搬走，豈不是白花心血去打官司。但是我心中很怕那人，我感到他的威脅太大。當晚我十一點上床，到早上六點半沒入睡。我想著，我受的遭遇不是我一個人的事，它反映出宇宙中的現象。這時我聽到一個聲音：Seidenraube，蠶。它雖是個小毛蟲樣，但能屈能伸，還能吐絲織絲。它比蛇小多了，但它能化成蝶。這麼一想，我就輕鬆多了，我像是個 Seidenraube，化成美麗的蝴蝶，那人只是一條蛇。這麼一想，我即心安，而逐漸入眠。我所以告訴妳，我的經驗，只因它不只是我個人這麼地感觸，它具有宇宙性，它是世上受人欺壓之人的一種心聲。」

我引她到在登記處旁邊的診室內。她看到牆上掛的壽翁拿一個壽桃，問我：「他手中捧得是不是一個心？」

我說：「那是壽桃，樣子很像心。」

她說：「今早我就喝了桃汁。我很喜歡它。我有一種很強的預感：喝桃汁，今天就看到了壽桃。」

她左手食指上的黑肉，已去了一層皮，情況已好多了。我給她針合谷、太衝、內外關、三陰交。

給她動針時，她說：「我在診床上有一種 Geborgenheit 和平平安的感覺。自從我出世後，一直受到各方面的壓力和威脅，鬥爭，從沒有過安全感，而現在我有了它。」

她是一位需要愛和照顧之女子。19.08.1997

司徒策一家

➢ 司徒策夫人

這是德國的一位富有的農家，他們有自己的田，發展農耕，還有很大的園地，農場，畜養牛羊等動物，有很大的雞園，有專門飼養雞的人員，還生產蜂蜜。

希締葛常到她的農場購買新鮮的肉類食品，介紹她來就診。

司徒策夫人每次都匆匆的來，治療後，又匆匆的離開。她不多說話，對家庭農場治理經營有方。

司徒策夫人的工作很忙，心地很善良，她眉頭時常緊鎖，可能工作壓力很大，農場內外都由她照顧，生了二男二女。都已長大成人。司徒策先生，管農耕，也參與政治。

➢ 安娜來針灸

司徒策夫人的母親安娜只有一位女兒。安娜丈夫二戰時死亡，戰後一人帶養女兒長大。辛勞一輩子，年老時，安娜有一位情人，他可能比她年輕。安娜來針灸時，說她的陰道乾澀，能否治療，說時人有些害羞。

針灸可以治療，有水道穴位，再針灸關元，中極，三陰交，復溜。我要她多喝水，吃營養的食物，蛋，雞肉，雞湯。針灸一療程後，她似乎很滿意結果。

➢ 司徒策夫人要一位養雞的工人來治病

在德國遇到一些公司老闆為他的工作人員送到診所戒菸戒酒。

司徒策女士問我，能不能為他們退休專門管養雞的工人，治療關節炎。那是一位未婚的工人，仍然住在他們的家園內。

他們對待為他們工作的手下很好，照顧他們退休後的住處，生活，身體健康。

果然那位 G 先生來了。他瘦瘦的個子，中等身材。手指關節疼痛。治療是在關節處用七星針敲打出血，然後用力在關節處，擠出血液，促進關節的血液流通。

要他多飲水，關節處避免冷水。

一個療程後，關節炎症消失，結束針灸。

➢　司徒策的兒子來針灸

司徒策的這位兒子，開一部紅色的跑車來。他學法律，不願意接受父母的農莊。他來治療頭痛，五次後就說，頭痛好了，學校要考試，即結束針灸。

➢　司徒策學建築的女兒伊白

這位女兒很可愛，來針灸過好多次，後來結婚懷孕，我給她針灸，一切正常。

聽說她特別安排到一家私人醫院住院生產，可是在快要生產前，突然胎死腹中。

不知道是什麼原因。

➢　跟司徒策夫人的再會面

在 2005 年，12 月 23 日，在何威的安排下，又見到司徒策夫人。她的樣子，充滿了憂鬱。問她女兒伊白的情況。當我離開診所時，她正懷孕。她說伊白生了一個 Mongoloid（英文稱為 Down-Syndrom，中文稱為唐氏症候群）的兒子。他還有癌症。另外她又生了一個正常的兒子。

伊白的第一個小孩，在出生時，過世。她很勇敢，又懷第二個小孩。沒有想到，會是一個不正常的小孩。她的命夠苦的了。不過她不頹喪，終於生了一個正常的兒子。

第五章

萊考夫

前　言

所以把萊考夫定為一章，是因為在搬到 Hohenzollern 街的診所後，他是跟我們交往最多的一位病人。他又曾是近十年來我們居住的房東。

萊考夫是一位法律學博士，小小的個子，人很能幹。他擁有三十多棟公寓，我們的認識，是因為租了他的公寓。後來他來診所看病。

他的母親後來跟我們住在同一棟公寓大樓內，他時常談到他的母親，也帶她來診所看過病。

萊考夫又是病人，又是房東，是一位法律博士，為先進進取的一位人士。

我們住的公寓，是他的房客，而在住進去後，得知那位萊考夫的前租客，得了愛滋病死亡。

看到萊考夫得意的時候，看到他那時的人生觀，他是一位自信心強，能創業，有雄心壯志的人士。那時他說，愛滋病，很容易預防，感染上它的人，都是太笨。

可是當他得知他居然也感染上這個當時宣布為絕症的愛滋病，受到疾病苦痛後，他完全變成另外一個沒有耐性，對前途絲毫不重視的人。後來併發胃癌，死的很慘。最後得知他的死訊。

一位心地善良，有雄心壯志，傲視天下的人，卻是死於他認為很容易預防的愛滋病。下面記載他生存的環境，他人生的改變，很令人唏噓。

➢　魔鬼的陷阱，精明能幹的法學博士萊考夫

五年前第一次見到他，給我的印象是短小精幹，別有見解，不流於俗。每次見到他，他都侃侃而談，或談他自己的成就，如何買下十幾棟公寓；或談他的母親，後來表現出他恨母親為什麼不早死。從他等不耐煩母親之「長生」，可以看出，他還在等待母親的遺產。他喜歡談每次去 Maroko 旅行的挺而冒險，明明知道禁止帶一些物品，但是他都要偷帶禁物入關，當關稅人員查出，他即塞紅包給那稅員，可免一場「災難」或「衝突」。他的理論是，他並不要帶那些東西，如收音機、錄音機等等，他之所以要帶在身上，只因那國家有明文規定，它們不准入口，而這種「禁止」是一種對他的刺激和誘惑，使他躍躍欲試，故意這麼做，看會有什麼後果。事實上後果也不大，頂多沒收。他這麼做，是他好奇要看他賄賂的結果：他能買通一個人。這是他對別人，漠然不動情的人生態度之一面？但他能直言。這種直言的個性，使我們對他有好感。當談到我們住在 Lerchenauer 街 45 號房的前租客，V.K 自殺而死時，我問萊考夫，V.K 是否得了愛滋病？萊考夫否認。他還說，得愛滋病的人太傻，可以預防，為什麼人們那麼地笨，不設法去用簡單的方法來防止。但我不大相信萊考夫所說，V.K 沒有愛滋病。有一個瞎眼的老太太，她是 V.K 之老友，有一陣子不時打電話給我。其實她是打電話給 V.K 的。我們住在那棟公寓，電話號碼沒有改變。她說 V.K 曾有一個十五歲的男孩住他家，那男孩是妓男，兩年後得愛滋病死了。V.K 多半也得了愛滋病，才最後走上自殺一途。

是萊考夫的故意否認，有別的用意存在？V.K 以前跟萊考夫似乎來

往密切，他說 V.K 有時半夜三點還打電話給他。萊考夫一方面讚美他的天才能幹，另一方面又說他生活太輕浮，這使他欠債累累及走上自殺之途。「他去牙醫那鑲上金牙，診費一萬六千馬克。當他拿到帳單時，跟牙醫說，那是他的雙生弟弟去那就診，他不曾去過，到死，他不曾付診費，而 V.K 根本沒有雙生弟弟，全是騙話。」萊考夫曾解釋過。

萊考夫在三年半前，買了附近一棟三房之公寓，要我們搬進去住。S 嫌那邊有奶品工廠，大貨車進出，不肯搬進去。萊考夫又找不到別的租客，就把他的母親由 Nurnburg 接到那個公寓內住。從此他與母親的衝突越來越重。他說他不忍心送母親去老人院，所以特讓她住在那新買之房。而母親卻是神精兮兮地，使他受不了。談到他的兄弟時。他說一個已經過世，是發生車禍而死，母親因悲傷過度，得了乳癌，開刀後，又恢復健康。他還有一個哥哥，萊考夫與他沒有來往，因他太現實對萊考夫太薄情寡義。萊考夫舉了一個例子，為哥哥蓋房幫忙砌牆，工作一天後，哥哥卻只買了一個烤肉串給他當作晚飯，一點不予感激。只因這一點衝突？還是為了遺產？其中可能大有文章。萊考夫不說明白，我無從得知。只知母親也與其哥哥吵翻。又過了一年，當萊考夫罵母親時，我問他的哥哥如何，他卻說：「他已過世。」怎麼又過世？那他母親只剩下萊考夫一個兒子了。

S 就很懷疑的說：「得要小心，萊考夫周圍的人，一個個死了，不是很怪的事？」有次萊考夫談及他新買那公寓之事，說樓下曾住了一對年輕夫婦，丈夫辦企業倒閉，太太離婚。有次當兒子來訪他時，他鎖住兒子，殺兒子，要縱火燒公寓。此計未遂後，那人上吊自殺。Lerchenauer 街 45 號右邊一棟兩房的公寓空了出來，萊考夫又將它買下，要母親搬到那裏去住。偶爾聽到萊考夫去訪母親的聲音，主要是他的狗跑動聲音，使我知萊考夫訪他母親。

萊考夫有幾樣好的一面。九三年，我們從法國搬一堆傢俱及書籍來德時，他來幫我們搬物。九四年地窖遭人縱火，當它改建時，我們沒地方裝地窖之物，他就將母親的陽台讓出，可將地窖之物一部分存放在那。兩年以來，他的態度慢慢地變了。即使路上遇見他，也不多說話。曾跟他談基金會之事，他說：「我對這事毫不關心，死了對我來說就死了，還要留什麼名，我一點不在乎。」

地窖修好後，我們要將所住的後邊房之物亦整理出來，好用兩間房，就跟萊考夫說，一些 V.K 之傢俱請他搬走。有一張桌子，一個大木椅箱，一張大床。他雖照辦，卻把那些傢俱全送給了人。我們就覺得奇怪，以前任何一個小東西，他都不肯丟，全視為至寶。連 V.K 之衣物他都拿去自已穿，別的東西，放入地窖。而為什麼他卻將那幾件還有價值之傢俱全數送給了人？

給他放威禮在 Princeston 大學，被選為一年最優學生接受此榮譽儀式之錄影，正放一半，他卻不告而辭，沒有一點客人應有之禮貌，使我對他的作風很感奇怪。

九六年年初，一個房間的暖氣壞了，寫信給萊考夫，請他料理。而一位叫 Jacob 的卻來電話，說萊考夫住在醫院，他來管理此事。兩個月後萊考夫出院，他本來已瘦的身體，卻更骨瘦如柴了。他說是脊髓破了一塊，所以進醫院。但我看他的臉色不對，斷定絕非這麼單純，莫不是他得了愛滋病？我曾在九二年，給他針灸時，刺到自己的手指，若他得了愛滋病的話，我也有被傳染的可能。但是他不言，我也不好問。他的母親已搬出了 Lerchenauer 街 45 號公寓，據云，她進入老人院。他不再談母親。問他母親時，他也不罵她了，只說她很好，只有時她的腦子不清。去年八月下旬，他來電話，說 Lerchenauer 街 39 號有棟公寓他買下來了。它比 45 號的要好多了，問我們要不要搬過去，一切房價照舊，45 號房也不必刷新。由他來包辦。39 號房是不錯，還有 Garage，又有新的地氈，我們即搬入。搬進來時，這裏有一個洗碗機，那麼我們的洗碗機即無用武之處，而留在 45 號，算作是他的財產，代價是我們可保留一個他的玻璃小圓桌，及我們的洗衣機他負責裝上龍頭和出入水道。因這邊沒洗衣機，也沒有安裝它的水龍頭。這麼交易好後，他卻沒叫人來安裝洗衣機的水龍頭。先後折騰了一個月，我們沒法洗衣。後來在我一再催促下，總算他派人安裝好了龍頭。雖然還有折騰，因裝的不對，不能用，又得「求」他派他的「朋友」再來換裝，但不管怎樣，它到後來還是裝上了。

在這期間，萊考夫曾來過兩次。每次都是一臉像我們欠他帳似的樣子。請他進門脫掉街鞋，他不肯，大搖大擺的進來，看到我們掛在牆上的油畫，只不屑一顧，批評的說：「那些油畫掛的高低不稱。」我很不願打電話給他，每次一打電話，他都是死洋活氣的問：「有什麼事！」我跟 S 說，不管再有什麼事，我不願再打電話給他。他的洗碗機開關又不靈了，關不上。而去年的修理工人說，每次用完它後，都得關上，否則水漏了出去，會成災。我們又經常不在家，尤其從去年十二月起，每月要去倫敦一趟，若水溢出，不是好事。但我不願打電話給萊考夫。這事就拖了下來。一個月前，我擬了稿，要寫信叫萊考夫設法換裝一個龍頭。此信擱置下來。到八月初，S 才拿過去，將它打字出來，他又加上一段：

請萊考夫下次來時，脫掉街鞋，每人有他自己的領域及願望，希望萊考夫能體諒。並云我們之間一直有著不錯的關係，不要因這點事，使得彼此關係惡化！這一段 S 已寫出，我雖不大贊成，但想，S 的立論是萊考夫太高傲，故意不脫外邊走的皮鞋，走在乾淨地氈上來示威，他是房主人，要讓我們得低頭。雖然脫鞋是我的願望。因我們都是脫了鞋，光腳在地毯上走。若別人穿街鞋來，就會把房子地毯弄髒，我不願如此。S 雖覺，不必那麼愛乾淨。但是當我們說出了請求，對方偏不脫鞋，故意示威，使我們生氣的話，我們不能姑息。那麼或是明說，或是我們搬家！此信寄出去一星期多，沒有消息。「或許他出外旅行不在！」S 猜。昨天中午 Jacob 打電話來，他說萊考夫已過世，在五月裏往生的。當 S 告訴我這消息時，我很震驚。S 說他也受震。我跟 S 說，萊考夫多半是得了愛滋病。我打電話給 Jacob，問他，萊考夫得了什麼病，他說胃癌。「怎麼他沒開刀？他知道他將要逝世？」我問。「他三年前就知道了！」「怎麼他沒告訴我們得了胃癌？他還說胃已好了。」我說。「他不願別人知道他得了絕症！」J 說。「他是不是得了愛滋病？」我乾脆直問。Jacob 避重就輕的回答：「他不願別人知道此事！」從 Jacob 的回話中，我斷定萊考夫得了愛滋病！這並不是我的幻想，我所以要知道此事，一則是我曾給他針灸時刺了手。再則我也要有個數，要是他得了愛滋病，我也受到威脅。而對方的回答卻肯定了我的猜測。「早知他得了絕症的話，我不該寫那封明說脫鞋的事。」我對 Jacob 說。「他讀不到此信了！」Jacob 回答。「還好他沒讀到那信，但是我寧可他仍活著，還能活著讀到此信！」我說。我並非要他讀信生我們的氣。而是我願他仍然是活著！他的死，給我們一個重重打擊。「早知他那麼快死的話，我們該多原諒他、體諒他，而不跟他計較的。」我跟 S 說。「若是他還活著的話，他是該讀那信。我們不應對他忍氣吞聲，只因他是房主。他的態度不對，他明知他那麼做會令我們生氣，而他偏要那麼做，所以他若是還活著的話，也該知道我們的想法。」S 說。

晚上返家，我們想著，是否確有風水此事？萊考夫的周圍之人幾乎全死，我們租他的房子，Lerchenauer 街 45 號，前租客是 V.K 已自殺，現在我們住的 39 號房的前主人，酗酒而死，也是才四十出頭。我告訴過 S，給萊考夫針灸時刺了手的事。那麼我們也受了他的一些影響。得要查出是否也受到傳染。但無論如何，他的周圍之風水是不大妙！我們得要另找房子住。「可是這裏靠近公園多好！」我說。「這就是魔鬼的陷阱，一定有其吸引人之處，才能誘人入它的圈套！」S 說。我們得要重新計畫一番。14.08.1997

➢ 公寓出租，第一次見到萊考夫

讀到報上登的廣告：「在公園旁公寓出租。」

打電話過去，對方接了電話，我報了 Dr.yu 之名，說明來意。他問：「妳開業了？」

我說：「正在找診所房子。」

他又問：「沒開業，妳身上有錢付房租？」

我說：「略有儲蓄，房租是不會有問題。」

談到看房子的時間，我說：「明天。」

他回答：「拖到明天幹嘛？我不願這個週末全被看房子占住，妳能今天來？」

我看看手錶，已一點四十分，說：「好，兩點半。您貴姓？」

他說：「我叫萊考夫。我能信任得過妳，妳兩點半準時到？因我不住在那公寓裏，還得特意走過去，當然不打緊，走個四，五分鐘就到，但還是得過去一趟。妳要準時，我不多等，頂多等五到十分鐘就離開。」

我說：「好，我會準時到。」

開錯了路，到那時，兩點卅二分。我在找房門號碼。

這時一位年約六十歲上下之人，對我叫了一聲「哈囉。」

他即是萊考夫先生。他手上牽了一隻狗，過來引我進入一座三層樓房。他按了電梯，他的狗跟我們一塊進入電梯，我說我很怕狗。

他說：「妳不必怕牠，牠才怕妳，牠膽子很小，怕別人吃掉牠。」

我說：「我小時被惡狗追過好幾次，所以很怕狗。」

他莞爾一笑說：「牠從不咬人，妳不要怕。」

我說：「可不要，我成了牠第一次咬人的對象。」

他說：「妳不必怕。若是妳怕狗，牠嗅出妳的害怕--我聽說當人害怕，身上會分泌一種物質，狗一聞到，就會直覺到，那麼說不定妳就真成了牠咬人的第一個對象。」

這時電梯已到三樓，門自動打開，那個狗第一個出了電梯門，往那間公寓方向跑。

他開了公寓的門，指示給我看那公寓。

它只有兩間房，傢俱相當講究。我們進入後邊陽臺，他指上邊遮蓋頂說：「我特意將陽臺頂封上，這樣雨水就被遮住，下不來，保持陽臺乾淨。」

我往上看了一下，陽臺能遮雨，比露天的來得好得多。

它後邊瀕臨公園，環境非常清幽。我一眼就看上了，決定將它租下。

他又帶我下到地窖，那裏有一個小游泳池，它真小，不比澡堂大多少，大概只有十公尺長，五公尺寬。它旁邊還有一個土耳其浴。那裏又濕又熱。

那隻狗緊跟隨我們，他見我生畏的樣子又說：「妳不能怕狗，妳越怕牠，牠就越威風。我弟弟也很怕狗。有次一隻狗威脅他，但牠一見我，對牠毫無畏意，就轉身逃竄了。」

又進入電梯，我端詳那隻狗，牠沒有尾巴，但臉長長的，我問：「牠是狼狗？」

他說：「狼狗是完全另一長相，牠是 Dobermann。」

我很不好意思的說：「我因怕狗，就從不對狗留意，所以牠們的品種也分不開來。」

他微微地一笑，可能他從來沒碰過這麼笨拙的人，居然連狼狗與 Dobermann 都分不出來。

談到房租，如報上所登：為一千四百馬克一個月。我問水費暖氣費若干。

只聽他說：「二千五十馬克。」

我以為房租連附屬費用，為二千五十馬克，那麼水費暖氣費為六百五十。怎麼會那麼地貴？

他說：「這是正常。前租客每月付上這筆費用，年底結算，都是差不多剛好這個數目。」

我說：「它太高了。我實在很難想像。通常租三間房的公寓暖氣也不過才三百馬克，怎麼這樣兩間房的公寓要六百五十馬克？」

他很吃驚的說：「怎麼六百五十馬克？我說的是兩百五十。」

這我才知我們間的誤會。我說：「我聽成了二千五十馬克，以為您回答我的問題是連房租在一起的價格，那麼減去房租，我以為水費暖氣費為六百五十。」

我們談到何時可搬入，他說：「三月中。」

那麼是次日。我說：「我旅館可住到三月二十五日，三月最後一星期我搬入。」

他說：「這房子已弄好了，空在那不出租，我受損失。妳想，我自己登報出租，妳省了一筆佣金，它比這半個月房租高多了。妳何不退掉旅館？」

我說：「已付了旅館費，退不掉。」

「妳可以將它出租給別的旅客。」

「去哪找這種旅客？」

我們兩人都停頓下來。過了一會我開腔說：

「這樣好了，我租下三月份的後三分之一的日子。那麼付您三分之一的房租。」

他說：「這個條件還可以接受。」

說到定金，他說五千馬克。我說這筆款我存在銀行，由銀行保證。

他說：「不，我要它交給我，由我保存，然後每年付三厘利息。」

我說：「將它交給你了，到時候你不還我怎麼辦？」

他說：「我怎麼能不還給妳？這是不合法。」

我說：「我曾遇到這麼一個情形：定金交給房地產商，到時候就不還我錢。」

他說：「這怎麼可以？我是律師，知道不能有這種情形發生。」

這我才知，他原來是位律師。他的那種隨和，不表揚自己的態度，使我沒看出他是上過大學的學人。

我說：「若是你這麼說，那麼我就信任你，將定金交到你手上。」

他這才滿意的微微一笑。

我問：「這棟公寓大樓住客的情況如何？」

他說：「隔壁住一位南斯拉夫女郎，她不大正經，妳不必跟她來往。我對南斯拉夫人的印象不好。」

「這倒很難說，我對南斯拉夫人的印象不錯。以前曾有三位南斯拉夫人來幫我做家事，頭兩位我很滿意，第三位會偷東西，做事又不認真，我不滿意她。」

「土耳其人比較可信賴。」他說。

「每一國人都有好有歹。」我下了評論。

他又帶我去鄰房地窖，指給我看洗衣機，烘乾機之處。

我說：「可惜它不在那公寓內，還得走出來洗衣。」

「但是公寓地窖有游泳池。」他加上了一句。

臨分手前，約好次日上午十點到他家定合約，而我得帶定金及繳交第一個月的房租。15.03.1992

➢　次日又會見萊考夫

在去萊考夫家前，S說:「他會不會是個騙子？要妳拿那麼多現款，而當妳進門後，他搶走了妳的錢，又強姦妳一番？」

我笑著說:「我想他不是那種人。這裏並非美國，總不致於來這麼一套搶，奪工夫。但為了保險起見，我寫下他的電話及位址，若我一去不返，你就只有報警了。」

這使我回憶起，紐約地下車上的一幕：

那是十八年的事了。

有位朋友從德國來住紐約，約我去玩。我想他算客，我為主，那麼得請他午餐，於是身邊帶了一點錢，由新澤西到紐約，並乘地下車去長島。

那時約上午十點左右，地下車空空地，沒有上下班人在擁擠。車箱中連我有四位旅客。

車子開著開著，有一群青少年由另一車廂進來，穿過後又到下一車廂。

約過了十分鐘，車子在穿一個地道時，這幫青少年又過來了。他們手上拿著棒子。分別在每位乘客前站住，看守他們，不准動，其中。三位停在我對面年青人面前，向他勒索錢包，連那人的褲帶，皮帶，眼鏡和手錶，也全被解下拿走。

我眼見他被搶卻愛莫能助。因一青少年手拿木棍站在我面前，不准我有任何動靜。

這些青少年，長像為波多尼哥人。

他們搶空了這年青人，若無其事的又進入到下一個車廂。

這時車已到站，大家都下了車。我想跟那年青人表示同情，並給他一些錢，他至少可回家，或打電話找警察。

但我有些害羞，怕那年青人，以為我對他有意，或是他不屑於別人之善意的「同情」，以為這是在施捨，而給我白眼的話，那麼多麼難堪，豈不自找沒趣。

那年青人，很快地往出口處走，不久即消失在視線之外。

這麼一幕，在光天化日下發生，所有目睹之人，沒有做任何的反應，事前沒有，事後亦無。這種事，每天在美國層出不窮。

然而我卻深深地被怔住。

****

但是依我對萊考夫的印象，他不會是這種人。

開車出門，在路上雨下大了，還夾帶雪花。路並不難找，到他家門口，才九點五十。

一般來說早到或晚到都不禮貌。但待在雨地裏？也未免太傻了。於是我還是進入他住的公寓大樓。

找到八樓的門鈴，上面寫的竟是「萊考夫博士」。

沒想到，他居然還是博士。實在看不出來。他的穿著舉止都很隨和，沒有一般博士之傲勁。而且即使他報名字，也沒報「博士」，這種謙和態度，在德國是很少見。

按了門鈴，搭上電梯，到達他的公寓。

進門後，他引我進入客廳。

這是頂樓，在客廳靠陽臺處，他闊開了一間「冬室」，以玻璃隔開客廳和陽臺。房間四周放置不少綠色植物。

我讚美房子很別致。他說：「不知那些建築設計師怎麼那麼沒頭腦。這是頂樓，前邊一個大陽臺做什麼？不如將它分隔為冬室。頂上我到處開了天窗，讓太陽光可以直接照進屋裏。而這麼簡單的設計，建築師卻也想不到，還得自己來設計。」

坐定後，他問我：「妳是不是在美國住過？」

我點點頭。他得意的說：「昨天晚上我在思索，妳的言行，有些畏首畏尾，對人不信任的樣子，這是住過美國的人所具有的行為態度。」

「你真會觀察。」我說。

他談到此房的前一個租客時，他說：「那人的名字縮寫為 V.K，是很有天才的一位。但是話說的天花亂墜。他一來，就自我介紹他是博士，我信以為真。後來才知道他才小學畢業。他又說他來自荷蘭的高級貴族家庭。事實上他來自巴伐利亞窮困的一個家庭。自從認識他後，我開始對別人所說的話，起了懷疑。」

我細聽，心想：他會對我的博士頭銜也起懷疑？

他拿出契約，交給我一份，我們逐條填寫。在姓名一條上，先填房主人：萊考夫博士。

繼著是：「租客。」

他問我的名字怎麼寫。

這時我想起，他說前租客說謊的話，那麼他一定也懷疑我的博士頭銜。

趁著這個填寫姓名的機會，我將護照拿出來，好讓他按照姓名填寫，因護照上是連博士頭銜也寫下，這是德國的慣例。

他看了護照，將名字寫下，似乎很滿意，然後說：「妳有德國護照。」

我微微地點首微笑。

他拿出契約，逐條的唸下去，該填之處，他填寫下。

我問他：「我丈夫的名字是否也填寫下？」

他說：「他來訪妳，可以不用寫。妳可在房子裏招待任何人。」

他的語氣有些不大和善。

我又問：「若是以後我請國內的醫生來慕尼黑，他們可不可以住在這公寓？」

他說：「妳也住那？」

「不」，我說：「我住診所或別處。」

他思索一會說：「不，若是妳不住那，不准別人住在這公寓。」

這時他似乎想起了什麼似的問我：「難道妳要很快搬走？妳要住多久？」

「這要看診所離這多遠，往來方不方便了！」我沒給他一個肯定的答復。

「妳所用的人，不能來此住，我反對。」他又強調一句。

「你不是說，你的別棟的房，由一家日本餐館租下，是給他們雇用人員住嗎？」

「那是另一回事。那只是一間臥房公寓。而且那裏的傢俱很簡單，不像妳房間內那麼豪華。」

「我要請的人，都是中醫大師。」

「但我不認得他們，又怎麼知道他們個性可靠？」

「既然你反對，就算了。」我說。

「這樣好了，等他們來了，到時候再說。」他算是也稍稍退了一步。

他問我想喝什麼。我說不必麻煩。他說他喝咖啡，問我要不要喝咖啡，我說我不喝咖啡。他問：「茶如何？」

我說：「弄起來太麻煩。」

「那麼喝水果汁好了！」他即端了一瓶橘子汁，倒滿了一杯。

他似乎有要講他生平的一種衝動。

我們簽完契約後，他將右手大指拿給我看，說大指處痛，並說右手指似乎比左手指冷。

往大指那痛處壓了一下，他喊痛，看右手手指，指背比左手顯得白。我問他有無頸椎毛病。他說接連六星期去看醫生。醫生將頸部復位，之後手即漸發麻，大指作痛。

「我一向身體很好，也從不抱怨哪痛，但我父親完全相反。從我有記憶起，他就是三天兩頭有毛病，不是頭痛就是心跳，再不然人感不舒服。可是他卻活到八十九歲。」

「越有小毛病的人，越活的長」，我繼續說：「我有位伯父，可說是藥罐子，一天到晚不是頭昏就是胃痛，已活到八十多歲，仍然健在。但我父親，從來不病，而一病卻不起，只活到六十歲。」

「可不是這樣」，他說：「健康的人，一病就翹辮子，老有病的人，卻長命百歲。我父親就是這一類型人。可是有一天我得流行性感冒，那時我十二歲，這事我記得很清楚。我發高燒，醫生來就診，給我開了五天病假。而次日父親將我的被褥掀開對我大聲嚷：起來上學，不要裝病。我一方面是想逃學，另一方面實在氣不過他對自己千惜萬顧，對我卻是那麼地嚴酷，不准生病。於是我跟他說：醫生給我開了病假，我有理由不去上學，不像你是裝病。說完我將被子又蓋上頭，不理他的催促。從此以後，我打破了父親的權威，也打破了所有的權威，這使我能獨自思考，受益不淺。」

「推翻權威不是一件易事。」我說。

「當然不簡單，但是人要學獨立自主。在我二十歲那年，受不了家裏的雞毛蒜皮之事吵吵鬧鬧，試想時間精力全花在小事上了，哪能成就大的功業。於是我毅然決然的離家出走，這不是一件容易的事，我從沒離開過家。但我知道，這樣長久下去，我會窒息，我會被埋沒，因而才這麼下了決心。」

他回憶往事，繼續說：「我一人單獨的來到了慕尼黑，那時我已積蓄了兩萬馬克，但我只拿了兩千馬克出走。我的職業是泥水匠，我決心去念完中學，然後上大學。我邊上大學邊打工。有次我臨時有事得回家，託一位同學代我打工，他卻說：天氣那麼好，才沒心情去打工，還不如去釣魚。他去釣魚。他有樂即享，到現在他還住在租房，我卻擁有好多棟公寓。還有一位同學，他喜享受，愛花錢。我卻很節省，勤快的工作賺錢。十年後，看見他在城中心分傳單，宣揚社會主義。我過去跟他說：你自己不努力，將錢用光，而到時候卻拿別人辛苦賺的錢去共產！這麼一說，使他面紅耳赤。」

「人就是這樣，自己有成就，即反對社會主義，自己沒成就，即拿別人的財產大方，而嚷共產。」我附和。

「可不是這樣。我的同學們，見我擁有好幾棟房，眼紅不已，他們說，這是我的運氣。我哪有什麼運氣？一輩子都是在埋頭苦幹。別人去玩，我在念書，別人去享樂，我在工作。他們說風涼話，說我買房子時，房價低，低什麼？當時對我而言，也是相當高，十分貴。但我看出它有漲價的潛力，才去買它。別人不看我在積蓄，在省吃儉用，只開小汽車，而卻會說我運氣好，好像一切都不費吹灰之力拱手而得似的。」

「這些是他們妒嫉所說的話。」我說。

「可不是，這種妒嫉簡直令人難以想像。妒心是大學同學最多。以前跟我一起當泥水匠的朋友卻沒這種妒心。我跟他們還常來往。跟大學同學卻少交往，妳看奇不奇怪？」

這時電話鈴響了，他去接電話，只聽他大聲的說：「我沒有說，我這星期日去看妳。我沒說過這話，是妳弄錯了。下星期三，我才能去看妳。」

掛斷了電話後，他說：「是我母親打來的電話。她怪我為什麼還沒到紐倫堡她家。她弄錯了，我根本沒說這星期日去她那。她自己弄錯，並不承認，而老責怪別人。她一輩子中，不管怎麼樣，都是她有理。且妒嫉吃醋得不得了--我可不能對任何別人好，像有客人來了，我先給客人倒茶，她就不開心，說我對別人比對她好，而跟我發脾氣。」

「這因她愛你深切，所以吃醋。」我試著為她解釋。

「但是長期下來，可真令人窒息受不了。所以每次她來，住了八天以上，就會兩人吵的不可開交分手。後來我學精靈了，只邀她每次來住六天，最多一星期，這樣我還能容忍，否則真會爆炸。她那人疑心重重。

自己將東西拿出皮包放在桌上，忘了後，就怪別人偷翻她的皮包。每次怪人，都是她有理。像有次她被狗跘倒了，住進醫院六星期。等回來後看到她的身份證等零星東西放在床上，就怪傭人在她住醫院時翻了她的東西，因她措手不及的回來，傭人還沒來得及將這些東西放回她的皮包。事實上是她自己在住院前將皮包打開，收拾文件時，把那些東西放在床上，她已忘了，卻怪別人動她的東西。這種事千數萬數，數不完。不管怎麼樣，都是她有理。若是證明出，她弄錯了的話，她只會結結地說：人總免不了會記錯。尤其當她看到，我有成就，我聰明，就更得意說，這聰明是從她那遺傳來的。要不是她破腹而產的話，我真不相信，她是我的媽。」

萊考夫滔滔不絕的講她。

我心裏在想：家家有本難念的經！

看手錶已待了近三小時，我怕 S 在旅館等的著急，以為我被搶被姦，於是告辭出門。

他送我到門口。外面仍下雨，我說：「這幾天的天氣真壞。」

他說：「我祖母曾說過這麼一句話：好的天氣維持不長，可指日而待天下雨。同樣的，壞的天氣也不可能長久維持下去，照樣的，不幾多時，又雨過天晴。」

「這句話很深富哲理。」我笑著與他分手。約好了一星期後，去新的公寓會面，他要將房鎖交給我，並將屋內之傢俱，情況寫下一張單子，作為交接房子之一證件。16.03.1992

➢ 那棟公寓

那棟公寓位在奧林匹克公園前。從陽臺上望去，一片綠園，那座奧林匹克大高塔立現眼前。它是很高的一座電視發電台樣的建築，上面有一個自轉的飯廳和咖啡廳。天氣好時，坐在上面，可俯視整個慕尼黑城。幾年前曾上去過，至今印象還很深。

這公寓位在綠園中，環境幽美，我立即決定租下來。

今天到房主人那去訂約。房主人是位博士，學法律的，叫萊考夫。

我們先談一些不關緊要的話題，慢慢地談到這座公寓上了。

他說昨天他帶狗再進此房去，狗一不小心撞到那個小桌子，上面的玻璃居然碎了，他完全不能瞭解，這是怎麼一回事。因小桌子倒在厚厚的地毯上，根本不可能會破的粉碎。一定是玻璃本身張力太強，所以雖然只有一點壓力，它還是立即破碎了。

他說：「我的確有點惱怒，這樣得損失好幾百馬克去配上這麼高貴的玻璃，但是又怎能怪狗？牠全然不知牠的一動，闖下的禍害。我只有將牠立刻牽了出去，免得牠踏在玻璃上刺破了腳。」

我說：「前些日子在報上還登出：蘇俄一位獵人帶狗去打獵。狗不幸掉到陷阱中，後腳被困。主人試著去扶牠出陷阱，牠一急，兩腳往前踏，卻正好碰到了槍的開關。子彈將獵人打死了。」

他說：「我也看到這則消息，真是不幸得很。」

我想起中學的一位楊同學的事，她結婚後，丈夫是空軍飛行員。飛機起飛降落沒出過事。但在家中修天花板摔到床的鐵柱上而一命嗚呼。

他聽了後說：「有些人從八樓摔下，沒事。而另一些人拿著盆子喝水，心臟病卒發，倒在盆上，沒法呼吸淹死了。」

真是死生有命。

談到公寓中電話上，他查電話簿，將一位叫 V.K 之名字及電話號碼抄下給我，說：「妳申請電話時，可告訴郵局前租客的電話號碼，這樣很快就能申請到新的電話。」

「那位先生在那公寓住了多久？」我問。

「十五年了。」

「為什麼卻搬走了？」我問。

他有些猶疑的神態，然後他放低聲音說：「他死了。」

我震了一下，問：「他年紀很大？」

「不，才四十八歲。」

「那麼年輕輕的就死了，得的是什麼病？」

V.K 之死使我覺得蹊蹺，於是這麼問他。他又猶疑了一會，欲說又止，然後吐出一句：「他沒生什麼病。」

「那麼怎麼會死的？」我更疑惑。

他又頓了一會，臉色變成灰白，低聲的說：「他自殺身死的！」

我沈默下來。這個消息的確是夠使人震驚了。

他見我不語，似乎也在回憶思索中，然後跟我說：「誰都沒有想到他會自殺。他是位天才，只讀完小學。憑他的天才，在廣告公司做事，薪金很高，每月起碼有八、九千馬克。」

我沒著聲，繼續的聽他講述：「他是一位很要顯現自己的人物。他以博士的頭銜到處自稱，也對我這麼說。還說他是荷蘭來的大貴族，家裏有好幾座宮殿，在 Capri 島還有一座古堡，說得天花亂墜。連他的老闆都相信了，特地要去那個島，拜訪他在那的古堡。」他頓一頓又繼續說：「事實上，他根本沒有古堡。老闆來了，他立即給他訂了那裡豪華旅館之房間，說他的姊姊正在那古堡內度假，不方便去打擾她。等他們返回慕尼黑後，老闆看出他的自我宣傳之漏洞。他因此覺得無顏，不再去上班，整天喝酒。於是有這麼一天，他居然自殺身死！」

我沒有說任何話，只在沉思此事。

他又說：「事實上他在十五年前已預報了他的死期。第一次見到他時，他就跟我說，他來慕尼黑之目的，就是來自殺的。我先很著急，後來每聽他言自殺之事，以為他只是說說而已。他妹妹說，從他小時起，他就將自殺掛在嘴上。家人聽慣了，就不將此事放在心上。那天，他自殺的那天，還跟我們說，他十一點要自殺。我們誰也沒有將此事放在心上。十二點，去看他時，他已死了。他先將兩隻貓殺死，然後自己自殺。」

「他可能心理不正常。」我說。

「可不是。天才和瘋子之間幾乎沒有距離差別。他是很有天才，要不然不會在他的行業那麼有成就。他錢賺得很多，卻揮霍的很快，大宴賓客，開大汽車，說大話，生活過的很奢侈，常常到手之錢就用光，而連房租都付不出來。他的朋友也是不三不四之流。為了防那些朋友來擾妳，我還得將房門換上另一把鎖……。」

回到旅館，我給 S 講述 V.K 的事，什麼都說了，就是沒說他已自殺身死。因我想那人的死，已給我帶來不少心理負擔，不願將這個陰影又再帶到 S 的身上，使他受精神負擔及困擾。

S 問：「他到哪去了？」

我說：「他從 Capri 島回來後每天酗酒，不再上班，連房租也不付了。」

我避開了話題，沒談到他的下落。

「那麼那公寓的傢俱一定是 V.K 沒付房租而萊考夫將傢俱拿下，作為抵帳。所以他說帶傢俱之房與空房一個價格。又說那公寓之傢俱很值錢。若是帶值錢傢俱與空房一個價錢，他怎麼會那麼笨而花錢去買貴重傢俱？可見那些傢俱是 V.K 留在公寓而被作為抵帳的。」

S 的分析多半八九不離十。

S 又說:「若是那人回來拿他的傢俱，我們處在中間，豈不很狼狽？」

我說：「我想不會的，何況萊考夫要換一個新的鎖。我們跟 V.K 沒有瓜葛，他不會來找我們。」

雖然我口頭這麼說著，但是內心還是多少感覺有些不大對頭：住進一間自殺身死之人的房間，會不會他的陰魂不散？

到底人還是有時免不了有些迷信。那麼在搬進之前，燒幾枝香，讓死者之魂安息下來總是沒錯。

我在心裏這麼地默默地想著。16.03.1992

➢ 萊考夫和母親

半年前多在門口碰見過他一次，他胸中氣洶洶地，問他是怎麼回事，他說：「還不是因為母親。她那老不死的，只會氣我。」

「是怎麼一回事？」我問。

「她自己什麼都忘，卻怪我。又怕我拿走她的東西。她說她的存款簿不見了，是我拿走。其實是她自己亂擺。她對我不但不信任，反而懷疑。真不知她哪天才會死。她活著，我就有氣受，我的胃病，就是氣她搞出來的。她姊姊活到了八十一歲，也許，但願她頂多活到那個年紀。她不可能活的比姊姊長吧！」

他一口氣說完。我聽著，沒有加以任何評論。

從他的口氣中，看出他等待遺產，等得不耐煩了。

為了他一人專接受遺產，他不得不每天到母親那報到，卻嫌累贅，多此一舉。也為了專奪遺產，他和哥哥成了冤家。

當然從他的口中，得不到一句他哥哥的好話，全是哥哥如何沒人性，他幫哥哥造房子，哥哥不給他報酬，反嫌他寒酸。

但從他跟哥哥鬧翻，連他說服母親也跟他哥哥斷絕往來來看，可猜出這是為了遺產。

他還有位弟弟。他幾年前開車出了事，死了。

這位弟弟死後，使母親悲不欲生，得了乳癌，幸及時動手術，平安無事。

「他死了，你也一定很悲傷。」我曾對他說。

「有什麼好悲傷的。他那人，我一點也不喜歡，他開車不小心是罪有應得。」

聽到這句話後，我真是吃驚。

手足情深，怎麼他們手足之間變得成了仇人。即使對已逝的弟弟，他也沒有一點惋惜愛憐之意。

難道兄弟都是歹人，只有他一人特別的清高？

從他又恨母親，但每天仍乖乖地到母親這報到的情形來看，他是一位等待遺產的人。

自從他在我面前抱怨母親不死，而且盼望她快死後，他自知因怒而失言，就對我「敬而遠之」。即使偶爾碰了面，都不願多說一句話，立刻離開，而且怕碰我們的面，怕我們看出他的內心。

一個多月前，我們出門散步，通常是往右拐進公園。

但在那條小路上常有狗糞，不知是哪個大狗，每次都要在那路上留香。

我就不願走那小路，寧可繞道上公園。

那天 S 要往右拐，我將他拉住，直走，繞一座大樓後，再右轉進公園。

那天天色已有點黑，大約下午四點多了。

我只感到在那座大樓那，有個人似乎看我們過來，而放慢了腳步，以期我們往右拐，不會遇見他。

但因，為了避開那狗糞之故，我們往前走了，還是和那人打了照面。

S 看出，他是萊考夫！叫了他的名，跟他打招呼。

他像是作賊一樣，小聲的回了禮敬。

擦身而過，走進公園後，我跟 S 說：「他的行動有些鬼祟，而且怎麼他的狗不在身邊？」

「這是有些奇怪，他大概怕我們碰見他。不知他會不會對母親有什麼不利的行為？」

三星期前，我們搭電梯。它在一樓停了。有人開了門，原來是萊考夫的母親。S 要她進來，她猶疑不決，問：「你們上樓？」

S 說：「是的，你要下樓還是上樓？」

她疑惑的說：「我是要下樓。我搞不清楚我要去哪，我是住在樓下。」

S 說：「這是一樓，你是住在樓上，不是樓下。」

「對的對的。」她說。

「你是住三樓。」我說。

「是三樓？我不知道。你們知道我是住三樓，那麼謝謝你們告訴我。」她說。

到了三樓後，她知道了。出了電梯往右轉。我們往左轉。我們是各住在三樓的左右兩棟最靠邊的公寓。

「她搬來時頭腦很清楚的，怎麼現在那麼不清了，其中一定有原因。是萊考夫要她吃精神藥而使她頭腦不清，這樣可以奪去她的財產自理權，好早拿她的財產？」S 跟我說。

「是有這種可能性。他是遺產律師專家，知道怎麼可奪去母親自治之權。他一年前多就說，母親愛多懷疑，帶她去精神醫生那，一定是她吃了藥後頭腦就不對了，這樣他可霸佔她的財產。」我說。

聖誕節那天，下午有人按鈴，我們沒去開，按了好多次，我們不肯開。

沒有電話約會，我們不願無謂的開門。

在我出去散步回來，信箱中留了一個風景片。

是萊考夫寫的，很草的幾個字，說他幾次來訪，未曾碰面，祝我們聖誕新年好。

我想他可能有話要跟我們說，即搖了個電話給他。謝謝他留的卡片。

問他，一切可好。

「你知道我那母親，腦子越來越不清醒了。怎麼辦！」

「醫生怎麼說？」我問。

「醫生怎能治好她的病？她神經越來越不對了。」說完他問我：「你明天在不在，我過來一下。」

「你什麼時候來？」我問。

「中午一點左右，我給母親送飯時過來。

「好！」我說。

掛上電話一個小時後有人按鈴。

S 說：「不要開。」

我說：「我想是萊考夫。」

「不能讓他進屋，我沒穿戴好，他不是明天來？」

我說：「我猜想他提前來了。」

開了門，果然是他。手中拿一瓶酒遞給了我，並說：「我提早一天來，妳有時間？」我支吾著，他又問：「妳有時間？」

我要他進門，進入到入門地區，但沒請他進入到客廳內。因 S 不願意跟他打照面，有話在先，交待過我。

「你好嗎？」我問。

「唉！還不是為母親煩，她的頭腦越來越不清楚了。」

「她幾歲？」

「八十。」

我沒加評語。想到他曾說他母親的姊姊活到八十一歲的事。我沒說話。

「妳看起來氣色不大好，什麼事不對？」他突然問我。

「沒有什麼不對。」我說。

「但是妳氣色不好。」他又重複。

「也許是我在家沒用面霜之故。」我說。

他瞟了入門地面，看到S的鞋，看出我不準備叫他進入客廳，就知趣地告辭了。

關了屋門，進了客廳，S說：「他問了你兩次有沒有時間，看樣子他很想跟妳談話，看妳對他母親的看法，並要探聽妳對他有沒有起疑心。」

「因為你反對，我不能讓他進客廳。」我說。

「他約好明天，卻提前一天來突擊，是他自己不守信用，能怪誰。他這麼突然來，就是要想趁人不備，一切由他作主動。幸好妳沒聽他的支使。」S說。

「他也許懷疑我有男朋友，所以不肯讓他進屋，因他看到地上你的鞋，知有男人在家，他自己是不會對伴侶忠實的，多半就想我有了男友，所以不便讓他進屋。」

「他說妳的氣色不好。這是故意這麼說。妳哪點不好？他這麼說是希望妳能抖出心中的苦衷，深入妳的隱密，這人真厲害。」

「兩年前，他也跟我說過同樣的話，就期望我道出私人的事。」我說。

「這是一些人的常用法。等他知道妳的苦衷後，才不會同情妳，而會藉著這內幕消息更進一步的來支配妳。像那個前房客，跟萊考夫無所不談，而到最後自殺，不但萊考夫不同情他，說不定還促使他早日自殺。而且一個君子不該對一位女士說她的氣色不好。」

「凡是說對方氣色不好，多半是不懷好意。還記得以前在圖書館時，我一改作風，不再那麼不修邊幅，而穿得好些，頭髮梳得整齊。而結果？那些跟汪小姐一夥的人卻說：『妳看起來氣色不對，是生病了？』她們這麼說，就是要讓我對自己懷疑起來，而洩氣。她們的目的就是要貶我，反對我振興起來，所以故意這麼地說我。至於萊考夫，是希望探出我的底細，好加以衡量我，都不是出於好意。」我說。

「人是太可怕了。生個孩子，誰會想到為了財產，盼望父母早死。怪不得現在歐美有不少父母，不願省吃儉用，讓不孝的兒女們來享福了！」S 說。

還不知萊考夫和母親之間的情況會怎麼發展下去。但是從他那，他母親一定得不到好的對待。

➢ 萊考夫──老當益壯

萊考夫在談話中說：「老已經不好受了，再加上窮的話，那更不堪言了！」

「老」已不好受，對老帶著畏懼，可怕，心有不甘的態度，那麼就不易活到老。

我對這句話，回去后，細細思索。

萊考夫是一位很有精力的人，他的努力，可能就是希望老年時，能夠不受窮困侵襲，所以說上那句話。從這句話中，看出他似乎有些害怕年老。

人的年歲，隨日俱增，每個老人，都有過他的童年，青春，中年的階段，那麼老年時，已度過了所有的人生階段，有什麼可遺憾的呢！

現代的人，尤其歐美之人，一到老年，即步入了「冷宮」階段。退休後，無所事事，沒任何目標，只是在「等死」，那麼死神將會很快的來臨。

只有不以「老」為人生之末路的人，他能怡然自得的仍積極的生活，不但甘於老，且樂於老，才能享受老年的愉快。

老年正如結實的時代。它已步過成長茁壯，開花的階段，正是人生之頂端-有著豐富的人生經驗，只要體力、精力仍然健壯，那麼為什麼不能老當益壯。

若對「老」見而生畏，視「老」為窮途末路，那麼又怎麼可能學到老，活到老呢！

靜觀一些傑出之人物，多半是到老仍積極做事，不但老年有成，且能活到古稀之年。

歌德活了八十三歲，他的浮士德二集，在老年時才完成。

Molke，為德國有名之將軍，他的名聲響天下，在他七十多歲時，率領大軍，大勝法國，他到八十多歲還沒退休。

愛德諾近七十歲才當選德國總理，他的偉大事業，成就於七十歲以後。

不少創業之資本家，活到八十、九十歲仍然活躍得很。

洛可斐洛，為美國大富鉅豪，活到八十多歲，他最欣賞的一首詩為描寫一個老貓頭鷹之詩，其一句為：多多的看，多多的聽，自己緘默為金。

有名的 Hammer，為醫生，他在五十八歲才進入油田事業。七十八歲在利比亞掘出了大油田。當 Muammar Gaddafi 上位，要沒收他的油田。他每天由巴黎乘飛機去利比亞交涉此事。跟他交涉之部長，在會談時，從口袋中掏出一把槍放在桌上，作為威脅。他不但不受威脅所攝，還是繼續這樣交談了兩星期，才談出了結果。他的堅強毅力，使他老當益壯的得勝。

他活到九十二歲。

他的一生以「席不暇暖」有名，今天在亞洲，明天在美洲，後天在蘇聯，之後又飛歐洲。他的父親也為醫生，在美國辦了一個藥廠。父親為共產黨與列寧相熟。列寧欠他父親十五萬盧布，他被父親遣去討債。他拿了好幾大箱藥品去索債，就此在蘇聯待了八年。直到史大林上位。他供應蘇聯小麥，從中獲利百萬多美金。各大國之首領，幾乎都為他的朋友，他的積極生活，老而不衰，令人佩服。

另一大油田巨富 Guldenhan，也是積極從事企業，在人生路上他絕不認輸，絕不認老。他的一句名言：「當你不能咬對手時，你去吻它。」他能伸能屈，在商場上，在工業場中，以他超人之智慧，靈活的外交手腕，積下了億萬財富。

他們都甘於老，老當更壯，以老為樂，那麼「老」自然難不倒他們，他們老又更壯，又進一步成就了他們更大的事業。19.04.1992

➢　大傻瓜

萊考夫過來聊天，講他在法國看房子的經驗。

「我叫那個法國朋友（姑且稱之為A，萊考夫從沒透露過那朋友之名），先給我跟幾個房主聯絡好，這樣我到了巴黎，就立即可以看房子為他買房子。」

為什麼為 A 買房子？始終不解。只為了友情之故？萊考夫那麼現實，不可能為了朋友而給他買房子。

據我猜測，萊考夫可能為同性戀。那位法國朋友A，是他多年的「戀人」。A雖然不長進，但是萊考夫卻眷戀於他，想為A買房子，這樣當萊考夫去巴黎會A時，不但住處不成問題，且能洋洋自得，解決了A的住處問題。

萊考夫的不同談話中，已對A有了一個輪廓：他為四十二歲，長得很英俊，會說一口流利的德文和英文，曾在瑞士，美國大使館任過職。他現在住在一位已過逝朋友父母親的公寓內。

而那位已過逝的朋友是誰？他怎麼那麼年輕就過逝了？A 與那位朋友住在公寓內一定已經很久了，自從那朋友過逝後，A繼續居住，不用付房租。

那麼A與那位朋友，多半也為同性戀，要不然對方的父母怎麼會憑白的讓A繼續住下去，不收房租？

這些是根據推理得知。萊考夫只說明一些情況，只有根據這些情況，猜測其中的原委。

「A 來接我到他家。哎！多髒的屋子，這個人只知我勤快，會幫他打掃房子，就竟然不收拾它，而等我來收拾。這次我可不是大傻瓜。我當然可以很快的收拾好，但是他既然對我的來訪，沒表示一點誠心，不先收拾好房子，那麼我為什麼作客而還要為他收拾房子？」

從這話可看出，他們以前曾住在一起過，而萊考夫做事麻利，動作快，收拾房子的事，由他一手包辦。A 所以沒收拾房子，大概還是「依賴」萊考夫的能幹勁，會為他清理房子。

而萊考夫以為他這次是作客而來，A 當然該先收拾好房子。而 A 本性難改，依然懶得如故，萊考夫不覺失望，覺得 A 沒有誠心對待他，歡迎他來。

「我以為他早跟一些房主們聯絡好了，只消我們一塊去看房子，而他卻什麼都沒做。這個人無可救藥。我只來巴黎幾天，就為了給他買房子，而他什麼準備工作都沒做。等我要去看房子時，才翻出報紙，打電話，訂時間看房子。」

「他最起碼的該先收集足夠的資料，好等待你到巴黎，看了房子後做決定。」我說。

「可不是，那個傻瓜卻什麼都等待我去辦，真是沒辦法。若是我說他幾句，他又會不高興，跟我生氣起來。實在難辦。」

看樣子，同性戀人之間，跟男女相戀差不了多少，對方還會耍脾氣，鬧情緒。大概萊考夫在與 A 的關係中占一個男性的角色，事事都得他拿下來承辦。A 是依賴他慣了，常還會發點小脾氣。

「我們看的第一座公寓，怪怪，只是一間臥房。在廚房中，圍出一個角落，有個沖水池。廁所卻在外邊走道轉彎處。這樣一個公寓，每 qm^2 還要八千馬克，簡直貴得不像話。法國人住家的文化，沒法跟德國人比。」

「還看了一棟公寓，在鬧市中，汽車聲音不絕於耳，這樣怎能住家，只得作罷。」

「又去看了一家公寓，在一棟二十二層樓上，在一條小街的後院。固然安靜，可是四周看到的都是隔屋的牆，沒有一點綠園風景可言。四周的高牆，使人有種身置監獄之感，當然我看不中它。」

「有一棟公寓，報上登著 $54qm^2$，要一百零三十三萬法郎，即每平方公尺為七千五百馬克。而我去量，根本沒有 $54qm^2$，只有四十六 qm^2。」

「我那朋友看上了這個公寓，一定要買。第二天他去見賣主，說明他要買下此公寓，那賣主，我猜想是個猶太人，見 A 想要買，看出 A 是個傻瓜，可以敲個竹杠，即提高了價格，說每平方公尺為八千馬克。」

「那個傻瓜一看中，就非要買不可。這不能怪那個賣主，要是我遇上了那麼一個傻瓜，我也會提高房價。只是那個賣主，是個道地的大傻瓜，他沒看出買主傻瓜，根本沒錢來買這公寓。」

萊考夫說時很得意。他將朋友 A，冠上了傻瓜頭銜，而賣主冠上了大傻瓜頭銜，一段段講述看房子的經過。

「妳知道這事情為什麼會這麼發展？當我們談到買此公寓時，我問 A，他省下了多少錢？他一毛錢也沒節省下來。他賺的錢不算少。月薪四千馬克，吃住不用花錢，一個人無牽無掛，卻連一分積蓄也沒有。」

「當我問他，為什麼沒有積蓄？」他回答：「巴黎生活太高太貴。」

「這簡直是活見鬼！我就說他，巴黎生活有一千六百萬人，有多少人能賺他那麼多錢，他又不用繳房租，那麼貴個什麼！怎麼不能存下錢來。」

「他即回答：『度假費用很大！』」

「大多數的西歐人都度假，我也度假，但是我卻年年省下了好多錢！」

「我想起了，他曾存下過三萬馬克，就問他：『這筆錢到哪去了？』」

「也全用光了！」

「這我可火了，我說：『你怎麼揮霍得那麼厲害？』」

妳猜他回答什麼？他說：「人只活一次！」

「這不是生活應有的態度。」我說。

「這是事實，人只活一次。這是他的人生哲學。我不能批評他的人生哲學和態度不對。他可以這麼生活，但他這麼生活後，沒有餘款，不能仰賴我給他買房子。我可以買房子給他，但他應該自己也出一分力量。」

「你不應一切順從他，應該糾正他，引導他。」我說。因我看出A自己沒有自我生活之紀律和能力，需要有人從旁指導，督促，甚至計畫強迫他過規律的生活。

萊考夫聽了，長長的歎了一口氣說：「以前，我為了別人好，常強迫他們為他們自己的幸福前途著想，而結果呢？只惹得一身怨氣，他們不但不聽，反而怪你，怨你，氣你，恨你。我因而知道：不能強迫任何人，即使是他們自己的幸福，也沒法去強迫他們！」

「他真是失去了一個好機會。」我說。

「可不是，我已將買房子的支票帶在身上，只要他能爭一點氣，省下一點錢，或是我到他那，做點準備工作，我就會給他買下了房子，這個傻瓜，一點不知他的幸運和幸福在哪！」

「他那麼地待你，太令人寒心！你帶著一腔熱情去看他。我還記得，你那時抱了好大希望要去巴黎，說是要看你的那位朋友，他多吸引人，他有語言天才，在不同的大使館任過職，現返回巴黎。你要為他買一棟公寓，平常讓他住，等你去訪他時，你也住在那。」

「可不是，我抱了好大的希望，能找到一個公寓，尤其現在法國房產跌價，正是殖財的好時機。那天我去的時候，從辦公廳趕去車站。車沒開多久，就覺胃不對，趕快跑到廁所裏吐了一大堆。兩個小時後，胃平靜了，我吃了點東西，過了一會，又翻起胃來，又要吐，而廁所卻是占住的，我正急得不知道怎麼辦才好時，總算廁所門開了，才沒吐在外邊。當然這些跟我那朋友不相干，但我受了不少罪，為的去看他，給他買房子，而這個傻瓜，卻不知把握這個機會，將它給糟蹋掉了。」

「真是可惜。」我為他惋惜。

這時萊考夫有些惆悵地說：「臨走前，我交待他：去跟那個房主人還價，若他肯照四十六 qm^2 之大小房間，七千五百馬克一個 qm^2 之價賣的話，你可打電話給我。」

這大概是萊考夫給 A 留了一個餘地，給 A 一個機會，好再跟他聯絡。

可是，萊考夫又有些失望的樣子說：「他到現在還沒給我打電話來，當然我也沒給他打電話過去。」

萊考夫的神態，像是跟一個戀人耍脾氣，在跟他打拉鋸戰，看誰能撐得久。

他當然是希望對方又來找他。

他口口聲聲的說對方為傻瓜，賣主為大傻瓜，但是誰是真正的大傻瓜呢？

➢ 夜半的電話

我通常每週在臨睡前，針灸二到三次。拔針後就可睡覺，這正代替了休息，可以節省時間。

在大腿血海處上了兩針，小腿上了四針，腹部上了九針，剛上了針，電話鈴響了。

會是誰來電話？這麼晚了，已近十二點。在歐洲的朋友是不會這麼晚打電話來，那麼一定是從美國來的電話。

我因不能起身，叫 S，要他去接電話。他在浴室，放著大聲的進行曲音樂，聽不到我的叫聲。

放開了嗓門叫了幾聲，沒有反應，只聽見進行曲的樂聲，我只好放棄要他接電話的念頭。

電話鈴聲不住的在響。

怎麼辦？一定是急事，要不然不會這麼的打來電話。

可能是姊姊或妹妹，為母親生病的事來跟我談。

兩個月前，也是在晚上，她們打電話來，告訴母親得了癌症。

但願沒有什麼壞消息。

要帶針起身時，電話鈴停了。我想，等我針灸完畢後，打電話去母親那，就知怎麼回事了。

正在這時，電話鈴又響了。

我在想，會不會是在美國普林斯頓求學的兒子，打電話來了，那麼他一定有急事，說不定他並不在家，而在路上來的電話，我沒法給他回電，只有立即去接電話，說不定他正需要我什麼，那麼不能讓他等得心急，以為我不在家，而使他有了困難，無處可告。

這麼一想，我很快的帶針起身，跑到客廳接電話。

電話中沒有「嘟」的一聲，那麼並非美國來的長途電話。我很感奇怪。

對方見我報了名後，震了一下，沒有聲音，我說：「哈囉。」

這時才有一位女人的聲音問：「我想跟 Grego 講話。這是他的藝名，他的名字為 V.K。」

他是這裡公寓的前租客。

我說：「他已不在這裏。」

「他去哪了？」她緊追的問。

「他已死了。」

「什麼時候？」

「已經一年了。」

「去年十月我還見過了他。」她說。

「他去年十一月死的。」

「妳知道他的具體情況？」

「我不大清楚。他是自殺死的，他有一個妹妹，你可以去問她。」

「我沒有她的電話。」

「我也沒有她的電話。」

「妳有貓嗎？」

「沒有。我聽說 V.K 有兩隻貓，他在死前將牠們殺死了。」

「我知道。他告訴了我這件事。他還說他死後，將他的存書送給我。妳知道他的東西在哪？」

我回答：「不知道。」

我心想，她早就已經知道他死了。她怎麼不傷心，只想繼承他的東西。

「我跟他處得很不錯，我們常常半夜通電話。」

「半夜常通電話？」

我心裏這麼想，若是常通電話，怎麼不知他已過世多久？事隔一年，她才來第一次電話，可見並不常通電話。

「我是他以前在 Düsseldorf 的同事，我有事來慕尼黑，正可以來看他，沒想到他已死了。」她說。

我在想：可能是她要來慕尼黑城，才想起給他打電話，好來住宿在他的公寓。

她說話前後有些矛盾。可能她知道，他會自殺，但不知他何時自殺。

人都是自私的，等要利用對方時，才想起給他打電話。若是真是好朋友的話，他早在自殺前會給她一封通知信，他曾給幾位朋友這種「通知信」。

「去年十月，」她繼續說：「我的一位女朋友過世，他還和我一同送了一個花圈，怎麼他會在十一月就自殺了。他在哪天死的？」

「我不清楚，只知是十一月。」

「他葬在哪？」

「森林墳場。」我說。這是我從萊考夫那得來的消息。

「對不起，這麼晚打擾了妳。」

「沒關係。」

這樣她掛斷了電話。

沒關係！？我真是太會說客氣的話了。

掛上電話，回到臥室。不但腿腳發痛，肚子也在作痛。長長的針都在體內彎了。

費了不少折騰，才將彎曲的針，一根根拔了出來。

肚子作痛，大腿起了一片血瘀。

他從浴室出來了，我告訴他電話鈴響過，我帶針跑去接。

「妳真是沉不住氣。讓電話鈴響，有什麼大不了的事。」

我說：「你會說風涼話。我心裏惦記媽媽和孩子，我不能靜靜地躺在床上任他們找我，卻找不到我。」

「他們有事？」

「不是他們打來的，是一位要找 V.K 的人打來的長途電話，我不懂，怎麼德國人這麼晚還打電話，以前德國的慣例是晚上九點後不打電話吵人。」

這時聽到隔鄰的電話響了起來，那時已十二點多了。

德國人的民情在這幾年內改變了不少。是好？是壞？28.10.1992

➢ 陰魂？

他先進入臥房，在那看書。

我一人留在客廳讀書。

讀了兩小時「景岳全書」，看看時間不早了，預備打完太極拳後就上床。

站起了身，正在練呼吸，燈光照到我身上，反映到陽臺的大玻璃上。

突然我有種毛髮悚然之感！

我覺得客廳有些陰森森地，馬上關上燈，走出客廳。

我一人在那，有陰森之感，而要趕快的回臥房，好跟他為伍，除去那種陰森氣氛。

為什麼我會突然有這種陰森感覺？難道世界上是有「陰魂」的存在？

我想起此房的前租客 V.K，是在十一月裏自殺的，是十一月幾號？絲毫不知。

現在正是十一月間。是今天他的祭日？而他的陰魂不散，使我突然害怕？

他是自殺身死的。那麼他該是死在臥房。

臥房 S 在內，我進了去。有兩人在一間房，使我沒感到陰森陰氣。

記得曾跟中國大陸一位來此進修的德文劉教授談此事，那時我們已決定租下此房，但還沒搬入。我跟劉教授說：「在我簽了約後，才知前租客是在這房間自殺的。但已簽了約，不好退，心裏總有些怕怕的。」

他回答：「妳搞醫這行的，還信什麼邪！」

我問：「你不信？」

他說：「哪一個房間沒有死過人！？」

「但是像這麼橫死的人卻不多，會不會陰魂不散？」

劉教授建議：「搬進去後，多請些人到家裡來玩，放大聲收音機，陽氣多了，陰氣就會散。」

來到臥房，心裏安定些，也不覺有什麼陰氣了。

是真的陽氣多了，陰氣就散了？

我沒跟S說明，方才一人在客廳時，內心害怕的情況，免得他也不安。

他的穩如泰山，沒想到陰魂之態度，應使我安下心來，我不可由於我的「膽怯」，而影響他內心的安寧。

因此我決定不要告訴他此事。05.11.92

➢　香檳區的蘋果

萊考夫打電話來：「我馬上給你送香檳區的蘋果，它又美又甜，又沒有殺蟲藥的蘋果。」

我以為他在跟我開玩笑。這蘋果是一星期前，我們從法國家中的果園，摘下帶來德國給他的。

他大概是開了玩笑。

我這麼想。他可能拿別的東西來，而故意這麼地說。

過了幾分鐘，門鈴響了，他已來到。

他手上捧了一個盤子，上面用銀紙包裝，遞給我。

盤子暖暖地，一定是什麼剛烤好的蛋糕。我想。

請他進入客廳，將禮物放在桌上。

你好吧！我問他。

「好，倒是很好，只是我母親，我真受不了我母親。她來住，頂多我只能忍受五天，再久的話，我要爆炸了。」

「什麼事，令你那麼生氣？」

「她老把我當小孩看。一下說我該帶狗去散步。一下又說，出門我沒上鎖。我告訴她，她不在此時，我還不是把狗養得挺好的。出門，我明明上了鎖，她卻不相信。」

「這都是小事，何必生氣。」我說。

「小事？小事？我知道，可是就是受不了她這般囉嗦。她有一天半夜四點叫我起來，說要帶狗出外散步。我說四點，我還累，不要起床。她說對面人家還在看電視，才不會是清晨四點。我說那窗子透出的是電燈的光，而不是電視的光。她就不走，在我屋子裡等我起床。你想，這樣我氣不氣。連覺都睡不好。她自己無聊，孤獨了，就要找我來聊天消遣，我實在不是她說東家長，西家短的對象。」

「難道她沒有鄰居朋友好聊天？」

「她們一個個都死了。她太寂寞。她說不如進老人院。但是我又不願她住到那。老人院的情形我清楚，並不是住進去後，孤單的人可以互解寂寞。人越老，性情越怪，壞的個性更是不易自我控制。人和人的關係，在老人院，不但淡薄，更是刻薄。」

這時我想到中國的「薑越老越辣」的話來。但我沒跟他說。

「最好她能從事一樁有意義的事，那麼一則不會寂寞，再則精神上有了寄託，像為教會服務等等。」我建議。

「她年紀大了，早已超過了工作的年齡，誰會要她幫忙？只是我不能作為她消遣的對象，這樣我准會氣得生病。」

「只要她對你沒惡意，你就當她的話左耳進，右耳出算了，何必跟她計較。」

「我做不到這一點，我受不了她的囉嗦。」他搖頭嘆息。

「當然我可以想像，有時一樁小事，指責門沒關好，若長久同樣的事，同樣的指責，久長下來的話，會有一天受不了的。它會在眼中成了一樁大事，尤其每當被指責時，忍氣吞聲。」

「我可不是這樣。我從小就不受她那套。我向來不對任何人低頭，誰也沒法說我什麼的。」

「那就說不上日積月累的忍氣吞聲了。」我說。我思索一會又問：

「她可以去你哥哥家待一陣子。這樣你們換著照顧她，比你一個人關心她好。」

「她已二十五年沒跟他來往了。」他低聲說，又試著解釋：「她不願意他利用她，占她的便宜，他們兩人吵翻不來往了。」

這是否與萊考夫有關？他與他哥哥也有二十五年沒來往了。看樣子是當時母親因為萊考夫之故，與萊考夫之兄吵翻。那麼是為了遺產之事了？

很顯然如此，萊考夫曾說，他母親已把她的房產全給了他。

「唉！」萊考夫忽然嘆息的說：「我這一輩子會消磨在小事上了。不管是我自己的私事，或是顧客們的爭執之事，全都是一些微不足道的小事，而我這輩就全耗在這些小事上了。要是我能再度出生，有我目前的成就和經驗，那該有多好！」

「你再生的話，你要怎樣安排你的生命？」我問。

「我要擺脫一切束縛，去世界各地遊覽觀看，多認識這個世界。」

「那又何必等到重新再出生。就當你今天死了。明天睡醒是又重生了，你可立刻實現你的想法。多少人都在幻想：若能再生的話要如何如何。那麼為什麼不能在他有生之日，來實現人生的理想。只是一般人很少想到這一問題。他們日過一日，年過一年，不肯用腦子想這一輩子過的生命意義如何。即使去想，也只在幻想來生該如何如何的過。何必等待來生，就該在今生的有生之年，朝著來生想過的生活過活。」我說。

「要是我能活兩百歲就好了。」

「當然，誰都希望能活得長，但是人的壽命卻不是完全操在自己的手中。」

「也許明天就死了。」萊考夫說。

「也許明天還活著」，我說，「那麼活一天，就該朝自己的理想過一天。否則日子一天天的過去，不去捉住它，總有一天會太晚了。像你才五十出頭，還年輕，可打著還有三十年的日子要過。那你要做什麼事？」

「現代的人瞧不起老年人，我能做些什麼？」

「你又不是去謀職。你是律師，你是自立之人，可以自己決定要做什麼事，就做什麼。」

「我要 Selbstverwicklichung 實現自我。」

「在哪一方面？」我接著問。

「我不喝酒，不信教，不抽煙，不吸毒，那麼什麼能吸引我呢？揮霍我的錢去買貴重物品，這不是我的個性。能以五百馬克購得之物，我不會去花一千馬克來買。那麼我要做一樁有意義的事。」

「什麼是你眼中有意義的事？留名？」

「我不在乎名，一死就百了了。留名有什麼用？」

「就是因為一死百了。我們應該做些死了卻還能流下痕跡的事。」我說。

「你相信死後還有生命？」他問。

「我不相信。因此，我在想，來到這世界上，不能等於沒來。自己有十分之力，在這世上只發揮五分，這生命等於凋零了一半。所以我們應該做些有意義的事。不讓這輩子跟我們的死亡而消失！」我邊思邊對他說。

「可是什麼是有意義之事？怎麼找到它的答案？」萊考夫帶一種期望的眼光看我，似乎想從我這找到答案。他又繼續的說：「對我周圍的人來說，我已是他們的岩石靠山，他們太軟弱無能，他們總來我這訴苦依靠。但是我又何嘗沒有軟弱之時，我也想找個大岩石，靠著他，好舒一口氣。」

「誰能一輩子堅強，沒有軟弱的時候？人一方面是萬物之靈，另一方面又是脆弱的很。即使生命也是脆弱的。正因如此，我們得要成就一些較有長期價值之事。」我說。

「這只有對不愁吃穿的人而言。一般人一輩子只在為食宿忙碌，哪有閑心來想這些？」他說。

「不錯，衣食足是第一步。像我從事醫學。我對這方面很有興趣，它也很有意義，但是我死後，它的成果隨我而逝，這不是一項能歷時不朽的成就。」

「我在想，收養一些孩子，讓他們能得到一些機會和可能性，發揮他們的才能。」他說。

「這是一件有意義的事」，我說：「但是在收養小孩時，得留意，找有值得培育之人。這可從小孩的眼神看出：有才能精力，智力之人，眼神也特別明朗光亮。」

「這些特殊的小孩，本身自能出人頭地，不需我去培養他們。我要收養一般的小孩，使他們有機會成長，出人頭地起來。」他糾正我的看法。

「只要你認為這事值得做，那就是一件有意義的事。有人專門從事收養殘疾兒童，這也是一樁頗富深義之事。」我說。

「我認得一位老太太，她收養了一位女兒。她不把女兒當作親生女兒看，即使寫信，稱呼她為養女。這種收養女兒，有待而收養--好的話，認其為女，不好的話，避而遠之的態度，怎能養出好女兒。她長大後為同性戀，養母就怪她不中用，其實是養母自己的態度不對，才會導致女兒心理之畸形。」

「在中國不同。中國收養子女，在家譜上不寫養兒女，兒女身份證上也不注明為養兒養女，這樣不影響子女的心理。」我說。

「我還認得一對姊妹，她們全是天主教徒，為了愛，收養了孤兒教養。她們的成果如何？卻等於零！沒有一個小孩成器的！如果是自己的小孩就不同了。」他似乎有所傷感自己沒小孩，所以話頭上老在收養小孩上轉，一方面對它是有無限的響往，另一方面又對它生畏。

「其實這跟自己的小孩無關。大多數父母對自己的子女都有特別羅曼蒂克的想法。大部分的人，都沒有轟轟烈烈的成就，那麼怎會因是自己的子女就會有出人的成就？這只是父母之期望而已，大部分之子女，都是庸庸碌碌。同樣的，既然大部分之人庸碌，又能何以期待收養的子女超群別眾？在養育子女，或是收養子女時，不可有太多的期望，只能盡一己之力來養育他們。」我說。

「我真想收養一千個小孩。」他若有所思的說。

「一千個小孩太多了。」我笑著說。

「當然」，他不盡莞薾的笑：「一千是太多了，它只是報出了我的心願。」

「你的志氣可嘉。」我笑著說。

「我恨不得成為你的養子。」他突然對我這麼說。

這話從哪說起？他年紀比我大，我怎能收養他做兒子？但是從這句話，看出他的茫然。他有病需要我的地方，我會盡量幫他的忙。但是他已塑成的個性，只有他自己才能去改正。

於是我對他說：「收你做養子不可能，但我們可以稱兄道弟。」

不知他懂了我的意思沒有？

我們又談了一些他的朋友，談到他巴黎的那位朋友時，萊考夫說：

「他買了一棟公寓，跟你們的房差不多大，花了五十七萬法郎。我給他寄了五萬馬克。他父母貼補他八萬法郎，這樣他只需每月付三千法郎。它在 Bastie 附近。」

「那地方的房子有發展的前途。」我說。這是讀法國房地產報導的消息。

萊考夫似乎很滿意。

那巴黎的朋友一定是他的同性戀朋友了。要不然他為什麼會白白寄錢去？

記得萊考夫八月從巴黎回來後，對那朋友氣極了。萊考夫像是「失戀」的戀人，帶著苦味說：「我要幫他找房，他自己卻不出力，這人扶也扶不起，令人傷心。我回德國後，他還沒打電話給我，我也沒打電話給他，看誰有能耐！」

很顯然的，他們又聯絡上了，居然還在這短短兩個月間，那個朋友已買到了公寓。

「我明年初要去看他，就可以看到那棟公寓。」

看他高興的神態，我也為他高興。他實在是位可愛的朋友。

他告辭後，我打開他送來的蛋糕看。

它是一圈圈用蛋麵炸蘋果的 Apple pie。

果然是真如他所說：送來又香又沒農藥的香擯區的蘋果。只是它已經過加工，變成又香又甜的一道油炸蛋麵蘋果。

➢　萊考夫，母與子

從萊考夫那，已聽了不少抱怨他母親的話。每個人都有本難念的經，尤其是家庭中，更是會為了些芝麻小事衝突重重，這是家常便飯，不足為奇。

萊考夫來診病。他的左手大食指時會作痛。給他針灸後，他說：「我母親頭痛，她三月間摔倒後就鬧頭痛，她現在正在我那，妳可不可以也給她針灸？」

我問：「她從摔倒後，一直頭痛？」

「嗯！她週一趕回去紐侖堡，就是因著頭痛要去看醫生。我想，她每天吃些止痛藥，不如試試針灸。」

「這也對，針灸治頭痛的效果不錯，即使因受傷頭痛也有療效。」

因她留在慕尼黑時間不多，就訂了下午她來針灸。

是早就久仰了她的大名。當萊考夫陪同她進入就診室時，我跟她握了手，請她坐下。我問她：「妳頭痛得厲害？」

她回答：「沒有痛，一點也不痛！」

我怔住了。萊考夫也大為驚奇的向她說：「妳說頭痛，我就急著為妳訂約會，怎麼到了診療室，卻又說沒頭痛？」

「我現在是一點不痛。以前曾頭痛過，看了醫生，他給我開了藥吃，就好多了。」說時，她把一盒藥從手皮袋中拿出，交給我看，說：「這個藥很好，我每天吃它，自從吃了它後，頭痛就幾乎痊癒了！」

我看了一下藥盒上的藥名，隨即把藥盒交還給她。

這時萊考夫反問她：「妳不是口口聲聲跟我說，因頭痛之故，跟醫生約好週二去看病。」他有些氣憤的瞪了她一眼，然後對我說：「她那人真奇怪。跟我抱怨頭痛，而來此就診時，卻說沒頭痛了！」

她聽了他的話後說：「我說那話時，頭在作痛，但是它現在卻不痛了！這是因我吃了此藥之故。」說時她又要拿藥給我看。

萊考夫說：「這藥妳已拿給虞大夫看了，不必再拿。何況若妳沒頭痛，趕回去看醫生做什麼？」

她沒理會他，又把藥拿給我看。

我接了過來，是方才她已交給我看的藥盒。萊考夫說：「我就知道她已忘了方才給妳看那藥，她的記性真壞，說了的話，做了的事，轉頭就忘了！」

「這是因為我頭部血流不暢之故，醫生拿儀器照了我的頭，發覺它貧血。所以開了這個藥給我吃！」

「針灸能不能治療腦部血流不暢？」萊考夫問我。

「它可以促進頭部血液的流暢。」我說。

「妳有沒有任何別的不適？胃口如何？消化如何？睡眠好不好？」我問她。

「一切好的不能再好。」她說：「我沒有任何毛病！」

「那可不錯。」我說時向她走去，要檢查她的身體。

一眼看到她的左腿比右腿粗，很顯然的左腿有毛病。我問她：

「妳左腿怎麼腫了？」

她說：「這是在懷他時得了血管栓塞症。」說時她指萊考夫。

「又是我的罪過！我已五十三歲了！還怪因懷我，而傷了妳的身體！」

「就是，這條腿腫了五十三年了！這是懷他之故，他太大太重，得剖腹生產。那時得了血管栓塞。」

我要她躺上診床，好進一步作檢查。

萊考夫將她抱上了就診床。它大約有 60 公分高，她不方便爬上去。萊考夫的力量大，一把將她抱上了床。

我檢查她的手，腿，左腿比右腿冷得多。即要針雙足三里穴。

她說：「我右腿正常不必針。」

萊考夫吼住她：「妳住口，虞大夫知道要怎麼給妳針治。」

在她雙手臂內關穴也各針了一針。

每隔幾分鐘她就問：「針好了？怎麼還沒好？什麼時候可以起床？」

她的雙臂不時移動去摸頭。我跟她說：「請不要動，靜靜地躺著休息！」

「要她靜靜地躺著！哼！她才辦不到，她的性子太急！」萊考夫在加以評論。

我給他使了一個眼色，暗示他不要說的那麼大聲，他說：「她的耳朵不好，她反正聽不見我們說的話！」

「你在說什麼？」她在床上問。

「與妳無關。」他向她大聲的叫。

他搖搖頭跟我說：「她那人真難伺候，好在週一她就返家，否則真令我受不了。」

她的眼睛瞪向天花板，有些潮濕。我不知她是否聽見他所說的話。但無論如何，這種母子間的爭吵，不是一件愉快的事。

給她針灸後，我說：「妳的頸部有些僵硬。」

她說：「的確如此。我不知去過多少按摩師那按摩，都沒有用。」

「妳的腰部應有些痛。」我又說。

她說：「果然，我已七十八歲了，這是年紀大的人病態。」

「明天我給妳針脖子。它的情況改善，對頭部的血流有助益。」

於是，我們約好次日上萊考夫家給他們針灸。

****

第二天進了萊考夫的家門，他母親怯怯地坐在客廳角落的椅子上。

她跟我握過手後，自動上了客廳沙發椅拉開的床。

很顯然的，這是她睡的鋪位。床上的被單沒有燙過，枕頭套有些破，被子很簡陋沒有被套。這是在德國家庭罕有的現象，尤其在年長的德國家庭中，不但被單燙得整整齊齊。而且內衣褲，毛巾也是燙得很平。

萊考夫大概上廁所了，他只開了門後，就沒有他的影子。

下針後她開始說話：「除了我給妳看的藥之外，我還有一種藥膏，這是用來擦脖子。促進血流的。」

「等針完妳可拿給我看！」我說。

「我有三個兒子，而大兒子在卅四歲時車禍死了。我傷心的得了乳癌，失去了我左邊的乳房。」她似乎在回憶的跟我講著往事。

「失去了一個兒子，真是痛心的事。他是個建築師，人又聰明，又能幹。」她說。

「這真是一樁很不幸的事。我有位朋友，她丈夫為律師，當她懷孕第二個小孩時，丈夫也因車禍過逝，她為此突來的事傷心不已。這是最令人痛心的了！」我講一位朋友的遭遇，期望因而減輕她的一點悲痛，至少讓她知道，她不是世上孤一無二的。同病相憐比孤零零地嚼著苦汁要好受些。

「我家住在紐倫堡，住的房子，二次大戰全被炸毀了。那時聯軍整天轟炸，德國被炸最慘的是 Dresden 城，其次就是紐倫堡。那天我丈夫正好去看醫生，聯軍丟下的是燒彈，我們住的那棟房，四十多人全死光了。那天我帶三個小孩去姊姊家，所以我們全能倖免。」她似乎猶有餘悸的說。

「那真是太幸運了！」我說。

「這都是命。世上一切都是命。我生萊考夫，得剖腹生產，又得了血管栓塞，開刀的醫生跟我說，像這種情況的產婦，百人中只有一人能倖存。」

「這也是妳體質好的緣故。」

「我的身體是好得很。雖然歷盡千傷，卻什麼也不缺。五年前，因萊考夫的狗，我摔了一大跤，腳摔斷了，住院八星期，開了刀，醫生手藝真好，才能無恙。」

「醫生是要找好醫生，否則有得是苦頭好吃。我認識的一位郵差，他的手臂彎曲不能伸直，就因摔了跤，醫生開刀弄壞了之故。」

「我有一個很好的保險公司，又有好的醫生照顧我，所以我能活到七八十歲，還沒什麼毛病。」

「妳是什麼保險公司？」

「是 Bahmar，每個月要付七百馬克。」

「夠貴的了！」

「可不是。但是付的價也高。像我五年前換了上面之牙齒，要七千馬克，保險公司就付了六千。我穿的緊襪，一雙要兩百多馬克，也是保險公司付的。」

「那麼保險還是值得。」

「我醫生說，我的身體那麼好，花那麼多保險錢實在划不來，他因而跟我打商量：能否用我的保險給別人開刀。這我當然沒答應。萬一有一天，我正需要開刀，而保險公司已付了同一手術的開刀費，那麼輪到我該開刀時，豈不就出了麻煩。」

她這句話，使我吃驚。德國幾乎每人都有保險，誰會用得上她的保險？

莫不是醫生要藉她的保險賺錢？換言之，根本沒給任何人開刀，卻寫給她開了刀，向保險公司索款。

這使我想起報上登載有些醫生拿了病人保險單，每張有效期為三月。醫生儘量利用這段期間，說給病人看了多少次病或開了刀，而向保險公司索款。事實上病人可能只去看了一次病，醫生卻寫五次八次。這些漏洞揭穿，是在有些病人已死了，而醫生不知，卻還開幾次看病之帳單，向保險公司索帳。這才使保險公司看出了漏洞，而開始以懷疑的眼光來對待醫生之帳單。

可能有時保險公司會問病人，是否在醫生那開過刀，或是頻頻去醫生那。那麼醫生只好先與病人打商量，好共同合作，騙取保險公司之錢。

看樣子，她所說的醫生，就心存這種「騙局」。

要是醫生真要為別的病人著想，給他開刀，而那人真沒保險，可以行一次好事，不收病人費用，為他開刀。這對醫生來說，並非是什麼大事。

據推理，是醫生想自己騙取保險公司之錢。也就是因為常有這種情況出現，又不易查得出來，所以保險費特別的貴。

這事我沒告訴她，也沒向她說明。有什麼用？這個世界不會因我看透了別人的底細，去告發，而能改善過來。只能人人憑良心做事，也許世界會改進些。

我的使命是在為病人治病，並非是保險公司的偵探，去調查有無醫生亂開帳單。

何況德國貪汙的例子越來越多，這些實在不是我的使命，管也管不清，反成了眾人之矢

即使我看破真相，告訴了她，也無濟於事。她對醫生缺乏了信心，對她而言，是種損失，而非獲得。

那麼還是少言為妙。

這時萊考夫進了房間。他突然大聲的叫道：「妳眼睛看來看去做什麼，有什麼事好要妳那麼好奇的轉著頭看，乖乖地躺在床上不要動。」

我嚇了一跳，幹嘛那麼地大吼，尤其對自己的母親！

她沒有作聲。

當我在另一間房，給萊考夫針灸時，他罵道：「我簡直受不了她。她

每天有幾百種事令人心煩，看電視時，批評這個播音員胖了，那個老了…這些關我屁事，而我卻得聽，妳看厭不厭煩。跟她我沒法相處一星期。我每天有不少次向她大吼，這樣至少我吼了後，氣就消了。否則受不了爆炸的話，就不可收拾。」

這使我想起一年多前德國的一樁兇殺案：丈夫殺死了懷孕八個月的妻子，將她的頭打爛，是因他從小受父母管教，已受不了，之後又受妻子的管教，他在外表是位彬彬有禮的兒子，是體貼的丈夫。誰知他內心在反對他們，恨他們。終於有一日受不了了，把妻子慘慘地打死，家庭中的悲劇可真不少！

是誰的錯？

給萊考夫上了針後，他說：「妳去看看我母親。」

我說：「我也正想去看她！」

過去將她手上，腿上的針拔掉。她說：「週一我就要回家了！」

「妳想回家？」

「那裏我已住了五十多年，我還有位妹妹在那。」

「她多大年紀？」

「六十歲。我十八歲時，她才出生。她只比我大兒子大四歲。可憐我的大兒子車禍死了。我生了三個兒子，每人都念了大學，學成立業，而他卻先我而死。」

「這真是可惜。妳丈夫呢！」

「他八十歲時死的。他是建築師。他抽煙抽得厲害，但是他的死，不是由於抽煙。」

「他得的是什麼病？」我問。

「他得的是什麼病？」她重複我的話，然後說：「他去住院，在醫院裏死了。」

「他在醫院開了刀？」

「沒有。他因什麼病住醫院？唉！我卻想不起來了，他一直不怕死，他住院前還說，他可能會死在醫院，而果然他就一去不回！但是他生什麼病？我真想不起來了。我的腦子血流不暢，這是我善忘的原因。不管他生什麼病，他已活到八十歲，八十歲的人，年紀已夠大了，有什麼三長兩短是自然的事。」

從她的話聽出，她對兒子之愛，大於丈夫。丈夫之死，似乎並沒使她失魂落魄。連他得了什麼病她已不知。可見得她對他之死，並不寄以很大的悲慟。

她似乎在話中，要表現出他們的家，是個好的家庭。丈夫為建築師，不怕死。

而從萊考夫那，得到的卻是另一個情況：他父親怕死得不得了。一點小病，就佯裝大病，不肯上班。又說他們的家境貧窮，父親只是一位小職員。他自己當過泥水匠，是憑自己雙手掙扎出來。

是誰的話可信？

但無論如何，萊考夫還是曾想過他母親。在他第一次針灸時，就立即想起母親頭痛，為她訂了就診之約，陪她來看病。那麼他當不是一位壞兒子。

只是為什麼他老對她凶？

她並非為一位壞母親。她也慈祥，沒聽到她罵過他。

但是兩人為什麼卻處不來？

真是家家有本難念經！清官難判家常事！05.16.05

➢ 折　騰

我打電話，謝了萊考夫叫人來裝幾個新插頭。插頭為洗碗機和影印機。

他在電話中問我：「為什麼妳不把洗衣機放到廚房而放到澡房？」

「它的進水和出水管子太短，只夠澡房接水出水之距離，不夠廚房。」我說。

「它夠的。我知道，我以前也是把洗衣機放在廚房。澡房太小，廚房有位置，妳為什麼不把它搬到廚房。」他又強調。

「要是水管不夠長呢？」我仍不大相信。

「它夠長的，我知道。即使不夠長，可以換長的。」他又說一遍。

「若是這樣的話，我就將它搬到廚房。」於是我回答。

剛巧這個週末威禮來訪。我想，洗衣機搬到廚房，澡房大了些，不也很好。就跟 S 說，我們把洗衣機搬到廚房。

這洗衣機又大又重，搬移真不容易。上面沒法用手抓住，下邊也沒地方好扶住。在搬動時，一處「啰」一聲響，莫不是什麼地方弄壞了？

花了將近一個小時，才將它弄進廚房。

因出水管子不能接長，我們就將它放在靠門處，以便它能伸到出水的盆中。

這樣入水管就不夠長，它可以換一根長管子。

我們把出水管安到了出水盆中，它不能固定住，就將它在固定的塑膠彎型中弄了幾次，總算勉強可以放在出水盆中。

這時發現，這樣我們就出不了廚房。因廚房門是關的，它得在門關上時才能放在出水盆上。門若打開，它就不夠長。

我們試著走出廚房門，然後將那管子放進盆中。

這樣它沒法安在那。

唯一一個辦法，就是得卸下廚房的門。

但是廚房沒門，不但做菜時味道進入別房，且很不雅觀。

怎麼辦？那麼只有又將洗衣機搬回澡房。

這場折騰費時不說，洗衣機還受損，真是得不償失。

當然萊考夫的建議是一番好意。

當洗衣機在廚房時，澡房就寬大了一些，它是小，再加上洗衣機，出入都不方便。

洗衣機在廚房，上面還可當個桌子用，擺著切菜機，電飯鍋等，是不錯的主意。

只是萊考夫說的太武斷，他知道它可以放進廚房，照樣使用，又說他曾將洗衣機放廚房的。他因是房東，又在同一房子住過兩年，我就相信了他的話，心想入水管可以接長，那麼只需將出水管那麼安置，可以到搆到水盆中即成。卻不料，當它搆上出水盆中，就得靠門放，而門在那，將它安置上了後，就出不了門。出了門，就沒法安放在那。我們試了從門縫中紐過去安裝，也沒有辦法。

唯一方法只是把門卸下。

這又非我們所願。

由於此事，我得了兩個結論。

為別人出主意，不能太輕易。若不是一定確信，不可強調知道。一個出自好意的主意，並不代表它就能行得通。當它行不通時，對方還會受「罪」。

再者不能太輕易相信別人的主意，還得自己先觀察思想，實地探查一番，才能採取行動。若是立即相信，沒加深刻的思考，到時候行不通，吃虧的是自己。

當然這事並沒什麼太受損失，頂多只是再把洗衣機搬回洗澡房，而洗衣機受損而已。

若是遇到舉足輕重的事，那麼吃虧受罪就更大了。有時甚而沒法有「回路」「回頭是岸」的機會了。26.06.1993

➢ 萊考夫和狗

穿上大衣拿了垃圾，預備出門倒垃圾和散步。

走到三樓梯口，看到萊考夫正進電梯。他的狗卻不肯進去，停下來等我。

牠走到我跟前，聞了聞垃圾後，才進電梯。

我是步行走下樓梯，在底樓正好碰到萊考夫帶狗走出底樓的電梯門。

他似乎想避免和我見面，但已沒法了，就問我好不好。

我回問他，他說還可以。

他牽著狗出了門。

我走在他後面。

「妳還要去散步？」他回過頭來問我，我點點頭。

「那要小心地滑。」他說。

他剛說完，他的狗踏在一塊已經成冰的潭水上，滑了一跤。

「謝謝你，你也要留意。」我說。

他牽狗繼續往前走。我進入垃圾房，把垃圾倒進箱中。

當我出來時，他的狗卻回轉頭，掙脫了萊考夫的手中牽繩，朝我奔過來。

「妳垃圾中一定有吃的！」萊考夫見了，對我這麼說。

我向他走去，並說：「它裏面裝的是鴨骨頭。這條狗鼻子可靈。」

「太靈了。」他說。

「你上次來我診所看病的帳單，保險公司全付了？」我問。

「差不多，自己還貼了一百多馬克。」

「我寫了很詳細的帳單，就希望你能拿回全部的就診費。」

「下次妳多寫一次我來妳診所診病的次數就好了。」他邊說邊將他的右手伸給我看說：「中指和食指常常發麻。」

「這是血流不暢，你明年再來診。」

「妳過年休息到什麼時候再診病？」

「我要去法國一趟，一月三日就再開門。

「我一月六號後打電話給妳。」他說。

「你也要小心走路。」我又叮嚀他。

自從他跟我講，他「恨」母親，恨她「老不死」，使他很不耐煩，並云，她的母親，即他的外婆，只活到八十一歲，那麼，她可能也只能活到八十一歲，她已七十九歲了，當他說到此時，內心似乎興起了一種快慰，似乎在想，他頂多再等兩年，母親就會一命歸天。但他卻又抱怨，她怎麼還那麼健壯。他在無意中透露出他的內心隱衷：他不耐煩的等待接受母親遺產。

當時我聽了後，心裏一陣震驚，但能說什麼呢！

他大概發覺，他對我說溜了嘴。

此後他都有點怕跟我偶然相對而過。

這麼想著想著，我已走到了上邊的交叉口。

路是滑得很。我走到草原上坡處，到那個最陡之坡處，腳一滑，幸虧兩手立即著地，還沒往坡下滑跤下去。但是上山路好滑，幾乎難以再往上登。

這時看到山「路」旁的草地，有些地方露出一些綠草來，我就踏在綠草上，這樣才爬上了坡。

爬上到高頂。冷風刺得臉上發痛。

大概零下四，五度。

那時已四點半多，天還沒怎麼黑，只漸漸進行變黑，可說已有百分之四十的黑。

前兩天四點半時，天已黑了。

曾聽說，聖誕夜定在十二月二十四日，是按照 Germain 人的節日，因那天是黑夜漸往後移的轉移點。

看樣子，是有道理。今天，天沒像昨天，前天，黑的快。

物換星移，地球在輪轉，時間就在默默中消逝。

大自然，都是順它們的自然規律，日以繼夜，春夏秋冬，年復一年。不管生物的有知或無知。

世界是神創造的？

也許對無神論的人來說，該不能否認，所謂的神，就是這種有跡可循，有目可見，有靈可感的自然之規律了。02.1994

➢ 電梯內外的對話

我們和萊考夫同乘一個電梯，剛巧電梯壞了，停在兩層樓之間，可以看見在三樓走道上來往人的穿著鞋走動的腿腳。

萊考夫是我們的房東，為法律博士，專業為遺產律師。

他擁有好幾棟公寓，我們住的公寓，就是他最新買的一棟。他母親住在同一棟公寓大樓，正在我們住處的對面。

萊考夫把他母親從紐倫堡接到慕尼黑來住，就是打著接受她的財產。她看透了他的動機，氣他氣得要命，兩人幾乎成了仇人。

當我們陷在電梯內，進出不得時，萊考夫按警鈴。

整棟公寓內，只有萊考夫的母親一人在。她聽到鈴聲後，出來看個究竟。

萊考夫叫住她：「媽，請妳打電話給電梯公司，我們被關在電梯內出不來。」

「原來是你，你這個可惡的人，我才不管你。」說完只見她離開，絲毫不去管她的兒子。我們看到她的腳步聲越走越遠。

「我媽神精有問題。」萊考夫對我說，說完他又按警鈴。

我們聽到她又打開她公寓的門，走向電梯，我們看到她的腳步又出現在電梯前。

「媽請妳打電話到電梯公司，它的號碼為：235…」

「你這沒良心的兒子，關在電梯裏，正是對你的處罰。」

「媽，請妳…」

「你還有臉皮來求我，我咀咒你還來不及。」

「她簡直發瘋了，說些沒頭沒尾的話。」萊考夫對我解嘲似的說。

「不是我一人關在電梯內，妳的鄰居也在內。」萊考夫對她喊。

「我才不管他是誰，跟你在一起的，沒有好貨。」

「媽，請妳電 23…」

「經過你那種沒人性的對待，我才不管你的事。」

說完她又離開，她越走越遠。我們聽到她開公寓門聲，又關上了門，她絲毫不去管她的兒子。

我們對看著。

「再求她一點沒有用處。」萊考夫莫可奈何的說。

「我們還是得按鈴，說不定別的公寓鄰居會出來管我們。」萊考夫說完又按警鈴。

這時萊考夫的母親又過來了，對她兒子說：「你有完沒有，按鈴吵死人了。」

「請妳打個電話，妳都相應不理，我沒有見過這種心狠的母親。」

「我心狠？你不去想，你對我有多麼可惡，你偷我的錢，你…」

「妳不要亂說，妳自己把錢亂放，找不到就亂怪起我來了。」

說完，萊考夫對我搖搖頭說：「她記憶那麼壞，不知自己把錢放哪，就疑神疑鬼，以為是我拿走。我才不稀罕她的錢。她這樣下去，真得要把她送進神精病院。」

「妳閉嘴，不准妳亂說下去！」萊考夫這時對她凶狠起來。

她聽到萊考夫這句話，氣的更走前一步，對電梯下的兒子大罵：「不要以為我怕你，你這渾蛋傢伙。你以為當了律師，就可以隨便擺佈我，我不再受你的擺佈。」

「她那個人簡直在發神精病，我正要去處理這事，你是一個證人，你看到了，她是在怎麼樣的對待我，這哪裡是一個正常人對待兒子的態度？」

說完萊考夫對母親大喊：「妳這老不死的，妳給我閉嘴！」

「什麼，你還來下命令，不准我說話？我要所有的人都知道，你這個壞蛋兒子，不但要侵奪我的財產，還盼望我早點翹辮子。我生了三個兒子，只有老大對我好，當他車禍死後，我傷心的得了乳癌，而你呢？你卻高興，你父親的遺產少一人得。我看透了你，我白養了你五十年。」

「你看，她那人不是瘋婆是什麼，你是見證。」

我沒有說話，他們母子間，幾乎成了仇人，這場爭執會有什麼下場，真是難以想像。我只是萊考夫的房客，對他們的爭執沒有插手的必要，更沒有當裁判的義務。

「你說什麼？」萊考夫的母親在上面喊。

「妳不要管，妳不打電話給電梯公司，就不要站在那裡。」

「我就要站在這，我感激天主，電梯壞了，把你關在裡面，你早就該屬於關進監牢的。電梯就是你的監牢，最好它永遠不要修好，這是處罰你的最妙方法。通常我跟你一講話，不對你的口味的話，你就一走了之，像個魚一樣的滑掉，對你莫可奈何。現在你可走不了，你不聽也得聽，最好所有公寓的人都能聚集在這，聽我說的話，你這狼心狗肺的兒子。」

「妳閉嘴！」萊考夫喊著，然後他轉向我說：「你可聽到她說的那種狠心的話，她簡直是發瘋了，天下哪有這種母親。她疑神疑鬼，她自己東西和錢包亂放，找不到的話，就怪我偷走它們。我是律師，我是正人君子，偷她的錢做什麼，她亂誣賴我後，找到了錢包，我提醒她以後不可再亂誣賴我，她卻連她曾亂誣賴我過的事，忘的一乾二淨，反怪我亂說她。我真是傻，把她接到慕尼黑，完全是一片好心，能就近多照顧她，卻惹得一身麻煩。」

這時另一位鄰居下班返家，聽到我們的談話聲音，他過來，得知我們被困在電梯內，他立即答應打電話給電梯公司。萊考夫還請那位鄰居把他的母親請回她房，這才解除了一場窘勁。

萊考夫過了一年後在醫院病逝，他的母親生了三個兒子，他們都比她早過逝。

當時萊考夫和他母親在電梯內外的對話，使我至今難忘。作為第三者，雖然聽到雙方的對話，我沒有方法判斷誰是誰非，更何況在一般情況下，只聽到一方的片面之辭？1995.

第六章

來治病的醫生和心理醫生

前　言

➢ 西方醫師（Doctor）名字來源和中國對醫生的稱呼

醫師(Doctor)的拉丁文為 Docere，它的意思是「醫生是老師」(Doctor As Teacher)；即醫生在看病時，要教導病人，如何去服藥，需要注意什麼，如何去做，才能康復。而病人要能互動、接受。

這可以從「Docere」相關連的字「Docile」看出。它是指：服從，準備接受監督，管理，控制或教導（Ready to accept the control or instruction; submissive）。

跟「Docere」有關的字，還有「Doctrine」。它是指相信、信仰，多半指哲學、宗教方面的信仰或傳授這方面的知識。

哲學是闡明人生的道理，宗教給人信仰。兩者都是給人們一種生活的方向和目標。這對身體健康來說很重要。

我們可以拿中國古代聖賢之言來參證：「大學之道，在明明德，在親民，在止於至善。知止而後有定，定而後能靜，靜而後能安，安而後能慮，慮而後能得。物有本末，事有終始，知所先後，則近道矣。」

有了目標為知止。能知止、能定、能安、能慮、能得，則能近道。而道法自然。好的正派哲學、宗教能指導人，給人一種生活規章，這對健康有益。

中國人對醫生行業的稱呼，來與西方醫生名詞的含意，做一個小小的比較。

中國稱醫生這行業為「行醫」。古時，醫生要到病人家去診病，所以以「行醫」來做稱呼。這是因為一方面生病的人不適合走到醫生那裡，不必起床，最好在家休息。而且醫生到病人家，可看出他生活的環境，居住的風水，是否與疾病有關。如居住處很潮濕，那麼疾病很可能就是由於濕氣所引起。這對診斷疾病會有不少的幫助。

在西方，以德國為例，病人有病，不便起身，或是週末，醫生不看門診，一天之內，都可以請值班的醫生到家裡來看病。病重時可送進醫院治療；需要較長時間療養的病人，可以到療養院養病。

由此我們可以看出，無論西方或東方，醫生和病人間的互動溝通，對治療、對病人的康復都是非常重要的。

醫德的重要

醫生也是人，免不了患病，尤其接觸的都是病人，除了傳染病，會有可能傳給醫生外，在診所／醫院治病的醫生們，病人得病，會放射出多多少少的負面情緒。一般不同職業的平均壽命，醫生的平均壽命年齡，要比許多職業的平均壽命短。

病人會遇到出言不遜，沒有耐心的醫生，這是可以想像。

在我從醫以後，所接觸的醫生，他們一般對我都以同仁對待，除了有些性格高傲的醫生為例外。

當了醫生後，更看出醫德的重要，不可以為了錢，敲病人的竹槓，這些多半是庸醫。

對醫學有興趣，出於愛心，為病人治療疾病，愛護病人的醫生，多半是好的醫生。這可從歐洲醫學之父的 Hippocrates 看出。他的醫者誓言，至今仍為醫生的圭臬。

➢ 希波克拉底斯（Hippocrates）醫師誓詞

我鄭重地保證自己要奉獻一切為人類服務；

我將要給我的師長應有的崇敬及感戴；

我將要憑我的良心和尊嚴從事醫業；

病人的健康應為我的首要的顧念；

我將要尊重所寄託給我的秘密；

我將要盡我的力量維護醫業的榮譽和高尚的傳統；

我的同業應視為我的手足；

我將不容許有任何宗教，國籍，種族，政見或地位的考慮介於我的職責和病人間；

我將要盡可能地維護人的生命，自從受胎時起；

即使在威脅之下，我將不運用我的醫學知識去違反人道。我鄭重地，自主地並且以我的人格宣誓以上的約定。

日內瓦宣言——世界醫學協會一九四八年日內瓦大會採用。

美國醫生協會也以此奉為圭臬。德國的一位醫生 Sauerbruch，就是一位具有這種美德的典型醫生。

這章後面錄下一篇小說「審判」，那是不同病人訴苦的情況，以一位外科醫生進入地獄受到審問為題。

➢ 醫生和病人間的溝通問題

醫生和病人間互相溝通存在一些實際的問題。對病人來說，他生病去看醫生時，是一對一。這是說，他希望醫生能夠聆聽他的陳述，了解他，解決他身體心靈精神上的苦惱。可是醫生每天要對待不同的病人，換言之，是一對三十或更多的病人。他雖然願意，可是沒法對一個病人，給予太多的時間。這可以分為經濟上和職業上兩個問題來探討。經濟上是醫生不能夠靠一個病人來生活。他的收入要靠不同的病人來維持。我聽舅舅舅母講過他們的經驗。在健保剛剛開始的時候，醫生得到健保的經濟支柱比較高，所以儘量拉健保的病人。後來健保所付的款減少，就對健保的人，不大起勁，不時要求病人自己多掏腰包，好接受較好的醫療藥品和設施，如健保付的顯像劑不夠好。即使在德國，醫生為了讓病人多來看病，就順著病人的要求，他們要求出證明生病，醫生就開請假生病證明。一位女醫生跟我自嘲的說，她是一個社會的工人。我不了解她的意思，她解釋說，她靠著給病人寫請假為生。若是一個醫生能夠靠少數病人，生活就沒問題，而且沒有那麼多人，生病的話，他就能夠給每個病人多一點的時間。

但是他們不能，這就跟一個教師教一班學生。他不能對每個學生給一天的時間。他只能對他們同時講課，不能一一的給每個學生補習。

職業上的又可分為好多類。有些醫生醫德好，醫術高，經驗豐富。他聽病人陳述幾句話，就能抓住要領，知道病人得的是什麼病，該開什麼藥劑，該怎麼治療。這種醫生不願意病人多囉唆，只要病人說出生病要領。

沒有醫德沒有本領的醫生，不但不會判斷病人的病，會開錯藥，耽擱病人的病情。

有時醫生碰到絕証，當他無能為力的時候，他就不願意再花時間在那些病人身上，寧可花時間在還能夠治癒的病人身上。

可是正是那些得絕証的人，希望內心得到醫務人員的關心，給予希望，給予照顧。

這些病人需要一些懂得醫學的人士的照顧關切。從事這類工作的人士，得要有宗教的愛心來照顧他們的病人，一般人很少有這種長期的愛心，耐心。這又涉及人性和社會的結構，如何能來安排使得得到絕証的病人，能夠得到生的尊嚴和死的尊嚴。27.6.05.

醫生爲病人

來我診所的醫生，有內科，外科，家庭醫生，心理學醫生。每人都有自己的病人，而他們本身也會成為病人。

➢ 來戒酒的一位醫生

這位醫生是巴伐利亞電視台，透過媒體，自願來診所戒酒，作為戒酒的一部紀錄片。

因為他是醫生，電視台在錄影錄音時，用特別的錄影方法，使人看不出他是誰，以便他的病人們，不知道他是一位酗酒的醫生。

但是記者在問話和他的答話中，知道他是醫生，這點他沒有隱瞞。

他約五十多歲，是一位家庭醫生。他說，通常他給幾位病人看病後，他就會到後面的房間，打開冰箱飲酒。他喝的不是啤酒，而是烈酒。

在第一次針灸後，我告訴他，針灸治療酗酒，不只是有戒酒的作用，使飲者不再那麼的上癮，而且還能化解身體的酒毒，若是硬要多喝酒的話，身體可能會出現反作用。解毒是透過體針竹賓穴和復溜穴，它們屬於腎經的穴位。

他針後，第二次來治療時，他訴說，上次針灸後的經過情況：當他又回到後面房間，打開冰箱拿出酒來喝時，他不能夠跟往常一樣，將酒大口大口的往下痛飲，而是喝一口後，身體就對酒似乎有一種制止的感覺，他不能猛吞，他大大的減少喝酒的份量。他身為醫生，不能夠解釋，為什麼針灸會有這樣大的效用。

每次來診，記者都作下錄音錄影的紀錄片，他說話很誠懇，不隱瞞他酗酒的事，每次講他戒酒的經過，都會讚美我，說他沒有想到，中醫會有這樣的效果，他沒有針灸到一個療程，就完全停止解除飲酒。

可是後來很不巧，他發生意外事件，喪身。

當這部影片要將他的訴說，記者的問話對答等等放映，他的妻子反對，它的放映，雖然他的臉部全部是看不出相貌，不知是誰，但是妻子說，他說話的聲音，認識的人會聽出來，她阻止此影片的播放。

本來是戒煙，戒酒，減肥一共三部影片，算是一個系列，可是戒酒這部影片就因此胎死腹中，不能夠放映。很是可惜。

這位醫生，個子不高，人很和善，對我很好。他沒有一點傲慢自大，一點不輕視自然醫學和中醫，相反的，對中醫很感興趣，每次來，都會跟我聊上一些時候。

此片不能放映，固然可惜，但是更可惜，聽說這位醫生騎車在馬路上時，被一輛汽車撞到而喪生，多麼的可惜。11.11.2020

➢ 俾協醫生

這位醫生是來治療他的瀉肚和不時瀉血。他自己治療，不能夠達到有效的結果。

他曾經來針灸過幾次。他有十天不曾來診。 他再來診時，說仍瀉肚、瀉血。

看樣子在這十天內情況變壞。

問他，有沒有做洗腸。這是他自我認為，並決定，對他身體有益的措施。

他說一周前做了。

那麼似乎無效。

以前根據他的敘述，他每做一次洗腸，他的瀉肚情況都會好轉。

他的情況轉壞，按照我的診斷，是他堅持吃節食、生食、冷食、吃牛乳製品。

我勸他不能吃太多生冷的，它們對他的胃腸不好。

他說他的經驗是它們對他的腸胃有益。

我勸說，他沒聽，他自認是醫生，一切以西醫眼光來判斷，我也沒辦法。

果然，這十天來，他因吃了冷食，多吃牛乳製品，情況變壞。

「我已吃了藥，它是消炎的，但似乎沒效。」他說。

我昨天給他針灸，合谷、太衝、曲池、天樞、關元、三里、上巨虛、三陰交。

並要他次日再診。

今天他來時，又騎有輪的 Rolle 來。他說他也騎它去上班。

它是像自行車類似的有手把的輪車，但腳是站在一片長木板上，它下面有好幾個小輪子。得要腳踏地，然後一蹬，兩腳站在木板上，圓輪就往前滑。

「到你上班處有自行車道？」我問。

「我不能在自行車道上騎它，只能在人行道上騎。」

「但它有輪子，比行人快多了。」我說。

「我想警察會認為我應在人行道上騎它。」

「你的情況好些？」我問。

「好了些，我不知道是吃藥還是針灸的療效。」他說。

「只要你情況改好，就行了。不必去管是針灸或是藥效。對我來言，病人痊癒就是最上上大吉的事。」

他沒想到我居然會這樣的回答，並不居功。他並不大滿意這回答，即說：「我想知道，到底是哪樣治病方法有效，那麼下次我可先用那方法。」

「你可以先試藥，沒效的話再來針灸。」

因為我知道，他是西醫，他反正也會先吃西藥，我說也沒有用。他又沒料到，我並不賣瓜說瓜好。

他即說：「我常聽說吃藥先有效，之後就又沒效了。」

「就是這樣，不少病人先是吃了不少抗生素，來消解體內炎症，如膀胱炎、腎炎、副竇炎、前列腺炎，但吃了後好一陣子，之後又犯，只得又吃，有些在一年內吃了八次抗生素，炎症只在剛吃後好些。還有一位前列腺炎的病人，吃了三年抗生素，沒有治癒。你上周不是洗腸了？

它的效果如何？」我又再問一次。

「這次沒有什麼效。」

以前每次針灸改善了他的情況後，他都說，這是洗腸的緣故。

我沒提這件事，他應自己內心有數。

「我看電視報導，達賴喇嘛的醫生以按脈、熱療及草藥治病為主，它跟中醫有無關係？你開不開藥方？」他問。

「按脈是中醫相當重視的。熱療多半適於天冷，身體內陰氣重的寒症。我也曾給人在德開過中藥方，但德國這邊藥房，不能拿正確之草藥，如 Angelica sinesis，中文是當歸，藥房卻給 Angelica dadurica。我開熟地的拉丁藥名，藥房給生地。還有黃芪的品質好壞相差很大。中藥煎熬不能用鐵鍋，在德不易辦到這些條件。」

「我沒想到，達賴喇嘛還會生病，我以為以精神宗教為主之人，不會生病的。」他又說。

他似乎信佛，至少他參加了佛教的「禪宗」講座。

「教宗也免不了生病。」我說。

「教宗是另一回事，但達賴喇嘛應該不同，佛教吃素念經，入世修行應精神超出一切。」

這是典型的德國人，以為吃素就一切 OK，以為宗教至上，就可免於病害；信佛的好處就是能再投胎。

他是西醫，一方面一切以西醫為出發點。另一方面，西醫又不能治癒他的腸病，就來求治於中醫，但同時卻又處處表現西醫有多好，等試全了西醫療法，行不通，仍然生病時，才又來找中醫。

回家我跟 S 講與俾協醫生的一番對話。

他說：「你大可回他：若我說中醫針灸治好了你，你會說不相信，心理在想，我在吹牛。若我說，西醫藥物治好了你，你會說：那妳給我針灸做什麼？若我說各有其效，一半一半，你會說，那麼你只付一半的針灸費。」

他說的我直笑。

真是對一位西醫醫生，像他那樣態度的人，是不管怎樣的回答，都不能說服對方，使他滿意的。

這使我想起，有一次跟一位德國主管電視健康節目的 W 去參觀北京的中醫醫學院。衛生部請我們和一些中醫醫生晚餐。

座中我們談起中醫按照「臟象學說」食療的好處。W 說，他不相信這些。

當時一位中醫師就用中文說：他不相信就算，我們才犯不上跟他去辯白，落得一個老王賣瓜的譏諷。

這位中醫師的話，有道理。

➢　卡帕瑞醫生

這位卡帕瑞醫生高高大大，是來治療減肥。

他說他吃的不多，並沒有餓飢荒，除了喜歡吃甜食外，其它吃的不多，可是體重就沒法減輕。

他是在看了巴伐利亞電視台，在我診所拍攝的紀錄和講解的 45 分鐘減肥的影片後，特地來為減肥診治的。

看他的大塊頭，體重一百公斤以上，就針對他的情況治療。

他喜歡甜食，甜食跟脾胃有關。

他雖然胖，體壯，但是新陳代謝不大順暢，時有便秘。

於是我針灸選擇胃經的內庭穴。

為什麼？本來應該針灸瀉子穴，胃經的子穴是厲兌穴，可是在針灸，子穴在井穴時，最好以它上邊的內庭穴針灸，這是我的老師房煜林告訴我在減肥時要用內庭穴位，效果更好。

我按照這個指示，果然效果比厲兌穴位要高。

此外還以耳穴減肥穴位，加上通電。體針加上中脘，三陰交，內庭穴位。

並要他去掉甜食，不時按摩耳針的揿針和內庭，以及腳趾的厲兌穴。這位醫生兩星期後，又來治療，說他不再吃甜食，身體感覺輕鬆，並在這段時間內，減少兩公斤。他只來治療兩次，因為路遠，就沒有再來治療。

這裡要提內庭和厲兌，它們都屬於胃經。足陽明胃經循行從頭走至足，歷經頭面、頸、胸、心、肺、肝、胃、腸、下肢等部位，根據「經脈所過，主治所及」胃經的穴位，能夠治療許多的身體不適的疾病。

即使按摩點穴也會有療效。

內庭穴位：在足背当第 2、3 跖骨结合部前方凹陷赤白肉际处。左右各一。

主治疾病：

1. 牙痛、咽喉腫痛。
2. 腹痛、泄瀉、便秘。

這個穴位，同時可以調節泄瀉和便秘。

胃火牙痛

掐按內庭穴：用大拇指指尖掐、壓，力度適中，每次 1～2 分鐘，然後再掐壓另一隻腳，如此反覆 2 次。作用功效，能夠清胃泄火，去口臭、緩解牙痛。

厲兌穴為足陽明胃經的井穴。

厲兌穴位於第二趾趾甲根外邊下方約 0.1 寸處。

厲兌穴主治：

《醫宗金鑑》記載：「厲兌主治屍厥口噤氣絕、狀如中惡、面腫、喉痺、驚狂、好臥足寒、膝臏腫痛等症。」此穴與隱白穴同針，治夢魘不寧。

嘴角上火

- 點按厲兌穴用食指點壓此穴，每次點壓 30-50 次，兩腳交替進行 2～3 次。
- 作用功效，有清熱利濕、通調腸胃的作用。9.11.2020 發佈

➢　一位多才多藝的心理醫生芬娥

她是學心理學，去年來此針灸了十多次，一方面戒煙，另一方面治療她的憂抑症。

那時她準備考開業之執照等等的試。同時她自己也收病人，以致十分的忙碌。

她還叫丈夫來針灸，他眼睛深度近視，曾以雷射接銜他的視網膜剝離。

上周她又打電話來預約針灸。她說她已通過所有的考試，我祝賀她。

她有一位三歲多的女孩，她十分可愛，她曾帶她來過幾次，守在她旁邊等她針灸。

昨天下午給她針灸，她在助手那付了款後，跟我說，想跟我談十分鐘。

我請她稍等，因那時我還得照顧別的病人。

等到有了空閒時，請她坐到我對面。我知道，有事使她困擾，但不知是什麼事。

她的眼睛紅了，但她試著說明她的情況：「方才在針灸時，我想起兩年前的一樁事，我有要跟妳一談的必要。那時我肩背胛痛，去一位 Heilgymnastikerin 那診治。那位女士好像是信一種邪教，她說天上、地下等等之事，又說她有神力。自從在她那接受治療後，我感到心神不寧，對真實的事件，沒有判斷的能力了。我不能判斷一事的價值。我對所經歷的事，有一陣霧茫茫的感覺。」

「妳去她那幾次？」我問。

「十幾次。」

「先後有多長時間？」

「大約兩個月。在她那時，我感到受了邪，人完全變樣了，直到去年來妳這針灸後，我才有又逐漸恢復自我之感。妳看，會不會我在她那中了邪？」

我心裏想，怎會中了邪，頂多受了一點那人的影響，很可能她那時自己人不舒服，沒有判事清楚的能力，可能此兩事剛巧發生在同一時刻，以致她有中邪之感。

可是我若這樣向她明說，她不會接受的。她心理上需要有一個「魔鬼」，它使她入了邪道，而致會有這種現象。

於是我跟她說：「當我們跟別人相處時，是會接受別人好的、或壞的影響。有些人的眼光和身上放散邪氣，那麼就該敬而遠之。」

「她像一個陰影，時常出現在我眼前，這陰影把我的頭包住，像是要吃掉了我的頭腦。那一陣子，我連在夢中也夢到她，遣不走她的影子和邪射。」她說時哭的很厲害。

我伸手過去握住她的雙手說：

「不要怕，當這黑影再出現時，妳就用手背將它撇去。針灸會給妳一種力量，使妳能擺脫她的勢力和影響。妳不要難受，有什麼事威脅到妳，都可以跟我說，我們一定會克服它的。」

她才慢慢收斂起眼淚跟我道別。

她是自以爲中了邪。她自己本人是心理學家，給別人治療心理上的毛病。但有時陷入一種境界中，連自己也無能為力，沒法自拔出來。所學的理論與實際是有區別。

她是一位很可愛的女性，她人很高大，以前是位網球高手，競賽常得冠軍。可是當人面臨到身心不夠強壯時，來對應考驗的時候，就會感覺到無力應付。好在她經過治療後，又跟我談起這件事，她心頭的重擔去除，終於能走出這樣的陰影困境。07.04.1999

➢ 2001 年以後跟芬娥的互動

2001 年我離開慕尼黑，曾告訴她，若是她有病的話，可以找我的學生何威大夫看病。我們自此沒有互通音訊。

2010 年我返回慕尼黑一星期，跟何威會面，並請他約幾位以前我的病人，大家會一面。

何威安排在他的診所 ，那天來了不少以前我的病人， 芬娥也來了。我沒有跟芬娥多談。

2012 年，她聽說我要去慕尼黑，給我來一信，報導她 10 年來的狀況。

➢ 芬娥的來信

虞教授：

我很高興妳要來到慕尼黑，我們可以再次見面。

2002 年左右我第一次注意到，我有灰塵過敏，當我接手我院圖書館服務，在我查幾個小時的雜誌和書籍後，要 2-3 天支氣管狹窄感才消退。現在我的敏感更厲害。如果有人在附近打開舊書，幾分鐘後，我的敏感就會發作。不僅能看到的灰塵，連看不見灰塵的窗簾和布沙發，朋友邀請去酒店，旅行…一切對我來說都很不便。而且在過去兩年加上，我很緊張，遺憾的是為此，我就多吃，所以我增胖，有一次傷風並且得支氣管發炎。

順勢療法，生物回饋法和胃酸阻滯劑，都不能治癒我的病。我們最後一次見面，妳給我推薦的蘿蔔，可惜它對胃太辣。

2003 年，我母親開始患老年癡呆症，所以我到 2008 年一直照顧她。這是一個大負荷的工作。2008 年，她住進養老院。然後我翻新公寓，將它出租出去。她現在 93 歲，在一家養老院，設備齊全，但並不很容易與她相處。

何威給我治療約 10 次。我感到非常好。我更強大，更有自信。過敏似乎好轉時，我接觸一個舊的資料夾，一切的敏感症狀都又恢復原樣。

我抱怨夠多了。通過針灸，我覺得整體更好，它可能會需要一些時間。無論如何，我很高興，透過妳，我知道何威大夫。

我女兒在八月，要 17 歲：她有一個好的和靈敏的性格，是一個很好的學生，喜歡音樂（長笛和鋼琴），網球得勝者（慕尼黑第三名），熱衷於跳舞和調情。她是一個快樂的人，我們享受與她的生活。

親切的問候　芬娥

➢ 芬娥 10 點來到

果然如所說，上午芬娥在 10 點來到我住的旅社。

那時電話鈴響起，我即接電話，卻又沒有聲音。我掛上電話，又響起，我再去接，又是沒有聲音。

這樣我只好又掛斷，打電話到接待室，對方才說芬娥來找我。

我很快的下樓，我們進入旁邊相通的咖啡廳。

來了一個女跑堂，問我們要喝什麼。她叫咖啡。

我叫 Hagebuten 茶，她聽後說，她也改喝這種茶。

她談到她母親 84 歲時，有一個 50 歲的男朋友。照顧她的一位太太，有一天突然打電話給她，說她母親的床上有一個男人睡在那裡。她嚇了一跳，趕去看她母親。

他們兩人愛得難分難捨，芬娥也沒有辦法。芬娥打聽出來那人是誰，是一個失業的人。

有一天在早上三點時，芬娥睡不著，到那人給的地址去看，是否他真住在那裡。

這時一個女的，帶她一隻貓，從那個公寓出來，芬娥就跟她攀談起來，得知母親的男友，並非是什麼壞人，只是失業，但有幫助人的一種熱情，如照顧她的母親。

這樣幾年後，芬娥母親的癡呆越來越厲害，她不能再照顧母親，而得了耳疾。只得用一種方法誘騙母親，將她送進老人療養院。

這是芬娥跟母親那位男友談好，帶她外出時，芬娥把她母親房間的設施床鋪，搬進療養院，當他們回來時，她就直接搬進老人院住。 芬娥母親看到她的傢俱都在那裡了，也就只好在那停留下去，那男友還不時的去看她。

芬娥把母親的公寓整修後出租出去。

問她有無兄弟姊妹。

她有一個哥哥，大她 15 歲，另外一個，出生後，就過世了。

那位大她 15 歲的哥哥，去到南美洲，賺很多錢，可是生活不檢點，成了酒徒。返回德國後，繼續酗酒，父親把他趕出去，成了一個乞丐，坐在家門口。後來他哥哥 50 多歲時過世了。

她說母親很愛講話，對她施的心理壓力很大。

我們談到中午 12 點，她載我到 U Bahn，我搭乘地下車到圖書館。13.6.12 三

今年 2013 年 6 月接到芬娥的來信。她女兒畢業第一名，能進入慕尼黑大學學醫。

母親過世，享年 94 歲。

她又去何威那裡繼續治病。請何威來信時，問候我。

➢ 一段對芬娥的回憶

還記得有一次芬娥來時，很不安，說她丈夫可能有了女朋友。跟她好久沒有夫妻的關係。她打電話到他上班的地方，他都忙著在電腦前工作。即使返家，也都在電腦前工作。

我告訴她，就我對她丈夫的理解，他人很誠實，不至於找女朋友。他所以久久對她不起興趣，可能是他在電腦前工作太久後，對性的興趣減少。有些男人會變成性無能。

她聽了這話後說：

「經妳這麼一說，我想可能是這個原因。那我就放心了。」

從她這句話中，我看出她的善良，和深愛她的丈夫。

她是一位網球健將，得過很多獎。她對心理學很感興趣，就去學心理學，沒有再往網球這方面多發展了。2013 年 7 月 11 日補紀

➢ 一位心理學博士 H

他來時非常的緊張，三十多歲。頭髮深色，抹上了油。

他試著鎮定的說：「我是心理學的博士，可是我自己對我的疾病無能為力。」

「是怎樣一個情況？」

「我很緊張，我睡不好覺。我感覺自己要發瘋了。」

「有什麼事，使你失眠？」

「我很想哭，但是我十多年沒法哭出來，內心非常的痛苦，我真想哭，卻根本哭不出來。」

「哭是最好的發洩。」

「可是我失去了這種本能。」

他可能不想講他的過去，一定有很多使他心碎傷心的事。我沒有追問。

要他躺在床上。

他的手冰涼。他缺少腎陽。

他一直在克制自己，不願意多談他的內心往事。

我給他先針合谷和太衝穴位。這是開四關。即在手部針左右合谷穴位，腳上針太衝穴。這樣不但有揭開全身心中的門，還有鎮定，寧心的作用。

然後我針內關，三里，三陰交穴。

我運針後，要他放鬆身體，我一會來再看他。

沒一會，我聽到他哭泣的聲音。

我進了他的診房，看到他在流淚而且開始有聲音的哭。

我拿衛生紙拭去他的淚水。要他不要在意，盡情的開懷的哭出心中一切隱憂。

他能夠哭了，這是他十多年不能夠哭的苦痛。能夠這樣就好。

我拔針後，他說他感覺好多了，謝了我。

我給他兩天後的下次預約。

他再來時，說他好多了。

我又給他針灸，穴位同前。

拔針後他坐在我前面，打開他的公事包，遞給我一本裝訂的書說：「謝謝您的治療，我不能夠再診治，這是我日記的複印本，您有時間的話，可以知曉我的情況。」

此後不曾再見到他。

而這本他日記的複印，經過幾次搬家，飛天過海後，它可能就此跟別的書籍和我的一些貴重的東西一起遺失。之前好幾次我想看它，可是每次抽不出那麼多的時間讀它。

那裡面一定有不少他的心聲和隱憂。很可惜它遺失了。

可是這位心理學博士的臉龐和神情我到今日還沒有忘記。

他的情形如何？我不知道，但是非常遺憾的是，我沒有讀那本厚厚的日記，以為隨時都可以去找出來讀，而它卻不見了。它跟我不少的衣服首飾都不知到哪裡去一樣。但是我沒有丟它，而它卻遺失了，自己的衣服首飾丟掉，我一點不在乎。他日記簿的失蹤，遺失，為最可惜和遺憾的損失。我以為隨時可以拿出來讀，而它卻不見了。這是對我沒有把握時機以為隨時可以去讀的最大處罰。9.10.2020 發佈

樂爲醫師

樂為醫師是一位外科醫生，他有一家醫院，主要是做美容手術。他的助理威瑟小姐，我想也可能是他的女友或是妻子，來我診所治過好幾次病，她只信任自然醫學。有次樂為醫師得帶狀皰疹，痛得不得了，西醫束手無策，她就幫他在我這報名治療。下面是記載他們一塊來治療的幾次經過。是從他來治療第三次起的記載。

➢ 樂為醫師和威瑟小姐

他和威瑟小姐昨天下午來針灸。他先到，跟我說：「背後痛已消了不少。痛處現在在胸前。」

「我前兩次重點是在背後，它已消了，那很好。今天可以著重針胸前。」我說。

「痛的時間也改了，不在早上三點，也不在半夜一點，而是在清晨五點。」

「它在變化，就說明了，身體接受針灸影響，也在起變化。」我說。

這使我想到曾有一位來自奧國偏頭痛患者。我告訴樂為醫生：「我有一位病人，二十年來，每天偏頭痛要發作兩次。一次為上午十一點，一次為晚上九點。他說二十年來，分秒不差，跟時鐘一樣。給他針灸三次後，上午十一點痛症的時間改了，往後移。針五次後，上午發作之痛已消，晚上發作的時間亦改。手痛，胸痛等痛處，針灸後，痛處也會改變，如肩部痛，可向肘部，腕部轉移，而致消失，這是好的現象。」我向他解釋針灸，中醫理論，他聽不懂，沒加評論。

他說:「總之,痛的情況已有改善,但它還沒消失。今天我上午還要給病人開刀,不得已,吃了好幾片止痛藥,這樣我才能工作,我從八點一直給病人動手術到下午兩點,沒那止痛藥的話,我就不能勝任這種吃力的外科醫生工作。」

「你什麼時候吃的午飯?」

「兩點。」

「你到就診室,我繼續給你針。」

當我到他那要給他針灸時,他手上拿著一九八四年「中國醫學周」我所寫的「針灸小冊」在讀,他說:「我已經開始讀它了。我要為妳在醫界安排演講,就得我自己先懂得一點針灸的原理。」

要他背躺在床上,他說:「威瑟小姐馬上就來。」

難道他們沒一起來?

我給他針灸內關、外關、公孫、臨泣穴,陰陽左右交叉,共四針。

他的痛處是在膽經,並延腹部上胸,臨泣穴與奇經「帶脈」相通,所以我選擇這個組合穴道。

並在章門穴加一針,因他痛處是在那穴深處。

前四個穴位是治療頸椎病痛穴的慣用穴。我說:「這個組合,對你的頸椎也有益。」說時去按摩他的頸椎。

奇怪的是它們沒有一點變硬,變僵。頸部肌肉柔軟,我說:「你的頸椎情況相當的好,實在難得。」

他很得意的說:「外科醫生,開刀是主要職業,大部分的人頸椎磨損。我一個月前照 X 光,醫生跟我說,我的頸椎情況,健全健壯的跟二十歲青年一樣。」

「要不是我自己按摩你的頸部，我也很難相信這事。」我說。

「可是這兩星期來的帶狀皰疹，把我給弄慘了。我跟一位德國太太談起這事，她說，她曾得過三叉神經痛，也得過帶狀皰疹，後者之痛，不下於前者。她是過來人，有此經驗。眾所周知，三叉神經患者是自殺的候選人，因這種痛，使人受不了。要是我再痛下去，我也就忍不下來了。剛病的前一兩天，我還忍著，後來我忍不下去，就會對人發脾氣，就只得吃止痛劑。以前當病人說吃止痛藥，我都勸他們不要吃。因它有副作用。現在輪到自己，我知道，寧可吃止痛藥，幾小時沒痛，勝於任何一切，否則一個人的神經真要崩潰了。」

「你現在哪裏還痛？」

我問他。因他來時說腰部胸部痛。我下的針，應該止住他的痛疼。

他用手去按方才的痛處，卻不感到任何疼痛，他回：「現在沒痛了！」

離開他躺的診房，去別間照顧別的病人。

這時威瑟小姐來了，她全身穿紅裝，打扮得好漂亮，她有些慌慌張張的問：「樂為醫師什麼時候診完？我找地方停車，找不到，繞了好幾圈才找到停車處。今天我沒時間針灸了。樂為醫師一針完，我們就得去赴約。」

我說：「妳儘管安心就診吧！樂為醫師還得要艾炙，妳有足夠的時間針灸。」

她躺到另一間診室，告訴我：「身上的疹子是敏感而來，它不是照太陽之故。以前曾有過照太陽敏感而起疹。但現在此現象已維持一年多了。即使根本沒晒太陽，它也存在。」

我給她下針在曲池，內關，三里，三陰交穴道，叫她閉目休息。

記得在我給樂為醫師上針後，他曾問過我：「這針要留半小時，但艾灸也得要花時間，那麼這樣就會更久。」

到樂為醫師那，那鐘只剩了五分鐘。我將它往後撥了一刻鍾。因威瑟小姐來時，慌慌張張，她很怕樂為醫師針完時，她還沒針完，那麼他會罵她。因而我把樂為醫師診桌上的計時鬧鐘多延長二十分。

給他灸胸部的帶狀皰疹時，他問：「這葯條只是一種熱診，還是有特殊的藥力？」

「它是艾條。艾在中國是專門治療皮膚疾病用的。因而用艾灸是藥力加上溫熱。」

給他灸一陣後，去給威瑟小姐運針。她跟我說：「請妳把我後頭上的夾子鬆下來。我躺在它上面，像是受到酷刑。」

過去一看，原來有一支十釐米長，兩釐米寬的金屬髮夾在後頭上。她躺下就診時，先還沒發覺，跟著躺的時間，越來越難以忍受。

將它給解了下來，她才鬆了一大口氣，問我：「樂為醫師針完了嗎？」

「還要有一會。」我回答，意下要她安心的躺著。

當我再給樂為醫師繼續灸時，診桌上的定時鐘響了。我沒理它，繼續的給他灸。

他大概已發覺我曾撥動過那鬧鐘。他的眼睛不時的往放在椅子上他的手錶上看。

幾分鐘後他說：「可以拔針了吧！我急著上廁所。」

「馬上就好了。」我說時又在曲池穴給他上灸。

等給他拔針後，威瑟小姐的鬧鐘也響了。我去給她拔針時說：「才給樂為醫師拔了針。」

她慌忙的穿上衣服，就往樂為醫師診房走去。

她立即進了他的診房，說：「他不在屋內。」

「他上廁所去了。」我的助手告訴她。

這時樂為醫師從廁所出來，威瑟小姐因為讓他等了她，帶歉意的說：「我在找停車處花了好多時間。」

他板著臉說：「一分鐘沒看著妳，就幹不出好事來。」

樂為醫師發覺助手 Michl 在房間聽他們的對話，即跟 M 說：「你瞪著我們做什麼？」

威瑟小姐跟 M 定下週一他們兩人來看病。樂為醫師說：「這個時間不合適，把它劃掉，我們回去後，明天打電話給虞大夫，再定就診之約會。」

「明天虞大夫只上午在診所。」她說。

「那我就上午打電話給她。」

說完他們兩人就打算離開。

這時他想起了什麼，又折回來問我：「耳朵上的撳針要不要拔下？」

「它妨不妨礙你？痛不痛？」

「不妨礙。」

「若是你痛時，或感不舒服時，可將它上面之橡皮膏由上往下拔，那麼此針就可拔出了。」我說。

他們離開了診所。

週五一上午沒有樂為醫師的消息。

是他開刀忙到下午？

誰知道呢！

只有一切順其自然的發展了。

➢ 樂為醫師的情況進展

威瑟小姐在週一打電話來，定次日下午四點他們兩人來針灸。

通常星期二下午我是休息，但樂為醫師上午開刀到下午兩點，不能早來，只好為他特地的在診所留下治病。

四點門鈴響了，卻是威瑟小姐先來。她說樂為醫師馬上就來，他去停車。

大概上次威瑟小姐停車耽擱了時間。樂為醫師說她無能，這次他要顯得自己能幹，就要威瑟小姐先來就診，他去找停車位置。

威瑟小姐在我辦公桌對面坐下了。她說：「樂為醫師的情況已好了很多。」

「妳呢？」

「我的身上疹子還未消，尤其頸脖上，我的脖子很痛。」

「那我等會看妳的頸部情況。」我說。繼想到，還沒寫下她的地址，我問：「妳的地址跟樂為醫師一樣？」她答：「是。」

「Garmisch 城前面的郵政號碼是否改了？」

「它改了，但我沒記下它的新號碼。真是不懂，為什麼德國要改新的郵政編號。跟東德統一後，只要把東德之郵政加上一個字母上去就行，為什麼要將全國的郵政全改新的號碼，實在太煩人了。不知道這麼一改，要浪費多少億萬的錢。所有的信紙，公私人的，也得全改，我們給病人的通知，都得細察是什麼新郵政號碼，浪費多少精力時間。只有德國這個國家，能搞出這種新花頭來！」

給她把脈時，它又細又長，看出她頸椎不對，人很累倦。

一摸她頸椎的肌肉，果然是繃緊，並帶有硬塊，即給她針「內關，外關，公孫，臨泣」用陰陽八卦法。

這時門鈴響了，樂為醫師來到。他停車也費了不少時候。但他卻只會責怪威瑟小姐「一分鐘不看著妳，就搞不出好花頭來。」

他先上廁所後，坐到我對面說：「我已好了百分之九十。」

「晚上也能睡了？」

「沒有問題。現在只是背和胸，有一點敏感而已。還有乳頭不能碰，很痛。」

給他針太沖，臨位穴，並在背後，胸上上了八個小針。

他問：「能不能給我同時針戒煙的針？」

我說：「對我來說，給你加戒煙的針，是毫無問題，但是這樣，對帶狀皰疹和戒煙，兩者的效果都是不大理想，不如今天先針治帶狀皰疹，下次針戒煙。」

「我完全聽妳的。這跟我給病人動手術一樣，有時兩種手術，不能一塊合併。」

「有些病症可以一塊針治，像失眠症，憂鬱症，內心畏懼等，有些就不好合治了。」

「我今天還遇到一位得過帶狀皰疹的太太，她說，她永遠不能忘記那段痛苦的日子。據說以前州長太太，開車逝世之事，也是她得帶狀皰疹，受不了那種痛苦而自殺。因她開車四十年，怎會失事而死，何況車禍處，不是什麼特別危險地帶，因此多半是她的自殺行為。」

「她得此症，或許因痛之故，不好繫上安全帶，或許因痛之故，開車沒法專心而出事故。」我說。

「可不是，我前些日子痛時，根本沒法繫安全帶。有一點我可以保證：這病是我一輩子永遠不會忘記的病症，它可把我折磨慘了。」

當我給威瑟運針，並按摩時，看她一副畏縮怕冷的樣子，我問她：「妳冷？屋內雖生暖氣，屋子還是不夠熱，這夏天太涼了。」

「在我們住的山上還下雪，放眼望去，一片白雪。」

給樂為醫生運針時，他說：「妳一定要來 Garmisch 看我的醫院，它雖然不大，但為德國最美的醫院。妳可以在那每兩星期給病人針灸，我讓房子給妳用，不收費。Garmisch 那有好多人需要治療，但從那裡來妳診所太不方便了。我每次來，路上要花三個多小時，這裏又要針一小時，一下午就全去掉了。妳若能到那，可給病人不少方便和福利。一下午妳可治不少病人，他們不必那麼老遠地一個個來慕尼黑治病了。」

「你的建議很不錯。只是每兩星期給人看一次病，是不夠的，常到那，我又沒時間。這事我再考慮一下。」

他有些失望。過一會又問我：「若是我告訴妳一件事，妳不會笑我吧？自從來此針灸，煙的味道就變了，好難抽，但是我還在抽。」

「這是因為在第一次針灸後，我在你右耳上肺點揿了一針，因你半夜三點痛得厲害，那是肺經的時刻，所以我給你在那揿了一針。」

當我又給他運針時，他用義大利文說：「慢點。」

「你會說義大利文？」我驚奇的問。

這個字，是在國外 Croatian 克羅埃西亞騎馬時聽到的，有位教練訓練一女義大利騎士，他不住的用義文喊：「慢慢地，慢慢地。」

「我跑遍了世界，會說各種語言，但我受不了熱帶地方，曾去 Kennya 住在最美的旅館。一個小時後，我即受不了，立即要買下一班飛機返德，即使回我的家鄉，也熱得受不了。」

「你家鄉在哪？」

「以色列。」他說。這是我所料想得到的。他的名字是典型猶太人的名字。

「那裏冬天還可以，最好是四月或九月的天氣，我就選擇那段時間返家。我父母是在德國長大，但我不喜歡德國。世上最美的地方是挪威，那裏不但風景好，人也和善，德國人不好，只要看土耳其人最近被德人焚殺之事就可以知道。只有德國人才會做出這種事。」

「你不喜歡熱，喜冷，你是典型的陽性人物。威瑟卻是陰性。」我說。

「她也不喜歡熱。」他不大贊成我的說法。

「但是她內向，她溫柔。」

「她卻強的很。」他反駁。

「柔，並不代表弱。你像火，她像水，水看起來柔，但水的力量卻很強。」

「那麼我們兩人沒法配合了，水火不是相對？」

「正相反。你是陽，需要陰來相濟，否則沒有陰，你要熱死了。她是陰，需要陽，否則水即結成冰了。水火正是可以互相補充。」

他懂得這種道理？

「牛皮癬妳能不能治？」他突然問。

「可以治療，但並不容易。」我說。

「我們有位朋友，她才四十六歲，突然一天早上醒來，手臂上長了牛皮癬。」

當我給威瑟小姐運針時，她說：「我有一位女友，她長了牛皮癬，下次我們帶她一塊來看病。」

我說可以。

給她拔針後，我說：「星期四下午我在，你們可以來。」

她說：「我問樂為醫師，看他如何定約。」

上次她定了約，被樂為醫師斥回，這次她不敢再定了。

給樂為醫師拔針後，他說週四下午四點他們來。他說他是很準時的，今天也是四點準時到，只為了停車，才晚到一刻。

在門口，他又說：「下次我們來戒煙。戒煙要來幾次？」

「一般三次可以戒掉。」

「我是一個很上癮的煙徒。」

「那可能要多來兩次。」

「戒煙成功效果的百分比多少？」

「百分之九十。」

「中國人對 Aufwiedersehen 怎麼說？」

「再見。」我說。

「再見。」威瑟小姐學著。

「說時做什麼手勢？」樂為醫師問。

威瑟小姐將手在胸前做了一個雙手合掌之勢，樂為醫師問：「這是日本人之姿勢，中國人也如此？」

我想了想說：「中國人將手舉高說：再見，再見！」

「他喜歡日本人，妳要給他找個日本女人，他就滿意了！」威瑟小姐跟我說。

「妳溫柔能幹，他有妳就應夠了，何需一個日本女人。」我回答。

於是他們走下樓，我關上門，返回我的書桌上，寫完他們的病卡。

從手提袋中找出取相片的條子，我即上街去取照片，心中想：它是五年前所拍的膠卷，還沒壞嗎？

帶半定半不定的心情，走出了診所，向照相館走去。

➢ 樂為醫師問：「妳怕我有愛滋病？」

當他按鈴來時，樓下街道正不知哪個人在汽車中「神經錯亂」，不住的按喇叭。已經連按三次，每次起碼有兩三分鐘，我們被那大聲的喇叭聲吵得耳朵發痛，正掩起耳朵，因而沒聽見他按鈴聲。他又按了次鈴，才隱約感到似乎鈴在響。按了開門電鈕，他進門來。

第一句話他就說：「不知是哪個瘋子，這麼地狂妄，一點不顧別人，大聲按喇叭，只因他自己有什麼事不順心。民主政治下的人們，不知自愛，這麼地吵鬧別人，這就是民主自由的壞處。」

問他身體怎麼樣了，他說：「沒問題了。只背後一點隱隱地痛。它一點也不算什麼，我可以帶這痛過日子，等下我指給妳看。」

進了診室，他說：「我那小乖乖還沒來？她大概找停車處不易。」

我往窗外看，對面正有一個停車空位，就說：「那可以停車，就在對面，可惜她可能不知道。」

「這長度不夠我們那輛大車。」他說。說時他脫下上衣外褲，坐在床上說：「任妳擺佈了。」

他說背後有些痛點，在腰深處，也有痛。我說：「那麼今天你是要來戒煙，我主要針戒煙，只加上兩針附帶的針除痛。」

當他看我戴上塑膠手套時說：「妳怕我有愛滋病？」

「我想你不會有此病的。」我繼續說：「只是這樣戴手套對病人也安全，不致由病人間互相傳染，因診每個病人，我都換一付新手套。」

「我在開刀時也會傷到自己，因此我去做過愛滋病的檢查是negative」他說。

「Negative在別的方面，是代表不好的反應，但在醫學上卻是相反。」我笑著說。

我在合谷、太沖、臨泣、穴道下了針，又在右章門處下了一針。這時，威瑟小姐進了診室，樂為醫師罵她：「誰叫妳進來。」她笑笑的說：「來看你的。」說完她走了出去。

我走出診室時，他說：「過會妳要來看我，可不要忘了我不管。」

他居然會說笑了。

當威瑟小姐坐在我面前時，我說：「妳也要戒煙？」

她說：「是的，我們一塊戒煙。我曾有過一個月沒抽煙，但他在抽，我也就又吸了起來。他曾試過不抽煙，那份凶勁，可嚇死人。」

她說這話時，放低了聲音，深怕他聽到，她又繼續說：「妳得給他下幾針安定針，以便他少抽煙時，不要心情惡劣，對人發洩。」

「我已給他下了安定針。」我笑著答。

她問我：「我右耳開過刀，它會不會影響耳針戒煙的療效？」

「是為什麼開刀？」

「我小時候得中耳炎，三歲時又得腥紅熱。中耳炎厲害得耳膜都穿透了。等送到醫院時，已經太晚，整個右邊耳朵已聽不見。動了大手術。

並將身上一塊皮補在耳膜處，現在右耳聽力只有百分之二十。右耳受不了涼，右耳不能進水，若我掉進水中，我就會淹死。」

「沒想到妳受過那麼多罪。」我說：「耳朵動過手術會影響療效，那麼我在妳手上「甜味」穴針上一針，以補右耳之不足。」

給她上了針後，去看樂為醫師。

當我問他：「你腰深處還痛不痛？」

他說：「現在沒痛，它不是一直痛，只是偶爾痛。我穿的衣服是一樣的。」

我不懂他這句話的意思，怎麼衣服一樣與痛有關係？問他是指什麼，他說：「我穿的衣服是藍條文襯衫，妳的也是一個花色。我們的衣服是一樣。」

果然是巧得很，他倒注意到了這點。

他問我：「妳對別的醫學看法是什麼？」

「你指的是西醫？」我不大懂他的話意，接著說：「西醫當然也有它的長處。」

「我是指另外一種醫學治療方法。妳有沒有聽說過叫 Kinesiologie 治療法，這種專家，能將手上腫處按摩一陣，它就消失了。」他說。

「前幾天在電視有段採問哈佛醫學院畢業的醫生報導…。」他繼續說：「這不是普通醫生，是來自哈佛大學的醫生。他去印第安人的醫生那，要跟他們交流。他在那待了一段時期後，對記者說：「我們可跟印第安醫生學習的地方太多了。而西醫卻那麼貧瘠，沒有任何補足他們之處。有一種治療方法叫 Kinesiologie，懂得此法的治療師，能將手上腫處按摩一陣，它就消失了。另有一個叫 Loncil 的人，妳聽說過沒有？多少不能走的人，到他那，只要經他一治，立即能走。身上長疣之人，只要他跟你談上個二十分鐘後，疣就自然消失了。這是我親眼看見的。我覺得只要病人的病能治好，用什麼方法都可以，何必管科不科學。妳的看法呢？」

「當然，任何能治好病人的方法，都是好的。至於為什麼能治好之原因未明，並不代表這方法不好。這只因科學還沒到達一切都能解釋說明和取得證明的地步，我們卻不能因此而抹殺了它的效果。」

「人類已能登上月球，西醫卻不能治帶狀皰疹。據統計，德國每年有卅萬人得這病，真是可怕。」

給他針完，加上了揿針後，告訴他，想抽煙時，按摩揿針，煙不好抽就丟了。第一次針後，煙減半。

他說：「下週一再來針。」

我說：「今天才週四。三天沒針，有點長。最好明天還能來針。」

他說：「好。那我們明天來，威瑟小姐知道我的時間分配，她可以和你們定約。」

當我給威瑟小姐拔針時，樂為醫師進來了說：「乖乖，我上車了，妳跟虞大夫定約。」

我也告訴她，如何減煙，明天再來。

她說：「明天樂為醫師要給三個病人動鼻子手術。妳下午又不看病，我們十二點才能到。」

我說：「我明天可待到三點。」

她說：「那麼一點鐘可以來針。」

「那時清掃婦正來掃地。」

「不打緊。」她說。

就這麼地，他們匆匆告辭，因晚上他們還要給明天開刀的病人照 X

光。

這對夫妻也真是夠忙了。

➢ 樂為醫師的戒菸

今天他坐在桌前說：「我告訴妳情況：抽煙是少抽了三分之二，只抽十至十二支，香煙的味道也不好抽，但是手還是有要拿煙的習慣。我已經很滿意，減抽了三分之二。能不能這樣？我繼抽這十支，兩星期後，再來妳這，接連每天針灸戒煙三天，甚至可一天針兩次。妳覺得怎麼樣？」

「這當然也是種辦法，但是它不是好的辦法，我不大贊成。它只是一種半途而廢之方法。我的建議是，今天針完後，完全戒掉。」

他看著我說：「我這星期工作很繁重，一下子戒煙可能會不好受。我會向四周的人發脾氣。」

「你可試著不抽，有皮內針在你耳上，不抽煙，並不像你想像的那麼可怕。」

他猶疑一會說：「能不能我們做一個妥協？今天針完後，減到六支。週四來針後，完全戒掉？」

「這樣也可以。」

他聽完一開心，立即走到候診室告訴威瑟小姐說，跟我的「妥協」。

他回來後說：「我太太也贊成，她也跟我一樣做。我們週四針完後去度假，週末不抽。能維持三天不抽，我就知道，我能戒掉了煙。」

就這樣，我要他進入就診室。

他進去後，跟每次一樣又出來，先上了一次廁所，才躺下去，要我下針。

今天我除了先下合谷、太沖穴外，又加了一個列缺穴。

「你的帶狀皰疹如何？」我問。

「已好了百分之九十九。」

「那就不必再針它了。」

給他通了電流後，他說：「這個電激器不大好，不如以前的那個，以前的一激一動，跟心跳速度一樣。這個太快。」

「我可以撥慢一點。」邊說我邊將頻數減少。

「它還是沒以前那個舒服。」

「有人卻比較喜歡它。人各有好。」

「就跟每人喜好的顏色不同一樣」他說。然後問我：「妳知道我最喜歡的顏色？」

「藍色。」我說。

「怎麼居然妳會猜中！？」他很驚奇的說，然後問我：「妳是不是看我老穿藍色衣褲，知道我喜歡藍色？」

「有人喜歡粉色，也並不見得老穿粉色之衣。」我答。

我記得有次他很得意的跟我說：「妳的藍條紋的襯衣，跟我的一樣。」

他又說：「我喜歡藍色，看天是藍，海是藍色，我喜歡這種大自然的藍色。」

「喜藍色的人，沉靜，有深度。」我說。

當我給他運針時，他說：「昨天電視播出中國的佛教電影。妳是在哪種宗教下長大？」

怎麼說呢？我們家不信教。我是在傳統的文化倫理道德中長大。

他見我沒回答，就問：「妳是在儒教中長大？」

「也可以這麼說。」

「中國人在共產政權下還信教嗎？」

「在政權反對下，自然不准信教。但後來政府又開放宗教信仰，人們又一窩蜂的上了寺院拜佛求神。」我說。

「這種宗教信仰是靠不住的。」他說。

當我給他拔針後，左太沖穴流了一些血。他說：「妳該以此為恥，穴道流了血。」

我說：「這真可恥。但你給人開刀，一定血流的更多。」

他笑著說：「當然，流更多的血了！」

他急著出門，去移動汽車上的「時間牌」，以防有人寫罰款，他臨走時說：「告訴我太太，我在車上等她。」

➢ 頭痛來就醫的蕭翼醫生

蕭翼 B 是內科醫生，為不時來我這診病的蕭翼 G.博士的哥哥。

當 Dr. B.蕭翼來時，我問：「是你弟弟推薦你來的？」

「我弟弟？我跟他 10 多年沒有往來了。」

「噢，我不知道。」

我沒有問他，為什麼他們沒有往來，也沒有問他，怎麼知道我的診所的。

「我來此地，是為了來針灸頭痛。我是一個內科醫生，可是頭痛除了吃止痛藥外，沒有一個根治的方法。」

「你頭痛多少年？」

「二十多年。」

「你這樣長久的吃止痛藥，不是辦法。」

「所以我來妳這邊治療。但是我沒有時間為自己看病，我得要照顧我的病人。所以我頭痛時，都是吃藥，它省事簡單，但是治不了根，長久下來副作用太強，對身體不利。」

「你哪裡頭痛？」

「前額。」

「它跟腸胃有關。你心情如何？」

「我接觸的都是病人，何來好的心情？！」

「別把病人的抱怨太往心內去。」

「說起來容易，做起來難。」

「至少應該具體的朝這個方向做。」

「在德國，醫生的壽命比別的行業來得短。」

「我聽說過。」

「妳知道為什麼？」

「醫生工作忙，受氣多。按照中醫理論，接觸病的人，是一種壞的《氣》，長期下來，對身體有壞的影響。」我回答。

「我不懂這些理論，但是它似乎有道理。」

「你現在頭痛？」

「目前並不痛。」

「若是痛的話，可以立即看到針灸的療效。」

「針灸痛不痛？」

「不比打針痛。」

「我最怕針，雖然我時常給病人打針。」

我給他在合谷、太沖穴道上下針。問他下針時痛不痛。

「比我想像中來得好。」

給他運針時，他問：「這是什麼？」

「針灸重要的是得氣和針感。」

「我不懂這些，這種感覺跟我上牙醫那差不多。」

「你放輕鬆些，就沒事了。」

拔針後，他沒有再訂下次針灸的約會，他說，他不知道他的病人預約的時間，要看過他的診病預約日曆後，才知道。若他能來的話，會再電我。

此後沒有他的消息。

他生為醫生，怕打針，怕痛，又有一種醫生的傲氣，若他不是自己對頭痛束手無策的話，他不會來找我。來找到我，又不願意再來，好像他來我這裡，有失醫生的尊嚴似的。

他只來一次，怎麼可能就治癒他的長年頭痛？

我猜測，可能他並不想治癒頭痛，這樣表示，他的西醫不如中醫。他不再來針治，至少他可說，他針灸過，針灸對他的頭痛無效，這樣他才不至於丟他作為西醫的面子。18.10.2020 發佈

➢ 受情所擾的醫生史秘德

他上午打來電話說：「我是一個大夫，但我自己之技已窮，只得找妳來治病。」

「你有什麼不適？」

「我太太離我而去，我受到一個大刺激後，就陷入深深的害怕及憂鬱中。我今天在慕尼黑，我住在 Tegernsee，朋友家四星期，我能否來妳診所看病？」

我給他下午四點之約。

他準時來到。他個子高高的。我要他寫下名字住址，他講述他的情況：

「我太太去年 9 月離開了我，使我受震驚，不能繼續工作。」

「那有 9 個月了。你們是怎麼分手的，她有了男朋友？」

「我去年 9 月去 Florenz 會了她，返回德國，兩人還通電話，過了兩天後，她說她有了一個新的男朋友，要跟我正式分手。」

「你們結婚幾年？」

「十三年。她是我的第二任妻子。我的前妻跟我分手後，我沒那麼傷心過。」

「是你因認識第二妻子，才與前妻離婚？」

「不是的。」

「你有小孩？」

「三個，是跟前妻生的小孩。跟第二任妻子沒小孩。我們兩年前曾分居一段時間。兩人住得很近，每週見三次面。後來兩人又住在一起兩個月，處得很好。而她卻在 Florenz 認識了一個義大利人，把我甩掉了。」

「那人有多大年紀？」

「他是五十歲，不曾結婚。」

我問他生年月日。

「一九四零年出生。我太太比我年輕十六歲。」

「但她新的對象，也非年輕小夥。她的職業是什麼？」我問。

「她有一個店舖。」

「你還愛她？」

「我很愛她，我怕失去她。而她卻離我而去。我為她的離開，晝夜不安。晚上睡覺，三、四點就醒，醒後想著她，使我快要發狂，就沒法再睡。我次日打電話給她。我越要捉住她，她就離我越遠。我現在陷入極深的 depression 憂鬱中，我害怕，這種怕，使我沒法繼續工作。」

「依我看，你太太的離去只是導火線，你有更深的一種內在因素。以前你不曾得過這種憂鬱症？」

「不曾。」

「你所說的害怕，有具體對象？」

「我怕單獨。」

「你也怕一個人在一個房間？」我所以這麼問他，是因有些病人患 depression 憂鬱，不敢一人待在一個房間，而今天我特意留了一個單獨房間，好讓他不受擾。

他說：「一個人在一個房間，我並不害怕，我只怕一個人生活，太孤單太寂寞。」

「此外沒有具體的害怕對象？」

「我怕這失眠，我害怕病不好，我怕會得了神精病。因我從去年 9 月起，每天沒法入睡，沒法平靜，腦子裡老想著這件事。」

要他去診室躺下。發覺他下巴和左足商邱處有疤痕，問是怎麼一回事。下巴為小時摔跤跌傷。足部是二十五年前車禍所致。

他的盲腸，小孩時期即開刀割去。

頸部有幾個拔罐的印子。他說是今天上午就醫時所拔的罐。

「你頸部不適作痛，而看醫？」

「沒有。」

「那麼為什麼在那拔罐？」

他沒回答，只問：「針灸能否醫治我的病？」

「中醫是認為內心與身體為一個整體。現在要找出你內部的原因，不易找出，不過既然是身體精神為一個整體，中醫按照經絡臟腑相互關係的影響，有可能醫治你的疾病。」

我跟他講了一個病人之事：「一位婦人，在一次化妝晚會時，看到了三十年前的一位男友。她曾在三十年前，背著丈夫與那人有了關係。此事她已忘卻。但自在那次化妝晚會，見了那人後，她精神即不對，整天哭著，她有犯罪感。她向神父告解，也向丈夫說明以往的事，丈夫已原諒了她，但她卻仍不能就此恢復正常。丈夫陪她來治病。她的病因，並非是見了那男友而引起，那只是導火線。所以雖然丈夫、神父都原諒了她，她仍不能因此恢復正常。這是她身體上經絡不平衡之故。你的情況，按照中醫的看法，你的陷入那種抑鬱中，是心腎不交之故，加上太太有了男友，對你來說是一個大刺激，傷到了肝腎，以致使你不能對此事釋懷，而陷入抑鬱中。中醫透過針灸，設法糾正臟腑經絡不平衡之處，當肝腎平衡後，你就不會老陷在憂抑中不能自拔了。」

給他先下合谷太沖之針，又針關元、內關、三里、三陰交。

他跟我說：「我想起來了一事：在我十七歲時，母親生病住院，她在去醫院前跟我說：我此去就不會回來了。果然她死在醫院。這件事給我的打擊很大。」

「你母親得什麼病？」

「她有子宮瘤，良性的。」

「子宮瘤不一定非要手術不可。而且手術也並非那麼危險。」我說。

「她手術後，內出血而喪生。因她得了血友症。」

血友症平常都是男人多得。女人得的話，多半在第一次月經來時就有生命危險。難道是她以後才得？

我沒有再細問他，因為已給他下了針，只要他休息養神。28.6.1998-14.10.2020

虞和芳以醫生爲背景寫的一篇小説

➢ 審 判

黃橫進入陰間，被架到審判廳。

判官：「你當外科醫生，先在東北，後到台灣，先後行醫四十年，你被打入第十八層地獄。」

「什麼？我救人救世，多少人稱讚我的妙手回春。我應該要進入極樂世界的天堂，哪有被打入地獄之理！」

「你誤害多少蒼生！」

「我誤害蒼生？不可能的事。」

「吳坤，你出來。」

判官說完，來了一名瘦瘦小個子中年男人，脖子上繫一根麻繩。

「這是幹什麼的？」黃橫不解的問。

「他是你弄死的病人。」

「我弄死的病人？不可能。我從來沒有用繩子綁死過人。」

「吳坤，你現在可以控訴黃大夫。」

「我在生時，得三叉神經痛，黃大夫說，他能開刀割除神經，來治癒我的三叉神經痛。黃大夫診斷的是，我的第一支三叉神經，使得我疼痛難忍。他建議我割除它。黃大夫斷言，我開刀後，我的三叉神經痛，就能夠一勞永逸。我被三叉神經痛，弄得晝夜不安。聽到黃大夫的話，真是喜出望外，我立即跟他預約開刀。」

「你的疼痛不是就止住了？！」黃大夫問。

「疼痛止住了？你說的倒是好聽。它不但沒有止住，還變本加厲。」

「這怎麼可能？！」

「當我向你訴說，手術後的情況，你也是用同樣的這一句話，『這怎麼可能？！』來反問我。」

「你的疼痛開刀後，沒止的話，那一定有別的不能事先預料的原因。」黃大夫辯論。

「是的，你當初也是這麼的說。然後你要我張口閉嘴，來看我的情形。我每張一次口，痛得我大叫不止。這樣我聽話的做了幾次，痛得我眼淚都流出來。你看到這情形說，現在是第二支三叉神經發炎，它們必須儘快的割除，否則後患無窮。你給我三天後的週一之預約，再去動手術。我因為受不了三叉神經痛發作的痛苦，你還給我開了重劑的止痛藥。以前我從不願意吃止痛藥，我寧可忍住痛，可是開刀後，疼痛發作的間隔時間變短，以前每隔兩個小時，發作一次疼痛，開刀後，每隔一個小時就突然發痛一次，同時痛度加強，我沒法再忍受它，只好吞食重劑止痛藥。沒有料到，它們太烈，把我的胃弄壞，我翻胃嘔吐不已。這樣藥物可能嘔吐出來，沒有止痛的效果，我渡過三天跟地獄一般痛苦的日子。」

「那個週一，我給你開刀後，不是好了！」黃大夫說。

「好了？那也不過只有一個月的時間，然後疼痛又再發作。我再去找你。你又來給我檢查。你要我搖頭，又要我張口伸舌頭，我又痛的大叫不已。然後你說，那是第三支三叉神經在作祟，沒有其它方法治癒，只能再把第三支三叉神經割除。你說，這樣三條三叉神經都割除後，我就再也不會受此苦痛折磨。我因為疼痛難當，就只有完全聽命一法。又進入你的醫院，割除第三支三叉神經。」

「那該要一勞永逸了。」黃大夫說。

「哼！一勞永逸個屁！」

「這怎麼可能？！」黃大夫又反問。

「你又是『這怎麼可能？！』那句話。當我向你訴苦的說，我的三叉神經痛，仍然疼痛不已時，你回答：『不可能，我把三叉神經的上中下三根神經全部割除，你不可能再犯三叉神經痛。』」

「可是我還是痛。」我向你哭訴。

你卻回答「沒有那些神經，何來疼痛之理？你是在胡說！」

我痛得沒法忍受。我向你一再說明，我所說非妄，我的三叉神經仍然在作痛，而且比以前痛得還更利害。」

「黃大夫怎麼回答你的？」判官問。

「黃大夫說，現在的這種痛，不是三叉神經痛，因為我的三根三叉神經，全被拔除。現在的痛，醫學上稱之為幻痛。我得的是一種幻痛，就跟割除手腳的人，有時還會感覺手腳在發痛一樣，雖然手腳已不再存在。我問黃大夫有什麼辦法，能夠止住這種幻痛？」吳坤說時，環顧周圍。

在審判廳的觀眾，都很驚奇的看他，等待他的訴說。

吳坤瞟了黃橫一眼，繼續說：「黃大夫板起臉對我說：你只能忍受。我回答，我忍受不了。黃大夫於是對我怒吼的說：『你忍受不了的話，回家拿一根吊繩上吊，這是唯一的止痛之法！』我絕望傷心的返家，我沒法再忍受那種鑽心似的疼痛。我只好乖乖聽話的，拿根繩子上吊！」

滿廳的觀眾聽了後，譁然的議論。

判官對黃大夫說：「你聽到吳坤的控訴，你怎麼反辯？」

「三叉神經痛，是世界上最疼痛的一種神經痛，除了吃止痛藥外，只有開刀割除病灶的神經，這是唯一最妥善的方法。但是我沒有想到吳坤後來患了神經幻痛。這跟我的醫術絲毫不相干。人都會有倒楣的時候。有人在槍林彈雨的戰場上，絲毫沒有受傷，有人第一天上戰場，就中彈而死。吳坤後來患上神經幻痛，受不了自殺，是種未能事先知曉的事。他不能把罪過推到我的身上。」

「醫生的責任，在解決病人苦痛，你怎麼能叫他去上吊？！」判官質問。

「那只是說說而已。你沒有當過醫生，你不知道醫生每天遇到的都是愁眉苦臉，抱怨來抱怨去的病人，精神上的威脅有多大。他們得病，不是我的錯，跟我毫不相干，但是他們的病，治不好的話，就把罪過，全推到我的身上。醫生也是人，不是神，哪裡能夠把所有病人的病全治好？醫生長期在病人的抱怨下，也會有受不了的時候，有時免不了，跟病人咆哮幾句。那天吳坤一定對我的態度特別的壞，把一切罪狀全歸罪於我。事實上，他即使不開刀的話，他的疾病照樣會惡化。我給他開第二次刀後，他至少有一個月的安樂時日。這些他不知感激歸功於我，他只知把他的病痛，歸罪於我，這是多麼的不公平！我被吳坤埋怨的受不了，才會口出不遜之言。我怎麼會想到吳坤真的就去上吊！世界上自殺的人多得是，除了患憂鬱症的人外，不少是因為得了痛症或絕症自殺。他們走上自殺的路，不能責怪醫生。吳坤不能夠把罪過都推到我的身上來。」

「你說的雖然有點道理，還是不能洗清你的罪名。固然當醫生這行不容易，但是既然你選擇這行，就要盡心盡力，不能遇到困難，或棘手的病，就把責任推的一乾二淨。我再叫另一個受你害的病人來。」

說完，判官提另一名李信的病人出來。他坐在輪椅上，出現在黃橫的眼前。他對著黃橫大罵：「你這個庸醫，把我的兩條腿鋸斷，害慘我一輩子！」

黃橫不解的問：「你說什麼？我不認識你。我跟你的斷腿絲毫不相干。」

「黃大夫，你的記憶到哪裡去了？我叫李信，我三十多年前，雙腿被凍壞，你就把它們鋸斷。」

「噢，我想起來了。那是好早好早以前的事了。那時有一個冬天，氣溫降到零下近四十度，不少人雙足被凍僵。當你前來向我求救時，我不得不鋸斷它們，不鋸斷的話，你的性命難保。你應該感激我救了你的一條性命。」

判官質問黃橫：「你倒是會為自己辯護。你當初下的診斷，可是正確？」

「當然正確。」

判官叫另外一個高高瘦瘦的人進場。

那人瞄了黃横一眼說：「黃大夫，我叫尤林，也是你三十多年前的病人，我的雙腿被凍壞，你下診斷，要把它們鋸斷。我堅決不肯。你說我不鋸斷腿的話，我的性命難保。我不是醫生，但是我不相信，凡是患了凍傷的人，都得鋸斷腿。我拒絕你的開刀，謝天謝地，不但我沒有喪生，還保全了我的雙腿。」

判官：「黃横，你記得此事了？」

「我不記得，他不是好好的，根本沒有斷腿，他怎麼會曾經來到過我所開的醫院治療？」

判官：「這是你不打自招，凡是受到凍僵雙足，有求於你的，你都開刀，使他們斷肢斷腿。」

「判官，別忘了，我是外科醫生，經過我的診斷，認為有開刀必要的人，我只有以開刀來解決他們的痛苦，挽救他們的生命。至於這位尤林先生所說，我一點不記得，我想是這位先生故意在造謠誣賴我。」

「故意在誣賴你？請你翻翻你當日對尤林的診斷書。」判官說完，叫人把那份黃横三十多年前所寫的診斷書，遞給黃大夫。

「判官，判官，你聽我解釋，尤林只是運氣好，沒有斃命。要是他因為雙腿凍僵，血液流通不暢，皮膚壞死，因而斃命的話，我不是反而成了一名誤診的殺人犯？我只能夠從當時我的學識和經驗，做最妥善的判斷和治療。」

判官：「每個誤診的醫生，都是說，他當時依照他的學識和經驗，做最妥善的判斷。」

「判官，別忘了，我那時還年輕，我的經驗不夠。」

「你的經驗不夠，不能洗清你的罪名。醫生最起碼的醫德，是為病人著想，按照良心做事。你亂給病人割斷雙腿，病人可要受苦一輩子。你的經驗不夠，就該勸告病人，另請高明，不可以拿起你的刀子，就亂割斷病人的手腳。我現在要叫另一個你的病人出來。」

判官說完後，招呼另一個推著輪椅進場的病人。

黃大夫嚇了一跳，以為又是另一個因為凍傷割斷腿的病人出現。

判官一眼看出黃大夫的窘態，說：「你自己心裡有數，在你一生中，鋸斷多少凍傷病人的腿！現在來的病人，不是凍傷。」

「那他為什麼斷腿？」

「錢先生，請你述說你的雙足大腳趾發麻，黃大夫誤診的經過。」

「我得了糖尿病，我去請教黃大夫，呃！」錢起打了一個呃。

他向觀眾道歉，他說，這是他病情惡化後的打呃狀況，請觀眾原諒，他不能夠一口氣說話到底。

錢起繼續說：「黃大夫說，我的雙腳的大腳趾發麻的話，呃！這就證明它的神經已經受損，呃！若不及早割除的話，會影響到整個足，呃！我對疾病的發展是外行，心想只好忍痛的割掉大腳趾，呃！好來拯救我的足。」

判官：「很顯然的，割掉你的大腳趾後，沒有能夠拯救你的足。」

錢起說：「情況更糟糕。大趾割掉後，呃！它周圍不能夠收口。開始潰爛。呃！我又去找黃大夫。他見了後，呃！他說他沒有料到會這麼發展，現在只能夠杜漸防微，呃！才能夠制止住我腳部的潰爛。呃！於是黃大夫把我的兩個腳都鋸掉。但是傷口處還是不能夠封口。呃！就這樣又往上鋸斷一節，一共開刀動過五次手術，呃！雙腿鋸斷到膝蓋上面，才止住潰爛。呃！這是我的糖尿病被割斷雙腿殘忍的手術經過，這比古代的宮刑還可怕。呃！這還不止，我受了那麼多次的麻醉，刀俎之苦後，呃！我得了嚴重的打嗝症，每隔一會，就打呃一次不止。呃！呃！」

判官：「黃大夫，你怎麼為自己辯論？」

黃橫不敢再賴帳，怕判官又拿出錢起的診斷書。

黃橫回答：「錢起得的是糖尿病，他手術開刀後，傷口不容易收斂合口，才會演變成這種狀況。」

判官：「你知道糖尿病，手術開刀後，不容易合口，為什麼你還要那麼輕易的給他開刀？」

「我沒有想到他的身體情況是那麼的糟，傷口會那麼的惡化。」

「可是你已經看到割除大趾後，傷口不能恢復，為什麼還繼續的往上開刀下去？」

「我以為再往上割斷一段後，那樣才能夠收口。」

「『我以為，我以為』，我想，你以為給病人多開刀，你能夠多賺病人的錢，所以你不在惜病人的狀況，只要你自己的錢包滿載，你就什麼都不在乎！像你這樣的庸醫，真是比任何別行職業的人都糟糕。病人有病痛，唯一的希望，就是建築在醫生的知識經驗能力上。他們只盼望，葯到病除。若是非開刀不可的話，開刀後，能夠一了百了他們的苦痛煩惱。而像你們這群庸醫，沒有能力，沒有醫德，濫用病人的信任，妄圖病人的錢。這種庸醫只能打入第十八層地獄！」

判官說完他的審判，來了一群守衛，要把黃橫推入第十八層地獄，讓他來嚐嚐，他給病人加諸的各種苦痛。

「判官，且慢，且慢。請聽我的解釋。你們審判我，拉來的都是一些特殊不幸的例子。在我的一生中，我不知解決過多少病人的疼痛和痛苦，甚至救過不少病人的生命。你們不能只抓來三個人，就把我的一生善行抹殺。」

「你能夠把那些你曾經救過的人，連名帶姓說出來？」

「讓我想想，他們中的不少人，還活在陽間，這是我幫忙拯救他們性命的結果。」

「陽間是另一個世界，它不屬於我審判的範疇。」

「噢，我能夠提出一個婦人的名字，她叫嚴珊。她是我朋友的母親，我知道，她十五年前過世。她二十年前，來我醫院時，右臀股磨損，行動艱難，痛苦異常，我給她手術，安裝一個義臀股，自此她沒有痛苦的活了好幾年。」

「這是你們醫生的任務，它算不了什麼。我問你，你曾經救過任何人的一命？」

「我曾經給一個小孩開盲腸。它發炎的很厲害，已到潰爛，轉成腹膜炎的地步。我當時立即給他開刀，才拯救出他的性命。」

「這是你醫生的職業，是你的義務。這就跟牙醫給人拔牙，解決病人的蛀牙齒痛；木匠給顧客安裝門窗，解決顧客的門窗問題一樣。」

「這哪裡算是公平的審判，我解決病人的苦痛，是應該。萬一病人的病，發生病變，就全成了我的過錯，罪過。」

「這是醫生特別要有能力和醫德的原因。一個庸醫是比沒有醫生還糟糕。」

「我不是庸醫。我不懂你說的其中道理。」

「拿吳坤來說。你當初沒給他開刀，說不定他還活著，沒有上吊。

錢起的大趾不割掉的話，也不會生病變，他在第五次開刀後，沒多久就死了。」

「可是我不是庸醫。錢起的身體，得了糖尿病就差得很，他的過世，跟我不相干。他沒有死在我給他開刀的病床上。」

「他的身體已經弱了，你還給他接連的開刀，割除他的腳，腿，讓他受罪，使他已經瘦弱的身體，更招架不住。你對他疾病的判斷，治療，預後都弄錯，這就是典型的庸醫。」

「我並不願意給他開五次刀，那是不得已的事。他的傷口不能痊癒，繼續潰爛，更危及到他的生命。」

「那三位控告你的病人，都說出，你的醫德和能力不夠，才會使你的病人，受那麼多不必要的苦痛。你還沒有回答完我的問題：在你一生中，你曾經救過一個人的生命？！」

「我想起來了，有次我們鄰居失火，隔壁住著一位老太太。我進入她的門，把她搶救出來。她叫趙蘭。」

判官翻出名冊，果然有這麼一個人。

判官把她提出，問明是否有這件事情。

黃橫心中砰碰作跳，他不知道，趙蘭還記不記得這件事情，因為她後來得了老年癡呆症。

「提我幹嘛？」趙蘭問。

「妳認不認得黃橫先生？」

「他是誰？」她問。

「我是黃橫，是妳三年前的鄰居，妳不記得了？」

「噢，黃大夫，黃大夫，我現在想起來了，你在那次大火中，救過我一命。」

黃橫一聽，心中鬆了好大一口氣的說：「妳是我的好鄰居，我現在還在想著妳。我高興在陰間又能夠跟妳會一面。」

判官一聽，遣趙蘭離開，對黃橫說：「救人一命，勝過七級浮屠。好，黃大夫，你可以免掉，打入十八層地獄的苦煉煎熬。」10.8.2020 發佈

國家圖書館出版品預行編目資料

病人在說話 / 虞和芳　著
臺中市：天空數位圖書　2021.01
面：14.8*21 公分
ISBN：978-986-5575-18-2（平裝）

863.55　　　　　110000734

書　　名：病人在說話
發 行 人：蔡秀美
出 版 者：天空數位圖書有限公司
作　　者：虞和芳
版面編輯：採編組
美工設計：設計組
出版日期：2021 年 01 月（初版）
銀行名稱：合作金庫銀行南台中分行
銀行帳戶：天空數位圖書有限公司
銀行帳號：006-1070717811498
郵政帳戶：天空數位圖書有限公司
劃撥帳號：22670142
定　　價：新台幣 560 元整
電子書發明專利第　I　306564 號

Family Sky

紙本書編輯印刷：
電子書編輯製作：
天空數位圖書公司 E-mail：familysky@familysky.com.tw　http://www.familysky.com.tw/
地址：40255台中市南區忠明南路787號30F國王大樓　Tel：04-22623893　Fax：04-22623863